山海诸神志

刘承荣　著

文化发展出版社
Cultural Development Press
·北京·

图书在版编目（CIP）数据

山海诸神志 / 刘承荣著. — 北京：文化发展出版社，2024.5
ISBN 978-7-5142-4228-7

Ⅰ. ①山… Ⅱ. ①刘… Ⅲ. ①神话－作品集－中国 Ⅳ. ① I277.5

中国国家版本馆CIP数据核字(2024)第016748号

山海诸神志

刘承荣 著

出 版 人：宋 娜
责任编辑：孙 烨　　责任校对：岳智勇
责任印制：邓辉明　　封面设计：邓小林
出版发行：文化发展出版社（北京市翠微路 2 号 邮编：100036）
发行电话：010-88275993　010-88275711
网　　址：www.wenhuafazhan.com
经　　销：全国新华书店
印　　刷：唐山楠萍印务有限公司

开　　本：710mm × 1000mm　1/16
印　　张：17.25
字　　数：270 千字
版　　次：2024 年 6 月第 1 版
印　　次：2024 年 6 月第 1 次印刷

定　　价：79.80 元
I S B N：978-7-5142-4228-7

◆ **如有印装质量问题，请与我社印制部联系**　电话：010-88275720

前　言

期待了很久，这本《山海诸神志》终于跟大家见面了。数年前，我就打算整理这样一套上古神话体系的串联工作，打造一个“中国神话宇宙”。这部书的创作，我曾经带着满满的情怀和狂热，但在过程当中，却经历了极其痛苦的折磨，各种的矛盾、情节冲突，无数次的自我推翻，终于呈现出这样一部相对完美一些的成品。下面跟大家分享一下我写这部书的初衷和原因。

最主要原因是中国神话体系的混乱和繁杂，像希腊神话和很多国外神话都有自己完整的体系，但中国的上古神话，大多数是单独的故事，没有连贯性，而且很多不同版本的故事内容和时间线相互冲突和矛盾，这就导致中国的神话故事支离破碎。

这个原因其实也是各国历史导致的，西方许多国家古时都是神权统治皇权，而中国古代封建社会是皇权利用神权，准确地说，在中国古代是“人”创造的“神”，这就导致每一朝封建统治者都会编纂符合自己利益的“神系”。而且近些年来，日本、欧洲许多国家的神话传说引入，这就更使我坚持整理这套中国神话，中国人，应该有自己的神话体系，应该看自己国家完整的长篇神话！

再看，中国上古神话故事中，很多人物和现象的出现毫无缘由，遍观中国上古神话类故事，很喜欢通用“不知道怎么……”“不知道从哪……”这样一类词汇，“盘古不知道从哪抓来一把大斧子……”“天上不知道怎么出现了十个太阳……”“共工和祝融不知道怎么就打起来了……”，包括人所熟知的精卫填海、夸父逐日等故事，都没有详细交代背景和前因后果，这就更加坚定了我想梳理神话体系的决心，经过多年的查阅、整理、加工、改编、合并，终于将各个中国神话故事的串联工作进行了下来。

严谨的工作中，自然也出现了一些瑕疵，为防止很多故事情节的矛盾和冲突，有些神仙只能进行合并了，但这里要说明一点，这本书里没有洪荒流小说中的“原创人物”和“纯虚构角色”，例如：红云老祖、冥河教主……这些网络小说编纂的角色在本书中都不会出现，更不会出现凭空捏造编写的人物，这里每一个神仙人物都是有据可查的，只是进行了某些剧情的调整和部分神仙的合并，而且每一个神仙的来源和踪迹都会详细说明，没有凭空出现和凭空消失的人物。

另外，在文学方面，小说中包含了部分原创诗篇作修饰之用，除了每个大篇章开头或结尾定场的诗词赋是仿古填词或以现代角度入笔引进故事情节之中以外，其他故事中的诗歌均为先秦诗体格律，还原时代的文学规律，如封神一卷中纣王在女娲宫降香题诗，商朝并没有七言律诗，于是就进行了改编。

●本书主要包括以下几个篇章。

一、太古先行篇。这一篇章相比后面的情节，相对有些枯燥，除了精卫填海故事的前因后果稍精彩一些，大部分是比较乏味的设定，但是这一篇章又是绝对不可缺少的部分，因为这里必须把所有的设定全部铺开，也要介绍很多人物和现象的来历，否则的话后面所有的情节均不成立，所以大家看这部分的时候，不要觉着没意思而失去兴趣，后面就会好了。

二、涿鹿之战篇。涿鹿之战的故事相对就比较精彩了，还引入了“上古十大魔神”等大众熟知的人物，利用涿鹿之战这一主线，将刑天舞干戚、夸父逐日、女娲补天等耳熟能详且支离破碎的故事串联在一起，前因后果全都解释清楚，增加了故事的合理性，最后再以一个凄美的爱情故事收尾。

三、天帝人王篇。这一卷是整部书的“轴”，起到承上启下作用，很多伏笔是为后文书铺垫，情节没有很激烈的场面，主讲历任天帝和人王的交替，并加入后羿射日、大禹治水等家喻户晓的桥段，但故事相对有可读性，适合细品味。

四、龙汉大劫篇。龙汉大劫是道家正统有记载的一人量劫，且元始天尊的第一个年号就是龙汉，这个篇章在全书当中相对比较特殊，讲的是龙、凤凰、麒麟三族的灭门，非人类之间的争斗，也对整部书的斗争起到激烈的促进作用。

五、巫妖大劫篇。巫妖大劫并不是洪荒流的设定，民间传说陆西星版的封神当中就有上古巫妖大战和万妖天庭的编创，此篇章应该是全书的一个高潮，许多旧事物的覆灭、新事物的诞生，都来自这个篇章，相当于纪元的更替，在这个篇章中，《西游记》大体的世界观格局会基本形成。

六、封神大劫篇。传统《封神演义》之所以在中国经典名著中达不到上品，主要原因是角色过多、情节混乱、人物塑造粗糙，此篇将封神原文中的部分桥段推翻，删掉原著中的人部分炮灰与群众角色，只留取人所共知的人物，重新组牌构建，创造许多新的情节，丰富完善细节，加强塑造鲜明的人物性格。请不要以《封神演义》原著为由攻击此文，此篇章是封神大劫，与原著无关。况且传统的封神故事大家都熟知，很多熟悉的环节一带而过，只细讲新的情节。

总而言之，这部中国神话宇宙之《山海诸神志》是我倾尽了心血著成，希望大家能够喜欢，未来我还打算将《西游记》《三国演义》《水浒传》等名著都通过神话体系串联在一起，这是一个浩大的工程，敬请期待。

目　录

第壹卷——太古先行篇

第一回：盘古开天辟地，万物初成新纪　/ 002
第二回：有巢皇大北构窝，燧人氏钻木取火　/ 004
第三回：女娲捏土造人间，伏羲画卦帝升天　/ 007
第四回：太极初开两仪生，万象皆成无极终　/ 009
第五回：应三皇神农治世，失二女洒泪孰知　/ 012
第六回：尝百草药祖历难，战四兽邪鸟出山　/ 015
第七回：诛白虎鲲鹏称霸，斗朱雀神农护法　/ 017
第八回：老神农断肠归阴，小女娃东海葬身　/ 020
第九回：化精卫填海鸣冤，修九翅玄女升天　/ 022
第十回：僵尸祖旱魃归阳，炎黄帝上下分帮　/ 025

第贰卷——涿鹿之战篇

第十一回：圣皇帝定中原文明，魔神犯集九黎兴兵　/ 030
第十二回：九黎寻强兵术，蚩尤悟修行法　/ 032

第十三回：涿鹿之原列战场，魑魅魍魉斗六兽　/ 035
第十四回：战神舞干戚，无头固猛志　/ 037
第十五回：二女神天界对峙，轩辕部制盐强卒　/ 040
第十六回：风雨术二神漫地，玄女欲请将救急　/ 043
第十七回：搬冰神单斗风雨，蓄水法双破敌将　/ 045
第十八回：冰应龙无计可施，旱女魃应邀助战　/ 048
第十九回：女娲皇日月碰壁，山水尽巧遇星神　/ 051
第二十回：小女魃殊死搏斗，老夸父逐日身亡　/ 053
第二十一回：玄女亲战女娲阻，双方僵局再请神　/ 056
第二十二回：寻水神性格异常，奈女娲巧言说之　/ 058
第二十三回：火神祝融战共工，九昧焱真火难灭　/ 061
第二十四回：共工怒撞不周山，女娲寻石补青天　/ 064
第二十五回：玄武斩四足立柱，神农炼定海神针　/ 066
第二十六回：天地修复现平静，二女言和止助战　/ 069
第二十七回：神秘怪人投轩辕，献计布局破九黎　/ 071
第二十八回：飞龙将屠敌八荒，诛蚩尤涿鹿战终　/ 074
第二十九回：恨应龙不得归天，痴女魃舍身驱邪　/ 076
第三十回：叹离别血迹斑斑，三生泪挥洒涟涟　/ 079

第叁卷——天帝人王篇

第三十一回：百鸟国少昊升天，三蛮犯颛顼夺帝　/ 084
第三十二回：巧后羿舌辩共工，射相柳东洋逃亡　/ 086

第三十三回：五方帝共商人主，九州天尽归帝喾 / 089
第三十四回：破实情尧受伪禅让，闲帝喾寻爱纳常羲 / 092
第三十五回：遇羲和见异思迁，悔常羲月缺化形 / 094
第三十六回：太平世女娲托媒，灾乱现后羿射日 / 097
第三十七回：断天路王母赐药，听唆使嫦娥奔月 / 099
第三十八回：禅让舜致玄鸟生商，神猴诞导水灾漫地 / 102
第三十九回：鲧平患后羿窃息壤，水牢术共工困神猴 / 105
第四十回：大禹王治水功成，老帝喾黑道终生 / 107

第肆卷——龙汉大劫篇

第四十一回：黑帝喾巧逢难友，献阴计欲破三族 / 112
第四十二回：帝公巧语赚鲲鹏，龙凤呈祥欲结姻 / 114
第四十三回：真凰坚拒联姻事，鲲鹏密会始麒麟 / 117
第四十四回：麒麟祖轻信鲲鹏，凤凰众传言屠龙 / 120
第四十五回：祖龙怒征讨元凤，真凰悲不得守贞 / 122
第四十六回：老元凤大骂孔宣，娇真凰迫施毒计 / 125
第四十七回：实无奈毒杀元凤，撕文书宣战祖龙 / 127
第四十八回：孔宣暂掌凤凰族，祖龙约见始麒麟 / 130
第四十九回：三神族大战破结界，五方帝化山护地基 / 132
第五十回：终洪荒格局重塑，结太虚天地新生 / 135

第伍卷——巫妖大劫篇

第五十一回：名讳更帝俊太一，妖师揽九婴鬼车 / 140

第五十二回：度妖业大势将成，遇巫师受阻遭困 / 142

第五十三回：大巫师炼造傀儡，老妖帝纵情欢娱 / 145

第五十四回：鲲鹏妙算大计，禹王公开巫族 / 147

第五十五回：误伤将大风传信，巫妖族首战爆发 / 150

第五十六回：巫势弱不敌妖击，神秘人诡枪破退 / 152

第五十七回：妖尊巧遇盘古斧，巫族祭炼食铁兽 / 155

第五十八回：旷世巫饕餮现世，顶天地功法初定 / 158

第五十九回：风伯戳穿鲲鹏计，再出秘人退大巫 / 160

第六十回：大禹王派遣彭祖，探人间三兽大战 / 163

第六十一回：鲲鹏巧嗦寻妖计，太一偶遇平和龙 / 165

第六十二回：平和化二龙戏珠，魔罗唤一方神猴 / 168

第六十三回：魔界得失六耳猕猴，巫妖族约二次大战 / 170

第六十四回：罗刹女太阴克阳叶，李悟清神通退妖众 / 173

第六十五回：九九归真彭祖重生，三三神通尽灭神猴 / 176

第六十六回：后羿连射九日，巫妖分批三战 / 179

第六十七回：决战至尽丧三族，鲲鹏逆阴阳二气 / 181

第六十八回：拔院升天受玉帝，诸空星斗封将神 / 184

第六十九回：紫霄宫鸿钧传道，六大仙齐聚寻宝 / 188

第七十回：开宗派广收门徒，定人主大商盛兴 / 192

第陆卷——封神大劫篇

第七十一回：李天王刀斩灵珠子，二天尊拟撰封神册 / 198
第七十二回：女娲庙商纣降香，轩辕坟三妖出世 / 201
第七十三回：奸费仲进献谗言，烈苏护抗旨交兵 / 203
第七十四回：妖狐二次夺舍，大商忠臣遭殃 / 206
第七十五回：灵珠子应运出世，闹东海大祸临头 / 208
第七十六回：忆二子命丧八仙，老龙王怒讨哪吒 / 211
第七十七回：太乙灭石矶收九头狮子，哪吒削骨肉魂入西方教 / 214
第七十八回：莲藕身获宝袭李靖，老燃灯赠塔平恩仇 / 216
第七十九回：伯邑考救父丧命，广寒仙收养玉兔 / 219
第八十回：雷震子西岐救父，姜子牙直钓贤王 / 221
第八十一回：老太师闻仲回朝，黄飞虎反出五关 / 224
第八十二回：伐北侯姬昌托孤，闻仲搬魔家四将 / 227
第八十三回：十天君大摆十绝阵，老太师求助赵公明 / 229
第八十四回：陆压破五劳七伤法，三宵摆九曲黄河阵 / 232
第八十五回：闻仲丧身绝龙岭，地藏偶获谛听兽 / 234
第八十六回：土行孙喜纳邓婵玉，苏父子归降周武王 / 237
第八十七回：杨任破瘟癀大阵，岐山丧殷郊殷洪 / 240
第八十八回：羽翼仙征讨西岐城，残孔宣兵阻金鸡岭 / 242
第八十九回：广成子言犯碧游宫，多宝道代布诛仙阵 / 245
第九十回：通天怒摆万仙阵，鸿钧言和二天尊 / 248
第九十一回：张奎夫妇渑池县阻军，哼哈二将游魂关对峙 / 250

第九十二回：毗蓝婆术破蜈蚣精，接引佛法度金蝉子 / 253
第九十三回：梅山战杨戬斗袁洪，蟠龙岭火烧众妖邪 / 255
第九十四回：阐截教安插神位，惹玉帝怒封天路 / 258
第九十五回：姜子牙登台封神，老君爷无为证道 / 261

后　记 / 264

第壹卷

——太古先行篇

第一回：盘古开天辟地，万物初成新纪

一道惊光破混关，
半入黄土半入眠。
无极初开天地现，
万古英灵化青烟。

远溯太古之前，叹大世界浩瀚之广阔，无影无形，无边无际，无始无终，无生无灭。然应自然法则，集数亿年无极之气孕育生机，呈肉球状，是为：混沌。

混沌是宇宙中最早产生的形态，这团肉球形状的物种并不是死物，而是生灵，即为宇宙第一兽类。混沌中有一精华内胆，为宇宙第一植物青莲，青莲用叶凿开混沌七窍，以便更好地吸收无极之气，孕育下一生灵。一万八千年后，混沌体内再次开始孕育另一生灵，名曰：盘古。

太古时期，又称无极世界，无正邪，无阴阳，无交合繁衍之论，所有生灵孕育皆为自然之道。混沌若为大道化形，则盘古乃为道生其一。

话说盘古于混沌之内又生长一万八千年，吸取最为精纯的无极之气，逐渐成形，即为宇宙第一人类。盘古从青莲内爬出时，手里就拿着一把斧子。盘古能感应混沌体外的大世界，一日思索，觉应立无形为有形，开万世而创世，随即一斧劈出，金光四射，将混沌一分为二。

话说这混沌也算万兽生灵之祖，感应身分两半，立刻化念闭合，而盘古双手与双足撑下，头顶支上，用尽全力撑开，二者一合一挣，相互僵持万年。盘古欲打破僵持，无奈将身体日高一尺，夜高一丈，使混沌的两半越来越远，逐渐生机消散，不再闭合。然盘古仍不放心，依然每日渐长怕出意外，又是一万八千年后，盘古也力竭身亡。

这混沌的两半彻底分离，一半上升为天，一半下沉为地，最初的天和地就是这么来的。类似清气上升为天，浊气下降为地，是后人说辞，那时无极世界，还没有清浊之分。

那时地球也未成形，只有天和地。因混沌本体为球状，所以天呈圆形，但由于盘古是四肢踏地，所以地被四肢拉扯呈方形，这就是最早的“天圆地方”形态。至于后来为何地呈球体，是为后话，此文不提。

盘古死后，左眼化为太阳，右眼化为月亮，身上的毛孔化成了天上点点繁星，他的呼变成了云，他的吸变成了风，目光变成了闪电，汗水变成了雨，血液化成了江河湖海，四肢化成了高山，肌肉化成了田土，骨骼化成了石头，毛发化成了草原和森林，牙齿化成了金属，盘古心分左右，化为不周山、昆仑山两座天柱以撑天地。

混沌被青莲叶开出的七窍就是后来动物的眼、耳、鼻、口七孔，而青莲也因盘古开天辟地被毁，按根、茎、叶、花、果实、种子分裂，根化为九天息壤，茎化为弑神枪，叶化为青萍剑，花化为宝莲灯，果实是盘古，种子就是盘古的大斧，这些法宝此处都先不提，包括九天息壤的“九天”这个概念，也不是此时的概念。

混沌被劈成两半之后，生机消散，留有“精、气、神”三种无形元素存于世间，混沌的“气”就化为火，“神”化为十方祟以干扰盘古创造的世界，那时的世界没有声音，盘古就将最后残存的力量化成一个“吒”字，吓跑了十方祟，这是世间第一个声音，于是，盘古最后也将声音化为雷声。

世界上的诸多元素，大部分是盘古所化，唯有最后一样混沌“气”化成的火补全了世间元素，所以火后来出现了诸多等级之分。混沌“气”化火，“神”化十方祟，这十方祟被盘古声音吓跑之后变成了种种上古异兽，后统称为“怪”。那么混沌的“精”与世间万物融合孕育，就诞生了世界上第一批兽类，跟江海孕育出一批海洋动物，跟山石孕育出一批陆地动物，跟树木孕育出一批飞行动物，自此海、陆、空三栖俱全。

而盘古也有“精、气、神”存于世间，盘古的“精”跟万物融合孕育，就诞生了世界第一批人类。因为那时的世界是“无极世界”，无极世界的概念就是无正邪、无阴阳、无清浊，天不分昼夜，日月同时存在，万物也不分雌雄，所以那时的生灵无法通过交合进行繁衍，只能通过自然孕育。

但自然孕育就导致了规则混乱，盘古“精”和混沌“精”孕育生灵时总有冲突。盘古“精”孕育出的人类时常又受混沌“精”影响，成为半人半兽之体，这类人的本体是盘古“精”孕育，因而较为强大；而混沌“精”孕育的部分猿类动物同时也受到盘古“精”影响，进化成人，这类人由于是混沌“精”孕育兽类进化，比起半兽体人类来讲相对较弱。而混沌“精”所化万兽不只古猿在进化，三栖内都在进化。海洋动物中部分的鲤鱼，遇到盘古血管气息之时，便进化成龙；飞行动物中部分的鹰，遇到盘古双眉气息之时，便进化成凤凰；陆地动物中部分的走兽，遇到盘古双足气息的时候，便进化成麒麟；还有一种海陆两栖动物，无意捡到盘古的脚指甲，戴在身上进化成灵龟，由于灵龟捡的是“下脚料”，所以比起龙、凤凰、麒麟来讲相对较弱。自此，洪荒世界算是完整了，生灵也就分为了羸、鳞、毛、羽、昆五类，后人称“五虫”。人、龙、凤凰、麒麟、灵龟也分别为“五虫”的统领，会将其他动物作为自己的食物。

盘古“精”化人，“气”悬于世间，大道法则显示盘古的“气”在不久的将来会一分为几，此时条件未到，暂且不提。但盘古的“神”呢？这新的纪元开辟，看似万物相对周全，而盘古还有两只手没人动呢。

第二回：有巢皇大北构窝，燧人氏钻木取火

盘古是宇宙第一个人类，同样生有四肢，双足气息被麒麟获得，然还有双手，而盘古的“神”就存在于这双手上，这两道“神”力现在来讲位于一南一北两方，不过那个时候还没有东西南北，姑且先这么说。那这两道神力，就被两位盘古“精”孕育的人类偶然获得了，这两个人就是上古有名的人文二祖。

大北方极荒之地，一个身材高大的人在缓缓地漫步着，他是精纯的盘古“精”孕育而生，不含任何混沌“精”的影响。他跟其他人相同的地方，就是

一样无有衣衫遮体，而他跟其他浑浑噩噩盲目生活的人不同的地方，就是他喜欢思考。盘古造出了这个世界，混沌孕育了万兽，而人和兽每天生活的目的又是什么呢？相互争斗？互相残杀？那大世界的出现又有什么意义呢？这个纪元早晚也会因此而灭亡，又有谁再创造下一个纪元呢？

正沉思着，突然间四周蹿出几头野兽，俱是尖嘴獠牙、凶神恶煞，死死地盯着他。由于人类长期生食动物，这些兽类也会伺机报复人类抓捕吞吃，一般来讲，这种阵势起码得有相同数量的人类才能勉强应对，而此地荒凉得很，这人哪里去找同伴呢？他不由自主地往后退了几步。这些猛兽见他要逃，疯狂地向他冲来，他转身就想跑，可是发现自己突然动不了了，他绝望地闭上眼睛，心中暗想：吾命休矣！但许久却发现周围没有动静，待睁眼再看的时候，他惊喜地看到这些猛兽趴在离自己不算太远的距离张牙舞爪，就是不能靠近，仿佛一个透明的罩子挡住了它们的去路。这些野兽挣扎了好一会儿，只能垂头丧气的远去。这人就愣在那，不知道怎么回事。原来，他是踩到了盘古的一只手，获得了盘古在北方那道“神”念的传承。

获得传承后的他，并没有继续似以往那般生活下去，因为盘古的“神”念并不是什么强大力量，只是一种开创思维的感悟。此人心想：刚才不知道是因为什么，这些野兽被挡在了那个界外不得近身，这个界壁我们是看不见的，但如果造出类似实体的壁垒，不就可以阻挡野兽侵袭了吗？说干就干！上古人的力量是很大的，不需要工具就可以徒手拔树劈土，他将树干撕成一根一根的木桩，再用山土嵌木加固。在那个没有工具的时代，全靠人类徒手动工。他以自己的亲身经历做了一个四面的壁垒，居住在这里面，四周的野兽确实不能再靠近了。

但这也只是阻挡了陆地上的走兽，空中凶猛的飞禽还是可以从上方袭击人类，加上有时暴雨，这个四面封闭的空间会因此积水把人淹死。这位人文老祖又进行了改良，将上方也加上了一层阻挡。这样一来，人类最早的巢屋就完成了，北方的人类也纷纷效仿此人，构木为巢，搭建房屋，并拥护这位老祖为部落首领，尊称有巢氏，后称巢皇。长此以往，有巢氏就在北方建立了古巢国，此为华夏最早的部落联盟国。发展当中，有一位与其结盟女性形态的人类，受有巢氏思想影响，将树叶摘下遮挡身躯，被人称为：缁衣氏。

二人在北方创造了最早的人类文明。

话分两头，再说南部一带，盘古这另一道“神”念一直无人问津，不断在吸收着混沌的“气”，此地后来被称为世间的火源。一日，依然是一名身材高大的人类经过此地，同样的，几只野兽前来围攻，但不同的是，此地人口旺盛，不比曾经北部荒凉之地。这几头野兽冲上前来，突然燃起无名烈火把它们烧成黑炭。这一幕，周围的人全都傻眼了，不知道这是怎么回事。再看其中一名胆大的，冲到起火的位置，不幸同样出现大火把他烧成重伤，靠同伴搭救才拽出来。这几人四目相对，再也不敢去了。这时，最早被野兽围攻的那人站了起来，不顾周围人的劝阻，缓缓走上前，刚走到一个定点，身边照旧燃起大火，但不同的是，这人身上好像被一层东西包裹着，火烧不到皮肉。原来，他已经获得了盘古另一道“神”念的传承。

待火散去之后，身旁的这些被烧焦的野兽也散发出一阵阵香味，这人徒手撕下一块肉放进口中，顿感味道甚好，他让周围的人一起来品尝，获得一致好评。再后来，只要有野兽经过他身边，都会被无故烤熟，但他却无法拥有控制火的力量，且周围的野兽经过数次失败之后，慢慢都躲着他，无法再为人类提供香嫩的美食。后来经过他不断思考，加上北方构木为巢的消息传来，他用木头反复试验构思，才发明出钻木取火。自此，人类可以自主用火烧烤食物。

由于他做出的突出贡献，南方部落的人也拥他为首领，尊称燧人氏，后称遂皇。燧人氏就在南方建立了燧明国。那时人类轻易不敢靠近水，对海洋动物都是敬而远之。直到出现了一个女性形态的联盟人士叫华胥氏，带领一支氏族开创了避水而泳，可以抓捕鱼类，加上燧人氏的火烤，味道鲜美，燧人氏就与华胥氏结亲，共同治理部落。这里不得不再提一下那时是无极世界，人不分男女，所谓的男女只是男女形态，所谓的结亲也只是比结盟更亲近一些。

这一切看似顺利，却又继续发展着。一日，华胥氏不小心走到火源的位置，突然又烧起大火，华胥氏没有燧人氏的盘古“神”力，只能痛苦挣扎。这时燧人氏赶到，走进火源与华胥氏共同抵挡。原来，这是盘古“精”与混沌“精”在做最后的争斗，被燧人氏和华胥氏共同扛了下来。片刻之后，一道天雷降下，劈在了二人身上，一切才烟消云散，此地之后再没有无故燃起大火。而燧人氏和华胥氏二人体内，也各自孕育出一个新人，这二人一个男性形态，一个女性形态，俱是半人半兽、人身蛇尾，算是一对兄妹，这就是继人文二祖有巢氏、燧人氏之后，太古三皇中的两位：伏羲和女娲。

第三回：女娲捏土造人间，伏羲画卦帝升天

伏羲、女娲，乃太古时期社稷正神，为人类和世界的发展做出了突出贡献。这二人看似是燧人氏、华胥氏所生，但那时无极世界没有繁衍，万物皆是自然孕育，所以本质上讲这兄妹二人是盘古“精”和混沌“精”最后的融合所生，都拥有强大的力量。最开始的时候，伏羲和女娲只是协助遂皇治理人间事务，因南方部落的生活相对比北方更细致一些，其琐碎事也比较繁杂，那么为了将事情区别开来，伏羲就发明了结绳记事，把绳子打成不同形状的结，代表不同的事件，大绳小绳来代表大事和小事，再后来不同材质、不同颜色的绳又代表不同的事件类别，这就是一种立体的书面语言。早在有巢氏、燧人氏时期，人类和百兽各自的语言就已经形成，这些绳结就是华夏最早代表语言的符号式文字。

结绳记事这项工程在历史的长河中，可能只是沧海一粟。但在太古时期，可是一项极其重要的发明。往前倒推，无论是构木为巢还是钻木取火，只能说是生存能力的进化，或说是人类文明的雏形。但从出现结绳记事开始，人类社会的初步文明才算成形。首先来说结绳记事创造了最早的数字，据伏羲创造的结绳符号引申出的数字达到万单位，不同方式的排列也启发了后来算盘的发明；其次，这些符号的形状为后世造字的那位先贤提供了极大的灵感；最重要的，这些记事符字让那时这些神话传说流传下来了；再往细了说，中国结就是那个时候起源的，对后世产生的影响是极大的。伏羲也是因为如此功绩，继承了其父遂皇之位，成为南方新的部落首领。

后来，结绳也产生了进展和变化。随着人类文明的发展，人们的社会事

件越来越多，绳也是越结越大越广。有一日，禽鸟飞行时不小心撞在绳上，坠落在地，恰巧被伏羲看到，若有所思，随即将绳结搭起数丈，结而成网，确有许多禽鸟触网坠落，为人类捕得了许多食物。但也引来了一些笑话，很多人不明所以，纷纷来到网前集体猜测，首领扎这么大的绳结符号代表什么意思，于是乎一群人扎堆于此，根据这张网上各种区域的小符号胡乱猜测，猜出了无数个不同版本，到最后因为各自意见不同大打出手，直到伏羲回来才结束了这场争斗。

其实伏羲也不是漫无目的闲逛，他根据网鸟的方法，跟妹妹女娲一起把网织得更加密集，到水边网捕了一大批鱼类。过去虽然伏羲和女娲的母亲华胥氏发明了避水而泳捕捉鱼类，但不是每个人都能将这门技术学精通，就导致了一大批人类因七窍进水而死亡。伏羲就将这种网捕的方法传授给大家，让大家都能用网捕捉飞禽和海鲜，后来将网伏于陷阱，还能吊捕走兽，部落的人类无不欢喜。

伏羲和女娲在人间生活了上百年。有一天走在旷野平原，女娲有感而思，皆因为兄妹二人是盘古和混沌最后的“精”碰撞而生，导致造人造兽的“精”自此不再存世，无法再孕育新的生灵。虽然那时的人类寿命很长，但长此下去终究这世界的生灵还是越来越少，到最后存活于世的仅仅是这大批植物。那自己兄长父母辛苦创造的社会文明意义何在呢？女娲陷入了沉思。

思索片刻，女娲决定效仿盘古与混沌“精”造万物的孕育之道。她想到人和兽类皆是山石受“精”所化，就拿起一块石头，欲塑成人或兽的形状。可石头太过坚硬，加上那时还没有工具，女娲无法轻易地改变形状，换抓起一把黄土试验，但黄土又太散，很难固型。女娲无奈，只得漫步继续思考。

踱步半日，女娲感到腹中饥饿，就到水边捕鱼，突然她看到水边的黄土被水浸泡之后，成稠状，故又有所思。捕鱼架火烤时，鱼类沾染的稠状黄土遇热脱落，又成泥状，女娲瞬间顿悟。她将黄土用水浸泡之后，轻微火烤化成泥浆，随手捏出了一个动物的形状，并用鱼须钻出七窍。紧接着，她以自身继承的盘古“精”力注入，这只泥塑瞬间活了起来，踏四蹄奔走万里，这就是马的诞生。女娲大喜，决定明日再次以此方法造物。

女娲将泥塑点化成生灵需要耗费大量的“精”力，必须修养恢复过后方可再行造物。接下来六天，女娲每天都用此方式造出一物，六天时间造就了六种动物，有飞禽、有走兽，但是毕竟是泥土制成，飞禽也飞不了太高，所以这算是女娲失败的创造，却为人类后世做出了极大贡献，这种动物就是鸡。那这六日创造的，就是跟人类最亲近的“六畜”：马、牛、羊、鸡、狗、猪。

女娲经历了六天的造物，技艺达到纯熟。终于在第七天，女娲实现了她真正的梦想——造出了人类。

年复年，日复日，女娲每天都忙碌于造人的工程。逐渐的，世间有了大批量的人类出现，原本荒凉的大地逐渐繁荣。不过有一个人却担心起来，那就是伏羲，在女娲造人初成时期，伏羲确实为妹妹的壮举欣喜。但时间一长，伏羲就察觉出了问题所在，女娲造出的这些人，寿命远远不如盘古“精”孕育的人类，甚至到现在，很多盘古孕育的人类寿命连一半都没到，女娲造的人就已经死去三四批了。那长此以往，女娲的“精”力会越来越少，最终会因此陨落，人类还是没能得到延续。伏羲心疼自己的妹妹，决定改变这个现象，改变世界的规则，可以达到循环不息的状态。因大地生灵过多伏羲觉着吵闹，就飞升到了天上。有人觉着这人怎么能随便上天呢？由于太古与上古时期天人合一的法则，法力广大者可与天合，且那时的天只不过是混沌的一半身体，伏羲直接就升天了。他在圆形的天体中间走了一个曲线，就把圆形的无极画成了一个太极的图案，自此，两仪初成，万物分成了男女可以自行繁衍后代，但也因两仪显像而衍生出了世间诸多的现象诞生。

第四回：太极初开两仪生，万象皆成无极终

伏羲升天，将圆形的天体按曲线画成两块。自此，无极世界告终，太极世界初现。伏羲又在两部分的中心对称位置停留了片刻，留下了两个圆点，于是太极又生两仪。两仪初成之后，太极世界的万物有了诸多的显像。

显像之一，人分男女，万物生灵皆分雌雄，凤凰、麒麟分别以凤雄凰雌、

麒雄麟雌分开，龙、灵龟等所有盘古混沌“精”和女娲所创物种都分雌雄，才开始有了交配繁衍。这时候根据显像一，有两位自然神相继诞生，女性的代表西王母、男性的代表东王公。东王公为人面的三足金乌鸦，也是最早的太阳神；西王母人面虎身，也是最早的月之神，西王母和东王公也分别以昆仑山、不周山为道场进行居住和修行。

显像之二，除了男女之别外，世间开始有了正义和邪恶之分，过去世间所有的生灵没有善恶，至于“五虫”的统领捕食其他生灵，那也是对应自然法则，同级生灵之间没有争斗，而随着伏羲画卦的两仪让世间有了正邪相斗。此时根据显像二，又有两名自然神兽诞生，南原的一只集世间至善之念化为的五色神鸟，后名孔宣，五色光一扫世间清明，而北冥有一条大鱼，集世间至邪至恶之气，迸生双翅，化而为鸟，名为鲲鹏，双翅一扇即是九万里远，所到之处暗毒遍地寸草不生，是迄今为止唯一一只海、陆、空三栖动物，正邪之分也让接下来的世界即将陷入混乱。

显像之三，清浊分明，清气上升将天变得轻而透明，浊气下降将地变得重而浑浊。盘古悬在世间的“气”也分为了三清一浊，这三清一浊或过去或未来会诞生出四位大仙，此处并未出现，暂时不提。

显像之四，日夜分明，无极世界不分昼夜，太阳和月亮是同时存在，到太极世界后，日和月开始围绕大地旋转，按时间升降，从此人间有了白天和黑夜。

显像之五，阴阳分明，那时的人类虽然寿命很长，但也有寿终之时，过去死亡的生灵都会消散在天地间，自此寿终的人有了阴间，成为鬼。阴间出现后根据显像生成两位自然鬼神，幽神神荼、冥神郁垒夫妻二人，掌管阴间幽冥界。

两仪所造成的显像还有很多。总而言之，任何对立现象，都是从两仪分割开始形成的。从此，世界真正进入了太极世界，也宣告了太古时代的结束，上古时代的开始。

这样一来，女娲的压力就减轻了很多。由于伏羲不愿再回到地面，在天上独自做了天界之主，女娲就替哥哥开始管理人间的事务。伏羲还制定了男女间的嫁娶制度，又开创了姓氏，规定子女随父姓、儿承父业的规矩。那时候的姓氏跟现在叫法不一，姓还是姓，氏为名，伏羲姓风，名庖牺，女娲叫风里牺，这两个名字都鲜为人知。人间为了感恩，尊伏羲为天皇，女娲为人皇。

伏羲居住在轻而透明的天上，每日烦闷之余尽是思索。他并不满足目前世界的状态，认为还可以再丰富多彩一些。由于太极天体开始是一直在旋转，一日，伏羲将两仪的极点固定，又将两仪分割开来，分成四象，于是，人间又分为东、南、西、北四方，之前说的南方、北方也是这时才有的概念，四大部洲：东胜神洲、西牛贺洲、南瞻部洲、北俱芦洲出现，东、南、西、北四海也形成。对应四象又诞生了四只自然神兽：东方有青龙，南方有朱雀，西方有白虎，北方有玄武，只是这四神比起两仪诞生的那些自然神实力弱了许多。

四象生，代表着各种四方概念出现，而四方概念加上天、地，又统称“六合”。

伏羲闲暇之余，欲开创更高法则，就需要借助物来入道，于是给自己造了一把琴，那时叫瑟，属于世间最早的古乐器。伏羲在这把琴上装了五根琴弦：宫、商、角、徵、羽，这五根琴弦给伏羲带来了许多感悟和灵感。首先，他以人间五种基本元素整合出了五行：金、木、水、火、土。根据五行，又诞生了五位自然神：金神蓐收、木神句芒、水神共工、火神祝融、土神后土。伏羲将五行配合四象，又将人间按金、木、水、火分为了春、夏、秋、冬四季，只是那时四季没有规律，加上五行神时有争斗，导致四季秩序混乱，直至后来因种种原因才按规律运转四季，后文再提。五行出现后，人间的东、南、西、北、中五个方位也暗合了五行属性，四象神兽也有了五行属性。女娲根据伏羲整理的五行又创造出了五脏，她认为人和动物不只要有七窍，就将五行对应的心、肝、脾、肺、肾制造出来，填入人的身体内。自此，生灵有了完整的身体构造。

伏羲还将万物整合为天、地、人“三才”，以合神、兽、人三大物种居住的载体，加上鬼这个物种，天界、地界、幽冥界这也是最早的三界观，后来三界几经动荡衍分为六界，那是后话。

伏羲思索之余也在天界内外四处游历，游历之间又发现日、月、星三种可发光的物体，就将日、月、星定为“三光”，至于月与星后来因何变得暗淡无光，是为后话，此处不提。

伏羲最后一项功绩，是将四象又分为八卦：天、地、风、雷、水、火、山、泽，这八个字蕴含的学问广大，此处不做详细介绍。总而言之，自此万物皆成。

伏羲和女娲能够创造万物，最根本原因还是太古时天人合一的法则，人与自然融为一体，可以调用自然的力量，也可以改变自然。就这样：无极生太极，太极生两仪，两仪生四象，四象生八卦。世间从无极世界演变为太极世界，万物开始循环不息。按此法则，北方的有巢氏和缁衣氏也分为男女，开始了姻亲生活并正常繁衍，二人生下太古三皇中最后一位：神农。

第五回：应三皇神农治世，失二女洒泪孰知

到了神农氏诞生的时期，世间已经完全没有了盘古和混沌“精”的存在，女娲创造的人类都是纯种的人身，没有了半人半兽之体。可是神农不一样，生下之时就是牛头人身，虽然神农氏的父亲有巢氏是纯正的盘古“精”孕育而生，但神农氏的母亲缁衣氏体内却是存有混沌“精”，加上自身一脉没有女娲所造，所以依然是人兽结合体。只不过，此一时彼一时，过去的人兽结合体过多，那只有纯正的盘古“精”所化纯人身方有作为，就像有巢氏，懂得思考构木为巢，但这时不同，此时间天地孕育的生灵相继消亡，大部分人类都是女娲所造，能力各方面都比不过太古之人，加上神农氏是太古孕育之人繁衍而生，继承的能力极强，所以在这个时候就凸显出来了，这也是物以稀为贵。

神农诞生于姜水一带，故而姓姜，名魁隗。作为北方部落仅存不多的大能，自然也是要继承父业成为部落首领。加上现在太极世界循环不息，人类的发展愈加昌盛，人群也是越来越多，神农就必须要为人类部落做出贡献，方能服众。他向南方部落的伏羲学习，先从父母辈的政绩改良开始。想起女娲捏土造人无法轻易碎开硬石，加上有巢氏做的木质房屋经雨水浸泡总有一

天会损坏，神农氏就改为用山石搭建房屋，比老房屋的质地更加坚硬。

神农在部落中最大的贡献还是开创五谷。由于那时人类的食物只有其他动物，长此以往兽类的再生赶不上人类进食的速度，最终一定会导致兽类被人类吃完，而人将会因缺食相互残杀，所以神农决定要找到人类其他的食物。经过无数次的尝试，终于发现了稻、粱、菽、麦、黍、稷，称为“六谷”，后将粱去掉，合并为“五谷”，可供人类食用。后来随着大地之上的五谷被人类食用逐渐减少，神农又在大地开垦出田，让人们种植粮食。神农想到在搭建石房的时候，很多石头无法嵌入土地，就要用别的石块击砸而入，从这个灵感中，神农又发明了各种工具，以供人类农工之用。

而由于粮食不似野兽，许多谷类为散状，无法直接用火来烤，神农又发明了最早的陶器，将谷子装入陶罐中，底部架火来烧。同时，神农想到伏羲结网捕鱼捕鸟，但走兽类的捕捉并不灵活，神农又发明了弓箭，可以射杀走兽食用。

随着这种景象愈加繁荣，许多人类开始了囤积，有了存余，但同时也有一些人由于所在地的气候原因收成不佳，神农就开辟了物物交换市场，可以将粮食与工具进行交换，这也是中国最早的商业行为。

神农时代人类社会文明基本成熟了，被人们尊称地皇。如此一来，天皇伏羲、人皇女娲、地皇神农并称太古三皇。神农开创了前所未有的部落繁荣，远比女娲时代造人的景象还要壮观。但问题也来了，现在已经是太极世界，随着神农年龄越来越大，需要有后代来准备继承他的位子，可神农这会还没结婚呢，一直忙于部落建设的他根本没有时间考虑个人问题。此时部落的人都劝神农去寻找自己的爱情，不要落个后继无人。就这样，神农开始了他寻爱的旅途。

神农向西行走了数年，逐渐走到了昆仑山地带。放眼望去，这里山水相映，草盛花香，水流叮咚，幽静舒适，山谷间有一条河流，明如镜清澈见底，书中代言这条溪水名唤“赤溪”，乃是昆仑山的一片灵水。神农正感悦目之时，忽听时隐时现的阵阵琴声，时而高亢如云，时而低回婉转，伴随琴声四处一片雾气蒙蒙，宛若仙境，待仙气散去，映入眼帘的是一位绝美的女子，柔似春风拂面，娇滴花艳绝伦，神农不由得看痴了。

再看自己，鹤发满首，年过数百，早已身老气衰，神农顿觉伤感，低头不语。沉默片刻，正欲回身离去的时候，琴声骤然停止，见这位姑娘上前拉住了神农的手，神农瞬间愣在了当场。

原来，这名女子名叫听訞，乃是昆仑山西王母的弟子，赤溪水灵气所化，她诞生之时，伏羲送来一把五弦琴，让她在此抚琴修行，等待神农氏的到来。听訞仙女数十年的目的就是与神农结亲，此生她没见过其他男子，虽然眼前的神农垂垂老矣，但她并没有觉得不妥，反而倍感亲切。二人凝视片刻，又在此生活了数日，终于在昆仑山一棵大梅树下，拜天地结连理。

听訞嫁给了神农，协助神农一起创造社会文明，她将婆母缁衣氏的树叶遮体改良，以麻制布做成衣物，供人类穿戴，使用时间更长。听訞还为神农生下了一儿三女。可是好景不长，本应继承神农首领之位的长子炎居却无故失踪了。而此时，北方的东部诞生一名大能，发源于姬水一带，姓姬名轩辕，通称轩辕氏。在神农经历爱情的这段时间，轩辕氏根据神农打下的基础进一步改良，开创了更加先进的社会文明，逐渐统一了北方的东部，成为新的部落首领。而神农的部落大部分在北方的西部，轩辕氏部落经过大力发展生产，超过了神农部落。想要一统中原的轩辕氏，带领部落向神农发起了征战。

神农丢失了爱子，本就心痛，闻听轩辕氏犯境，当下勃然大怒，带领部落于姜水和姬水交界的阪泉之野摆开了战场，这也是太极初开以来，人类部落第一场大规模的斗争——阪泉之战。这一仗打得如火如荼，可是能够看出，神农年迈力不从心，且部落之间也是因为发展停滞而差距过大。眼看神农无法取胜兵败之际，西部再次传来噩耗，神农的前两个女儿依次离开了人世。

神农只觉天昏地暗，他疯狂地跑回姜水部落，看到大女儿赤女和二女儿瑶姬全都没了气息。原来，西部连年大旱，赤女因为缺水而亡，瑶姬因为思念姐姐，久卧不起得了大病。在此之前，并没有病这个概念。儿女的离世深深地刺痛了神农，他犹豫了许久，才做出了一个重要的决定。

第六回：尝百草药祖历难，战四兽邪鸟出山

神农被两个女儿的死深深刺痛了，他开始痛恨生老病死的规律，尤其是病这个新概念的出现。看看自己数百岁的高龄，而自己的女儿正值豆蔻年华，却早夭离世，神农为了自己也为了全人类，做出了一个痛苦的决定。

神农找到轩辕，严肃而认真地问道："我若把部落首领的位置交予你，你能否向我以及天下人保证，给人类部落一个更昌盛的世界？"

轩辕义正词严地说："地皇请放心，我等讨伐，并非行不义之师，成一统大业，而是你西部的神农部落因你多年未在，落后不堪，而我东部的有熊部落在我的带领下，已有更先进的文明。天下大位，能者居之，你难道甘心神农部落的人一直生存在不得进步的空间中固守一生吗？"

神农闻听此言，顿感惭愧，也觉无颜面对部落，"好，我就将姜水至阪泉一带我的部落交给你，希望你言而有信，并且对我的部落能够一视同仁，给我的部众一个辉煌的未来。"此话说完，神农便转身离去。

后来轩辕氏的确也实现了他对神农的承诺，在他的带领下，人类文明达到了一个巅峰。轩辕氏也被人类尊称圣皇。当然，这是后话。

神农回到姜水，将一切安排妥当，并见到自己的妻子听訞，神农看到妻子更加愧疚，没想到刚娶妻回来就要将部落拱手让人。听訞柔情地看着神农，眼眶中还噙着失去儿女的泪花，轻声说道："接下来什么打算？"神农黯然，"部落已让出，我也无脸再继任首领。"听訞听罢，并未觉不妥，"能者称王，轩辕有此胜德，天下交予他也未尝不可。你打算去哪？"神农沉默半晌，才缓缓开言："我想南下游历，亲尝一切草植，找出能医治疾病的，定为药物，为人类继续造福。"听訞脸上现出崇拜的目光，"你就是全天下最伟大的人。可是如此，为妻就不与你同去了。"神农诧异，"为何？""因为妻知，试药采草之路充满艰险，并不是我怕苦，唯恐与你同去，动摇你的决心。"神农问道："那你留在此地？"听訞缓缓说道："难道你忘了，我们的儿子还不知身在何处了吗？我也打算四处游历，寻找他的踪迹。"神农想起了自己不知所踪的儿子，又看向远处玩得正开心的、自己唯一仅存的小女儿，眼泪再次夺

眶而出。听訞拭干神农的泪水，缓缓开言：“女娃就跟着我吧，你放心去采药，大丈夫心系天下，莫被儿女情长牵连。”神农心一横，痛苦地点了点头，背起听訞为他编织的柳条筐，南下而去。

这位地皇神农就这样一步一步地走着，巡游天下，逐渐就到了南方部落。不知行走多少年月，不知历经多少风霜，不知身患多少病痛，不知尝试多少草药。哪些草药能够医治哪种疾病，他都沿途传播给各地百姓，大家都按伏羲发明的结绳记事法如数记录。开始的时候神农可能还会经历中毒的风险，还要冒险寻找解药，越到后来，根据相似的色泽已经可以大概判断，危险也在逐渐减少，就只剩下了艰苦。神农这一路不只发现了许多药理，还寻到了很多可食用的蔬菜和水果，为人类的饮食增添了色彩。单说一天，神农再次中毒，到了这个时候一般的毒药已经难不倒神农了，能让他再中毒的显然不是一般毒药，虽然费劲体力找寻到了解药，可是这等解药却需要神火历练。神农以钻木取火之法试验数次，始终无法控制火的程度，达不到合适火候。正当神农为难之时，迷离的眼神中突然看到极南地平线飞来一道红光，焰红的双翅一扇将天边全都映衬成赤色，这道红光瞬间直达神农面前，光色散去现出本体，原来是四象神兽中的南方朱雀。神农艰难地睁开眼睛问道：“你是何方神圣？”朱雀扶起神农，缓缓答道：“我是南方朱雀，属火之精，拥有控制火的力量，来帮助你炼制解药。”说完看向解药，顿时皱眉，“地皇，你这解药，若直接用火烤炼，必有损耗，需要器皿隔挡。”神农无力地说道：“这倒好办，我有制陶之艺，劳烦你取些泥土来，当即可造。”朱雀随即取来了许多泥土，神农在朱雀火炼的帮助下，炼成了一只陶鼎，这就是日后神农炼药的法宝、上古时期有名的神农鼎，也是华夏第一口鼎，只是这神农鼎是陶制，那时还没有青铜。接下来，朱雀帮助神农炼好了解药，医好了神农的毒。从此，朱雀也跟随神农左右，一起游历、尝百草。

而就在神农与朱雀游历南部之时，北冥发生了巨变。在极北之界的一个山头，数万年无人涉足，荒凉至极。忽一日，这座高峰猛然炸开，将周边数千里扫成灰烬。待尘埃落尽，一只巨兽从尘土中缓缓现出，观此兽：满身黑灰混色相间，黑色为鳞、灰色为羽，双眉剑似刀割，二目阴邪相恶，鹰钩鼻钩鹰喙锋利如金，双翅张开遮天蔽日不知几万里远，看鳞羽同存即知不在

"五虫"之内。

"呼哈哈哈哈哈！我鲲鹏终于将陆栖之法炼至大成！今日往后，天地之间，海陆空内，俱都要归我统领！"

原来，这是两仪初分之时，正邪善恶分明之际，由邪恶衍化、集世间邪念恶业于一体的鲲鹏出山了。鲲鹏本是北冥的一条大鱼，原属海栖，成形之时化而为鸟，又属空栖，自出现那日起就一直在闭关修行，决定将陆栖的功力炼至顶峰，达到海、陆、空三栖无敌之力。这只邪鸟今日出山，世间恐怕要生灵涂炭了。

就在鲲鹏狂笑之时，北冥传出一阵沉声："是谁……打扰我休息？"鲲鹏顺声音观去，见北海向岸边浮出一只巨大的灵龟。这只灵龟跟普通龟类不同，龟壳上盘着一条长蛇，蛇尾端扎入壳内，像与龟身一体。它的行动很是缓慢，却带着极强的力量，每走一步，这百里间的大地都要震动片刻。鲲鹏轻蔑地看着这只老龟，不屑地说道："我当是什么玩意儿，原来是四象中的北方玄武，论自然等级你低我一阶，还敢耀武扬威，今日正好本座出山，先拿你立威，一统北冥。"说罢挥起双翅，猛然向玄武拍去。

第七回：诛白虎鲲鹏称霸，斗朱雀神农护法

玄武神兽，乃是以钝性著称，身形并不灵活。鲲鹏这奋力一击，它可是连躲都躲不开，况且鲲鹏的双翅太过庞大，几乎像一张网或一个笼子一样罩过去的，含带着极大的阴邪之力，这一击直接就将玄武壳上的灵蛇打得粉碎，这灵蛇可是连着玄武龟尾的，同时龟尾也被击碎了，这时的玄武只剩一个龟壳、一个龟脑袋和四足了。玄武此时想退，但无奈鲲鹏的双翅将四周围三面全部笼罩，就算后退退回海里，也逃离不了鲲鹏的追杀，鲲鹏本体就是鲲鱼，海中为本源，到海里反而更加如鱼得水，无奈的玄武只得将头和四肢缩到龟壳当中。这一缩，鲲鹏可难办了，无论如何击打这龟壳都是无动于衷，而且不管打上多少次，这玄武的气息依然存在，证明还活着。那个时候，人和兽

的武力大多是单纯的力量，除了水火等带属性的攻击之外，其他都没有太多的法术概念。而玄武的钝力极强，龟壳坚硬无比，黔驴技穷的鲲鹏只得放下狠话："玄武，愿你永远保持现在的状态，今日起北冥归我统治，往后若有一日你从壳里出来，那就是你的死期！"说罢展翅摇翎，飞出千里之外。

书中代言，玄武从此刻起的确就保持这样的状态一直没动，直到后来最关键的时候才出现牺牲拯救了世间，这些都是后话。先说鲲鹏，击败玄武之后立刻就飞到了西部，打算将四象神兽逐一打败，一统兽族。那时的西部本是一个温馨祥和的氛围，不似北冥那般荒凉，不似东洲那般昌盛，也不似南原那般繁荣。西方的神兽白虎刚刚完成了一件大事，之前提到过西王母刚刚出现之时是人面虎身，但到这个时候，世界发生了很多变化，也出现了新的文明，女人逐渐有了爱美之心，尤其看到美丽的听訞与神农的恋爱，西王母也想重修自己的身体，就让白虎帮助自己。经过数年，白虎已将西王母的虎身全部炼化到自己体内，使西王母有了完整的女人身体。但也造成了一个弊端，这样一来，本为两仪显现的自然神西王母，法力被弱化了许多。

白虎吸收了西王母的虎身，此时正是固本培元之际，因跟西王母的神格有等级之差，白虎最少需要经过十几年的时间才能完全消化，融合成一体。但无巧不成书，鲲鹏在白虎最危急的时候赶到了，白虎见到鲲鹏顿时大惊，但还是故作镇定强势地说道："鲲鹏，闻听你击败玄武，仍野心不足，想将我们四方神兽灭门，称霸兽族，是也？"鲲鹏放肆地大笑，"白虎，击败玄武太过简单，没有任何快感，四大神兽只有你是纯正的陆地生灵，与我来痛快地打上一场，也让我看看我的陆栖之法修炼的如何？"白虎笑道："玄武本就不擅作战，你恃强凌弱甚是无耻，我虽与你神格有所差距，但如今吸收了西王母的虎身，你本为海空两栖，陆栖初学乍练，此时还不速速离去，安敢与我作战？"鲲鹏闻听此言，阴险一笑，"白虎，休要再装模作样了，那西王母与本座本是同等神格，若她出手护你，也许我还真会离去，可她偏偏爱美，让你同化虎身，使她法力大减成为无用之人，现如今你吸收了高等神格的肉身，恐怕没有十几年的修行，无法达到融合吧？若你真的强过本座，还会出言恐吓？此时我早成你的爪下冤鬼了。任你如何掩饰，仍逃不过你如今根基不稳的事实，错过今日，不知要后悔几世，受死吧！"鲲鹏话音刚落，双翅一收，现出一双锋锐的利爪，此爪细细观瞧：锋如金剑、快似闪电，爪臂之上无有半分鳞片，灰羽翎挓挲针刺一般，十根尖指飞快地向白虎刺去。这也是鲲鹏率性的一面，由于陆栖之法刚刚炼成，它并不想利用双翅的优势，故而收羽以爪作战。白虎只感到瞬息之间鲲鹏就到近前，奋力猛然一跃，从鲲鹏上方跳过，还未落地，就见鲲鹏身后伸出一条鱼尾，扫帚形尾首陡然放大托住白虎身躯，鱼尾伸长将白虎卷起，光亮刺眼的黑鳞此时如刀片一般，片片扎入白虎体内，将白虎扎得血肉模糊。鲲鹏此时长尾一甩，“砰”的一声，白虎硕大的身子砸落在一座山头，将峰尖铲平，紧接着落在了平地之上，地面凹陷，坑里躺着奄奄一息的白虎。

白虎身体内西王母的虎身本就蠢蠢欲动，就好比人进食过多欲呕吐的状态，刚才那一跃其实已经用尽了最大力量。待鲲鹏走到坑边之时，它已经没了气息，鲲鹏阴邪一笑，“真是没用的东西。”双翅一张，往南部飞去了。

向南飞行寻找朱雀的同时，鲲鹏心里多少有些底气不足，它最担心的其实是南原那只世界最善良的五色神鸟——孔宣出山。这里要先简单介绍一下太古与上古时期的神系了：上古神系分为创世神、人格神、自然神三种，创世神，就是创造万物或现象的神，如盘古、伏羲、女娲；人格神，是开创文明、为人类社会的起源发展做出创造性贡献而成为的神，如燧人氏、有巢氏、神农氏，以及后文书主要介绍的轩辕氏等；自然神最为强大，每一种自然现象或规律首次出现的时候都会相应出现一个代表性的神，如西王母东王公、孔宣鲲鹏、四象神兽、金木水火土五行神、神荼郁垒，以及还未出现的三清一浊等。拿自然神来说，越靠前出现的能力越强，两仪生成的一定比四象生成的神强大。以鲲鹏的视角，西王母褪去了虎身法力明显下降，东王公与自己没有冲突应该不会出手，而唯一可能干预自己统治兽族的，只有孔宣，孔宣与自己一脉相生，且伏羲当初说过一句“邪不压正”，严格来讲，孔宣应比自己更强大一些。

可鲲鹏有些想多了，孔宣目前还在修行当中并未出关，它也无心干预此事。待鲲鹏找到朱雀的时候，没有察觉孔宣的气息，顿时一阵兴奋。鲲鹏最得意的本领就是这对翅膀，与白虎作战它是为了磨炼自己故而未出羽翼，此时与朱雀同为飞禽，可以痛快作战。正当鲲鹏欲对朱雀出手的时候，只听见一个苍老的声音现出：“孽畜，休要动手！”

第八回：老神农断肠归阴，小女娃东海葬身

鲲鹏与朱雀正在南部对峙，还未交手，老神农就出现了，神农拦住了二人，手指鲲鹏骂道：“你这披毛带卵的畜生，败玄武杀白虎，仍不满足，妄图侵占大地，今日有我在此，你休想伤到朱雀半分毫羽！”鲲鹏斜眼看向神农，“原来你就是地皇，闻听你尝百草，连部落都让出，岂敢与本座谈论称霸天下之雄心？我今无心沾染人族之事，识趣的赶紧让开！别逼我对一个风烛残年的老人动手。”神农还没张口，朱雀拦道：“主公，您不必插手，这邪恶之辈还伤不到我半分，您且看好！”此言一出，见朱雀立刻飞身而起，张开双翅，翎羽之间滚出熊熊烈火，火成条状一圈一圈绕向了鲲鹏，将鲲鹏团团围住。

鲲鹏大惊失色，战玄武诛白虎之时，它并未遇到过此等状况。其实也不完全如此，玄武五行属水，对鲲鹏无效，白虎五行属金，金系无法施展过于惊艳的法术，而朱雀不同，朱雀五行属火，对鲲鹏的羽翼正能达到灼伤的作用，别看鲲鹏的本体鲲鱼是在水中生存，那只是鲲鹏在水中得以自由行动，仅此而已，并不代表鲲鹏可以随意调动水之力，此地又是南原地带，万里平野，距离水泽甚远。鲲鹏的羽翎被烈火烧得焦黑惨淡，无奈逃走，临行前放下一言：“朱雀，神农！本座与你们势不两立！你们等着吧！”

朱雀的火攻对鲲鹏有了很大启发：其一，鲲鹏自此认识到法术的重要性，单纯力量并不能击败这些拥有武技的兽族，况且鲲鹏今后还想攻打龙、凤、麒麟三族，天知道这三族盘古孕育的神兽会有什么惊天动地的神技，所以鲲鹏要提升自己的法术能力；其二，若想击败朱雀的火术，就必须将它引到海域，而此时朱雀显然跟随神农寸步不离，所以必须先除掉神农，才能令朱雀失去理智，离开所在之地找自己复仇。但是后来鲲鹏想明白了，这两点启发其实是一件事。

一切看似又恢复了平静，神农依然在尝百草的路上，朱雀伴随他左右形影不离，协助神农炼药。直到有一天，神农在南部见到了女娲，二人如遇知己，交谈数日，由于二人的父辈受盘古两道“神”念传承，故二人此时如同姐弟一般，女娲也帮助将神农的百草之用传授到南方部落，但听到轩辕氏统治北方之时，女娲眉头紧皱，对轩辕氏的印象瞬间跌到极点，任凭神农怎样解释，为轩辕氏开创文明的壮举赞扬，女娲依然愤慨不已，认为轩辕行的是不义之师，将神农逼离故土南下寻药，神农哑然失笑，也不再多言，只说此生之愿只有家妻能够顺利找到儿子，并且再看到自己的小女儿女娃，女娲答应让自己的哥哥伏羲帮助听訞一起寻找，并让小女娃前来看望神农，神农欣喜，对女娲万般言谢。

宴席终将散去，神农还是要踏上行程，女娲有些担心，劝神农尽力而为，别把性命搭在试药一途。神农摆手拒绝，言此生宏愿要将性命献于尝百草之路，女娲洒泪分别神农，随即上天，让兄长伏羲协助寻找神农家眷，又嘱托伏羲，若神农于试药途中丧命，势必保住神农魂魄不入阴间。

女娲托付完伏羲之后，继而找到听訞和女娃，女娲让听訞先居住在天上，自己会与哥哥一起保护神农并去寻找神农的儿子炎居。听訞答应，女娲留下小女娃，让她去探望一下自己的父亲，女娃独身踏上了寻父之路。

当听訞升天、女娃寻父、女娲和伏羲同时寻找炎居的时候，南部巨变，朱雀看着眼前老人的尸体，失声痛哭。神农此生尝药千种，中毒数百次，无有一次不得解毒，怎知道这次服用了一个常见的药物，就倒地身亡。正当朱雀伤心之时，一个阴狠的声音从虚空中传来：“朱雀，认命吧！神农这老东西辱骂于我，我就将此地的草药全都下了暗毒，他服用的这株我称它为断肠草，人服用了五脏俱裂！这就是与我作对的下场，接下来我要去东海找青龙了，杀了它之后，就是你的死期！”

朱雀听出是鲲鹏的声音，勃然大怒。原来鲲鹏上次被击败后，对自己的属性进行了一个彻底的研究，发现五行不占，只有阴暗与剧毒，于是加紧修炼毒功，并将毒无声无息地埋到了草植当中，此为一石二鸟之计，一来功力大成，二来除去神农，就会将朱雀引入东海，而鲲鹏又故意说去东海找青龙，就是为了迷惑朱雀，朱雀失去理智之时，定会去东海找鲲鹏报仇。不得不说，在当时那个人性相对单纯的年代，鲲鹏这邪恶的阴招真可谓用绝了。

鲲鹏的确是去了东海，朱雀也如鲲鹏算计去东海寻仇。但谁想到交战这一天，神农的小女儿女娃也来到了东海，女娃本为寻找父亲神农，但她毕竟年幼，路途迷茫，又正是贪玩年岁，就逐渐与寻父的方向发生了偏差。这一日来到东海，感慨大海浩瀚之广阔，情怀满满，驾舟行于海面之时，朱雀和鲲鹏已于海中拉开了阵势。

朱雀见到鲲鹏，目眦欲裂，这个手刃主公的血海深仇若不能报，今生无颜苟活于世。朱雀破口大骂："你这扁毛畜生！我主公一生造福万民，你竟忍心将他毒死，可知他这一去，世间有多少人又要忍受病痛之苦！"鲲鹏不屑地一笑，"呵呵，无毒不丈夫，人族的病死与我何干？朱雀，你可知害死神农的并不是我，而是你！"朱雀闻听此言，目瞪口呆："鲲鹏，你什么意思？我怎么会害死主公？"鲲鹏哈哈大笑，"你的火术甚强，且寸步不离神农老儿，若不杀了他，怎么能将你引到东海来呢？朱雀，在海域，看你的火攻还能施展多久？"朱雀呆呆地愣住了，这时候才反应过来上了鲲鹏的当。再看鲲鹏卷起千层海浪，将朱雀拍跌在海面。此刻间突然海底翻腾，顿时海水腾空万里，一条青龙从雾浪中现出，"朱雀莫怕，吾来助你！"奄奄一息的朱雀说出了最后一句话："青龙，你为何这时才出来？主公的小女儿女娃，被你的翻浪淹进海里了。"

第九回：化精卫填海鸣冤，修九翅玄女升天

五行属火、不宜海战的朱雀，被鲲鹏凝集全力聚起的海浪一招击败，它感觉自己身上的精火在逐渐流失，生命精元也快要耗尽了。这时的它，朦胧中看到了远处划船而来的女娃，跟神农描述的小女儿相貌一致，朱雀暗暗着急，恐女娃为鲲鹏所伤。心急如焚之际，听到海面作战动静的海底青龙猛然翻起，卷起惊涛骇浪，直接打翻了女娃的小船，卷进了漩涡之中，女娃用尽最后的力量奋力大喊："爸爸救我……爸爸！"

此时的神农是无法现身救她的，女娃被埋葬在了汪洋东海。朱雀用尽最后一口气，告诉青龙被卷进海里的是地皇神农的女儿，说罢就断气了。

青龙傻眼了，他出现是要帮助朱雀打败鲲鹏，并没想到神农的女儿会出现在海面上，顿感一阵悔意涌上心头。此时也不顾朱雀的尸体和鲲鹏的攻击，疯狂扎入海中，寻找女娃，愿她生机还在得以搭救。

海中万里，寻人如同捞针一般，青龙体型又大，它生怕鳞尾无意间再扫伤到女娃，只能缓慢行动。越是游走，就越是心急，东海一战已经牺牲了朱雀，如果再因自己的过失毁掉了女娃，那自己也可以见神农去了。青龙焦急地游着，忽见远处有一光亮若隐若现，似洞穴一般，青龙心想：这是不是女娃有护身的法宝，将其护在这洞穴当中？想罢迅速向光洞游去，怎料想一进入光束，顿时这光洞就像关门一般，把青龙死死夹住，紧接着，青龙就感觉自己浑身上下的鳞片像被剥离一般疼痛，哀呼一声，便没了生气。

原来，这并不是什么光洞，而是鲲鹏鲲体的嘴巴，鲲鹏将青龙吞入口中，将千百鳞片嚼得粉碎，连皮带骨一同吸食进肚，又舔了舔嘴唇，“没想到龙肉竟然如此美味，看来今后要以龙为食了。”随即浮至海面，展双翅化而为鸟，搏击长空，向九万里外飞去了。

这一场海中巨战，片刻间又恢复了平静，海岸的居民没有人知道海中发生了什么，只觉着是海啸天灾，他们还是继续过着安居乐业的生活。待天气晴朗海波巡纹风平浪静之时，海中突然飞出一只净白色的鸟儿，口中冲天长啸：“精——卫——”这声音中，透着令人心碎的凄凉和悲哀之意。

精卫，是伏羲护住了女娃的魂魄，取的名字，精为精魂不灭，卫为护卫其身，化而为鸟，取名精卫。

精卫翱翔于天空之上，望向下方的大海，心中充满悲叹与痛恨。生前的女娃是个极其单纯的孩子，她并不知道海中大战之事，也不知那些阴谋与斗争，她只觉着是这片大海不能容她，不让她完成心愿找到父亲，将她翻卷入葬。精卫化鸟，就是心存怨念的力量让她生出了双翅，远离海域，她誓要填平这片大海，不能再让更多的人无故死在海中。不得不说，这份为民造福的意志，确是得了神农血脉相传的。

精卫开始了填海之路，一个身材幼小的鸟儿，只能口叼石土，爪握树杈，向海中投掷，日复一日，年复一年。

填海的过程，也是精卫修行的路途。随着日积月累，海没有半分变化，但精卫心中的怨念逐渐在减少，取而代之的是一种胸怀、一种包容。

精卫填海七年之后，发现背后又生出一只白色的翅膀，这是她累月修行的见证。后来，精卫填海达到了四十九年，背后生出七只翅膀，加上本身就有的两只，共修成九翅，并还原了人首，九只翅膀腾空飞去，直达天界。

精卫来到天上，看到一个人瞬间惊住了，这是自己的父亲，曾经日思夜想的生父，地皇神农。

原来，神农当初只是在人间死去。伏羲将他的魂魄护住，并将肉身搬到了天上，重新凝练，将其生机再现。况且以神农的功绩和地位，就算死去，神荼、郁垒二位鬼神在阴间也不敢收留，故而神农不会死去。看到精卫的神农泪眼婆娑，一把抱住了女儿，“孩子，你受苦了。”

精卫也被泪水湿润了眼眶，“父亲，女儿不苦，多年的填海修行，让我有了沟通天地的力量，能够上天与您重聚，是女儿最大的福分。”

伏羲看着团聚的父女，甚是欣慰，侧方这时又传来声音：“女儿？”

精卫回头望去，“母亲！”

来的正是最早上天等待的听訞。自从上天那日起，听訞就一直生活在担忧之中，看到神农死去又在天界重生，听訞的心里踏实了一半，但担心自己的小女儿，想下界把她一起接上来，是伏羲拦住了她，言说女娃年幼修为太浅，若此时升天，日后也会不得善终，只有以其道修行，圆满之日方可升天。听訞不明女娃的道是什么，伏羲只说且看，就有了女娃命丧东海，魂化精卫之事。精卫四十九年填海修行，听訞日日活得揪心，只盼女儿早日圆满得升天界，今日终于在此一家团聚了。

听訞缓缓抱住精卫，泪水不止地涌出，一旁的伏羲拦道：“好了，你们一家稍后再聚，精卫，你此番修行圆满升天，日后定还会有大功绩，从今往后，你不再叫精卫，而是这上重天界的九天玄女。”

精卫点头向伏羲行礼，“多谢天皇救我。”

听訞向精卫言道：“女儿，天皇不光救了你一人，更救了咱们全家，咱们一家老小若丧身人间，天皇和人皇都会救起，保魂魄不落阴间，不飘散天地。”

精卫闻听欣喜，急忙问道：“天皇，那我的哥哥找到了吗？我的两个姐姐还有救吗？”

第十回：僵尸祖旱魃归阳，炎黄帝上下分帮

伏羲闻听精卫此问，惭愧地说道：“神农的长子炎居一直下落不明，似凭空消失在天地间一般，我让女娲四处寻找都无下落，而赤女和瑶姬，因为身死时咱们还未见面，我得知之时已过晚，只能采取特殊办法先保存了她们的部分。”精卫急忙问：“什么办法？”神农和听訞也比较关心这个问题。伏羲缓缓答道：“瑶姬躯体已消，我们找到她魂魄时，已经飘散太多，不得附身鸟兽，我们便把她的精魂依附在巫山的一棵灵芝草上，日后再想办法复原吧。至于赤女……”说到这，伏羲顿了顿。精卫焦急地问：“天皇，赤女……我大姐她怎么样？”

“唉，她的魂魄已经零星散去，恐怕无法聚集了。”

精卫暗淡地低下了头，眼眶中噙着泪水。想想自出生以来，大姐对她们的照顾，当初也是大姐把唯一的水给了妹妹，自己才干渴而死。精卫忍不住泣了出来，听訞也默然不语，神农忍不住问伏羲：“天皇兄，真的没有一点办法吗？”

伏羲没有回答，只是说道：“咱们先去看看她的尸身吧。”

众人跟伏羲来到了他的住所，伏羲住地在天界东方，整体是木质结构搭建的屋舍，朴素中带着浓浓的古香色彩。进大门正眼观瞧高桌上摆放着伏羲五弦琴，五弦琴后面那张长桌之上，平放着神农大女儿赤女的尸体，仔细观看，赤女全身上下皮肤干瘪，紧闭的双眼下乌黑的眼袋，显然是缺水而亡、离世已久。

伏羲说：“我用五弦琴尝试过，想以他相符的属性唤醒她的肉身，但五行之内皆不相合，看来五行已经衍生出了许多其他变异的属性，只有寻找到相

吻合的，她才能醒来并行动。”神农问道：“天皇兄，五行之中，每种属性对她的效果都是一样的吗？”伏羲摇了摇头，“不，截然不同，本来我以为她因缺水而亡，要靠水属性才能唤醒，可是大错特错，水的效果恰得其反，反而火属性却似有些效果，能保留她外在的生机容貌不褪去，但始终还是不得唤醒。”

听訞闻听，恍然大悟，“我明白了，我在西王母门下之时，曾听她提过，阴阳相生，万物循环，难道说……”

“对啊！”伏羲一拍脑门，“真是当局者迷，亏我还是两仪八卦的创始人，竟然忘了生死相悖之理，赤女离世前缺水，死后定是与水相对的属性方可吻合，但火又不适，那这种属性是？”

“我看这样吧。”神农接过了话，“咱们一起去不周山找东王公，东王公乃是太阳神，跟火的距离相近，想必他会有对路的办法。”众人觉着有理，带着赤女的尸身，下界来到不周山，找到了东王公。

东王公热情地接待了伏羲和神农一家，并仔细检查了赤女的身体，对众人说道：“让赤女醒来不难，这种属性叫作旱。”

“旱？”众人疑惑不解，“旱为何物？”东王公耐心地解释：“水能克火，而旱，则为克水之物，赤女正是缺水而亡，缺水，即为旱也。”

神农尴尬地回道：“惭愧，我在大地多年，对大旱也有所了解，还以为旱本为自然现象，没想到也是一种属性啊。”

东王公笑了笑：“每一种自然现象，都会对应起相应的自然神，而自然神出现后可以调用这种自然现象，此为属性一词之意也。我看旱神如今还未出现，就让这女娃娃来担任旱神之位吧。”东王公言落，现出了三足金乌本体，瞬间调动起太阳之力，丝丝映射入赤女的尸体上，赤女干瘪的皮肤逐渐变得充实，眼皮下的乌黑也缓缓褪去，待东王公收功之后，赤女睁开眼睛，慢慢地站了起来。

但是，赤女的脸上不含一丝表情，眼神中也无有神韵，看到神农，也只是冷漠地叫了声：“父亲。”无有半分儿女之情意。众人甚为诧异，东王公解释道：“别忘了，她的魂魄还散落在人间各处，所以现在的她只是一具行尸走肉，我把她称为僵尸，只有肉身，无有意识。”神农着急地问：“那她以后永远都会是这样？”东王公沉思了片刻，“除非，日后会有牵动她情思的人或事出现，才可能重新聚起她的魂魄，再次变成有血有肉有感情的人类，我看，你们暂时把她放在我这里吧，我照顾她来修炼旱术，况且在人间，聚拢魂魄的概率比在天界大些。”神农忍痛点头答应，精卫，也就是九天玄女上前说道：“东王公前辈，我想给我姐姐换个名字吧，我怕继续叫她赤女，会唤醒她生前不好的回忆，使怨念加重。”东王公点了点头，“那今后就叫她，女魃吧。”

就这样，女魃就在东王公处修行，神农一家三口与伏羲一起回到了天界。伏羲对神农说:“从今往后，你就是天界之主。”神农大惊,“天皇，这可不行！宾客岂能压主？况且天界是您分出两仪四象……”伏羲拦住了神农的话，“我自开辟太极世界，天地间就进入了循环之中，没有事物会是永恒的，你能将人间部落让给轩辕，我就能将天界让与你，况且你也不会永居此位，日后也会让给后世之能人，咱们代代相传，以后我也不是天皇，咱们统称天帝，如何？”神农被伏羲的胸怀感动，答应任天帝之位。伏羲住在了天界的东方，称为“青帝”，并根据东方属木的规则，调用木神句芒为自己的辅神，由于木神又是春神，所以一年四季春为第一季；神农住在天界的南方，称为“炎帝”，并根据南方属火的规则，调用火神祝融为自己的辅神，由于火神又是夏神，所以夏为第二季。就这样，伏羲和神农居天，圣皇轩辕治理人间部落，世界再次进入了一个平和的状态。可没想到过不了多久，天地间又将展开一场旷世大战。

混沌孕育盘古，盘古“神”念传承燧人氏、有巢氏二祖，二祖产下天、地、人三皇，三皇治世造齐天地万象，这也正好应合：道生一，一生二，二生三，三生万物。

第贰卷

——涿鹿之战篇

第十一回：圣皇帝定中原文明，魔神犯集九黎兴兵

万世开基业，
百载定文明。
誓斩邪魔物，
不负圣主行。

前有三皇治世，现有圣皇轩辕。圣皇轩辕自继任人间部落首领以来，社会文明达到一个高度成熟的状态。圣皇手下能臣众多，其中有一名仓颉，仓颉根据曾经伏羲结绳记事的思路，又根据鸟兽足迹的形状，发明了世界上最早的文字，将这些文字刻在龟壳或兽骨上，就是甲骨文的来源，仓颉造出字的时候，神农从天撒下谷米，如雨状倾落，使人间饱食；还有另一名隶首，根据伏羲结绳记事造的单位，发明了算盘，整理了数字；医师岐伯将神农的百草药理与轩辕的医药文献进行整理，留存下最早的医书；伶伦根据伏羲琴的五弦和鸟儿的十二种叫声，整理出五音十二律，为人间增添了艺术色彩；还有一只神兽白泽，能言人语，以绘画的形式记录下上古各种异兽的造型。

但轩辕还不似神农当年将半生精力都奉献给了人类，轩辕早早就解决了自己的终身大事。轩辕并不是女娲所造，他是盘古孕育出的纯人类的后代。而他的妻子嫘祖乃是一只三色燕，在轩辕的帮助下化成人形。嫘祖改良了神农妻子听訞的麻布做衣，她用丝织衣物，使人类穿着更具有美感。可以说那个时期，人间文明与艺术氛围都达到了巅峰状态。轩辕圣皇就逐渐沉浸在自己的功绩之中，他认为男人不能只有一个妻子，于是就创造了最早的一夫多妻制，嫘祖只是轩辕氏的正房，后来轩辕纳妾达四十余名。

轩辕圣皇时期，太极世界也已成熟，圣皇创造出的社会文明跟世间的斗争自然也是成正比的，之前鲲鹏挑起的征战也将这种争斗气息散遍了人间，

所以引起了许多蛮夷之族不满圣皇所创的文明，纷纷对轩辕氏部落发起征战，追求原始的人类自由。圣皇手下有一大将名力牧，一身蛮力勇猛异常，加上善谈兵法的大鸿、发明擂鼓作战以壮士气的军师常先，还有一名发明家风后乃是伏羲的后代，有这四大臣的辅佐，使圣皇轩辕在几十年内扫平了诸多反叛部落，加强巩固了政权统治。为了使社会更加稳定，圣皇开始规范人的行为，对于反叛的部落及人类，与后代永世定为流犯，发配至南方部落开创生产。就这样，定为流犯的人及后辈儿孙永久失去了人权，过着被人奴役、生不如死的生活。

就看眼前的这一幕：南方部落，一个身材高大的流犯被一群士卒疯狂鞭打着，这名流犯已经年老体弱，无力动工，但这些士卒依然不放过他，将他打得血肉模糊。书中代言，这名流犯姓黎，乃是南方某个反叛部落的先锋大将，那一场战斗中，这个部落的首领被诛杀，黎姓将领也被擒，终身定为流犯在南部施工。时光荏苒，这名黎姓将领也已垂垂老矣，几乎只剩下最后一口气，被这些士卒乱打过后，顿感气息微弱，倒在了血泊之中。

这时从不远处，疯狂地跑过来九个男子，扶住了黎老，为首的一个叫黎贪，乃是黎老的长子，看到父亲身亡，他疯狂地喊叫起来："爹！"

黎老的生机若隐若现，他睁开蒙眬的双眼看着九个儿子，对长子弱弱地说道："贪儿，我……可能是不行了，只是因我的过错，委屈了你们几个，为父没有给你们创造自由的生活，都是我不好，你要照顾好你弟弟们，要多保重，不要……跟我一样……意气用事了。"说完，便断了气息。

黎贪和八个弟弟痛苦万分，咬牙哭泣了半日之久，旁边的士卒不耐烦了，"你们几个，哭够了没有！哭够了赶紧动工！否则让你们也去见那死爹去！"

黎贪缓缓站起身来，死死盯着说话的这名士卒，一字一句地说道："轩辕开创人间文明，本为大功德，我兄弟几人因父亲过错，本愿赎罪承担己过，可是你们这群畜生，狗仗人势，连一个年老体弱之人也不放过！我们兄弟有何过错？要承担此罪过！你们几个又有何功绩？敢在这耀武扬威！"

黎姓八个兄弟也是齐齐喝道："大哥！杀了他们！他轩辕能开创基业，我们弟兄也能！到时候我们把这丧尽天良的规则改了，凭什么一人有罪就要终身为奴，且祸及后人！"

黎贪点了点头，阴冷地看向士卒，这几个士卒被他盯得发毛了，“你……你们要干什么！我们是轩辕圣皇的使者！也是代表圣皇行事！你们敢对我们……”

“呸！狗屁的圣皇！”黎贪把牙咬得咯嘣嘣响，“他轩辕建立统治之后，只顾维护政权，不管异族的死活，对手下人更是放纵！今日我就替天管教管教你们，去死吧！”黎贪双脚一跺，瞬间地面晃动，此一力直通大地深处，瞬间将地底埋藏的许多金属都震了出来。

自开天辟地以来，金这个元素一直没有在人间出现过，除了金神蓐收能调动金元素外，还没有人见过金的存在。今日黎贪这一力震出了金属，他也不知道是什么，只是这时的他红了眼，随便抓起几个就向这些士卒砍去。本身这些士卒的体力是强过受刑的黎家九子的，但他们手里除了软鞭外，其余的武器都是石木做成，这些武器碰到金属，瞬间被削成几段，士卒们肉身搏击，更是抵挡不了金属的锋利，没过一会儿，这一队士卒就全被杀死了。

黎贪看着手中的金属，傻眼了，八个弟弟也围了上来，纷纷言道：“大哥，没想到这东西这么管用，咱们再多弄一些，制成兵器，攻打轩辕有熊部落，称霸天下，不再受这欺辱！”黎贪点了点头。从此，黎贪跟弟弟们发明了冶铁技术，黎家九子也创立九黎部落，自称九黎族，黎贪为部落酋长，世称：蚩尤。他招兵买马多年，为的就是时机成熟，好向轩辕氏大举发兵。

第十二回：九黎寻强兵术，蚩尤悟修行法

蚩尤黎贪和八名胞弟创立九黎族，招兵买马，待与轩辕交战。轩辕圣皇自然也得知了消息，于是派力牧带兵征讨。没过几年时间，蚩尤集结的兵力就被轩辕军打得散落零星，不成气候。

蚩尤气得暴跳如雷，决定亲自杀奔轩辕部处，八个弟弟拦住了他，“大哥，暂且息怒少安毋躁，您若现在去找轩辕，只会惨死在他的手中，咱们还是要先解决内部问题。”蚩尤问道：“弟弟们，有何建议？”二弟黎巨站出来

说："大哥，您想想，咱们为何无法决战轩辕？就算他把咱们多年招的兵力全部打散咱们依然不能出手。"蚩尤想了想，"一是咱们的兵数不及对方；二嘛，也许我们自身的力量也是无法达到轩辕一众实力"。黎巨点点头，"是啊，一则，轩辕盘踞多年，所招兵将无数，我们的兵数就算再过几百年也无法超越他，所以只能想办法提高兵士实力，能够以少战多，以一敌百，辟此蹊径，方能对敌；二则，我们的血脉不及轩辕纯正，力量上弱许多，所以大哥必须想办法提高实力，才能胜任统领，与轩辕对抗。否则就像现在这样，轩辕攻打咱们根本就不需他本人露面。"

蚩尤闻听陷入了深思，片刻之后，他问道："你们说兽族，有谁最强？"三弟黎禄答道："当然是龙、凤凰、麒麟这三族。"蚩尤又问："那这三族又是哪族最强？"四弟黎文想了想，"龙族最强，总体实力超过凤凰、麒麟两族。"这黎文乃是一个有脑筋的人，继而说道："这三族都是盘古气息孕育进化的生灵，那如此看来，是海洋中有提高实力的方法或物品存在。"五弟黎廉也接言："不错，大哥，若能找到此法用到咱们士兵身上，用不了多久咱们就能跟轩辕持平，任他人数再多，对我们也没有办法。"

蚩尤听了几个兄弟的建议，带着大伙一起奔向海边，可仅仅这么观察也看不出什么来。蚩尤捧了一捧海水饮入口中，眉头皱了皱，对黎巨说道："二弟，你来尝尝看，跟普通的水有什么不同。"黎巨捧起海水尝了一口，"噗！咳咳……大哥，这味道也太咸了吧。"黎文也上前尝了一口，咬牙咽了下去，"大哥、二哥，我觉着这股咸味，就是龙族强大的原因。"黎巨眉头一皱，"你是说咱们以后都喝这种水？也咽不下去啊。"黎文摇了摇头，"不必非喝海水，这海水之所以味道不同，一定是其中含有特殊的物质，咱们把这种东西提炼出来，以其他方式服用，不就行了"。

蚩尤大喜，跟八个弟兄开始了提炼海水的过程。经过反复多次的试验，终于在海水中晒出了盐。他们发现人食用了盐之后，会变得更有力气，且体力和耐力会强于不食用盐。而且把盐用在菜或肉里，会增加食物的美味，不似海水那般苦涩。这样一来，九黎族兵士的增强就指日可待了。

第一个问题解决了，蚩尤又跟弟兄们商议第二个顾虑："咱们血脉不及轩辕一众，该如何迅速提高自身实力呢？"六弟黎武此时开言了："大哥，机智方面我不行，但武学之道我略有感悟。你可知北冥鲲鹏自斗败四象神兽之后为何一直不出？”蚩尤疑惑，“为何啊？”“他吞吃了东海青龙，吸收了他的法力修为，此时闭关巩固去了。”七弟黎破听得云里雾里，“六哥，你要说什么呀？”黎武答道：“我的意思是，吞吃法力强大、血脉精纯的人或兽，是可以提升自身修为的。”黎破点了点头，“可是现在，那些天地孕育的强大人物都是咱们惹不起的，要不就像伏羲、神农等人俱已升天，留在人间的都是些低阶人类，大哥该去哪寻找这种强人呢？”蚩尤却是摆了摆手，“不，六弟此言令我如梦方醒，虽然人类现在没剩下太多强大的，但是混沌孕育的许多异兽却是存在不少，这些异兽本是十方祟所化，被盘古的一个吒声冲散，可见没什么攻击能力，我若能驯化这些异兽，也可积少成多，成就大成功力”。

八位兄弟都拍手叫好，“大哥言之有理，您放心地前去提升，族内之事您吩咐好，我们弟兄照做。”蚩尤继而分配任务：“黎巨、黎禄，你二人负责将盐散落在咱们的兵士当中，每人每日定量服用，但不可让大家知道，否则秘密泄露让轩辕部落得知效仿，后果不堪设想。”“是！”“黎文、黎廉，你二人负责整顿军纪，指定军规，咱们还是要学习轩辕，建立一支有纪律有规则的队伍，方能百战百胜。”“是！”“黎武、黎破，你二人负责训练兵士，传授武艺，在有力量的同时，让每人都能以一敌百。”“是！”蚩尤最后把头转向八弟九弟，“黎辅、黎弼，你们俩去咱们族中，召集七十二名族弟，与我们一起对抗轩辕！”“是！”

就这样，九兄弟分工合作，各司其职。由于蚩尤的九黎部落“伙食好”，来参军的人数越来越多，只是大家都不知道这是盐的作用，也不知道这种东西可以增强人的力量，大家只是觉着每天都体力充盈，加上专业的武功指导和严格的军纪管理，九黎部落的总体实力逐渐超过轩辕的有熊部落。在蚩尤还没有回来的时候，九黎部落就已经向轩辕发起了一些小范围攻打，均以胜利告终。

轩辕圣皇零零散散收到了各方战败的消息，长久处于胜利强势状态的他现在非常纳闷，这九黎部落为什么会突然间变得强大起来，且能够屡次犯境。力牧对轩辕说：“圣皇，我想九黎定是寻到了强兵之法，若不及时预防，恐怕他日强大起来，会威胁到咱们部落。”轩辕也有此意，决定亲自带兵出征，征讨犯境的九黎族。

黎家的八个兄弟闻听轩辕亲自来战，也没想到会来得这么快，与七十二族弟个个都提高警惕，严阵以待。轩辕氏大军浩浩荡荡遘奔涿鹿之地，黎家八子恐兵士经验不足，不能取胜。就在这时，一声巨响从地底传出，响彻九霄之外，紧接着崩出一名身材巨大的异形男子，把轩辕氏和黎家八兄弟都吓得一惊。

第十三回：涿鹿之原列战场，魑魅魍魉斗六兽

看地面崩出的这位：身高数丈，鬓天角气势直冲云霄，夔牛头硕壮硬朗，背双翼尖羽刺电，铜额铁面黑中透亮、亮中透棕，四棱胳膊金丝线浑身块状肉一晃咯嘣嘣乱响，威风凛凛杀气腾腾。黎家八兄弟仔细观瞧，看面貌似曾相识，但未曾见过。还没等发问，这位先说话了：“弟弟们，这些年辛苦你们了，为兄修行归来，今日就是轩辕的死期！”黎家八子全都傻眼了，“大……大哥？”没错，来者正是蚩尤，“怎么，不认识哥哥了？”黎巨惊讶地问道：“大哥，你怎么变成这样了？”蚩尤放声狂笑，“呼哈哈哈哈哈……这些年吞吃各种异兽，早就将自己的实力提至大成，不过也是变成了这等异形，也罢，想太古那些大能们，皆都是半人半兽之体，今日修成此状，也是天降大任”。轩辕看向远方的蚩尤，指手抬骂：“黎贪！你本为逆贼之子，破坏人类和平，造下无边冤孽，不思服刑赎罪，反而再生叛心。为与我为敌，你不惜增添杀戮，坠入魔道。今日来犯，我则替天行道，诛戮黎贼！”蚩尤咬牙切齿地说道：“老狗！你为了自己的统治，能够连累这么多无辜之人，我招募的兵将，多数都是流犯后代，他们没有错，凭什么永世受此待遇？你说我入魔道，好，那本座今日就自称魔神，看天地之间，谁还能阻止我！”说罢一展双翼，牛角一挺，立在当中，与轩辕对峙。

离此处数百里外的昆仑山上，一名鹤发老者喃喃自语：“一个圣皇，一个魔神，观天数，此场大战会有上古十大魔神之争，这已经出来俩了，好，好。”

再看回涿鹿，蚩尤定眼观瞧轩辕圣皇：长方脸严峻刚毅，五官端正相貌堂堂，三绺胡须散落颈前，身材偏中上等，头戴拢发黄金冠，身披战黄袍内衬紧身大叶黄金甲，二足蹬暗黄高筒长靴，立于战车之上，正气冲天，好是威风。轩辕队伍最前方有六只猛兽：熊、罴、狼、豹、貙、虎，此为轩辕大军的六位前驱，也就是先锋；轩辕后方空中飘着四只飞禽：雕、鹖、鹰、鸢，此为轩辕大军的四面旗帜。加上数千人的兵力，可谓浩浩荡荡、八面威风。那时候没有城池，也没有太多人，战场都是在平原旷野，数千人已经是极多。反观蚩尤那边，也无非就是几百人，加上九黎族八十一兄弟也不够千名。只看表面来讲这阵势差距是极为明显了。但蚩尤的兵士由于食盐，力绝异于常人，随蚩尤一声令下，几百兵士冲上前去，跟轩辕数千大军战成一团，对峙的战场瞬间乱了，呐喊音不绝于耳，厮杀声惨叫如雷，百人对战千人，竟然不弱下风。

轩辕这边有点慌了，亲眼得见此战况，他才发现蚩尤军竟然如此强大，急忙问身边的大臣。常先言道："圣皇，我想蚩尤军定是用了什么特殊的方法，否则不会全员变强，现在不如趁乱抓他一个兵士，回去严审盘问。"轩辕点头，又问："那眼下如何处理？"大鸿言道："圣皇，我摆此阵，人为次要，重将就是前驱的六兽，这六只猛兽都是我在数百年的人兽冲突中降伏的，能听人言、懂驯语。兽与人不同，它们皮质粗糙，且不惧强势，看我用这六兽如何破此强军。"大鸿说完一声口哨，前驱六兽动了，熊罴、狼豹、貙虎，两两成组，结三才阵，向三个方向冲出，每只兽的猛力足有几十人大，且双双一攻一防配合，天衣无缝，不多时就把战场全部冲乱，蚩尤军被撞得死伤惨重。

黎家八兄弟本还得意，现在看此情形心急如焚，原有的优势瞬间没了，急忙问蚩尤："大哥，现在怎么办？"蚩尤面色不变，"急什么，你们以为我这些年都出去白玩了吗？好戏才刚刚开场"。蚩尤掐诀一念，瞬间从虚空中钻出来四个形态奇异的怪物，这四怪列成一排，向蚩尤深施一礼，面色中看出一丝惧怕。黎文急忙问道："大哥，这四位是？"蚩尤哈哈大笑，"这些年四处寻食，得罪了不少高人，幽冥界的神荼、郁垒二鬼神将我勾到阴间，欲留我在那"。说到这，黎武大惊，"大哥，这么说你已经是？"蚩尤摆了摆手，

“别担心，我不是死人，他们想留下我还没那么容易。”黎破接话问道：“大哥，那什么情况？”“结果还用说吗？我把神荼、郁垒暴打了一顿，把他们揍怕了。”“哈哈……”八个兄弟放肆地狂笑，“大哥可以随意穿梭阴阳两界了，那这四个，是从阴间抓来的吗？”蚩尤点点头，“没错，我现在就算被杀死也可以复活，神荼、郁垒不敢留我。他们是二鬼神旗下的四大名将魑、魅、魍、魉，镇守幽冥界四方，现在被我借来，对抗轩辕大军，他们的力量有多强，你们都看好了”。蚩尤说罢举起一罐水泼洒在空中，魑怪双手一合，水汽瞬间变成漫天大雾，让两军之间全都看不清方向。紧接着旁边的魅怪口中一念，传出各种有魔力的噪声，轩辕那前驱六兽突然不听大鸿指挥了，加上大雾看不清方向，这六兽疯狂地向自己人扑去，转瞬之间形式扭变，轩辕军被失去理智的六兽撞倒成片。蚩尤又从怀中抓出一把豆子，撒在了地面，魍怪口吐轻烟一吹，瞬间这些豆子都变成了小人，小人越长越大，直到成正常人大小，冲入战场厮杀，这些豆子成兵的人没有意识，也没有痛感，可以称为死士，在战场上不惧猛兽的撞击，把轩辕的前驱六兽一个一个抓到了蚩尤面前，蚩尤看着这些拥有强大力量的兽类，瞬间眼珠猩红放出血光，一个一个把它们吞入口中，吸食着力量。没过多会，魉怪把轩辕后方的四个旗帜也抓来了，蚩尤又是一顿吞吃。这时战场上除了人之外，六前驱只剩下熊和罴了。常先急忙在轩辕耳边提示：“圣皇，熊可是咱们部落的图腾啊，无论如何也要救它回去，否则定会军心民心溃散。”常先说得没错，轩辕氏的部落之所以叫有熊部落，正是以熊为图腾命名。轩辕急忙派力牧前去营救熊兽，力牧不顾生死安危，冲入战场，也趁着大雾弥漫观瞧不清，负伤将熊救了回来，罴兽也跟随熊捡回一条命。轩辕看着战场上的惨状，不由得悲哀道：“没想到第一战就败得如此彻底。”风后的声音突然在身后响起：“圣皇莫怕，看此发明。”

第十四回：战神舞干戚，无头固猛志

风后的一句话让轩辕惊醒，猛地回头一看，看到风后驾着一辆车前来。

轩辕急忙问道：“这是何物？”风后解释说：“圣皇，这是我新发明的指南车，即便如何大雾弥漫，驾车也可直往南行，攻蚩尤一个措手不及。”说着，又派身后人抬出数辆指南车。

轩辕大喜，急忙派兵分成数股，驾车直往南去，不论途中兵卒抵挡，直抵蚩尤站地。数辆指南车轰轰隆隆南去，此车材质坚硬，兵卒一时间不得伐破，况且车到之处不作逗留，只是向南飞驰，不多时就划过众兵接近蚩尤兄弟所在处。黎家兄弟看到轩辕竟有如此发明，能瞬间破开阵势杀奔而来，纷纷看向蚩尤。蚩尤依然是那波澜不惊的表情，对着虚空呐喊一声：“出来吧！”话音落，虚空中闪现出一位比蚩尤还要高大数丈的汉子。此人上半身赤裸，短发利落，剑眉虎目，面带杀气，双手一手拿斧一手持盾，浑身上下充满旺盛的战意，令人胆战心惊、不寒而栗。蚩尤看出了自己兄弟们的胆怵，解释道：“此将名叫刑天，乃是为兄修行这数年，集结所有战意凝聚而生的战神，生来为战而活，不知退缩，就让你们看看他的力量。刑天，把面前的人解决。”这位刑天淡淡地点了点头，“遵命，主公。”随即挥舞大斧，冲上战团。

战神之名绝非虚言，在那名鹤发老者预言的上古十大魔神当中，就有这位战神一号。既然是战意所化的自然神，生来即为战斗而活，且战力卓绝。刑天大斧劈出，一招就将面前那辆指南车劈成数段，车上的一队兵卒也被战气扫得四处崩飞，周围几辆车上的人观此情景，也是吓得哆嗦，不知如何应对。远处的轩辕也看不清前方战况，催促道：“速杀蚩尤！不得有误。”几车兵士闻听此令，纷纷冲向蚩尤，一辆车驶在最前，眼看就到蚩尤面前，刑天突然闪现，持盾一挡，将车死死地钉在原地，不得近前半步，后面的几辆车也来了个连环追尾，把车上的众人晃得一趔趄，几对兵卒站稳之后，从车上突然翻跃而起，腾空向刑天扑去。刑天把盾磕在地上，双手抡起大斧，使一式“云卷翻腾”，调动起周边旺盛的战气，让这几组兵士纷纷感到窒息一般，皆被刑天的大斧扫中，死尸落地。

远处的轩辕因大雾看不清战况，此时得到了士兵捷报：“圣皇，那刑天太厉害，我们的几组队伍几乎是瞬间被灭，无一生还。”轩辕大惊，随即叹了口气，“唉，大雾弥漫，敌方又有如此猛将，这可如何是好？”一旁的风后双眼出神，缓缓抬头看向了天上，模糊的眼睛在一瞬间突然变得雪亮，“圣皇，救星来了！”轩辕也急忙顺风后的目光向上观去，只见一名清丽的女子从天而降，面如美玉肤质细腻，穿一身雪白的绫袍，背后有九个翅膀。尘世间哪里有过这等美貌的女子，一众人不由得看呆了。

来者正是九天玄女，她缓缓地降下来到轩辕氏旁边，对着蚩尤敌方大喝一声：“魑魅魍魉！天界有命，速返幽冥界，违者杀无赦！”四怪一个激灵，感受到这声音中无尽的神力和沧桑，竟然远远超过了幽冥界之主神荼、郁垒，吓得急忙收了神通，一钻便不见了踪影。

魑魅魍魉一走，漫天大雾瞬间散去，眼前局势明朗了许多。第一个映入眼帘的就是刑天高大威武的气势和面无表情冷酷的脸，看得轩辕心中一惊。九天玄女感受到了轩辕的压力，取出一柄宝剑递给了他，“这是轩辕剑，在神农鼎中炼制而成，用他杀敌，威力无穷。”“神农……”轩辕吃了一惊，“你……你是？”九天玄女答道：“我就是炎帝神农的小女儿女娃，当年跌落东海，精魂不灭，化而为鸟名精卫，后填海四十九年，修成九翅，伏羲青帝为我取名九天玄女。今奉我父皇之命，前来助你，这轩辕剑就是家父为你炼制的法宝。”轩辕想起了当初与神农争地盘之事，不由得心生愧疚，面色尴尬。九天玄女并没有理会他的异常，淡淡地说了声：“需要的时候，我再出现。”说罢九翅一张，飞向天空，轩辕在下方拱手，“多谢神女”。

轩辕有了神剑，心气暴涨，一扫刚才失落的精气神，他命风后下令，“速摆九宫阵”。风后领命。这九宫阵，可算是上古第一个作战阵法，乃是风后根据祖上伏羲的八卦演变而成九宫，从而列出的九宫阵。九宫阵一结，军卒们有序作战前行，对于无章法的蚩尤军来说，瞬间士气上受到了打击，加上常先、大鸿带队擂鼓，轩辕军瞬间士气大涨。蚩尤皱眉看向轩辕方，对刑天命令道：“这九组兵，迅速解决！”刑天一点头，挥舞干戚冲入了轩辕军中。

干即盾，戚即斧，皆是古语的称谓。刑天的方盾护住自己的身体，那柄巨斧横扫千军，那真是万夫莫挡、势如破竹，千军将士在这名战神眼里，就像一群蚂蚁一般。轩辕看周围人全都伤不到刑天，趁其不备，突然飞出了轩辕剑，“咔嚓”一声！砍掉了刑天的脑袋。

这也是轩辕下令结九宫阵的原因，九宫阵阵法有序，偷袭不至于误伤自己兵士。刑天没了脑袋，身体也缓缓倒下。轩辕下令九宫阵撤回，此番损失惨重，这时先避免蚩尤发狂再添伤亡。但这个时候，突然间天降一名女子，这女子比起九天玄女略显成熟，只见她以肉眼不可见的速度飞到刑天的尸身旁，悄悄地说了一句：“你乃战气所聚，头颅不过是摆设，没有头，你一样可以杀轩辕。”快速说完之后，瞬间消失没了影子。

这女子的话可不是白说的，说话的时候也同时集结起刑天即将消散的战气。这时无头的刑天猛然站起，双乳化为目，肚脐化为口，冲天咆哮一声，干戚挥舞，带着旺盛的战意和猛志，疯狂地向轩辕大军再次冲来。

第十五回：二女神天界对峙，轩辕部制盐强卒

无头刑天暴起，轩辕傻眼了，不只轩辕，蚩尤也懵了，他们都不知道刚才那名女子是谁，更不知道刑天被砍了脑袋还能再战斗，且上身变成了新的脸，这等不死之身如何抵挡？再看刑天，无尽的猛志将他的战力提至大成，他疯狂地挥舞着大斧，在轩辕军撤到一半的九宫阵中一通狂扫，轩辕大军哀鸿遍野、血流成河。不知何故的蚩尤此时也下令兵士继续进攻，双方部落再次打成一片。此时的刑天杀红了眼，战气无意间也会扫到九黎族人，战场上死尸如落雨般倒地，伤亡无数。大鸿看着场上的情形，对轩辕说道：“圣皇，这刑天恐怕是不死之身，再不解决他，我们就有危险了。”轩辕也是无奈，“那怎么办？”大鸿回答：“杀他，恐怕不行，只能困住，您手里不是有九天玄女赠的轩辕剑嘛，用剑劈开不远处的常羊山，将刑天引入其中，然后……”说到这，大鸿做了一个双手合十的动作。轩辕意会，立刻宝剑一出金光万道，剑腾空而起飞到常羊山顶，向下狠狠劈去，常羊山瞬间被劈成两半，中间裂出一道空间。轩辕亲自带兵，将队伍引入常羊山，蚩尤觉出了问题，下令不得跟进，观其动静。但刑天已经陷入了疯狂，且他此时没有耳朵，听不见蚩尤的命令，跟随轩辕大军杀入了常羊山中。在 旁等候的力牧， 看刑天进山，立刻施展神力，推着半边山体，刑天在山中厮杀，力牧在山边推崖，缓

缓的，刑天不知不觉被困在了山体里，随着力牧最后一声暴喝，刑天与数百名士兵被夹在了常羊山中，动弹不得。没过多久，他们也都没了气息。赫赫威名的战神，只留下了后世传颂的名号。

风后看着数百兵士都成了刑天的陪葬品，不由得心中不忍，大鸿却说：“一将功成万骨枯，即使他们不做诱饵，也会被刑天杀完，不必忧伤。”轩辕没有说话，下令撤兵，此战损失惨重，必须休养生息一番了。蚩尤那边，也是带着部落回到了九黎之地，研究下一步的战术。

轩辕回到部落之后，大鸿就来禀报：“圣皇，之前抓来的那名蚩尤兵卒，已经盘问完毕，他们加入九黎部落，乃是因为那边的食物美味，我们根据他们所说的调查，是他们的食物里添加了一种叫盐的物质，盐这东西，人吃了之后，会增强体力和耐力。”轩辕大喜，“太好了！那从什么地方才能得到盐呢？”大鸿回道：“我派人探查，发现他们是在海水中晒出。”轩辕这眉头就皱起来了，“咱们这里离海太远，战事紧急，恐时间不赶”。大鸿一笑，“圣皇不必担忧，我想盐这种东西也不一定只存在于海水中，其他地方应该也有，我们再找找看吧，实在不行，咱们想法制作一些”。轩辕点了点头，派手下大臣们寻找去了。

此时已经天黑，战场上，之前提醒刑天的那名女子，飘立在空中，看着蚩尤部落遍地死尸，流下了心痛的泪水，这泪水中饱含着无穷的冰冷，落到地上，直接凝结成霜，空中遗落的雾气也受这寒意影响，化成了露，大地之上弥漫着凄凉的气息，而这种现象，也被不远处同样飘浮在空中的九天玄女看在眼里。

天界南方，炎帝端坐在宝座之上，听着归来的九天玄女汇报完战况，不由得皱了皱眉，“她来了，这么说……她决定帮蚩尤一方了？”九天玄女点了点头，“没错，场上人全都不认识她，但我一眼就认出了，她要出手，我们可能陷入被动，父皇，我们该怎么办？”炎帝微微闭目，“她迟早会来质问我们的，咱们等着就好。”此话音刚落，就感觉下方气势汹汹冲上来一位，略显成熟的身条却映衬的容貌更加清丽，只是脸色含怒，剑眉倒拧，飞上空中后就立在神农宝座前，不过落在地上的却是一条蛇的尾巴。

炎帝缓缓地睁开了双眼，也站了起来，面对这位大神他还真不能随便坐着，不因为别的，只因她曾救过自己一家。

“你来了。”沉默许久的炎帝纠结地说了出第一句打破僵局的话，将冰冷的气氛化解了一丝。来者不是别人，正是女娲，女娲怒意十足地盯着炎帝，狠狠地质问道：“你为什么要帮助轩辕？”炎帝叹了口气，“他是人间圣皇啊，创社会文明，定人间太平，圣者，理应相助。”女娲冷冷一笑，“当年你我彻夜长谈之时，我就为你被轩辕驱赶一事打抱不平，你不介意，我也就不愿理会，但南方部落，乃我人皇领地，蚩尤的九黎一族，也是我女娲所造后裔，他轩辕一统北方部落仍贪心不足，想把南方变为流犯发配地，掳我子民，我岂能容他！”炎帝面色尴尬、不知所措。九天玄女说道：“女娲娘娘，世间和平，是需要规则的制定来维护，今时不同往日，鲲鹏四方征战已将争斗的气息洒遍大地，如今不能以您那时的自由观来发展人间，否则必将大乱。”女娲的火气被顶到了极点，“住口！你这忘恩负义之徒，当年是我迢迢万里寻你，接你母亲上天，后又护住你们死去的魂魄，这些年为寻你兄炎居，连我的子民都没顾，否则怎会让轩辕钻了空子侵我南部，我若是不找你哥哥留在南方，他轩辕敢来犯？我一巴掌拍死他们！”九天玄女也是哑口无言，女娲此时已经气急攻心失去了理智，说出的话都粗糙了许多。女娲看炎帝和九天玄女都不言语，冷冷地放下一句话：“我知道让你们不再帮助轩辕是不可能的，今天是来通知你们，我会尽我所能助战蚩尤，保护我的族民，你们若不惧，就跟我斗到底吧。”说完这话，飘然而去。

女娲出了天界南方大殿，发现伏羲正在殿外，伏羲满脸的慈爱，看着女娲，说不出的辛酸，“回来了，也不到哥哥那看看？”女娲的泪水忍不住夺眶而出，“你还说是我哥哥？风后，是我们的嫡传后代，你派去帮助轩辕？南方部落，是我们的族地，九黎族，更是我一手所创，你能看得下让轩辕侵略？这些年你这天帝当的，我看是糊涂了吧！”伏羲苦笑，“妹妹，轩辕毕竟治理人间功绩卓绝，且时代变了，确实不能用以前的方式发展了，怪就怪我吧，我不该画卦啊”。

第十六回：风雨术二神漫地，玄女欲请将救急

女娲拭干了眼泪，盯着伏羲沉声说道：“你若中立，我不拦你，只希望你不要跟神农一样，与我为敌，当年我自损精力，捏土造人，所历辛苦谁人知晓？九黎一族，我定要守护到底。”说罢，女娲飘然下界。伏羲面色黯然，喃喃自语：“妹妹，你的辛苦兄岂能不知，当年画卦分阴阳，不就是为了你嘛。”

话分两头，再说回轩辕氏有熊部落，经过大鸿等大臣的努力，终于找到了矿产资源，从矿中，轩辕提炼出了盐，又将金属打造成兵器。这样一来，轩辕对战蚩尤，就有了绝对的优势，起码在同等力量下，人数上就占了优势。

这次一战，让轩辕等人有了一个新的认识，那就是千兵不如一大将，轩辕这边人数再多，刑天一人就可杀得他们片甲不留，如此看来，猛将才是决定胜败的关键。但猛将并不是那么容易寻的，况且轩辕是个没有神格的凡人，只是靠着治理人间的功绩才成为人格神，所以只能期盼九天玄女再次出现，好为自己物色一员大将。

而女娲，却比轩辕更早认识到这个问题，此时的女娲就在为蚩尤寻找猛将的途中。女娲的故居乃是神州大地雨水最多的地区，而女娲知道，自盘古开天辟地、身化万物，伏羲画卦定阴阳以来，世间每一种自然现象，都会对应着孕育出一位自然神，她相信雨神一定就在离家乡不远的位置，于是就在南部苦苦地寻找着，昼夜不停。正巧这一天，又下起了大雨，雨中夹杂着凛冽的狂风，女娲看此情景，顺着这雨的本源之力搜寻着，终于，待雨缓缓散去之时，在一个山洞中，女娲找到了这位施雨之人。

女娲急忙走进洞中，开口问道：“打搅了，请问，你就是雨神吗？”这位本是背对着女娲，一听有人呼唤，转过身来，让女娲看清楚他的面貌。看此人：身材瘦如细蚕，形态佝偻，面相略显沧桑，肤质干涩现有纹理，背后挂着宽长的一对翅膀。只看第一眼，很难和那个布雨的自然神联想到一起，到像是一个老妖怪。这位倒是有些纳闷，“请问你是？”“哦，我是女娲，不知兄台可曾听说过？”“哎呀！原来是人皇驾临，失礼失礼，快快请坐。”女娲没想到这位如此热情，“额……不必客气，你……”“啊，人皇见谅，不错，

我就是雨神，名叫屏翳，因跟其他自然神比起来法力相对微弱，所以更多人只称呼我为雨师，人皇此番前来，找小弟我可有事？”女娲一看雨师很好说话，也就不卖关子，开门见山地说了：“雨师前辈，我这次是来请你出山，帮助我族人作战，以保护我的子民。”雨师一惊，“怎么回事？”女娲就把蚩尤与轩辕的战争详细讲了一遍，直气得雨师暴跳如雷，“真是混账！无论天上地下，无论人兽神鬼，三界之中谁不知女娲娘娘舍己造人功德无量，他轩辕既无神格也无法力，光凭自己在人间的那点治理成就，还真把自己当什么圣皇了，猖狂！”女娲听完雨师这番话，心中暗喜，“雨师前辈可愿随我前去？”雨师拱手言道，“女娲娘娘，在你面前我哪敢称什么前辈啊，我们都是生于南部，此次定当随你前去，助战九黎族”。女娲欣慰一笑，“盘古身化万物之时就有雨的出现，雨师你诞生的年代比我久远，前辈之称当之无愧，你肯出山助我子民，无以为报，先行谢过”。说罢，女娲向雨师深施一礼，把雨师吓了一跳，“娘娘不可，无名小生安敢受此大礼，此番前去，我一人之力恐怕不足，让我的兄弟跟随同行，胜算稳妥”。女娲正起身来，“你兄弟是？”雨师冲洞深处喊叫一声：“风伯。”洞内缓缓走出来一个晃晃荡荡的小老头。此人身形比雨师还要消瘦佝偻，走近之后仔细观瞧：雀首尖嘴，头顶之上一根尖角冲天直立，两道长眉飘飘荡荡，衣裹之内是鹿的身子，却又遍体豹纹，尾巴摇甩如黄蛇一般。真不知是多少物种杂交才能生出这等异类，但看面相，笑容中带着一丝阴邪，不似雨师那般直接。雨师急忙介绍，“娘娘，这就是我的兄弟风伯，名叫飞廉，我们风雨二神从不分帮，一直并肩作战。风伯，这是伟大的人皇女娲”。风伯怪异地一笑，“你们的对话刚才我也听见了，女娲娘娘光临，实我二人荣幸，我们兄弟虽然不才，但也愿与娘娘一起出征，助战蚩尤”。女娲看风伯虽然表面古怪，但内心还算真诚，拱手言谢，一起离去。

蚩尤最近一直在考虑继续向轩辕宣战一事，但苦于没有大将，加上轩辕那边也没再有动静，因此先搁置了。当女娲带着风伯和雨师来到此地的时候，蚩尤有些震惊，他认出了女娲就是当天那名唤醒无头刑天的女子，急忙问道：“这位姑娘，请问你是何人？当日为何助我？”女娲却说：“现在来不及跟你多做解释，这两位是风伯、雨师，可呼风唤雨施展法术，你速去叫阵轩辕，待这场仗胜了我再跟你详细说明。”正愁没大将的蚩尤此时一看风伯、雨师，大喜过望，也顾不上女娲是谁了，急忙传令：“黎家八兄弟、七十二族人，带我九黎族兵士速往涿鹿叫战！今得大将风伯、雨师，此战定要让轩辕部落灭门！”众兵卒士气大振：“遵命！酋长。”

九黎大军浩浩荡荡杀奔涿鹿，而轩辕军经过这一段时间的休养和调整，也已经恢复了元气，至少同样服用了盐和拥有铁器的士兵单个实力不再输于蚩尤，优势就是人数多。但是可惜，风伯和雨师绝不是简单之辈，上古交战的十大魔神当中也有这两位的名号。这一次两军交战极为突然，迫不及待的蚩尤让轩辕措手不及，急匆匆应了战，双方几乎是转瞬之间就摆好了战场。兵士们一个未动，风伯和雨师率先施了法，雨师站在最远处的山头，布下倾盆大雨，倒卷旷野，大地胎膜几乎要被掀翻一般，加上风伯的控风术，使漫地的积水疯狂地向轩辕大军滚去，瞬间将轩辕队伍淹得溃不成军。蚩尤没想到这两位大神能这么玩，疯狂叫喜，轩辕方空中的九天玄女看到此景暗道：“看来只能请他出山了。”

第十七回：搬冰神单斗风雨，蓄水法双破敌将

涿鹿战场上，风伯、雨师造成的这场雨患真可谓惨绝人寰。别说肉身凡胎的兵士了，就连那些草原上的野兽，也没见过这么大的暴雨，纷纷嘶喊着、尖叫着、咆哮着，扬起四蹄无序地奔走逃亡。雨师布法令这暴雨越来越猛，风伯不时地卷起狂风使漫地的雨水疯狂卷向轩辕大军，残云漫地，令整个涿鹿平原变成了人间地狱，可谓：

红日没，云雾生，顷刻遍地起大风。霹雳炸响天地撼，瓢泼大雨朝下倾。

好似倒泻天河水，暴雨卷地漫零星。宇宙浑然茫一片，可是风雨水无情！

轩辕圣皇看着被水淹没的大军，焦急如雷，但却没有任何办法。这个时候，突然天降一声："圣皇莫怕，我等来助。"轩辕朝上一看，乃是九天玄女降下，身后还跟着一名气息冰冷的大将，观此将：

人面龙身现，冰鳞遍体间。触角坚如雷，爪利似闪电。

双目寒光洞，驱冷近打战。杀气威风凛，百里冻河山。

原来，九天玄女在空中看到残云漫地的情景，就要搬兵应对此战。她想到曾经在东海填海之时，天气寒冷导致海面结冰，有一位自然孕育的冰神为她冲开冰层，并调整了海水中盐的浓度使海永不结冰，助精卫填海修行，二人结为好友。她带来的这位，就是上古十大魔神中赫赫有名的冰神应龙。

轩辕一见九天玄女，顿时大喜，"神女，多谢再次来救，你身后这位是？"九天玄女介绍，"这是我的至交好友，冰神应龙，他擅长蓄水之法，有他助战，定可破敌方妖术"。说完回头看向应龙，"龙兄，这里就交给你，拜托了"。应龙的话不多，淡淡地点了点头，九天玄女张开九翅，再次飞走了。

轩辕看向应龙，"神将，请问此术如何攻破？"应龙没有回答，直接冲上战场，庞大的身躯挡在轩辕大军前，将地上的积雨切断。应龙后方的轩辕军像经历了一场死亡一样，窒息的感觉此时才稍缓一些。应龙站在战场中央，两爪张开八指绷紧，猛地向前一推，这积水瞬间倒向蚩尤军方。原本兴奋的蚩尤军看到大水突然反弹，还没明白过来怎么回事，就被卷进了水中，霎时间局势逆转，蚩尤方陷入了被动。

蚩尤一见此状，顿时红了眼，急忙回头看向最远处的雨师。雨师此时看不见场中局势，依然在布雨施法。蚩尤只能对稍近一些的风伯喊道："风伯！快想办法！不要让我的兵士受伤啊！"风伯听到了蚩尤的呼唤，腾空而起，长长的双臂一推，使一招"风卷残云"，带着强大的吞云吐雾之力，向轩辕方卷起大风，咆哮的狂风越来越猛，积水也同时再次冲向轩辕一方，只是应龙挡在中间，保护轩辕军兵士的安全。大水很快高过了应龙身躯，应龙猛力晃动一弹，这水几乎是从上而下砸向蚩尤军，只是砸下来的并不是水，而是一座厚厚的冰墙。

几十个兵士被这冰墙砸得血肉模糊，应龙抬头看向依然狂倾的暴雨，眉头舒缓，心中已经有了应对之法，他开始凝结战场上方的温度。片刻后，局势发生了逆转，蚩尤方上空的雨一下子变成了鸡蛋大小的冰雹，霹雳般向下砸去。这一闹别说兵士了，就连蚩尤一众领袖也被这雹子砸得生疼，让风伯赶紧想应对之法。风伯的狂风虽然可以控雨和积水，但雹子的重量是他无法完全掌控的，况且雨师这场雨下得太急，这冰雹也是建立在雨的能量下结冰的。风伯凝聚起全部的力量，也无法将冰雹吹到轩辕军方，而砸到应龙身上就仿佛没有一般。风伯向蚩尤说："魔神，我等无力，现在只有让雨师停止下雨，否则无法控制住这个局面。"蚩尤转头看向远方的雨师，高声大喊："雨师！不要再下了！快停下来！"雨师距离此处实在太远，而且大雨声挡住了蚩尤的呼唤，他根本听不见，依然疯狂地控制着暴雨。风伯说："要不然我过去叫他吧。"蚩尤急忙阻止，"不可！此时地面仍然是漫地大水，你要再次抵挡住水的流动，否则我的军队就要死伤惨重了"。风伯只能继续控风勉强维持住局面。蚩尤使出全部的力量再次喊出："雨师！不要再下了！快快停手！"这一句，雨师隐约听到了，但他没有想到是蚩尤下的命令，还以为是轩辕顶不住了，他哈哈一笑，顺着雨的缝隙传来清晰的声音："老贼，这时候知道求我停雨了？晚了！"此一句话，是雨师刻意顺着雨缝传来的，异常清晰，不只蚩尤一众，就连轩辕一方都听得清清楚楚。大鸿很是纳闷，"圣皇，这是怎么回事？这雨师怎么突然倒戈了？"旁边的常先摇了摇头，"恐怕不是倒戈，我想雨师定是误认为是我们让他停止，这句话，怕是骂圣皇的。"轩辕也是微微一笑，"这一场，咱们赢定了"。轩辕话音刚落，　丝丝的雪花，飘落在了轩辕几人身上，大家看了看雪，暗中佩服应龙的法力，竟然能让两个战区的温度有差异，果然是厉害。

但是雨师那句话，让蚩尤恼羞成怒了。蚩尤可没有轩辕、常先那么聪明，他本就头脑简单，雨师当着手下这么多人骂他，让他感到面红耳赤，怎能不怒？本身他自己不去通知雨师，是因为统帅随意离开位置会动摇军心。此时他也顾不上统帅离位之危了，张开背后的双翅，疯狂地飞向雨师的方位，正布雨的雨师看到蚩尤冲向自己，本欲行礼，可蚩尤猛力冲到身前，一手抓起雨师，猛然发力，"啪嚓"一声！雨师瘦小的身躯被蚩尤高高地摔下，砸在山脊之上，粉身碎骨，没了气息。

本在控风作最后抵抗的风伯，一看雨师被蚩尤摔死了，心中恐惧不安，他预料到自己的命运，也意识到这场战争的不寻常。自己和雨师都是靠小法术求胜的人，论武力根本敌不过蚩尤，随即阴风一卷，消失得无影无踪了。

风伯、雨师一逃一亡，看似轩辕方即将胜利，可谁知这时轩辕才陷入被动。

第十八回：冰应龙无计可施，旱女魃应邀助战

雨师被蚩尤摔死，风伯逃亡，轩辕军一众都是欢庆高歌。这涿鹿第二场战再次胜利，只有常先微微皱眉，意识到有些不对劲。

果然，事情没有朝着预想的方向发展。雨师虽然死了，雨也停了，但遍地的积水却没有消失，且风伯逃走前没有改变风的方向，此时的狂风不断地朝轩辕一方刮去，遍地的大水向轩辕军滔滔滚去，应龙阻挡的身躯渐渐有些撑不住了。

蚩尤一见大喜，没想到失去了二神才是取胜的根本，急忙命九黎族兵士撤退，远离应龙，避免被冰墙再次砸伤。局势一时间变成了蚩尤静静观战，应龙被大风刮得摇摇欲坠，终于顶不住，倒在了地平面上。

应龙这一倒下，积水再次漫过应龙的身躯淹向轩辕军，轩辕也没想到形势会再次扭转，急忙命军队撤退。可风雨之力几乎是转瞬间就到达，来不及撤退的轩辕军被大水瞬间卷入，疯狂地嘶喊着救命，轩辕圣皇一时间束手无策。

远方观战的蚩尤哈哈大笑，“哈哈哈哈！轩辕，你以为凭着一个应龙就能奈我何吗？看看到了这时，你还有何法应对？”常先对轩辕说：“圣皇，事到如今也没有别的办法了，只有死马当活马医，问问应龙还有何计。”轩辕点了点头，命风后驾车，载着自己一众漫水行到应龙处，车在水里蹚行几乎就是船了。应龙此时也渐渐苏醒，无计可施。轩辕问应龙：“神将，可有法应对？”

应龙终于张口说话了，“我只能控制冰属性，并不能让这大水消失。”大鸿言道：“那让水变冰也可以啊，跟平地区别不大。”应龙苦笑道：“这是什么主意。”轩辕急道：“事态紧急，只有一试。”应龙摇了摇头，“那我结冰你看看”。随即一施法，遍地大水冻成冰块，冰封千里。轩辕这些兵士本身就是被淹在水中，这一结冰，瞬息间将轩辕数千大军全部憋死。轩辕一见有些愠怒，“你既然知道会这样，为何还要做给我看！”应龙盯着轩辕，“哼，我提醒过你了，你还要如此，现在反倒怪我？”冷冷地放下这句话，应龙腾空而起，向天飞去了。

记下轩辕军全军覆没，单说应龙，寻找到九天玄女，将这场战争的经过讲了一遍，谈到最后，应龙气愤地说：“我是他请去破敌的，他反倒对我那般态度，毫无待客之礼！”九天玄女苦笑，“你也是，应该把会发生的现象提前告诉他啊，这下他全军覆没，哪里还有理智？”“哼，我怎么会知道发生什么，而且我为他阻挡积水，身体本就虚弱，哪里说得了那么多话。”九天玄女劝道：“别往心里去了，他治理人间多年，姿态早已养成，我们按炎帝嘱咐，协助好他就可以了。”应龙问道：“现在还有什么好办法？”九天玄女思索了片刻，“你将战地冰封，迟早也会融化，到时还是会一片漫水，看来，要去趟不周山请我那姐姐出山了”。

九天玄女带着应龙飞向不周山，再次见到了久别的东王公。东王公热情地接见了二位，但九天玄女此时却是无暇叙旧，“东王，此一来事态紧急，我想问问，我姐姐近期的修行达到什么程度了？”东王公很是疑惑，“何事如此着急？女魃现在已将旱力修至大成，除了还是无法凝聚魂魄，这世间应该没有任何元素能伤到她了”。九天玄女很是开心，“那太好了，涿鹿大战陷入危机，积雨漫地，我奉父皇之命前去助战，现在只有我姐姐能够解决此状了”。东王公一听，陷入沉思，半晌之后开言：“也好，她现在神力初成，本应休养一些日子来巩固，但此去，或许对她凝聚魂魄会有机缘，就让她去吧。”九天玄女闻听姐姐有机会重生，喜上心头，立马跟随东王公到了不周山后女魃住处。

许久没见到姐姐，九天玄女有些紧张，不知道姐姐现在是什么状态。女魃看到众人，依然是面无表情，九天玄女小心翼翼地说：“姐姐，战地紧急，能否助小妹前去破敌？”女魃淡然地看向东王公，仿佛对紧急的战事和九天玄女紧张的语气没听到一般。东王公点了点头，“去看看吧，或许会有些机缘。”女魃同意，招了招手，示意走吧，也不理会众人，独自先行了。

九天玄女叹了口气，看来姐姐还是一具没有任何意识的躯体，向东王公致谢后也跟了出去。应龙心中却是像被拨动了某处弦一般，他想到自己刚刚孕育而生之时，也似这般冰冷，不近人情、不理人事，是精卫，即九天玄女数年填海的精神打动了他，他才逐渐变得知晓冷暖、与人沟通，今日的女魃和昔日的应龙虽然性质不同，但表现出来的状态一样，应龙似乎觉着，应该帮助她些。

女魃和应龙跟随九天玄女来到了涿鹿战场，此时应龙的结冰早已融化，水中泡浮着诸多轩辕军的尸体，战场上依然洪水漫地，无法作战。女魃双手掐诀，顷刻间就感觉天上太阳全部的热力都集中到此地一般，积水在逐渐减少，半晌之后，整个大地都恢复了干燥的状态。只是把轩辕一众烤得够呛，急忙请求九天玄女，“快请这位大神，收了功吧，好生厉害啊！”那是当然，这女魃的旱之力绝非寻常，这位旱神也在上古十大魔神之列。女魃收手之后就站在一旁一言不发。九天玄女劝说轩辕：“应龙我也给你带回来了，你记住，他是我的朋友，不是我的下属，不可随便对他无礼，否则我也没办法调解了。”轩辕急忙点头称是，并向应龙道歉。应龙也自然释怀了。

此时轩辕这一方自是皆大欢喜，但再看另一方的蚩尤却是脸色黢黑，本来这场风雨之战消灭了轩辕军除主将外的全部兵士，自己这只是损失了小部分兵力，但现在大水散去，对方还有两名大将，自己这边大将全无，凭这些小兵如何能抵挡，刑天一人对战千百人的场景他可是记在心里的，这种级别的战争并不是人多就能起作用的，九黎军是人人恐慌。有的忍不住开口询问：“酋长，咱们没了大将，如何作战？”这时后方突然传来一个女声：“莫慌，猛将来也。”

第十九回：女娲皇日月碰壁，山水尽巧遇星神

绝望的蚩尤听到身后的声音，急忙回头，看到之前一直助他的那名人身蛇尾的女子，女子背后还跟着一名几乎比战死的刑天还要高大数丈的壮汉，这名壮汉自上而下都是人的身子，但身后撅着一条巨猿的尾巴，一身横肉四棱形起金线，放松状态都是肌肉紧绷，单看外表，这又是一位力量强大的武将。

蚩尤此时必须问清楚了，这名女子数次帮他，到现在他也不知道对方是谁。蚩尤收起了强横的状态，深施一礼，“这位姑娘，您两番助我，这次又搬猛将前来，请问，您到底是谁啊？”话音刚落，女子身后那位人身猿尾的高大壮汉开口了：“魔神，这是你们南方所有部落的人文始祖，也是创造你们九黎族的祖先，人皇女娲。”蚩尤闻听，呆若木鸡愣在当场，没想到如此赫赫威名的太古级大神竟然会屈尊前来相助，而且一次又一次帮他。片刻之后，蚩尤、黎家八兄弟和九黎族弟七十二人扑通跪倒在地，蚩尤二目噙泪，看向女娲，“人皇先祖，我们九黎族何德何能，能让您数次屈尊相救，晚辈一时冲动，摔死了您请来助战的雨师，罪不可恕，请先祖责罚！”女娲扶起了蚩尤，心疼地看着他，“这不怪你，也是我没有说清楚来意，且那场战况那般混乱，造成误会情有可原，你们都是我创造的后代，我的孩子们，任他轩辕如何，我都会全力保护你们”。

女娲此番话，展现了她巨大的母爱情怀，不只蚩尤一族老泪纵横，就连女娲身后的那名壮汉神将，也为之动容。他想自己，本是混沌所孕育的巨猿，后受盘古精血融合进化成人，又得自然力量传承化身为神，在位神将跟其他的自然神比起来，算是经历曲折的了，因此他比其他神祇更通人情一些。那他到底是何方神圣呢？这得从女娲这一次寻神开始说起。

话说女娲那日看到雨师身亡、风伯逃走，就知道蚩尤此战要败，她心中并没有怪罪蚩尤，反而怪自己请来的神将太弱。在女娲心中，她的孩子们已经超过了一切，她心中下定决心一定要找到强大的自然神助战蚩尤。女娲行至在旷野之上，陷入了盘算中。

自然神中，像风伯、雨师之列，是盘古创造的现象孕育而生，这些神法

力花样较多，但因为盘古身化的万物繁杂，导致孕育的这些神力量不够集中。最强大的自然神还是以伏羲画卦为始，越先诞生的越强大、能量越精纯，类似金木水火土五行神，能力排名相对靠后，而冰神、旱神又是五行属性变异而成，实力自然是更弱一点，那么伏羲开辟两仪时最先出现的就是西王母和东王公，目前看来，只有请二位来助战，方能稳妥。

女娲此时就身在西部，转瞬之间就到了昆仑山，行至山顶，终于见到了西王母。女娲对西王母并不需要像风伯、雨师那般客气，因为西王母是自己的哥哥伏羲所创，算是自己的晚辈了，而西王母反向女娲深施一礼，说道："不知人皇驾临，有失远迎。"女娲轻轻地点了点头，回道："西王母，此番前来，我是有事相邀，本皇捏土造人，传至九黎一族被轩辕侵犯，你乃两仪初开首位诞生的自然神，想请你与我同去助战蚩尤，不知肯否？"西王母眉头一皱，"女娲娘娘，你可能不知，本座舍去半兽之身，现如今法力低微，否则也不能任由鲲鹏诛杀白虎，我却袖手旁观，所以，怕是心有余而力不足了"。女娲眉头一挑，"恐怕西王母是心也不足吧？"西王母苦笑一声，"人皇圣明，不错，我若法力还在，也不能任由那魔神吞吃我的守山神兽陆吾，而我却无可奈何"。女娲心中一惊，"什么？蚩尤吞吃了你的守山神兽？"西王母沉声说道："我还能跟你说假话吗？陆吾与我一气相生，也是虎体，蚩尤为了增强法力，生生把它吞食，我倒想问问人皇，难道为了战争，就可以肆意残害生灵吗？"女娲有些尴尬，但还是咬牙说道："这不怪蚩尤，都是轩辕行不义之师，南侵屠戮，九黎族为求自保才不得已为之，我数次搬请神将，就是为了推翻轩辕，保九黎族周全，定人类自由，也是还世间一个太平。"西王母失望地摇了摇头，"我无能为力，娘娘还是去找别人吧。"女娲也知道，让西王母去帮助仇人有些为难，就离开了昆仑山。

西王母拒绝了，女娲打算再去找东王公，随即就来到了不周山，没想到东王公对女娲也是不冷不热，女娲有些焦急，东王公回复了女娲："那蚩尤不仅吞吃了昆仑山陆吾，还吞吃了我不周山的守山神兽英招，你说我能帮他吗？"女娲很是无奈，这蚩尤当年到底吞了多少神兽啊？东王公随即又说："炎帝神农一脉向来与我交好，前几天他刚刚请走了我培养的旱神女魃，也就是他的大女儿，我劝人皇息事宁人，不要再添杀戮了。"女娲气鼓鼓地看着东王公，牙咬得咯嘣嘣响，“你劝我不要添杀戮？他轩辕怎么不息事宁人？告诉你，不管你们培养出什么样的神将，我一定会找到更强大的神将，打败你们！护我子民。”说罢飞身而去，只留下一脸无奈的东王公。

女娲无助地向北走着，一直以来，她都是靠着自己母爱的光环支撑到现在，但此时的她像被抽空一般，东西两方都碰了壁，她不知道该怎么办，也不知道怎样回去面对九黎一族，只能往反方向走，不知不觉就走到了北方大荒之地，女娲抬头看向面前的一座山，她感觉现在的自己就像被这座大山阻挡一般，无法前进半步。她就这样在这座山前站了许久，从白天站到了黑夜。

月黑风高，天上繁星点点，女娲依然保持着这个姿势看着高山，似入定一般。她心中像是打翻了五味杂坛，没想到绝望的她突然看到，高山顶端的景象像她此时的心情一样，天上的繁星各自现出混乱的力量，交织着向这座高山涌来，女娲愣了片刻，突然醒悟，“哎呀！我真是糊涂，忘记了三光者也，日神、月神拒绝了我，没想到山穷水尽，能在这里遇到星神。”

第二十回：小女魃殊死搏斗，老夸父逐日身亡

女娲顺着这股星光寻上山顶，在山头上看到了这位人身猿尾的壮汉，正在不断吸取着星力，身旁还有许多族人，看样子这些人是靠着星辰之力维持生命。女娲上前施礼，“请问阁下可是星神？”这位星神收了功法，看向女娲，“正是，鄙人夸父，他们都是我夸父族人，请问您是？”“在下女娲。”“什么？”夸父和族人全都愣住了，“你是，捏土造人的人皇？”“正是。”夸父没想到女娲娘娘光临，更没想到这位功德无量的太古大神竟会如此谦逊，急忙将女娲让到住地，“人皇大驾光临，有失远迎，请恕招待不周。”女娲摇了摇头，“星神何出此言，我这次前来是有事相求，怎敢倨傲？”“哦？”夸父问道：“有事求我？但讲无妨。”女娲看这位星神如此豪爽，也就不兜圈子了，“蚩尤九黎一族，乃我所造后代，现北方轩辕氏自恃功高，侵我部族，将南方变为流犯配地，还将他制定的规则强行令我的子民服从，今涿鹿之战，胜负

未分，想请星神随我前去，助战蚩尤，护我子民，女娲感激不尽。”说完，向夸父深鞠一躬，夸父赶紧扶起女娲，“人皇，此等大礼万万受不起，你放心，我一定会与你同去。”女娲大喜，“当真？”夸父郑重地看着女娲，“这还有假？不瞒您说，我夸父就是对您造人的圣举钦佩，才仿效您吸取星力创造夸父一族，跟您比那是小巫见大巫，今日有幸受您相邀，定当竭尽全力，死战轩辕！”夸父答应这么痛快其实不只是因为对女娲精神的崇拜，还因为夸父族生性好打抱不平，且同情弱者，高大威猛、骁勇善战的夸父族人，此时就认为蚩尤是弱势一方，纷纷同意。女娲也没有想到自己影响过夸父，心中甚是欣慰，至少此刻，二人有共同的情怀，等这次大战结束后，二人可以是交谈的知己，当下谢过夸父，并一同奔向涿鹿战场。

书回此刻，就是女娲带着夸父见到蚩尤的画面。这位星神夸父绝非寻常，也是上古十大魔神之一，在黑夜可以调动九天星辰之力，达到人世间最强的破坏力，此时就算是白天，夸父也拥有强大的肉身战力，即使数百人一齐用金属兵器砍剁，夸父的肉身也基本不会受损。看夸父大步向前一迈，就把轩辕方一众人震得一个激灵，纷纷看向九天玄女。九天玄女言道：“应龙尚未恢复，不适合出战，姐姐，你来会会这夸父吧。”女魃淡淡地点了点头，双翅一展飞到了战场中央，女魃本身为人类，因修行旱术生成了半兽体，夸父仔细观瞧女魃：

青衣仙女如墨绘，凤翅双翼身后背。肤质枯干面色土，两臂探下龙爪垂。

紫瞳二目寒光闪，唇染暗朱对剑眉。身轻若燕疾雷迅，走行似风快如飞。

好一名身材娇小的女娃娃。夸父不禁笑了，派这么个女孩跟自己打，能伤到他吗？随即将手中的桃木杖一挥，向女魃狠狠地砸去。看女魃虽然身形小巧，论力量似乎几十个加起来也抵不过夸父一位。但是女魃的优势是灵活多变，夸父巨大的身躯限制了自己的活动范围，小女魃利用轻盈的躯体和双翼飞行能力，不断地躲闪。老夸父连打数十个回合，竟然没有碰到女魃一根头发，倒把自己弄得大汗淋漓。

性格直率的夸父，每一击都带着万斤之力，看着女魃轻松地躲开，夸父有些恼怒，直言说道：“你这小娃娃，要打就打，一味躲闪，算什么战斗？”女魃冷哼一声：“兵不厌诈，你在生死之战的时候，还会跟敌人讲规则？”说完继续闪动身法，与夸父周旋。

其实夸父的感觉不对，女魃躲得并不轻松。夸父这般力量，别说被正面击中，哪怕被蹭到一点，自己这躯体也得血肉横飞，所以躲闪得十分小心谨慎。远方观战的轩辕众人也是有些疑惑，忍不住开口询问，“玄女，这女魃只是一味躲闪，并不与夸父交手，时间一长……”九天玄女笑了笑，“这正是姐姐的聪明之处，她知道夸父力量过于强横，于是不跟他硬拼，此一计靠的就是时间”。应龙接茬说道：“不错，一力破十技，在绝对的力量面前，武艺都是鸡肋，看夸父这般力量，正面碰上估计得被砸成肉泥，怪不得能通过肉身的力量调动九天星辰之力，但观这夸父虽然神力惊人，可头脑简单，有勇无谋，女魃就是通过躲避消耗夸父的体力，从而找出破绽，见机攻克。”轩辕点了点头，继续看向战场。

战场上此时也出现了一些变化，夸父消耗了许多体力，女魃也不轻松，躲闪的速度渐渐慢了下来。夸父看女魃也体力不支，疯狂地再次挥起木杖，继续无章法、无套路的一通乱打。女魃逐渐感到即将支撑不住，只能腾空而起，飞在空中，高至夸父够不着的位置。夸父看着女魃，诡异地一笑，“你以为飞到高空我就碰不到你了吗？”随即“喝呀”一声，单薄的衣物瞬间挣破，夸父的身体突然间暴涨，向上直逼女魃，女魃一看惊得再次飞升，可无论多高，夸父都会再增长，二人从平地躲闪变成了高空躲避。女魃此刻感到一种深深的无力，看着冲向自己的夸父，把牙一咬，直接飞到了太阳上。

女魃本体为僵尸，依靠太阳炎力修行旱术，因此不惧太阳上的烈焰，女魃此时已经没有了退路，她疯狂燃烧透支着自己的生命精元，与太阳合体放出万道金光，使出了平生绝技“日炎烈旱”，大地瞬间映出一片赤焰，可真是：

太阳神力赤火冲，顷刻燎原显神能。烈焰飞腾实凶猛，随风照耀势熊熊。

耳边呼声连作响，重台密布浓烟升。遮天盖地一片红，混沌乾坤无影形。

女魃浑身围住了层层烈火，从地面望去，不见女魃，只有赤红的太阳散发着无尽的热量。蚩尤疯狂地喊着：“夸父！别再打了，留得青山在，不怕没柴烧啊！”夸父眼一闭，放出浑厚的声音：“既然无法利用星力，就让我的精神永远影响着后世的勇士们，永不退缩吧！”随即继续增高追赶着太阳，誓要与女魃拼个你死我活。直至被烈火蒸干了身体，饥渴疲惫，被活活烧死。

第二十一回：玄女亲战女娲阻，双方僵局再请神

女魃调动的太阳炎力乃是天地之力，散发的每一道炎光都包含着浑厚的自然力量。况且这不是晚上，夸父无法施展自己的星河之力，女魃若是一直操控着太阳，那么夜晚永远都不会来临，漫天的繁星将永不再见。夸父为了信念，也为了族人的存活，疯狂地增长着身躯，向上逐日，最终身亡。

一代星神夸父，逐日身死于涿鹿之战，夸父精神，是一种亮剑精神。

烈日上的女魃，看到夸父巨大的身躯倒地，这才缓缓地松了口气。这次是她重生修炼以来第一次作战，几乎透支了所有的生命精元，此时她就连飞回地面的力气都没有了，双眼一黑，从太阳上跌落下来。

当女魃稍微清醒一些的时候，发现自己在一双宽大的臂膀上被环抱着，原来是应龙看到她坠落而下，飞速接住了她，否则摔在地上后果不堪设想。

女魃就这样在应龙怀中，跟应龙对视着，她看到应龙的眼神中饱含同情、怜爱与呵护之意，这让女魃的心有了一丝触动。在这不知不觉中，女魃消散的魂魄正在缓缓地向她的躯体凝聚，只是目前还没有人察觉到她的变化。

作为亲妹妹的九天玄女，其实应该能够多少察觉到，但此时玄女的心没有放在姐姐身上，而是关心紧张的战场。这个时候轩辕 方，应龙和女魃都不能作战，而手下不剩一员士兵了。但再看蚩尤那边，虽然战死了夸父，但

手下的精兵却是无一损耗，若此时对方齐攻而上，单凭一个力牧恐怕无法匹敌。想到这，九天玄女白绫一摆，扇动九翅向南而去，飞向战场中央。

蚩尤一方兵士瞬间就紧张起来了，看到这名仙女亲自上阵，他们个个都摩拳擦掌警惕起来。天知道这位填海的前辈曾经修成过多么恐怖的神通。蚩尤也是面色难看、不知所措。正在这剑拔弩张之际，女娲蛇尾一盘，从后方腾空而起向前飞去，顿时将蛇尾绷得笔直，尾尖狠狠地插在了地上，像伫立的旗杆一般，挡在蚩尤和九天玄女中间。

“怎么，无人可用，你还打算亲自动手吗？”女娲冷冰冰地说道，这股寒意竟然让冰神应龙都有一丝不适应。

九天玄女无奈地看着女娲，许久才出声：“人皇，你对我一家有救命之恩，若你阻止，我必不能出手，但晚辈希望你能清楚，现在的世界，已经不是你曾经捏土造人的时候了，百姓需要一个有秩序的和平世界，而不是蚩尤那般蛮夷的统治，你若再执意如此，万年之后，人们也许不会记得有女娲，只会记得缔造人间和平的轩辕圣皇被人所害。”

听到这番话的女娲，顿时怒上心头，身后的蚩尤与九黎族八十一兄弟、数百名干将突然齐齐跪下，“女娲娘娘，我九黎族今后世世代代，不会忘记人皇先祖大恩，不会忘记自己是祖先是人皇捏土所造！”

女娲回头看向蚩尤一众，泪水已经含在眼眶中，满面都是母性的慈爱，她向蚩尤点了点头，“我的孩子们，快起来，地上硬的慌。”蚩尤一众才缓缓起身，目光坚定地看着女娲，给了女娲极大的信心。

女娲转回头的时候，目光再次变得冰冷，她冲九天玄女沉声说道：“你今天这番话，倒是提醒了我，倘若我此时退去，让你们灭掉九黎族，就如同毁灭了人世间唯一还记得我的族群，若干年后，世人都如你们那般，忘恩负义，背信弃源，只记得什么轩辕圣皇，那我女娲当年就是瞎了眼！好在现在还有九黎族部落能记我情、知我义，无论如何，我也要护住他们。”女娲手指着轩辕方继续说道：“看在你们现在已是穷寇，也不愿让后人说我非君子交战，给你们时间招兵请神，待准备就绪再行交锋，但是玄女，你我作为幕后指引，不能亲自出手，否则别怪我不客气，那时就算叫上你父神农一起，也非我对手。”

九天玄女看着女娲坚定的语气，知道自己刚才言多语失，同时她也明白，想劝女娲罢手是不可能的。想想也是，任谁费尽心力创造出来的子孙，都不可能任人欺凌。好在女娲最后定下了君子协定，这就说明女娲也不会亲自出手。如此只能继续搬请更强大的自然神，消灭九黎部落，到那时再跟女娲言和了。

双方各怀心事撤退，各自回到部落中。轩辕摆下宴席，款待应龙、女魃和九天玄女。菜过五味，轩辕开言道："神女，由于我的冲动，导致全军覆没，又言语冲撞了应龙大将军，请问现在我们该如何对敌？是等应龙和女魃二位神将恢复体力之后再行攻打？"九天玄女刚欲开口，余光突然瞟到姐姐居然露出了笑意，再看一旁，应龙在为她夹菜肴，二人丝毫没有听到轩辕的话语，只隐约露出一丝甜蜜之色。九天玄女惊呆了，身为僵尸的女魃是根本不会笑的，此一笑只能说明姐姐的魂魄在逐渐凝聚，而且关键人物就是身旁的应龙，按如此状态发展下去，女魃定会逐渐恢复成有血有肉的正常人，看来东王公说得没错，此来确有机缘。她急忙向轩辕回道："不，我姐姐和应龙此番都不适合再出战了，这样，我回天禀告我父皇，将她的辅神祝融搬下界来，力破蚩尤大军。"轩辕闻听，"祝融？难道是……五行神中的火神祝融？"九天玄女缓缓地点了点头，"没错，木神句芒现辅佐东方青帝伏羲天皇，火神祝融就是我父南方炎帝的辅神，祝融多年看守神农鼎，早将神火功炼至大成，恐怕世间无人能与之匹敌"。轩辕满意地点了点头，"那就有劳神女了。"九天玄女起身，"不必客气，我姐姐和我的至交好友，二人就先留在你这里，让他们休养玩耍几天，不要打扰，你们继续招兵，扩大军力"。轩辕答应，让应龙、女魃住在了有熊贵宾殿，命三餐尽送不得讨扰。同时送九天玄女回天请命，自己重新开始招兵训练。

蚩尤一方，也开始了请神行动，这一切都来源于轩辕之前抓的那位俘虏。

第二十二回：寻水神性格异常，奈女娲巧言说之

可还记得轩辕为了解蚩尤兵卒强力原因时，抓过一名俘虏，根据这名俘虏提供的信息找到了盐。轩辕就将这名俘虏留在了兵营，并念他有功予以要

职，好生款待。所以在那场风雨之战中这名小将未上战场，不在全军覆没之列。但在九黎部落生活惯了的他，对这里严明的军纪甚为不适。此次宴会中正好听到了如此重要的信息，心想立功的机会来了，若带着这个重要情报回到九黎，蚩尤定会继续收留他。在这个深夜，大家都熟睡的时候，这员小将偷偷溜了出来，撬了一辆指南车，向南方飞速行驶。

蚩尤的部队驻扎在离涿鹿不远的地方，这员小将很快就到达了目的地。看着蚩尤简陋的居处，比起轩辕建造的豪华殿不知破旧了多少，但他也没有觉着不适，反而这里才有自由的气息。他飞速奔向蚩尤所在的住处，看到有蚩尤、女娲和黎家八兄弟在场，个个愁眉苦脸，不知在商量着什么。

他疯狂地冲了进去，跪在地上，“酋长，我回来了！”

黎家八兄弟看向这员小将，虎视眈眈，“你回来干什么？当初你被轩辕抓去，我们的强兵之法，是不是你给透露的？”

这员小将哆里哆嗦地说道：“我……是我说的，但是……我那也是为了先活下来啊！这次回来，我带来重要情报，和轩辕下一步的动向。”

蚩尤却是没有耐心听下去，“既为俘虏，就该舍生取义，像那夸父一般战死沙场，你这苟且偷生之辈，带回来的消息想必也有诈，来人，推出去砍了！”

外面几个兵卒手握刀斧架起这员小将，这小将慌了，大叫道：“酋长！我真的带回了重要消息啊！九天玄女回天请炎帝的辅神祝融了！祝融是火神！酋长！我是向往咱们九黎部落的自由！我一直没把自己当轩辕那边的人……啊！”

这小将话还没说完，人头就已经被砍下来了，女娲看着蚩尤，“以后别这么冲动，用人之际，不可意气用事”。蚩尤急忙行礼，“是，晚辈唐突了”。但心里还是无法容忍这等俘虏之辈，只是感激女娲给他面子没有阻拦。

女娲思索着，过了好一会才开口：“刚才他说的情报未必是假话，轩辕一方如今也只有火神祝融可用了。这样吧，你们继续招兵强卒，我去请一下水神共工，水能克火，之前都是他们请神相克破我方之法，这次我们也要克他一回，你们等我好消息。”说罢，女娲直接就离开了，黎姓九兄弟在后恭送。

女娲为了九黎族，可以说是劳心竭力，这时的她已经没有了任何是非善恶观，只是站在一个母亲的角度，单纯地想守护自己的孩子，不让他们受到伤害。女娲行至极北之地，劳累过度的她，终是昏倒在了地上，这一刻，她真的感到很累，也真的需要好好睡一觉了。

不知过了多久，女娲逐渐醒来。看到身边多了一名男子，湛蓝色的身躯和头发，身下也是一条蛇的尾巴，尾上绿色的鳞片闪闪，映照的人二目昏花。正诧异地看着女娲，女娲问道："你是何人？"这位蛇尾男子沉声说道："你已经昏睡三昼夜了，在梦里还一直叫着我的名字，不知说了多少遍，你不知道我是谁？"女娲突然纵起，"你就是……水神共工？""嗯。""我在梦里喊你的名字了？""嗯。"女娲抓着共工的双臂，"那你……愿意帮助我吗？"按照以往女娲请神的套路，此时对方都会先问帮什么。但谁知，这位水神共工是个异类，"我为什么要帮你？"这一句话，把女娲彻底噎住了，她从未遇到过这种回答方式，而且连问都不问。急忙说道："我是女娲。"以前走到哪里，大家都是客客气气的，一听到"女娲"二字，都会尊重万分。但共工听到女娲自报身份，依然没有半点波动，"哦，捏土造人的人皇，功德无量，但与我何干？"女娲彻底惊住了，她有点摸不清这位水神共工的性格了，一副超脱世俗的样子，到底是为了什么。女娲只能硬着头皮按套路继续说下去："我兄伏羲造五弦琴整合五行元素，所以……""所以才有了我，是吗？"共工抢答道，"你们兄妹开创天地万物，我们都是因你们的创造才诞生的，要对你们感恩戴德，要听从你们的调遣，是吗？"女娲没想到共工会这么回应，"我……我不是这个意思……""我不管你是不是这个意思。"共工打断了她，"我并没有想要出现在这个世间，因为我不明白存活于世有什么意义，我们五行神，看木神句芒、火神祝融这等先例，无非也就是伏羲调动去天界当下手使唤罢了，但是我告诉你，我们并不是你们创造出来的！我们只是天地间自然现象孕育而成，我不会去天上当什么辅神，更不会被你们支配，我只会按照我自己的想法去生存，虽然我还不明白我该做什么，但也不会落入你们这些所谓创世神布入的棋局当中！"女娲看着共工激动的言语，反而冷静下来了，因为她从共工的话语中找到了一丝希望，她不慌不忙地说道："既然你有此疑惑，那我就站在你的角度为你分析一番，人生在世的意义，莫过于扬名立万，论我兄伏羲制造的天道规律，你将来定要到天上，成为北方天帝的辅神，你甘心吗？”共工咬了咬牙，“我当然不甘心。”女娲笑道：“这不就对了，与其寄人篱下，倒不如打破命运枷锁，自己为帝，就可以自行创造规则，无须服从他人。”共工的内心被触动了一些，“如何打破？”女娲严肃地看着共工，“帮我助战蚩尤九黎一族，打败北方轩辕有熊部落，届时北方首领一职归你，日后升天你就是北方天帝，无须做他人辅神”。共工沉默了许久，才缓缓开言：“此话当真？”女娲信誓旦旦地说：“我以人皇名义担保，击败轩辕，北方归你，只要你不侵犯我南方，我将永远护你天帝之位！”共工点了点头，“好，我答应你，走吧。”

共工之所以跟其他神性格不同，是因为鲲鹏此时正在北冥闭关，共工受到了一点邪气影响。但谁知女娲今日一番保证，为后来共工数次作乱埋下隐患。

第二十三回：火神祝融战共工，九昧焱真火难灭

女娲娘娘以共工之言语思想觉出其所需，用巧言利害说之，最终共工答应助战蚩尤，对抗轩辕大军。女娲承诺：只要消灭轩辕一众，北方归共工所有，未来可直升北方天帝。可令她万万没有想到的是，共工是个脑子不会转弯的人，女娲的话，他一字不落地记下了，但也只记下了这些话，超出这个范畴的，共工一概不会想到，更不会顾忌。

就这样，共工跟随女娲来到了涿鹿战场。蚩尤一众早就急得像热锅上的蚂蚁了，女娲在外昏迷三天，轩辕那边的救兵祝融早已到达，轩辕方日日叫阵，使得九黎部落军心涣散，没有能出战的大将，只能避而不战。黎家八兄弟几次按捺不住想要出征，都被蚩尤拦下了，自然神的威力蚩尤非常了解，火神祝融，绝不是黎家兄弟能够抗衡的。经历这么多次失败的蚩尤也逐渐学会了冷静，不能因为一时冲动折损九黎族人士，要时刻对得起女娲的恩情，且对女娲定要有足够的信心，故此一直按兵不动。果然女娲没有让蚩尤失望，当她带着共工来到的时候，蚩尤悬着的心终于落了下来。

战况危急无暇叙旧，轩辕与蚩尤拉开了阵势对峙着。九天玄女悬浮在轩辕后方半空中，女娲也退到蚩尤一众身后，两方最前站的是水神共工和火神祝融。

那位鹤发老者预言参与涿鹿之战的上古十大魔神，到这里终于全部出现了，圣皇轩辕、魔神蚩尤、战神刑天、风伯飞廉、雨师屏翳、冰神应龙、旱神女魃、星神夸父，加上现在的水神共工、火神祝融，整整十名。这些位有的已经战死沙场，有的奔走逃亡，还有的作为双方的领导者在指挥着大局。究竟最后的胜利会属于谁？这是在场所有人都期待的一个问题，包括提出预言的那位鹤发老者。

祝融看向共工，共工也看向祝融。祝融长着一张人脸，但身体却是兽型，这种兽几乎说不明白是什么物种，更像是几种兽类杂交或拼接而成，头顶之上火焱色的发丝随风飘扬，远处观看，就好似一团烈焰燃烧一般。

对峙了许久，祝融先开口了："共工，你我同宗同源，皆为青帝伏羲以五弦琴整合五行孕育而成，今为何要助魔为虐，以致你我手足相残？"

共工轻蔑地回道："祝融小儿，哪个与你同宗？我共工从不为任何人助战，只为自己而活，你我本为自然孕育而成，不是某人的附属，可你竟甘心去做那神农老儿的下人，好生丢脸！今女娲礼遇有加，请我前来，并许诺我应得的条件，消灭了轩辕军，一切重新组局，既然你不自量力要阻挡我，那就一起死吧！"

祝融无奈地摇了摇头，"共工啊，你这是受了什么影响？还是让异物入侵了体内。竟然说出这番话来，毫无善恶是非观念。罢了，水火不容，也是天意，战吧。"

共工不屑地笑了声，"哼哼，你都不知万物相克之理，自盘古开天至今，只知水可灭火，焉有火能覆水之象？免人说我欺凌弱小，你先出招吧"。

祝融双眼一眯，"共工啊，你的见识也未免太浅薄了，你以为我还是去天界之前的那个祝融吗？今天就让你看看，你瞧不起的天界辅神，是如何颠覆你的认知，让你束手无策的吧。"话音刚落，祝融双手结印，从身后、手心、发丝之间冒出熊熊的烈火，这股火比凡间之火更红、更清、更加明耀，精纯中不含一丝杂质，火形隐约泛着透明，却又色实不虚。几股火焰冲出，带着毁天灭地的攻势，向共工袭来。

共工不慌不忙，待火到眼前之时，才双手结印，从尾部蛇的鳞片之间滚出滔天洪水，直扑火焰而去。水火撞在一起，碰撞出巨大的轰鸣，震得双方将士都是一阵耳聋目眩，揉揉双眼只能看到战场上炸起的气波，已看不清二神。

大鸿焦急地向轩辕说道："圣皇，我们请火神乃是宴席中交谈，他们接着就能搬来水神，要知道，水能克火，我想我们其中定是出了内奸，走漏了风声。"轩辕微微一笑，没有说话，常先却在一旁接言："大鸿，你看那日抓获的那名蚩尤俘虏，现在何处？"大鸿左右观瞧，的确不见了那员小将，轩辕深沉地笑道："这都是军师常先和九天玄女提前定好的良策，你等瞧好便是。"大鸿点头不再答话。蚩尤方也观瞧着场上的动静，在他们眼里，仿佛已经看到祝融落汤鸡般的样子。

战场上的尘与光缓缓散去，结果却让人大跌眼镜，水没有按照常理灭掉大火，只是将火弹回了祝融身边。相反，共工操控的水也退回了共工脚下。很明显，这一回合交手，二人势均力敌，相克法则被打破。

"怎么可能？"共工吃惊地看着祝融，"你的火怎么没有被水灭掉？"

祝融微微一笑，"共工，火元素非盘古所创，乃是混沌的一股浑气所化，因此在五行之中最为特殊，也只有火元素是可以通过修炼超脱相克法则的，只要真火的等级超出三昧，凡水就灭不了"。

共工镇定了一下，"那刚才我的水也非凡水，怎可灭不了你的三昧真火？"

"我早知你不会用凡水来对抗我，所以我刚才用的也不是三昧真火，乃是更高阶的五昧真火。"

"五昧真火！"共工稍有一丝不淡定，不过很快就掩饰了过去，"五昧真火灭不了吗？那就看看清浊初分之时，天界水源中的天河水，比你那五昧真火如何吧"。说罢双手朝天一托，带动着天地之力，只见洪水倒灌从天而降，向祝融狠狠砸去，地面直接被天河水冲击出一个大坑，祝融也不见了踪影。

许久之后，祝融才缓缓从坑里爬出，他再次凝结手印，咬牙喝道："想不到你已炼成天河水的调动，好，看看我的全高阶的九昧真火，你能不能扑灭吧！"

第二十四回：共工怒撞不周山，女娲寻石补青天

共工调动的天河水倒灌把祝融砸进了地坑中。良久，祝融才缓缓爬出，略显狼狈之态。他身上凝聚出的五昧真火已经消散不见，只冒着丝丝青烟。想不到共工法力如今也是非比寻常，祝融咬牙再次结印，祭出他最后的绝招——九昧焱真火。

九昧真火，乃是天地间至罡至阳的烈火，水不可灭土覆不得。当此火出现之时，其颜色已经超脱了红色，一道道纯金色的火焰向共工卷来，几乎转瞬之间，金黄的火流就将共工包围在了中央。共工以自身为轴向四周转去，尾鳞间喷洒出水波，同时挥舞着双手，天河水与人间的江河湖泊水从四面八方上下共同席卷而来，纵横三界，垂天似的瀑布、横扫的击流、滔天般的洪水将天地中所有空间都冲成了炼狱，无数的生灵哀号着、嘶喊着，水平面可直接与天齐平。女娲卷起蛇尾保护九黎一族不受洪水侵袭，九天玄女也张开九翅护住轩辕，应龙保护着女魃。但其他人可就无暇顾及了，常先、大鸿、力牧、风后等大臣都被这洪水卷得四分五裂、不知所踪。

这无比恐怖的洪水，只为灭掉祝融的九昧真火，但女魃使出旱力使洪水消散之时，这几股精纯的金色火焰依然包围在共工身边，丝毫不灭。祝融笑道："共工，停手吧，这九昧真火乃是神农炎帝为我护法、得天界清气修炼而成，你看不起我们辅神，但怎知天外有天，人外有人，你实在太肤浅了，我们并非为人下属，而是以强者为尊罢了，这个时代，是需要强者联合、共同缔造和平的，这样大家才能共同强大，而不是靠厮杀排异来解决问题。"共工突然笑了，笑得无比诡异，"祝融，你以为你这样就赢了吗？我承认，你突破了自然相克的法则，我的水法奈何不了你，可相反，你能奈何得了我吗？"这一句话，把祝融问住了，是啊，共工奈何不了祝融，祝融也奈何不了共工啊。共工看着祝融愣住的表情，笑得更灿烂了，"哈哈，就算你突破相克，也只能突破到火不可灭的程度，但你的火能灭我的水吗？显然不行吧！而且看你九昧真火的趋势，比起五昧真火少了许多，你能使出多少来呢？这场赌注，我赢定了！"祝融镇定了下来，"你就那么有把握吗？"共工笑道："当

然，我不妨告诉你，我答应女娲的，只是消灭轩辕，并不是打败你祝融，只要你也奈何不了我，那我就不需理会你，杀死轩辕，女娲就可以完成对我的许诺了。”此一语道破天惊，祝融没想到共工会这样做，接连说道：“那我也屠尽九黎一族生灵，让他们陪葬！”共工狂笑，“呼哈哈哈哈哈哈……九黎族死活与我何干？听好了，我答应的只是杀轩辕，灭轩辕部众，你要杀九黎族，尽管来啊，我给你让路，你也别挡着我”。“不行！”身后边一直保护九黎部落的女娲突然急了，气势汹汹地冲上前，“共工，你怎么能这样！将九黎族生灵跟敌方作交换？”共工回身盯着女娲，“娲皇，你忘记了吗？我只答应替你消灭轩辕部众，然后北方归我，没有答应替你保护九黎族，你说过只要我统领北方后不侵你南方部落，你就会扶持我，但他们战死沙场，可不在咱们条件之列”。女娲再次被噎住了，被共工问得哑口无言，她没想到共工是如此直肠子，真的是答应什么就做什么，超出范围的事丝毫不管。女娲不由得有些后悔，共工不是一个战士，只是一名利己者，他没有大将在战场上的精神，仅仅单纯地遵守合约，获得承诺的利益。女娲失望地看着共工，再狠狠地看向祝融，又回头看向九黎一族，咬牙说道：“今天我就是拼死，也要阻止你们。”“不必了！”远方传来九天玄女的声音，“看看这是谁？”几人顺着声音望去，一人身披黑色斗篷，看不清样貌性别，显然不愿以真面目示人，但共工根据气息判断出了，来者为五行神中的土神：后土。

原来，这是九天玄女跟常先提前计划好的，她们知道那名俘虏一定会伺机而归，故意放出消息要请火神祝融，好使俘虏去通风报信，让女娲去搬请水神共工。九天玄女也知道，共工打不过祝融，但祝融也无法奈何共工，就算祝融升天早修炼资源高于共工，也无法突破属性的反向相克，所以来一招黄雀在后，搬请土神前来，土能克水，共工此时已经处于完败状态了。

土神后土并不在上古十大魔神之列，是因为并没有参战，从共工认出后土的那一刻，就从心里放弃了战争。两位神将，一个克自己的，一个本应自己克制却又克不得的。看向女娲，也是怒冲冲地看着自己。共工有些心寒，人世间就算是神祇，也毫无信誉可言，生存的意义又该是什么呢？共工恼羞成怒，浑身上下一齐颤动了几颤，飞速向东奔去。

场上几位一看，都以为共工是战败不敌逃走了，只有女娲看出了有些不对劲，正要迈步追赶之时，猛听见一声开山般的巨响，轰隆隆隆隆隆！这一声，上至青天，下至幽冥界，皆听得一清二楚，就连天上的伏羲、神农，地面上的女娲，幽冥界的神荼、郁垒都站不稳了，身躯不断开始剧烈摇晃起来。这时，又听见共工一声惊天动地的咆哮：“既然不守信誉，那你们就都去死吧！”紧接着，漫天洪水从天而降，四面八方皆是倾涌而出。这些洪水跟共工在战场上操纵的洪水完全不同，其中不含一丝人力，反而是更像自然天灾一般。九天玄女顶着倾流的倒灌水从远处飞来，九只洁白的翅膀全被打湿并沾满了污泥，“不好了，共工……把天柱……不周山……撞倒了！”“什么？！”所有人都傻眼了，绝想不到共工竟然如此丧心病狂，不周山和昆仑山乃是盘古左右心房化成的两根天柱，倒塌一根，天塌地陷，人间将会沦入无尽的灾难深渊。此时已经开始了灾祸，无数的生灵被洪水席卷，哀鸿遍野、惨叫连连。女娲看在眼里，痛在心上，普天之下，哪个不是她的子民，如此下去，只有寻那天地至宝五彩石来补天了。

第二十五回：玄武斩四足立柱，神农炼定海神针

不周山被共工撞倒，漫天洪水导致人间生灵涂炭。女娲实在看不下去，急忙飞向九天玄女，九天玄女一看女娲冲来，警惕地后退，“你要干什么？”女娲心急如焚，“我还能干什么？天下子民皆为我造，如此灾祸，该如何补救？倘若知晓但请直言，就算牺牲性命也在所不辞！”九天玄女闻听女娲这番话，心底也被深深触动了，她终于理解了女娲誓死守护九黎族的心情，就如同此时为万千民众焦急一般，是啊，做母亲的，疼爱自己的儿女又有什么错呢？虽然现在的一切是由女娲而起，但此时她没有一点心情嘲讽女娲。直接言道：“我父皇神农南巡尝百草时，曾听闻至善神鸟孔宣以五色神光孕育出五彩石，乃天地间最坚固的石头，倘若能用此石填补天柱所断的漏洞，一切还可能会恢复平静。”女娲看着大水漫地，皱紧了眉头。这时，北冥之地传来一个苍凉的声音：“娘娘需先把遍地洪水止住，才可寻找到五彩石啊。”女娲

望向极北，不见人影，“何人赐教？”“娘娘，老身行动缓慢，此状甚急，可否劳烦娘娘与仙女姐姐来我北冥。”女娲和九天玄女急忙飞向北冥，不一会就到达了那道声音旁，见一只巨大的乌龟缩在壳里不敢露出头来，女娲敲了敲龟壳，这老龟才露出脑袋，“拜见女娲娘娘”。女娲摆手，“请勿多礼，你可是四象神兽中的玄武？”“没错，老身就是玄武，自那邪鸟鲲鹏出山以来，灭白虎、杀朱雀、食青龙，四象神兽仅剩我一位了，请娘娘斩下我的四足，作为新的天柱，先把天地重新支撑起来，阻住这洪水，再去寻找五彩石补天吧。”女娲的眼泪瞬间流了下来，“那怎么可以，若如此做，你会丧命的。”玄武摇了摇头，“覆巢之下，焉有完卵啊，况且鲲鹏威胁我说，若我头出龟壳，就是我灭亡之日，我缩头缩脑地活了这么多年，生之无味，死而无憾，只为在今日能为苍生作番贡献，就像当年娘娘自损精元、捏土造人一般”。女娲再也忍不住了，热泪滚滚落下，这泪水居然穿透了龟壳，滴到玄武的肉身上。还记得曾经女娲杀意凝重时，泪水落地可直接凝结成霜，而此时女娲的热泪是她圣母情怀最含真情的泪水，这几滴泪竟然瞬间把玄武的肉身直接变成了人类。

玄武的四足缓缓脱落，脑袋接连身体离壳而出，显现出一个无手无脚的人形。女娲也没想到她真情的泪水可以救玄武一命，拾起玄武四足，说道：“谢谢，这四根天柱我带走了，为躲避鲲鹏追杀，从今往后，你就叫玄冥吧，日后由你接替水神职务。”玄冥点头，“多谢娘娘”。说罢一闪身形，消失得无影无踪。

玄冥离开后，九天玄女对女娲说道：“娘娘，这四根天柱，需自上而下安置，让我父皇去做即可，你还是尽快寻找五彩石吧。”女娲点了点头，把玄武四足交给玄女，“小心点”。九天玄女接过四足，向天界飞去。

洪水一路倾流，好不容易飞回天上，看天界此时也是一片狼藉，到处都是坍塌的场面。炎帝见女儿回来，也早就知道了事情的起因，急忙接过玄武四足，交给一旁的青帝伏羲。伏羲言道：“这四根天柱，由我来安置，炎帝，你速以神农鼎炼制四根定海神针，投掷到人间四海，将海陆全都稳住，方能阻止人间洪水。”炎帝点头，与九天玄女一起前往南天住处，炼制神针去了。

伏羲摆开四象阵，将玄武四足抻长，缓缓地嵌入地底，定住了四大部洲，为防止日后再被撞倒，索性将天柱汽化，变成无形状态。那天界中，伏羲所摆四象图里与天柱连接的四点也逐渐扩大，变成四个星体，这四个星体成型以来，就逐渐聚集着四象神兽残留在人间的气息，最终化成四个人形，伏羲命他们为四象星君，执掌四象星宫。

伏羲完成之后，就去找神农，见神农愁眉苦脸。伏羲很是疑惑，神农开言道：“我炼制了三次，皆失败了，无法定住四海。”伏羲闭目思索了片刻，睁眼说道：“看来神农鼎已经落后，我将它以八卦改造一番，再行炼制，玄女，速调祝融回天，此番需要他的三昧真火。”九天玄女领命，再次下界去了。

祝融回天，伏羲已将神农鼎改成了八卦炉。神农依靠祝融的三昧真火，终于炼出四根名副其实的定海神针，每一根都重一万三千五百斤。伏羲将四针投掷到四海中，大地上的洪水才缓缓退去，伏羲和神农这才松了口气。但他们怎么会想到，这三次失败炼成的十二根定海针次品，后来会被一个人捡到，还因此惹下了不少麻烦。

大地支撑，四海稳定，人间的洪水也逐渐退去。此时只有漏天待补，一名鹤发老者缓缓地查看着世间变化，闭目沉思片刻，喃喃自语道：“四柱踏地，蕴藏无数灵气，四大部洲今后将有天地孕育、超脱五行外的四大神猴降临于世，这四根定海针一猴一支，就让我来先题个字吧。”随即来到东海，在铁柱上烙下“如意金箍棒”五个大字，又挥掌一抹，光字渐渐暗去。随后又去了北、西、南三海，相同的照做了一遍，只是刻的字不一样。完后满意地说道：“呵呵，这四根铁棒只有它们的主人才能取走，上面的字也只有相应的主人才能看到啊。”

鹤发老者做完这些之后，腰间金光一闪，一个金圈护住身体腾空而起，寻找欲补天的女娲。女娲此时也处于焦急的状态，在南部寻找了数日，还是没有找到五彩石，五色神鸟孔宣也踪影全无。女娲无奈之际，身旁出现了这鹤发老者，女娲看他腰间鼓出的金圈，水火风雨俱不能近身，暗叹好宝物，若以此物补天，定得完善。此时鹤发老者开言了：“人皇女娲，你是在寻找补天的五彩石吗？”女娲诧异，“是啊，你是何人？”“呵呵，我是谁并不重要，也许未来我们会是同门，我曾经炼五彩石点化我这金圈，现在所剩的不多了，你需迅速前去。”女娲一听五彩石，也顾不得这老者是谁了，“那……该去哪寻找呢？”

第二十六回：天地修复现平静，二女言和止助战

鹤发老者向南指道："距此处甚远的极南之地，有一天之涯海之角，乃是五色神鸟诞生之地，也是五彩石的产地，你去那里寻找最后剩下的五彩石，老夫与你一同补天。"女娲点头，随即向南飞往天涯海角。

当女娲来到天涯海角这一片五彩石滩的时候，不由得被此处的景色惊呆了。只见这里：碧波荡漾、海天一色。长达几万米的海滩上铺满了五彩石，宛若一条长长的丝带被海水轻轻地冲刷，又似一条五彩巨蟒盘桓在大海与椰林之间，五彩石散发的光芒将天空与大海映照得五彩斑斓。石滩上的五彩石有的如鸡蛋大小，有的如脸盆大小。无棱无角，十分圆润，散发出淡淡的五彩光，拿在手里透出一股暖意。

女娲呆呆地站在这五彩石滩上愣了好久，她不忍心毁掉这幅美景。但想到漏天未补，自己的孩子随时可能再次落入苦难之中，她一咬牙，用神力将整片海滩的五彩石全部托起，飞向天空。

天界下盘，鹤发老者立在空中等了女娲好久，女娲将五彩石带来后，与老者一起用神火祭炼，看着老者熟练掌控着三昧真火，女娲暗赞这老人的法力一定不低于那些自然神。片刻之后，五彩石炼成了岩浆，女娲托着岩浆按天界的八卦阵顺序逐一填补，待补至乾卦处时，鹤发老者见昆仑山隐约冒着紫红光，急忙跟女娲告别，"老夫有事先行一步，天界八极补全之后，可捏土造出八人，执掌八极宫，守护天界"。说罢，飞身下界，往昆仑山方向去了。

记下这位鹤发老者先且不表，这位老者此时就像游戏人间的仙人一般，而他的真实身份和真正目的，待后文书水到渠成之时自然会讲明。女娲按照老者的嘱咐，补全了天界八卦漏缺的位置，又捏土造了八人点化为神将，守护八极宫。心力交瘁的女娲用最后的力量爬上了天顶，再次昏倒在了天面之上，缓缓睡去，这一刻，女娲反倒有一种前所未有的轻松。

当女娲醒来的时候，发现自己躺在一张床上，身边坐着青帝伏羲、炎帝神农和九天玄女，就这样静静地看着女娲，三人的表情都是一致的：心疼。看得女娲心里如同打翻了五味瓶，不知该说什么。回想最初与兄长伏羲共同

创世，后又与神农结为姐弟，并救神农一家，那时的自己是多么的博爱，那时的和平是真正的和平。可不知从什么时候起，她的爱变得狭隘、自私，她的冲动让自己认为这一切战争都是轩辕挑起的，自己守护的蚩尤九黎一族只是无奈反抗。但到现在，女娲开始了反思，这一切难道没有自己的原因吗？若不是自己推波助澜，也许世间早就和平，怎会有不周山断、天塌地陷的灾祸呢？

但是，毕竟追溯这一切的根由还是因为轩辕无情的统治规则，想到此，女娲依然不能释怀。伏羲在一旁开口了："妹妹，为兄知道你在想什么，你现在后悔帮助蚩尤请神北战，但又无法释怀轩辕造成这一切的因果，是吗？"女娲闭上眼睛，点了点头，两行清泪缓缓落下。伏羲接着说道："好妹妹，你如今陷入了一个误区，想你当年捏土造人，功德无量，多少人神对你敬仰万分，可如今，你只护九黎一族，难道轩辕一众人，就不是你的孩子了吗？"女娲被这句话惊醒，缓缓又睁开了眼睛，伏羲继续言道："只是因为轩辕本人不是，你就请神讨伐，那轩辕部下众兵将大多数也是你所造，因此无辜受累，我们的后代风后如今也不知所踪。还有，这些神明敬仰你娲皇造人之功，愿意相助，可你为他们又带来了多大的灾难呢？夸父战死沙场，他的族人没有星辰力源的支撑，又该如何生活？为了部族之分，连带牺牲这么多人，实在是不值啊。"女娲瞪大了双眼，死死盯着上方，又听见伏羲再次开言："妹妹，如今之世，的确不能与你我太古时期相比，自我画卦以来，正邪分明，有些人生而为善，有些人生而为恶，若想将善恶以后天之功渡之，还需时间。是，轩辕圣皇制定的规则确实有些极端，但站在他的角度上，又有什么办法呢？流犯的后代若不加以管束，与平民无异，那日后为父报仇反抗和平岂不更加容易？一将功成万骨枯，为了大局，轩辕无法做到对每个人都公平有理，但他却是为这个世界打下一片平和。"话说到这，女娲紧撑的双目再次松了下来，又缓缓闭上了眼睛。一旁的神农接过了话，"人皇此番炼石补天，普救万民，又是功德无量，相信不久后，女娲之名会再次传遍天下，我们就不要多说了，人皇身体虚弱，还是多休息吧。"伏羲点了点头，"那你多休息妹妹，需要哥哥的时候再叫我。"看女娲没有反应，伏羲示意眼色，三人一起往外离开，走到门口的时候，女娲再次睁开眼，口中唤道："玄女。"九天玄女定住了脚步，快步走到女娲面前，"姑姑。"女娲一愣，缓缓坐起，"你叫我什么？”“姑姑啊，您与我父皇结为姐弟，又救我全家性命，晚辈理应叫您一声姑姑。”女娲慈爱的面孔终于再次显现出来，扶起了九天玄女，“好侄女，都是姑姑不好，一直未能看清本质，从今后，我不再插手此战帮助蚩尤，一切任其发展吧”。九天玄女点头，炎帝也缓缓走了过来，“好，那玄女也不要再助轩辕了，也让自然去见证一下，谁才是人间之主吧”。

此时的昆仑山顶，那名鹤发老者把玩着刚刚取得的宝贝，喃喃自语：“顺其自然是好，可诸事因果皆是相对应的，你们劝女娲停止扶魔，但你们助圣也将沾染同样的果报，圣与魔，仅在一念之差，论他人之过，亦如同谈己啊，道哉。”

神秘的鹤发老者云里雾里谈侃几句，令人似懂非懂，待日后自会揭晓。这时女娲和九天玄女终于算是握手言和了。但谁又会想到，伏羲表达的那段善恶观的言语，被世间极阴之地的一位通天彻地的大能听到了，这位大能听到这番话后陷入了深思，到后来曲解了其意，为天地间带来了巨大的灾难。

第二十七回：神秘怪人投轩辕，献计布局破九黎

二女言和，天界终于平静下来。但人间依然在剑拔弩张的气氛当中，此乃黎明前的黑暗，经历了这场天塌地陷的灾害，世间险象环生的人类都希望早日太平。好在上古时期地广人稀，涿鹿之战除了这场塌天战争，其余的并没有波及百姓。但双方也都想尽早结束战斗，一个要缔造和平秩序，一个要回归自由无束，各自失去了神女相帮后，都开始了盘兵点将。

“我们现在没有能出战的大将了吗？”蚩尤在九黎酋长之座上，开言问道。

“大哥，人皇先祖怕是决定放弃助战了，现在只有我们九黎族八十一兄弟了。”黎家八子都是咬牙切齿。

“无妨，轩辕那边也好不到哪去。”蚩尤大手一挥，“他们不光失了所有兵卒，就连那四大臣都被洪水冲散了，生死不明，我们兄弟还能齐聚在此，只要此战勠力同心，就一定能消灭轩辕！”“是！”黎家八十一兄弟此时都是摇

旗呐喊。

轩辕方，有熊部落。

“你愿意来投奔我？”轩辕圣皇坐在大殿上，俯视着下方的一人，准确说，应该不能算是一个纯人类。

此人俯首在下，咬牙说道：“不错，我愿追随圣皇征战涿鹿，报我兄弟之仇。”

轩辕沉默了许久，继而言道：“如今北方我已无人可用，除了百姓，军中只剩下我自己了，新招的兵士被洪水淹没，就连四大臣也不知所踪，九黎族还有他兄弟八十一人毫发未损，以你一己之力，可战吗？”

下方这人阴阴地一笑，“嘿嘿，圣皇误会我的意思了，我并没有说非要亲自出战，以我的能力，其实更适合做个军师，况且，您身边还有两名无敌猛将可用啊。”

“还有两员猛将？”轩辕微微一愣，“谁啊？”

这位怪人凑到了轩辕耳边，悄声说道：“……”

就这样过了几日，这几天静得可怕，仿佛涿鹿之战已经终止了一般。但这几日间，双方都在部署着什么，尤其是那位神秘的怪人，做的一系列暗中动作，为涿鹿之战的结果立下了汗马功劳。

几天后，随着九黎部落被突然偷袭，九黎族八十一兄弟出营应战，涿鹿之战最后的一场终于打响了。

蚩尤披挂上阵，身后跟着九黎族八名同胞和七十二族弟，迎面冲来的正是偷袭他们的人，此时飞在空中，满面含怒杀气冲天，正是应龙。

应龙大喊：“老贼！快把她放出来！否则将你九黎族屠得干干净净！”

蚩尤本还战意旺盛，此时却蒙住了，“她？她是谁啊？什么人我放出来？”

应龙已经没有耐心问了，龙身一荡冰蓝的鳞片晃得天地变色，一爪腕上闪出柄蓝剑，另一只爪向后一摆，向蚩尤猛得攻去。

“保护酋长！”率先而动的是九黎族七十二族弟，看着应龙飞速地冲过来，七十二人一齐向前奔去，团团围住应龙。

应龙深吸一口气，原本九天玄女撤出，他也不必再相助这场战斗，打算跟女魃在人间享尽清福、长相厮守。但是前日女魃被不明人物劫走，并留下口信：要想救人就来蚩尤大营。单纯的应龙就认为是蚩尤劫走了女魃，疯了一般冲向九黎部落。但他怎么会想到，蚩尤放着轩辕不打，为什么要掳走与世隔绝的女魃呢？这不是逼应龙出山与自己为敌吗？

应龙显然是想不到这些，也不会去想，陷入爱河的人智商都为负数真是一点不假。看着七十二人围住自己，应龙动了，冰剑一挥飞身而起，要冲出圈外。怎奈这七十二人排山倒海一般，死死封住应龙的每一个出口，应龙身体跃起之时，便有一人同时跳出与之战斗，待体力耗尽又退回去，又有另一位出战，应龙来回交战，被这车轮战打得气喘吁吁，眼看体力不支。

应龙之所以想冲出圈外，就是怕这种情况出现。但现在各路堵死，活活困在阵中不得逃脱，顿时心急。无奈之际，突然间远处高台之上，出现了女魃的身影，被粗大的麻绳捆在木柱上不得动弹。应龙一见女魃，顿时大急，体内的战意迅速提升，冰剑上的寒光也闪得夺人二目，应龙大喝一声，任意冲人杀去，有几个九黎族弟措手不及，被应龙当场斩杀，其余的有了防备，持兵抵挡。此时的应龙已经红了眼，杀一个便杀，杀不了被抵挡住就随即换人，一时间这些士兵倒被应龙晃得警惕异常，就怕成为应龙下一个突袭的目标，原本九黎掌控的局面被瞬间扭转。

这场战斗是应龙单方面攻击九黎族，并非两方交战，轩辕圣皇也本不知道此事，但当有人通知他时，他还是要去观看一下现况。当轩辕赶到战场的时候，就看到应龙在圈内左冲右突、上拦下挡、前交后替，手中的冰剑寒光四溢、飕飕有声，不由得暗叹好神将。但是，应龙此举也只杀了几个九黎族弟，待其他人缓过神来警惕抵挡的时候，应龙就无法顺利杀敌了，人实在太多，一人之力的确不足，加上本就体力不支，此时再次渐显疲惫，动作也迟缓了下来，只听“刺啦”一声，应龙身上的鳞片被划破，血流了下来。

轩辕看应龙受伤，自己这方除了自己又没有别人能帮忙，不由得暗中焦急，这时听身后有人唤他：“圣皇，不如让我助他一助？”轩辕回头看去，不由得一惊，“你……你愿助我？”“嗯，炎帝神农说过，未来若轩辕圣皇升天为帝，我后土会做你的辅神，今日主公有难，我身为辅神如何能够不管？”轩辕大喜，“太好了，土神，上次你帮我吓退共工我还未及致谢，不知此况你该如何应对？”

第二十八回：飞龙将屠敌八荒，诛蚩尤涿鹿战终

后土看了一眼轩辕，又看了一下场上衰弱的应龙，一晃身形突然踪影不见。

战场之上，应龙仍然在强撑着身体杀敌。他的心中此时只有一个信念，就是迅速解决面前的众敌人，然后解救女魃。但耐不住身体逐渐虚弱，最终冰剑撑住身体，眼看就不能动了。

九黎族弟们一看应龙撑不住，纷纷往中心扑去，但怎想冲到近前，应龙的身体突然消失，这一众人扑了个空，有些甚至用力过猛，脑袋碰到一起，当场撞得鲜血横流、死尸倒地。

剩下的人慌了，心想应龙去了哪里？难道又是哪个大神前来相救？但就算飞得再快也不能转瞬间不见踪迹啊。正在众人纳闷之时，突然一人惨叫，尸横当场，众人看去，见这人后背被划开一个大口子。紧接着，又是一阵阵嘶叫声，几人同样的死亡，还有的双脚被砍。无一例外的是，没有人看清是谁动的手，就连远处观瞧的黎家九子，也是一阵眼花。没过多久，这九黎七十二族弟就全被斩杀，到最后一人被杀的时候，黎家九子终于看清了动手之人。

后土搀着应龙，从土地中钻出，原来是后土不及火神祝融、水神共工那般擅长作战，但又不似木神句芒、金神蓐收那般文弱，土神后土的能力就是土遁之法，并能带人钻藏入土底，土面无痕，速度奇快，方才利用众人的方位，以迅雷不及掩耳之势出土将敌人从背后逐一灭杀，紧接着再次钻入土中，还有靠着其他存活的人挡住黎家九子的视线，所以直到杀死最后一人时，蚩尤等九人才能彻底看清。

蚩尤和黎家八兄弟都看傻了，没想到七十二族弟就这样被团灭，黎家八子纷纷冲上前来，围住应龙。此时蚩尤也看到了远方独立观战的轩辕。

蚩尤大喝："兄弟们！你们困住应龙，不求得胜，待我生擒轩辕，为咱们父亲报仇！"说罢背后双翅一扇，飞身向北，眼看就来到轩辕面前。谁料想，暗地里一道黑光，刮起一阵旋风，挡住了蚩尤的路。蚩尤被这突然的旋风险些迷瞎了双眼，牛头一摇绕开风口，可又出现几道怪风，风形各异，将蚩尤

晃得头晕目眩、原地打转。

晃荡了好一阵，蚩尤逐渐清醒过来，这一股股的阴风透着熟悉的气息，他终于明白是谁在作怪了，冲着虚空大喊：“风伯！我知道是你！你给我滚出来！你为何要害我！”

虚空中，缓缓地闪出一人，一个半人半兽之体，此人正是之前投靠轩辕的神秘人，也是掳走女魃、嫁祸蚩尤之人，他就是在那场风雨之战中逃走的风伯。

蚩尤一见风伯，双目赤红，“风伯，你这墙头草！你本是先祖女娲搬来助我的，为何今又来与我为敌？”风伯邪邪一笑，“魔神，你还好意思说？当年我兄弟二人被女娲请来助你，可你不分青红皂白，将我的兄弟摔死，我二人不是女娲部下，无须听她调遣，你不仁，就别怪我不义，我此番投靠圣皇，掠女魃祸水东引，就是为了杀了你这个暴乱的昏人，替我兄弟雨师报仇！”

此话一出，在场众人全都明白了真相，应龙也终于清楚自己是被利用了，他心寒如冰，手中的冰剑又坚固了万分。被绑在高台上的女魃缓缓开言：“应龙！不要再打了！你若战死，我定陪你同去！”应龙被这句话深深地触动了，他看着远方的女魃，干枯的肤质已经消散全无，恢复了本来的容貌，那是一张清冷秀丽的容颜，美艳无双，看得应龙一阵心动，他打算离开战场，救下女魃，去跟女魃一起安静地生活。但谁知此时，黎家八子依然死死围着应龙，口中喝道：“应龙，你杀了我九黎族七十二兄弟，就这么想一走了之，没那么容易！”应龙冰剑一举，“你们想怎么样？”黎家八子齐齐叫道：“杀了你！为我兄弟们报仇！”说罢手中兵器挥舞，向应龙杀来。

应龙深知若不解决此战，恐怕无法安全离开，“好，既然我参与了涿鹿之战，那就有始有终，战到底吧。”说罢挥起冰剑直冲而上，与黎家八子战成一团。

身体虚弱的应龙，与八人的车轮战略显吃力，不多会儿就力不从心，半跪在了地上。远处的女魃看到应龙不敌，流下了两行清泪，这泪水代表着女魃彻底恢复了魂魄，只可惜不能再与应龙相守。随着泪如泉般的涌下，流到了应龙脚边。看到女魃的泪水，应龙心中的信念突然暴增，手中剑一挥，用尽全力横扫了一个整圈，八名黎家兄弟不知应龙搞的什么鬼，也就没有防备，可随即就目瞪口呆，捂住喷血的脖颈倒地，每人喉咙处都扎着女魃泪水凝成的冰刺。

应龙解决了黎家八兄弟，又飞身向蚩尤赶去。此时蚩尤被风伯的旋风搅得天翻地覆，心中的战意无限爆发，双瞳都变成了血红色，一股股邪气从体内喷涌而出，射出的邪气瞬间将旋风消散，同时震得风伯一口鲜血吐出，跪倒在地。看着蚩尤逐步逼近的轩辕急忙腰间一摸，掷出了那柄轩辕剑，但谁知轩辕剑一近蚩尤身体，瞬间被灰色的邪气侵入，化为飞灰，轩辕没想到蚩尤的邪气如此可怕，不由得后退了半步，就在此时，身后的应龙赶来了。

应龙丝毫不惧蚩尤，将浑身的寒意全部凝聚在冰剑之上，身体内冰冷的气息足以凝固四周围百里的万物，寒气与邪气的对抗顿时搅得日月无光，大地一片昏暗。应龙从后偷袭蚩尤当然有所察觉，他知道失了轩辕剑的轩辕没有半分战力，只要解决了应龙这场斗争就会结束，于是将所有的邪气全部凝聚在身后方，向应龙扑去。

正当蚩尤自以为稳操胜券之时，应龙突然出现在自己面前，冰剑狠狠地插在了自己的脖颈上，蚩尤目瞪口呆地看着应龙，眼中充满了不解与不甘。

第二十九回：恨应龙不得归天，痴女魃舍身驱邪

“为什么？为什么我会输？”蚩尤震惊地问道。“自你挑起战争，涂炭生灵之日起，就决定你必然会失败。”应龙缓缓答道。蚩尤不甘心地继续问道：“为什么？明明是轩辕不公，害死我的父亲！还要连累我们，我为了生存反抗，有什么错？就因为他是首领，就可以波及无辜吗？我父亲的罪过，为什么我们也要承担！”应龙笑了，“你为生存本无过错，可你执迷不悟，肆意妄为，为了自己，你吞食了多少异兽，又波及了多少人的性命？是，圣皇心系天下，也许考虑不周，无法对得起每个人，但他做的事，对得起大多数的百姓，至少，他亲手缔造了一个先进文明的社会与和平的世间，而你呢？你父犯下罪过，你为他报仇，其根就错，而后行为如何能正？今你已败，无须多

言，到阴间好好反省吧”。说罢，应龙将手中冰剑一横，此夺命一击，魔神蚩尤颈血飞天、腔体倒地。

这场浩浩荡荡的涿鹿之战，以对新的社会规则实行反抗为开端，经历了上古十大魔神的场场斗法，经历了女娲与九天玄女从扶助到言和，最终以轩辕圣皇牺牲全军获胜的结果告终。一代魔神蚩尤，日后只会成为人们茶余饭后的谈资，以及南部少数族群心中的信仰。

倒地的蚩尤，腔体逐渐变得透明，直到消失不见，而他的头颅，缓缓地消散作末状，向应龙周围飘去。“噗！”应龙喷出一口鲜血，冰剑撑地，单腿跪在了地上。轩辕圣皇走来，缓缓扶起应龙，“神将，你没事吧？”应龙摇了摇头，看向高台上绑缚的女魃，轩辕示意，风伯飞身上空，将女魃救下，抱拳拱手，“为人局不得已为之，得罪了”。女魃瞥了一眼风伯，没有理会，这让风伯心中咯噔一下。应龙却说：“如今九黎族已灭，世间和平，我也算对得起九天玄女相邀，不知圣皇日后如何打算？”轩辕言道：“大战告终，论功绩，我也应升天为帝，欲将人间交给我的长子治理，你们也跟我一起去天界吧，昔日随我开疆拓土的四大臣，怕是已经不在人世了。”女魃看着轩辕，“你有没有感到惋惜？”轩辕一愣，随即摇头，“不，我不可惜，也不后悔，新的世界，本就需抛头颅、洒热血，是多少人的尸骨换来的，即使我大军千人无一生还，他们也是为和平而战，为正义而战，他们的死，是光荣的”。女魃听罢，若有所思，许久无言。应龙握着女魃的手，看了看上方，对女魃说：“别想那么多了，咱们一起去天界吧，找你父炎帝，他看到你恢复了往日的面貌，定会高兴。”女魃笑了，笑得灿烂无比，甜蜜地看着应龙乖巧地点了点头。

几日后，轩辕安排好了一切，将妻子嫘祖留在人间辅佐嫡子姬玄嚣，自己带着后土、风伯与应龙和女魃会合，准备升天。怎知见到应龙的时候，风伯突然开口言道：“慢着！圣皇，应龙怕去不得天界了。”

此言一出，所有人都是一惊，不知道风伯搞什么鬼。女魃厉声问道：“风伯，你什么意思？若非应龙单灭九黎族八十一人，哪有你们现在的胜利？你凭什么阻止他升天！”风伯尴尬地一笑，“你想哪去了，你们以为我说的是个人恩怨吗？蚩尤曾大闹阴间，本是不死之身，是他临死前将头颅化作邪气随应龙的伤口渗入他体内，才彻底死亡。当时我本以为应龙内力深厚，过几日就可以将这股邪气逼出，但今日一看，这股邪气已经与他全身融合，自成一体了”。所有人听到此言，都下意识地退了一步，女魃不忿地说：“那又怎么样？应龙本性善良，况且我也没感觉他有什么变化，就算是邪气入体，为何就不能上天？上天后，诸多大能可以一起辅助他驱除邪气，有何不可？”风伯苦笑，“你以为我没有想过吗？自青帝伏羲画卦以来，清气上升，浊气下沉，整个天界都变得清明，应龙有此邪气在身，他是根本无法留在天界的，就算能留下，到最后也是天界崩塌，那时就算再有一百个女娲也无法补天了”。应龙闻听，绝望地低下了头，轩辕沉思片刻，方开言道：“应龙，风伯说得没错，大局为重，只能委屈你了。将应龙锁于当年的神农架吧。”“什么！”女魃震惊之时，风伯和后土已将应龙的双臂制住，让他动弹不得。应龙死死盯着轩辕，笑得无比凄惨，“呵呵，没想到我为涿鹿战杀敌无数，却因这一句谗言落个如此下场”。轩辕神色凝重地说道：“应龙，你为我杀敌无数，却也曾冰封毁我大军数千，算是扯平。如今太平复得，天下容不得半点闪失，就算我对不住你吧，哪怕因此遭后人唾骂，也好过再令世间生灵涂炭。”说罢使了个眼色，风伯和后土立刻会意，押着应龙离去，赶赴神农架方向。女魃追赶不上，猛然伸手掐住轩辕，“你若不放应龙，我立刻杀了你！到时你信不信我父皇也绝不敢阻拦！”轩辕面红耳赤，“我信，但是这天下间向往和平的百姓恐怕不会放过你。况且你杀了我，对这件事又有什么好处呢？我可以答应你，若应龙能够逼出体内邪气，我定会允他归天，否则就算你杀了我，我也要给天地生灵一个交代！”女魃定了片刻，缓缓松开了手，“你说话算数，若应龙逼出体内邪气，你要请他去天界”。轩辕点头，“放心，我还会向他赔礼”。

再说后土和风伯押着应龙，用锚链大锁将应龙捆在了神农架上。后土安慰道：“应龙，你也别怪圣皇，他心系天下，宁可被后人谈论，也不会冒险放你。他答应若你邪气消除，他会亲自向你赔礼并请你升天。”应龙沉默不语，后土只能先行离开，身后的风伯缓缓踱步，心里想着：别怪我，我也是为求自保，女魃是炎帝的女儿，若知道我绑架她，还不知如何处置我，只能得罪了。

就这样，轩辕圣皇升天做了中央天帝，称为黄帝。辅神为土神后土。而风伯因人间这桩损事，在天界无人愿与之交往，只得左右逢迎夹缝生存。女魃想在人间陪伴应龙不愿回到天上，而此时的她又有了一个更大的想法，就是要帮应龙驱除体内的邪气，拯救他回到以前的样子。

第三十回：叹离别血迹斑斑，三生泪挥洒涟涟

神农架云端，雾气蒙蒙，空中挥洒着应龙无奈的泪水，女魃则隔云相望。

“应龙，你能听到我的声音吗？若能听到，就对我敞开心扉，让我走进。”

应龙知道是女魃在呼唤他，此时他已绝望透顶，听到女魃的声音，他像是抓住了一丝生的希望，他那颗冰冷的心正在融化，身上冰蓝色的鳞片也在逐渐脱落。这一刻，他对女魃彻底敞开了心怀，而女魃，也趁机运转起法力，将应龙身上的邪气，缓缓吸收到自己体内，二人中间的白云，也渐渐变成了乌云。

“应龙，你还有我，无论如何，你都要活下去。”就这样，日复一日。

不知过了多少年，应龙身上的冰鳞已全部脱落，那颗寒冰的心，也变得温热。身上的锚链大锁突然断开，空中缓缓降下一人，正是后土，后土欣喜地说：“应龙，恭喜你彻底驱除体内邪气，黄帝派我接你升天。”应龙大喜，抓着后土的肩膀问道：“女魃呢？让她跟我一起啊！”后土摇了摇头，“我很久都没她的消息了，炎帝一家也一直在找她，可始终没有踪迹”。应龙的脸庞再次变得阴沉，他摆了摆手，“我只想找到女魃，对升天我没有兴趣”。说罢转身要走，后土拉住了他，“应龙，不要意气用事，以你一人之力寻她岂非大海捞针？随我升天，诸神一起帮你寻找，也简单许多”。应龙思索半晌，答应后土，并随之一同升天。

天界中央，黄帝轩辕真的向应龙赔了罪，并设宴款待。应龙心思却没有半分在此，他向黄帝说道：“过去的事，就不要再提了，我想见见炎帝，寻找女魃下落。”黄帝应允，应龙来到了天界南部。

炎帝与九天玄女看到应龙，都是大喜。可应龙无暇叙旧，焦急地问道：“女魃的下落，到底该如何寻找？”炎帝叹了口气，“唉，我也很久都没有她

的消息了，也许她是在刻意躲着我们，现在连她的气息都感知不到”。应龙失望地问：“真的没有一点办法了吗？”九天玄女叹道：“关键在于，姐姐曾经是跟着东王公修炼，只有东王公能够感知到她的气息，自不周山被共工撞断之后，东王公不知去向，世间就没有人能找到姐姐的踪迹了。”炎帝言道：“应龙，你是个好人，若找到女魃，我定将她许配与你，让你二人在天界白头到老。”应龙闻听此言热血沸腾，当场立誓定要找到女魃，并连夜赶到黄帝处请求下界。

“应龙，你既已升天，理应遵守天界的规矩，身为天神，不可随意下界。”黄帝沉声说道。“规矩？”应龙有些急了，“你走到哪，哪里就要定个规矩吗？若不许我下界寻找女魃，当日我凭什么随你升天！”“你……”黄帝被这句话噎住了，一旁的后土将应龙拉出门外，好言劝道：“不要冲动，你初登天界，闹僵了对谁都没有好处，不如先暂缓些时日，对天界有了功劳，那时再提，黄帝定会答应。两情若是久长，又岂在这朝暮之间呢？”后土的劝告的确说动了应龙，他对女魃的爱已经超越了一切，于是答应留在天界一段时间。

就这样，又不知道过了多少年。这一天，黄帝接到了人间的一封密报，北方不知何处出现一个凶神，面貌丑陋，所到之处赤地千里、颗粒无收，以致民不聊生。黄帝还没有想好如何应对，应龙主动请缨，“黄帝，请允许我下界诛杀凶神。”黄帝觉得应龙正是合适人选，于是答应，但应龙却是趁机想下界寻女魃。

人间黄泉海上，应龙见到了这位凶神，狰狞的面目激起应龙心中无限杀气，只要杀了这个凶神，应龙就可以在人间毫无顾虑地寻找女魃了。于是挥起冰剑，二话不说朝着凶神刺去。待临近时，凶神看清应龙的面貌，随即回头跑去。但哪比得上应龙的速度，见脱手的冰剑直击背后，这位凶神惨叫一声，当场倒地。

凶神艰难地翻过身来，看着应龙，眼泪大颗落下。看得应龙心里一阵发毛，不知为何，他有了一种不祥的预感。待这位凶神温柔地说出一句话，应龙彻底惊呆了。“应龙，你能听到我的声音吗？若能听到，就对我敞开心扉……”

“女魃！”应龙撕心裂肺地吼着，他抱起面前陌生又丑陋的女子，不知是怎么回事。“咳咳！”面目全非的女魃痛苦地咳着，“应龙……是我，我以为……你不会再见我了……”“女魃，你怎么变成这样？”“咳咳……我吸收了你体内邪气，所以……”“不！”应龙狂叫着，他怎么也想不到女魃是因救他而变得丑陋，更没想到自己会亲手杀了这个朝思暮想的女人，女魃艰难地说出最后一句话：“我希望……我在你心中……永远是……最美的，不想……把这丑陋的样子……给你看到，我……没脸见你，这已是我……第三生了。”说着，女魃的肉身缓缓消散，只剩下一堆白骨。

三生泪，就这样随着摇摆的轻风，洒遍了黄泉海岸。多少年后，垂垂老矣的应龙依然在黄泉石碑上刻着行行诗迹：

黄泉音哀，泪满哉。往亦随风，吟歌与谁声？
三世桑田，自孤言。伊散身凉，万语唯心藏。

后来，人们都知道，在这里，有一条疯癫的老龙，在这黄泉海岸流干了泪水，每天不断呼唤着女魃的名字。时光荏苒，应龙的双翼逐渐化为黑粉，肉身也渐渐溃烂，他仿佛再次听到女魃的呼唤，疯狂向海里跑去，最终，倒下。

百姓们并不知道这段事迹，也没有人管他。只有女娲，埋葬了所有九黎族人之后，从此处经过，缓缓收起了应龙的尸体和女魃的白骨，随后，喃喃自语：“哥哥当初劝我，请神助战会对这些神明不利，但看应龙、女魃也终落个如此下场。助轩辕子民也好，扶九黎部众也罢，皆是不得善终。何为民？何为黎？黎民本应是一家，心系普天之下黎民百姓，才是大任正道。”

女娲说罢，缓缓运功施法，将这条黄泉移至九幽冥界，成了阴间的九泉水源。自此往后，只有人知道幽冥界黄泉之上有架奈何桥，人间再无黄泉，也没有多少人再能了解到这段凄凉悲情的故事。

第叁卷

——天帝人王篇

第三十一回：百鸟国少昊升天，三蛮犯颛顼夺帝

足踏千丈红光，权掌万民安详，
百里战场尽伤亡，未辜九州信仰。
暂得中原大统，扫平叛乱无疆，
前赴后继破迷惘，怎断情忧凄凉。

人世，很长一段时间一直处在和平之中。自涿鹿之战结束，蚩尤被杀，黎与民就被女娲娘娘整合为一体，成黎民百姓之称。在一名叫蓐收的金神帮助下，五谷丰收，各自过着安详幸福的生活。

但是，总会有一些不安分的主，妄图挑起战争。这还要说到昆仑山以西之地，有一片圣境，乃是百鸟王国，这里的鸟儿个个慈爱，守望相助，因为它们有一个伟大英明的国主：少昊。

少昊，就是轩辕黄帝与嫘祖的嫡长子姬玄嚣，少昊此名，是百鸟之国对他的尊称，因母亲嫘祖的本体是三色燕，故而少昊也是青燕之身。少昊不喜北方的寒冷，就将北方之地交给了他的侄子姬高阳，姬高阳乃是少昊之弟、轩辕之子昌意的儿子，自黄帝升天后便辅佐少昊，凶神旱魃一事，就是姬高阳向天发报，现使得北方重回和平，万民拥戴，被百姓尊称颛顼。而少昊的儿子姬蟜极，少昊让他管理南部，可蟜极生性顽皮，每日愿与野兽玩娱，非为王之料，好在南部倒也因此自由欢乐，少昊也就无牵挂地留在了西方百鸟之国。每日清晨，勤政的少昊都会在此飞行巡游，视察着百鸟国的太平，随即，金神蓐收就会在少昊身后播撒五谷，令百鸟食足。可这片祥和，就在少昊即将升天为帝的时候，被打破了。

只因这一日，少昊领了黄帝圣旨，正欲偕金神蓐收升天，属下一名鹰将军来报："首领，大事不好了！"少昊皱了皱眉，"何事如此慌张？本帝即将

离去，百鸟国诸事今后由各位自行处理即可。”鹰将焦急地说道：“首领，您可不能走啊！前几日，不知从何处来了一只枭鸟，伤我百鸟国生灵无数，它言说，你们的首领走了，从今后，他就是百鸟国主了！”少昊闻听，低头沉思，金神蓐收说道：“主公，部落不可一日无主，人间正邪交替，那鲲鹏还不知躲在何处伺机而为呢。”话至此，那名鹰将急忙插言：“对对对，那枭鸟说了，它的师父是什么北冥鲲鹏祖师，法力通天，若它师父亲自前来，百鸟国瞬间就可化为飞灰啊！”“哦？鲲鹏的徒弟？”少昊沉声说道。蓐收继而言之：“现在的和平，只是短暂的，邪恶势力在暗处蠢蠢欲动，若要安心离去，定要为百鸟国寻找新的国主。”少昊点了点头，“嗯，我已有应对之策，尔等静候即可。”

过不多时，只听“咚咚咚”三声炮响，四面八方密密麻麻飞来鸟群，看东方：碧玉鸟、毛皮俊、大麻雀、小云雀、夜莺、黄鹂和鸳鸯铺天而来；看南方：苇喳鸟、麻子鹨、鹌鹑、大雁和白鸥席地而至；看北方：仙鹤、布谷、竹鸡、杜鹃、百灵、鹭鸶、啄木鸟威风凛凛；看西方：鹁鸪、白鹤、麦雀、鹞鹰和鸵鸟斗志昂昂。正中间，伫立着灵光烁烁、仙气腾腾的两只巨禽，一只青气四溢，湖蓝色的艳光若隐若现，是为：青鸾；另一只火光冲天，橙红色的焱花灿烂夺目，是为：火凤。此二鸟都是凤凰一族的嫡脉，受少昊邀请前来继任百鸟国新的主人，在此二鸟上空的一根树杈上，吊着被杀死的凶残鸱鸮。少昊开言：“诸位听令，从今往后，百鸟朝凤！”群鸟纷纷拜道：“遵命！拜见青鸾、火凤！”

百鸟朝凤，是少昊将华夏图腾从熊到凤凰转变的一个过程，将百鸟国交给青鸾和火凤，他也可以安全地升天了。但他绝不知道的是，青鸾、火凤竟会因为被邀请至此，而在日后躲过一场旷世大劫，并成为凤族仅存的两条血脉。

就这样，少昊姬玄嚣成了西方天帝，是为白帝，金神蓐收为其辅神，由于金神又为秋神，故一年四季秋季为第三个季节。而人间，由于少昊的儿子姬蟜极不擅为政，少昊与轩辕黄帝商议后，还是交给了轩辕之孙、少昊之侄：颛顼姬高阳，颛顼便如此坐了人间共主，他以四大部洲为界，又将中原地划分为九州，便于管理，还制定了人间最初的历法规则。可在颛顼执政晚年，有一位许久不曾露面的不速之客，带着三蛮部族，北侵攻来，围住了颛顼。

“颛顼！识相的，速速带人滚出中原，把首领之位让出来！”为首的这位毫不客气地喝道。

颛顼异常疑惑，“你是何人？我等未曾冒犯过啊。”

“哼，你是未曾冒犯，但人间主位，早应归我，我忍辱负重了这么久，就是为了今日，能够一举得胜！”

这位为首的统领说罢，身后的三蛮部众“呼啦啦”摆开阵势，与颛顼针锋相对，就在颛顼依然不明所以之时，北方之地缓缓飘来一个没有手足的人，立在了颛顼上空，口中言道：“共工，你适可而止吧，当年你撞断天柱不周山，以至于天塌地陷，还是我舍去四极才重立天地，你还想让这悲剧再发生一次吗？”

没错，这位犯境之人正是共工，颛顼此时也明白了前因后果。共工一听此言，不由得怒道：“哼，你就是新的水神玄冥，当年女娲承诺，只要我手刃轩辕，就将北方之地交予我统领，北方天帝的位置也是我的，可她不守承诺，我才怒触不周山，她出尔反尔，又改定你为新的水神，背信弃义，天理不容，我此番前来，就是要夺回本就属于我的东西！”共工越说越激动，挥起一掌向玄冥拍去，玄冥无肢抵挡，只能从口中吐出一道水波，与共工抵在一处。

共工笑了，“呵呵，别以为你本体是四象神兽的玄武我就怕你，你本不擅攻击，又失去四肢脱了本壳，比水功，你还差得远呢。”说罢双掌合十，身后猛然冲起万丈水墙，向玄冥狠狠击去，玄冥躲闪不及，被水面卷起，随着共工双手向下轻轻一按，玄冥被狠狠地摔在了地上，砸出一个大坑来。许久，玄冥才缓缓飘出，口中唤道：“后羿，还不现身，更待何时？”

第三十二回：巧后羿舌辩共工，射相柳东洋逃亡

随着玄冥一声呼唤，远处飞来一名彪形壮汉，此人身高数丈，面容刚

毅，体似山丘，浑身上下若有若无的战气散发，共工隐约感到此人相貌与气息有些熟悉。“你是何人？”共工忍不住问道。这位壮汉缓缓开言：“我叫后羿。”“废话，我没问你名字，我是问你什么来历？”后羿笑了笑，“为何非要有个来历？难道凡人就不能与你交战了吗？”共工冷哼一声，“凡人与我等神明交战？连一合之力你都抵挡不住，我感觉你的气息很熟悉，貌似与涿鹿战场有关，难道你是哪一位的后人？”后羿一笑，“不愧为上古神明中最为精明的水神，真是聪明绝顶，不错，我乃战神刑天残留的战气所化，现今辅佐颛顼清除叛贼，保人间太平”。共工一愣，“战神之后？刑天不是被闷死在常羊山中了吗？怎么还有残存的战气？”后羿冷笑道：“三界战神，哪会那么容易销声匿迹，就算人被困山中，也会有遗留在人间的战气，不光战神，上古大神中逝世的人，他们的法力都会影响后人，像应龙的冰封术，女魃的尸秘法，雨师的布雨术，日后都会有相应的人来继承，包括夸父的星族，也会有部分精英遗存世间，当然，还有风伯的控风术，祝融的真火，共工的……”“住口！”共工大怒，“本座还没死呢！你说祝融、风伯也就罢了，扯到我干吗！还有，你既是刑天之后，为何帮助轩辕后代？”后羿恢复了沉着的表情，缓缓说道：“我是刑天遗存的战气所化，并非刑天之后，其立场自然也与他不同，况且，冤冤相报何时了，我自成形之日就有自己的想法，凭能力守护人间太平，此乃正道，难道不好吗？”共工不屑地一笑，“好？哪里好？我压根就不知道活着是为了什么，就是撞断天柱到现在我也依然不知，如今看来，只有夺取了帝位，才是我的正道！”

共工说罢，张开双臂“喝呀”一声，他的人身与蛇尾突然分开，脱开蛇尾的人身从蛇内部伸出两条腿来，而落下的蛇尾从断裂处猛然钻出九个头颅，颜色各异，俱是龇牙咧嘴，凶残异常。拥有完整人形的共工哈哈大笑：“哈哈哈哈！后羿，看看这伟大的杰作吧，我早已脱去了兽壳，从今后，它就是我的属臣，相柳。”后羿轻笑，“你这般脱壳如西王母当年一般，应法力大减，何喜之有？”共工不屑地言道：“无知小儿，我这一半兽体不同于西王母那般舍弃，而是经我多年修行剥离开来，这半截蛇尾也是自行苦修，才成为这开天辟地以来第一只九头神兽，今日有我和相柳在此，你们谁也无法离开！”

后羿看共工和相柳已经拉开架势准备交战，反而不慌不忙，双手负后缓缓开言:“共工啊，你先不要着急开战，我们俩可以先谈一谈。”共工疑惑,“谈什么？”后羿言道：“共工，你想想，什么人能够万古流芳？时至今日，人们心中的神明，只有人皇女娲、地皇神农、圣皇轩辕等，而魔神蚩尤，无非是人们茶余饭后谈笑的论点，这是为什么？”共工思索一番，“是因为，她们把毕生精力奉献给了万物，才使得万民信仰，可你跟我说这些，是何用意？”后羿笑了笑，“你不是不知道存活的意义吗？我就告诉你，人生在世的意义，在于奉献，而不是索取，就算你得到了北方帝位，以你现在的德行，也无法统治万民，最终依然会被像你一样的人推翻，遗臭万年，五行神本同源，皆由规律孕育而成，可他们会以自己的法力为人间造福，安定四季、播撒五谷，受后世传颂，我们虽然寿命长久，却也终会死去，其意义在于后世而不是当下，你也不想万年后，人们提到水神共工，只会想到败撞不周山导致生灵涂炭吧？”共工虽然冲动，却也是一根筋的单纯，此时他被说动了,“我明白了，要想超越他们五行神，就要为天地间创造比他们更大的贡献和价值，好，我答应你，一起为人间造福！”

之前书中提到过，共工在北方受到闭关鲲鹏的一缕邪念影响，故而变得正邪同存，但人兽之体剥离开后，全人身的共工就变善了许多，邪恶的部分俱都转移到了相柳身上，共工此时答应，相柳却不干了，“你说什么？我们同生同体，说好了北侵夺帝，如今你被这后生小儿几句话洗了脑袋，却不要连带我一起，你若倒戈，那我就先杀你，再杀颛顼！”说罢伸展九头，狰狞地看着共工。

后羿观罢，身形一抖，身背后闪出十二支金光灿灿的神箭，这十二支箭，就是炎帝神农之前三次炼制失败的定海神针，投掷在人间后皆被后羿获得留存至今，虽然是定海针的次品无法定海，但毕竟也是天鼎炼制的神器，作为箭来用已经达到顶峰了。后羿双手一托，凭空又出现一张震天般的神弓。看这张弓：犹如新月挂弦，通体红赤霞艳，上刻磐龙，下雕鸾凤。单拉弓弦，便如霹雳惊雷。龙首与凤头交会于搭箭之处，看后羿一箭射出，悍若神龙倾江，又似风火燎原，带着毁灭性极强的杀伤力，朝相柳射去。相柳急欲躲闪，怎奈九头交缠，猝不及防被后羿此箭射中一首，当场炸毁，其余八颗脑袋惨叫连连，看着后羿背后还剩下十一支箭，相柳顿时胆怵心惧，落荒而逃，直奔东洋游去。后来不知过了多少年，残相柳倒也在异处成了气候，东洋有一地界专司信奉供养这只八头的蛇神，乃残之相柳也，此为后话。

相柳逃亡，共工的那丝邪念也随之而去，现在的共工就跟变了一个人似的，向后羿拱手言谢："这位兄台，多谢相救，此刻我共工终于明白了生存的真谛，倘若不嫌弃，我愿与你结为兄弟，共创太平。"后羿大喜，"那自然是好，能与上古水神结义，实乃鄙人之福，不如共工兄今后就留在北方，与我一同辅佐颛顼，如何？"共工瞥了一眼颛顼，"算了吧，虽然我已彻悟，但毕竟还未能从过去的经历中走出，我可以答应不再夺位，但也不愿辅佐轩辕后人，若日后你有需要，尽管吩咐，即使我在万里之外，也定会赶来相助。"说罢，共工向后羿深施一礼，转身而去。

第三十三回：五方帝共商人主，九州天尽归帝喾

共工走后，颛顼和玄冥才松了一口气，此番实则惊险，且这时也正是颛顼帝即将升天之时，若是把性命交代在此，实在不值。颛顼向后羿深施一礼，"多谢壮士，不知壮士今后有何打算？不如与我们一同升天。"后羿回礼言道："多谢首领提携，只是我乃刑天战气所化，其身不清，无法升天，且在人间继续修行，待有朝一日修得一身清气，则是升天之际。"颛顼佩服地看着后羿，"好，我记住了，我就在天界等候你的到来"。

后羿离开，颛顼也升天做了北方天帝，是为黑帝。辅神玄冥，玄冥又为冬神，自此，一年四季才按春夏秋冬正常运转。

正当颛顼在天界准备安享清福之时，白帝少昊突然赶来，"贤侄，你好生糊涂啊！人间怎可一日无主？"黑帝颛顼疑惑地看向玄冥，"不是都已经安排好了吗？"玄冥也是答道："是啊，人间首领之位，早已让黑帝的儿子穷蝉担任了。"少昊苦笑一声，"你是真不知道，还是遗忘了？穷蝉早就让共工给杀了啊。""什么？"颛顼大惊，"这个共工，答应不再来犯，竟敢言而无信，杀我儿穷蝉！"少昊忙拦住，"你先别急，共工弃恶从善确实不假，也没有再犯，

穷蝉是他攻打你之前杀死的。”颛顼闻听震惊，随即陷入哀呼之中，玄冥劝道：“黑帝，节哀顺变，若是如此，也不好再找共工评理，以免再激起他的冲动为祸人间，今之首任，还是另择人主，管理人间。”

颛顼点了点头，“劳烦请其他三位天帝前来，我们共同商议一下。”于是少昊就将青帝、炎帝、黄帝请来，这五方天帝共同商定人间统领，黄帝率先言道：“颛顼一脉无后，可少昊不是还有一子蟜极，他可能否？”少昊摇了摇头，“那孩子童心未泯，与野兽相伴玩乐，不可托之大任，所以当初才将大位传至颛顼。”黄帝言道：“看来我姬姓一系，皆是孙成儿不成啊。”“孙成儿不成？”炎帝说道：“那蟜极可有子嗣？”“对呀！”少昊一拍脑门，“蟜极确有一子，此子名俊，天资聪颖，在南部颇有名气，南部河流湍急之地，他以木段发明桥梁使人行渡”。颛顼也说：“我也听说过此子，传言他制服作乱的夔牛，救了许多人类，南部一带近年皆是由他替父统领，被百姓尊称为帝喾，没想到帝喾就是我的侄儿姬俊。”青帝伏羲言道：“好了，那就如此决定，让帝喾姬俊统领人间。”

青帝伏羲、炎帝神农、黄帝轩辕、白帝少昊、黑帝颛顼这五方天帝，就是人们常说三皇五帝中的上古五帝，不过后来有人为了将三皇五帝区分为不同的八个人，将五帝定义为黄帝、白帝、黑帝、帝喾和后来的帝尧，具体哪种更为准确此处不必深究。在人间南部的帝喾，这时接到了上方圣旨，命其接任人间之主，谁知五方天帝此举却为不久后的三大灾劫埋下巨大的祸根，使得天地间几乎重塑格局。

这一切的根源，皆因帝喾并非蟜极亲生，少昊的儿子蟜极，终日与兽类玩乐，从不与人接触，所以并未娶妻生子，这帝喾姬俊的本体，乃是一只三足的赤色乌鸦，是蟜极游山玩水之时无意间撞见，才收为义子，所以并不是轩辕姬姓嫡系血统。此等山野杂禽，虽天资聪颖，但却异念颇多，过去替父执政，也无非是简单地维护一下南部人兽秩序，但自从接任人间首领之后，帝喾的心思也就逐渐变了。

帝喾任职之后，后羿一直在人间辅佐，愿建立一个美好的国度，一个拥有先进文明的社会。但帝喾却对治理人间毫无兴趣，他一直以来的目的，就是同前几位一样升为天帝，享受权力的快感。后羿数次提出的建议，都被帝喾驳回，久而久之，后羿也就渐渐不理会了。直到天界传来的快讯。

“什么？不允许我升天？”帝喾愣住了。

下界传旨的是风伯，“不错，升任天帝，需在人间拥有功绩，方可升天”。

帝喾怒道：“我自幼替父执政，四海升平，九州昌盛，这难道不是功绩？”

风伯淡淡地回道：“这太正常不过了，就算当年的蚩尤，也保得九黎族一方平和，我们所说的功绩，乃是传世之功，能为后人留下的实用政绩，而守护和平，只不过是基本条件罢了。”

“你……”帝喾被噎得哑口无言。

一旁的后羿无奈说道：“主公，臣下早就提醒过你，要为人间之事上心，可你就是不听，我为你整理创造的文案，但凡拿出一条，那都是造福后人的功绩。”

“是吗？”帝喾急忙寻出后羿刻写政策的骨板，逐一翻查着。

“这些，都要经历很多年才可以实现啊……哎！二十四节气，这个不错！”

帝喾兴奋地抽出这块龟壳，上面刻写着详细的文字，制定二十四节气。

根据后羿此提议，帝喾为人间创造了二十四节气，因此时四季进入规律，人们可以根据节令观察天体运行，了解气候规律，掌握农作物的生长。因此，五方天帝也不好再阻拦帝喾升天之事了。

“你不跟我一起去天界吗？”帝喾对后羿说道。

“主公，我体内的浊气还未修尽，预计还有一段时间。”后羿淡淡地说道。

帝喾点了点头，“好，那你且在人间清修，我在天界等你”。

就这样，帝喾升天为帝，但由于五方天帝位满，没有剩余的位置，帝喾索性将混沌天体剥离，把上方半球形的躯壳揭开，让五方天帝居住，自己住在下方的天面上，成为新的天帝，五方天帝就将风伯交给了帝喾作辅神。

“哼！一群老狐狸，瞧不起人的东西！把个谁都不要的货扔给我当辅神。”五方天帝此举让帝喾极其不满，此时的他，逐渐走上了黑化的道路。

第三十四回：破实情尧受伪禅让，闲帝喾寻爱纳常羲

帝喾任天帝之后，风伯就一直跟在他的身边，帝喾瞧不起他，风伯心里也明白。一日，风伯走到帝喾身边，悄声说道："天帝，人间无主，需及时安排妥当，否则恐又将大乱。"帝喾瞥了一眼风伯，不屑地说："我在人间不是有儿子吗？作为辅神，这点小事你都安排不好？"风伯苦笑，"天帝，您是说您的长子帝挚吧？他因不擅治理人间，已经辞去主位，现在挑选可选禅让之人接替。""禅让？"帝喾怒恼，"主位继承，自轩辕圣皇至今皆是我姬姓一脉相承，他帝挚不行，我可以再找别人，或者再生子嗣，谁允许的禅让？"风伯的嘴角露出一丝不易察觉的邪笑，缓缓说道："天帝大人，您姓什么，自己应该知道啊？"帝喾双眼一瞪，"你说什么？！"风伯不急不慢地应答，"我并非有不敬之意，只是如实说情，你乃是白帝少昊之子姬蟜极的义子，并非姬姓血脉，因蟜极好与百兽玩乐，逐渐不通人语，现今又已逝去，才无人证实你的身份，然否？"听到此话的帝喾双眼变得血红，杀气已然外漏，他的真实身份，就连五方天帝都不知道，眼前的风伯居然说得分毫不差，若日后暴露，难保天帝之位，不由他不起杀念。风伯却丝毫不惧，与帝喾对坐而谈："天帝不必发怒，我说出实情，绝非威胁您，而是实打实地给您出主意，保您平安无事。"帝喾这时心里稍缓了一下，"那你说说，有什么办法？"风伯言道："您继任人间首领之后，曾在黄河一带娶过一对姐妹，妹妹简狄与您还有名无实您就升天，而姐姐建疵曾为您留下金种，名尧，此事除我之外无人知晓，可命帝挚禅位于他，实则属您嫡脉，还显出您的胸怀宽广，这样哪怕是日后五方天帝知晓您的身份，也可借此禅让之事，堵住他们的嘴。"不得不说，风伯这阴险的老怪物算盘打得十足，帝喾也是满意地点了点头，"好，那这事就交给你去做吧，我看你机智过人，日后就留在我身边做军师，不会亏待你的。"风伯要的就是这个效果，帝喾一直瞧不起他，若不震动一下，以后的日子都不好过。风伯起身出走，帝喾拦住了他，"等等，我有一事不明，我的身份，五方天帝都不知道，你究竟是如何得知的？"风伯笑了笑，"天帝，南部那只夔牛，天生神力，拥有天地间的血瞳血脉，嗜血好战，涿鹿之战前，

他就能吊打我和雨师二人合击，而你却能制伏他，宿敌的克星，我自然要关注，继而知晓您并非蟜极亲生，而其他人对那夔牛无兴趣，不会去关注您，自然也就无处得知真相了”。帝喾点了点头，至于为什么能降住夔牛，只有他自己知道，是因为夔牛的血瞳惧怕他的阳火之力。

就这样，在风伯的操作下，帝喾的私生子尧就自然接受了“禅让”，为了掩人耳目，帝喾还将尧的姓氏改为祁，取名放勋。这件事，只有帝喾和风伯知道，就连尧自己都不知道，但谁知此事竟然意外造成了不久后华夏禅让制的开端。

上古时期的禅让制，自是从这时开始存在，涿鹿之战前，虽有伏羲与神农的交替，但那时南北两部落并非一处，首领也并不是只有一个。轩辕帝统一中原、成为首个天下共主之后，就成了姬姓家族的天地传承，帝喾此举，伪善至极，不久后便会搬起石头砸自己的脚。

但此时的帝喾还不知自己愚蠢的行为，他现在算是彻底闲下来了，有一个机智的风伯替他算计着一切，加上不久后还有后羿这个武将会升天保他，想来论起实力也不会输给五方天帝的任何一位，终于有闲时间放松下来了。

“天地落定，万物安宁，现在，该做点什么呢？”帝喾无聊地自言自语道。

风伯不知从什么地方冒出来了，“天帝，您现在的举动可是前无古人，独居一层天，权倾三界，这天地之间想来也没有什么意思，不如，去三界以外的地方游玩一番？”

“三界之外？什么地方？”帝喾问道。

“据说创世盘古大神，左眼化日，右眼化月，毛孔化作点点繁星，此时正是夜间，不如去星斗交辉的大阵中游历一番？”风伯提议。

“好，就依你所说，陪我去趟星阵。”帝喾一甩袍袖，与风伯飞向繁星。

人间仰望，犹如一道流星，划过空际，风流倜傥的帝喾，傲然自立飘浮于星阵之中，他发现，诸天星斗，仿佛可随他的心境变化而调动，在这里，是一个很好的修炼之地，他开始闭上双眼，感悟天地之外的能量，而就在这时，一声甜美的呼唤，打破了他的冥想。

“是何人？扰乱星图，搅月之安宁？”

帝喾睁眼，抬头一看，一副清丽的容颜、素雅的身影出现在他的面前，那白皙的肌肤映得帝喾一阵恍惚，“你……你是？”

“我叫常羲，来自月亮，是月光孕育而成。”这名叫常羲的女子答道。

帝喾看着这女子，性格有些清冷，不愿让人靠近一般，帝喾问道：“月之神，不应该是西王母吗？”常羲答道：“西王母的诞生虽也与月有关，但更多的还是女性的代表，而我，也并非月神，只是月光精华孕育所化。你是何人？为什么打乱星阵？搅扰我的休息？”帝喾笑道：“我乃天帝，执掌三界，今日来此游玩，顺便修炼。”“哦？”常羲冰冷地说道：“三界之主天帝，貌似管不到这里，日月星三方，乃是三界之外，请不要再来此破坏这里的安宁。”常羲说完要走，帝喾却一把拉住了她，“常羲姑娘，我想娶你为妻，不知肯否？”常羲愣住了，回身看着帝喾，又摇了摇头，“我不懂”。帝喾缓缓地解释：“姑娘，不懂我可以教你，既然你是月光孕育，若一生待在这阴冷之地，怕是不妥，我的阳火之力，可助你阴阳调和，以此延寿，又况且我是三界天帝，也只有我的身份才能配得上你，女儿家总要嫁人，你不答应我，日后你嫁给谁啊？”

第三十五回：遇羲和见异思迁，悔常羲月缺化形

常羲虽然性格清冷，但却单纯，独自生活在月亮的她对男女之事的确一窍不通，帝喾这番话，倒也说动了她，于是点头答应。但狡诈的帝喾却是另有一番心思，常羲高冷的个性并不是他喜欢的类型，他只是打算收了这女子，好方便日后在这片星辰中修行，毕竟这属于他管辖范围之外的空间。

婚礼倒是从简，但每天夜晚，帝喾都会带着常羲来到星阵之中，渐渐的，常羲爱上了这种感觉，也爱上了帝喾，而帝喾却是借谈情说爱之名，不断提升着自己的功力。不久之后，帝喾在这星斗中，修成了三十三种神通。而常羲，也为帝喾生下了十二个女儿，这十二个女儿，个个都是月亮本体，帝喾为她们分别取名为：子、丑、寅、卯、辰、巳、午、未、申、酉、戌、亥。

星斗大阵对帝喾的纯阳之力有补给作用，如今帝喾已不是先前那般任人

排挤，就算没有风伯和后羿，他也能独霸一方，三十三神通的力量容后再提，但绝不容小觑。此时帝喾再也不需伪装，他已经功成名就，再也不用理会常羲了。

“恭喜天帝功力大成！”风伯看着帝喾身上的变化，谄媚地说道。

帝喾摆了摆手，“不必多礼，风伯，日后我还需要你的计谋助我，现在星辰之中，已没有我提升的空间了，你说，这世间还有哪里我可以去啊？”

风伯想了想，“人间，凭空出现了一个地方，叫作汤谷，您的属性为盛阳，还是应该去阳火旺盛的地方去巩固修成的神通”。帝喾点了点头，随即去了汤谷。

帝喾是一个雷厉风行的人，做事从不拖沓，汤谷位于西牛贺洲一带，临近西昆仑。转瞬之间，帝喾就到达了。观这里的气息，还真是适合自己的体质修炼，温而不热，暖而不燥，是绝佳的修行盛地。帝喾正在享受呢，突然间四周围散出万道光束，晃得人睁不开眼，就连帝喾这般强者，也无法冲开这光束，只能在这全白的世界中模糊地寻找出路，似被迷阵困住一般。

待光束缓缓褪去，光影中逐渐现出人的身形，依稀看到的是一名女子窈窕的背影。看背影：身姿曼妙、凹凸有致，绰约的细腰之上飘动着长发如杨柳般刮起丝丝春风，修长的体态绝世而立，轻微一摆便使得万物静止、百鸟停鸣，肤若凝脂、骨似冰清，资如天仙，亭亭玉立；不必转身，单看她映在平地上面部轮廓的影子，就已然能够清晰此女绝美的容颜，时如出水芙蓉，时而千娇百媚，眉黛春山、秋水剪瞳，可可而动人；待她半转身形，细从侧脸观瞧：柳叶眉杏眼桃腮剪水双瞳，樱桃口朱唇粉面玉软柔花，观含情二目尽显媚态，但举止却温婉贤淑，轻抿一笑雅致之极，如莺声燕语般清灵之音，一静、一动，都带动着天地为之变色，在日光的沐浴下灵气四溢，令人怦然心动；许久后，这名女子彻底转过身来，终于看清了她美得不可方物的容貌。帝喾心想：天地之内、三界之中，绝对没有如此美艳的女子。

女子回过头，看到帝喾，吓了一跳，弱弱地问道：“你……你是谁？”

帝喾不由得痴了，这才是自己喜欢的类型啊，“我是天帝！这三界的掌权者！”

看着帝喾的样子，这女子有些害怕，“那……那你来这里干什么？”

“我来取一件东西。”帝喾顺势看到了这女子身后的一棵树。

“不！”这女子发现帝喾的眼神，恐惧地说道：“你不能取走扶桑！”

“扶桑？”帝喾蒙了，他只是无意瞟了一眼后面的树，这女子为何会有这种反应。“你说你身后的这棵树，叫扶桑？它有什么用处？为什么不能带走？”

这女子一看帝喾并不知道这树，心里松了口气，“我是太阳孕育而成，日后若是生子，也是太阳，这棵扶桑树，是盘古大神诞生之前，那株青莲的根再次生成，以后我的孩子，只有在这棵上吸取阳力，才能活下去”。

“哦？”帝喾的心动了动，“那你有孩子了吗？”

“现在还没有。”那女子畏畏缩缩地说道。

“哈哈哈哈！”帝喾狂笑，“那你跟我去天界，为我生子，如何？”

“我……”那女子一惊，“我并不认识你，为什么跟你走？”

“哎！刚才不是已经介绍过了嘛，我是天帝，三界的主宰，你要是不跟我回去，也可以，但这棵树，我顺势就取走了。”帝喾就要伸手拔树。

“不行！”女子失声道，“我跟你走！但你不能动这棵树！”

“这就对了嘛！”帝喾满意地说道，“还未请教姑娘芳名？”“我叫羲和。”

“好名字！既然如此，这棵树，我不动，但是要搬到天上去，连这片汤谷也一起，不会影响这根基的。”“这……行吧。”羲和答应了。

帝喾这才算是寻到真爱了，他最喜欢羲和浑然天成的气质，尤其是那种矜持娇弱。但可怜了常羲，常羲并不知道帝喾是在利用她，只当他是有了新欢忘记了自己，月亮之上，憔悴的伊容夜夜梳着自己的白发，常羲已经黯淡无光。

“不！如果这样下去，我……”常羲不愿看到自己的样子，她乃是月光孕育，原本清灵可人，但如今她衬的月也无光，且成缺之势，若如此下去，她定会灵气枯竭而亡，常羲运起体内灵力，将月缺之态缓缓逼出了身外，她又恢复了原本的容貌，只是那月缺之化形，跌落到了人间。

“这是哪家的女子，好生可怜。”人间，一名人身蛇尾的圣女看到了这月缺之化形，缓缓地将她抱起，向不知尽头的路走去。

过了数日，一切都在平淡之中，天上的羲和生下了十个太阳，这可把帝喾乐开了花，看着这十只三足金乌在扶桑树上吸收着养分，帝喾亲自为十个儿子取名为：甲、乙、丙、丁、戊、己、庚、辛、壬、癸。而同时，帝喾将扶桑树搬到天上时，意外获得了青莲根部所化的先天至宝——息壤。

第三十六回：太平世女娲托媒，灾乱现后羿射日

帝喾又纳了羲和，为未来一场旷世劫难埋下了隐患，此事的影响绝不止于常羲的伤逝那般容易。

再说人间，尧在位时，设官分职，人类社会向着管理化发展，一切的一切，短暂的和谐，又安详。

在人间部落，时不时也会有作乱的反贼，都被留在人间修炼的后羿清扫，后羿擅射，不过那十二支神箭，射相柳用去一支，还剩十一支，这神箭是轻易不用，一些简单的叛乱，用普通的箭就能解决。一日，后羿平定南方一个部落的时候，遇到了两个意想不到的人。

"看你气息，为何如此熟悉，你是我九黎族后代？"一名人身蛇尾的圣女出现在后羿身旁，不是女娲又是谁？而女娲的身旁，跟着一位清冷秀丽的少女。

"你是……女娲娘娘？"后羿震惊地问道，同时，瞟了一眼那另一名少女。

"是我，看你身上，有战神的气息，难道，你是他的后人？"女娲问道。

后羿拱手，"拜见先祖，回娘娘的话，我是刑天残存的战气所化，名后羿，因其身不清，恐不能升天，故在人间修行，待浊气散尽，再升天辅佐天帝"。

女娲摇了摇头，"身不清不成原因，就是现今天帝，也未必都是清气，我身边这位少女，乃月缺化形跌落人间，我收她为徒，培育至今，她的灵气足以助你，看你是九黎后代，不如将她许配给你，结为夫妻，共同修行，你意下如何？"

后羿也很喜欢这名少女，又何况是先祖的美意，他岂能推辞。女娲言道："嫦娥，你以后就跟着后羿吧，好好修行和生活。后羿，你要记住，虽说轩辕帝至今，定男人可娶多名女子，但你只能娶嫦娥一个，我可不希望我的徒弟

受委屈，像月亮上那位大神一样被天帝冷落，你能答应吗？”后羿是个专情的男子，他之前只专心于修炼，都未想过男女之事，现今更是不用说，点头答应，就这样，后羿就将嫦娥带走，成亲去了。

嫦娥，就是常羲的月缺化形，代表了常羲的寂寥之心，嫁给后羿就能摆脱她的宿命吗？倒也未必，但现在看来还算幸福。那天上，帝喾十分喜爱自己的十个儿子，这十个太阳，本体都是三足金乌鸦，帝喾很是满意，认为是自己和羲和结合的体型，看着他们在扶桑树上吸收着养分，帝喾还安排每只金乌每日沿太阳轨迹巡游一番，吸取阳力来提升法力。但是帝喾嘱咐，一定每天先到东方，躲在太阳背后，与太阳一起、同轨而行，再回到西方扶桑。否则一旦脱离，人间就会显现两个太阳，会造成大乱，十个儿子倒也听话，每日遵守着出行。

但日久生变，十太阳里最小的那只，也就是癸日，受宠最多，渐渐忘记了父亲的嘱咐。这天癸日忘了和太阳同轨，从西方天界的汤谷直接飞出去了。

这下糟了，人间冒出两个太阳，导致人心惶惶，两个太阳虽没有给人间带来过大的灾难，但也导致不少枯死庄稼、热坏百姓之事，不出半日，多出的这个太阳就被百姓们称为“毒日”。怨声载道传到了人间首领尧的耳中，尧深知此事严重，就传众部下来商议，有一名叫作舜的臣子说道：“毒日于空中游荡，只能找擅射之人击之，在人间有此神力的，唯有曾经箭射相柳的后羿大神了。”

尧抖了抖天生八种颜色的眉毛，满意地点点头，这名叫舜的大臣目生重瞳，有识人之慧眼，他说后羿能行那就一定可以。尧随即召来了后羿，以礼言道：“大神，虽然你不归属我统辖，但念万民安详，免于涂炭，还请大神出手相助射下毒日。”后羿笑了笑，“首领言重了，救民于水火，义不容辞，况且我修清正之气，多行善事，也有助于早日功德圆满”。说着，后羿便飞身于高山之上，身后现出十一支金灿灿的箭，这神箭用一支便少一支，但高空射日，只能用此神箭，后羿也顾不上心疼了。霹雳惊弓，山河晃动，嗖的一声！神箭出弦，天上游玩的癸日正在欢娱之中，突然一箭射来，哀号一声，化为飞灰。

人间，举世欢腾，纷纷庆祝着大英雄后羿。但天上，却是暴怒中。

“什么？！我的小儿子怎么回事？！”帝喾把正殿之中，能砸的东西全都砸了，如果不是风伯拦着，他都要下界把另一根天柱夷为平地了。

“天帝，您先冷静些，癸太子是后羿射杀的。”风伯劝说道。

“后羿！这个浑蛋！”帝喾暴怒道，“枉我还如此器重他，等他升天委以重任，他竟然如此歹毒，杀我的儿子！随我同去，我要把他灭了！”

“天帝不可！”风伯慌忙拦住，“天帝，理智的分析，这次是癸太子自己没有按太阳轨迹行动，导致人间灾乱，尧首领才派后羿射杀，您若去处理后羿，不光难以服众，还会导致您儿子帝尧为难。手心手背都是肉，尧也是您儿子啊。”

“哼！不服众又怎样？难道说我会怕他们不成？”帝喾不死心地说。

风伯缓缓地劝阻，“天帝，恕老臣直言，您虽然现今修成三三神通，不在意后羿的辅佐了，但龙、凤、麒麟这三族，凭你一己之力能抗衡吗？上界五方天帝，群而攻之，您能抗衡？还是要冷静行事，切莫将自己陷入万劫不复之地啊！”

帝喾这才冷静下来，风伯的话如雷贯耳，想想自己刚才的冲动，不由得为自己捏了一把冷汗。垂头丧气的帝喾回身，走到了羲和的寝宫。

羲和已经哭得泣不成声，这十个儿子，是她经历了巨大痛苦，受尽阳火灼烧才生下来的，如今痛失一子，必然是伤心欲绝。帝喾真心爱着的只有羲和一人，看到羲和这样，他内疚不已，上前抱住了羲和，羲和一把推开他，“你还我的儿子！你走开！”羲和埋怨的语气中都带着柔弱，让帝喾更加心疼，也没有怪她，“都怪我没有看好儿子，我一定会替他报仇的，另外，我会保护好咱们另外的九个儿子，不会让他们再受一点伤害！”

第三十七回：断天路王母赐药，听唆使嫦娥奔月

帝喾虽然在风伯的劝阻下没有直接报复后羿，但不代表会善罢甘休，他断了后羿的升天之路，并把天界更名为“九天”，意在保护自己剩下的九个

儿子。

人间的后羿此时也清晰了真相，知道自己闯了大祸，但他也没有什么太大的心结，不升天就不升，在大地生存也是不错的，况且这事本身就怨老主公帝喾，后羿没有什么自责的。但嫦娥却不这么认为，她觉着后羿就是逞能多管闲事，明明可以去天界，却因为这个要永远留在人间，她一遍遍地抱怨着。

“哎呀！你还有完没完了，在天界，在人间那不都是一样的吗？女娲娘娘不也一直留在人间吗？也没有去天界啊！”后羿皱眉说道。

“那能一样嘛！”嫦娥嗔怪道，“我师父是太古创世大神，她的寿命本身就是无尽的，在哪里只不过是个居所罢了，而咱们都是微弱的小神，在人间浊气重重，早晚是要死的，天界的清气，起码可以延寿啊！”

“唉，原来你是为这个啊！这好办，我闻昆仑山的西王母近来研制出养颜益寿的不死神药，明天我去拜访，求两颗仙药，咱们在人间，也能不死了。”

嫦娥哀叹道：“也只有这样了，这就是我们的命吗？天界，注定与我们无缘。”

“无缘就无缘。”后羿有些薄怒，“我看如今的天帝，已经不是过去的天帝了，满腹心机，照这么下去，天界迟早也要崩塌，不去也罢，快休息吧”。

后羿这番无意的话，后来到真是应验了，正是因为黑化的帝喾，才有了后来的天下大乱，此处暂且不提。第二天，后羿来到了昆仑山。

“你就是后羿？”褪去虎身的西王母体态丰腴、雍容华贵。

“是，王母娘娘，晚辈因救人间灾乱，射杀毒日，没想那是天帝与新纳妾羲和的小儿子，天帝封我天路，特来求不死药，望您成全。”后羿恭敬地求道。

“还有这事？那天帝也太小气了，没关系，虽然这不死药种植复杂，生长缓慢，但我可以赠你两颗。吃下一颗延寿不死，吃两颗就能够去浊升天，就连天帝也无法阻拦，好好气气那老家伙吧。”西王母不忿地说道。

“多谢王母娘娘。”后羿拱手言谢，随即离开。

西王母只是打抱不平，想让后羿吃下两颗升天，但她并不知道嫦娥的存在，这是导致后续误会的最大原因，否则就直接赠四颗了。后羿回去都告诉了嫦娥，嫦娥点了点头，虽然吃两颗可以升天，但她也没有独吞的念头，后羿说："这药你先存下，尧首领传信，东夷作乱，令我前去平定，待我回来，咱们再一同服药。"嫦娥点了点头，为后羿更换了战袍，取下神弓，目送着后羿离开家门。

"哈哈哈哈！你这美丽的小娘子，乖乖做我的压河夫人，否则别怪我用强！"这是后羿平定东夷作乱后，回去路上听到的声音，这是怎么回事？

"你不要过来！我是天皇伏羲的后代，在人间，有人皇女娲先祖庇护着我！你敢对本公主无礼，我们家女娲娘娘会教训你的！"这是一名女子的声音。

"女娲后人？"后羿躲在了一旁静静观看。

"说什么大话！女娲娘娘在哪呢？啊？她怎么不来啊！告诉你！这片河域是我的地盘，谁来了也没用！乖乖地跟我走吧。"这个说话的老头虽然猖狂，但来历的确不凡，他乃是江河淡水中的最高神——河伯冯夷。

"住手！"后羿看出了这女子的气息，的确是女娲后辈，便出身阻拦。

河伯把眼一斜，"什么人？"看到后羿，河伯用鼻子嗅了嗅，"战神刑天的气息，难道你是他的后代？"后羿直言："不错，我乃是战神刑天残存的气息所化，先祖女娲也是我们九黎族的先辈，这名女子与我同宗，我不得不救！"

"哈哈哈哈！狂妄小儿！我乃一代自然神，你不过是个三代，就是那刑天，也不过是个二代人工的，他我都不放眼里，你还敢在此撒野？"可怜的河伯，实在是孤陋寡闻，他的确是一代自然神不假，自盘古创万物的时候，龙居大海，而江河就把这河伯孕育出来，跟风伯、雨师等为同一辈神明，但自开天辟地发展至今，并不是以年代和辈分决定实力的，尤其是河伯这等胆小鼠辈，涿鹿之战时缩头藏尾连面都没敢露，现在还沉浸在自己的幻想中，认为自己天下无敌。后羿也不跟他废话，神箭射出，一声惨叫，射瞎了河伯一只眼睛，随即，神箭爆开，河伯的脑袋当场炸裂。

后羿扶起瘫软在地的女孩，"姑娘，我们同宗，请问芳名？""我……我是宓妃，是上古涿鹿之战中风后的后代，伏羲天皇的传人，这的人，都叫我洛水女神。""哦，原来是大名鼎鼎的洛神，失敬。""谢谢你救了我，这洛水，本是我的居所，被河伯强攻，今你为这方除害，我想请你来我家住几日，我好报答你的恩德，不知壮士能否赏脸？”后羿看这女子话说至此，不好拒绝，就应允了。

后羿在这里一住就是数日，有一天，嫦娥家中来了一位不速之客。

“嫦娥仙子，如此美艳如花，却在此清冷守寡，真是可惜。”这不速之客肩披长发，看不清面目。“胡说什么！家夫征战在外，我何来守寡？”嫦娥怒气冲冲地看着这披发男子。“是吗？那你看看。”这男子划出一面玄光镜，在镜中，嫦娥看到了后羿在洛神家中饮酒的场面。其实自轩辕帝以来，男子寻花问柳也是常事，寻常女子并不以为然，但嫦娥不同，她自生成跌落被女娲所救之后一直不问世事，在女娲教导下与后羿开辟一夫一妻的先河，此时见后羿移情，心中犹如刀割，她猛地回身拿出两颗不死药，一口吞下，顿时觉着自己的身躯轻轻飘逸，浊气进退，缓缓向天飞去。嫦娥看到了天界大殿，出现的那名披发男子的真实面目在冲她阴笑着，正是帝喾，得知上当，悔恨不已，却已然不及。而就在这时，两股力量一上一下，直接将她的方向拖偏，向月亮飞去。

第三十八回：禅让舜致玄鸟生商，神猴诞导水灾漫地

嫦娥家中的那个不速之客，正是黑化阴险的帝喾，他眼看机会到来，就想报复一下后羿。而人间之事，女娲也看在眼里，嫦娥是她的徒弟，后羿又救了自己的后代，女娲想赶来阻止已经来不及，她怕嫦娥升天会受到帝喾的折磨，就与自己的哥哥伏羲心意传音，以调动天地之力，将嫦娥挪到了月亮上。

嫦娥看着清冷的月亮，很是难过，懊悔听信谗言，独吞灵药，嫦娥本为月缺化形，她奔月的第二天，月就圆了，常羲也知道自己的分身回来了，她们之间如何交流就不得而知了。而帝喾又是一通发怒，大骂伏羲女娲多管闲事。

帝喾吃了瘪，但也无可奈何，气急败坏，索性封了所有的天路，令下界人间凡人从此都无法升天。这样一来，上古天人合一的法则就越来越淡，凡人修行的实力也大不如以前了。尧原本靠着帝喾的血脉，和天人合一的修行，可以有更长的寿命和升天的机会，但帝喾此举，令年事已高的尧感到无力治理部落，于是便只有一个选择：让位。众大臣共同推举尧的儿子丹朱继承，却遭到了尧的强烈反对。

“不行！丹朱痴迷棋艺，根本没有治理才能，况且我首领之位是受到禅让而来，我想这一脉世袭的族规也该破了，从我做起，寻找治世奇才，禅位于他。”

众臣都佩服尧的胸怀和魄力，纷纷为尧推举，说了几人尧均不是很满意，有一臣道：“首领，不如让舜来继承首领之位？”“嗯？”尧睁大了眼睛，“对呀，怎么把他给忘了，如果我把位子传给舜，你们都同意吗？”“同意！”百官异口同声。尧又问：“那百姓心思如何啊？”“百姓对舜，一向是赞不绝口，民间还有传言，若是尧首领退去，希望舜可继之。”众臣回复。“好！”尧满意地点了点头，“那就如此来定！即日择良辰，禅位于舜”。

“什么？！尧把位子让给了别人？”天上的帝喾再次恼怒，本以为此举天衣无缝，尧也有自己的子嗣，谁想尧把当初的伪禅让当真了。“那个舜是何人？”

风伯答道：“他是轩辕帝的旁系，治世之才，当初后羿射日，就是他的主意。”

“混账！”帝喾大怒。“天帝，此时应冷静对待，小不忍则乱大谋，若此刻采取行动，会乱了我们曾经的初衷啊！日后五方天帝若是知晓了您的身份，怕帝位难保。”风伯急忙拦道。帝喾缓了缓神，“你说得有道理，倒不如让这禅让之举坐实，倒也方便日后，但是，明着如此，暗中不行，这三界，一定要死死掌握在我的手中！”风伯一笑，“既如此，老臣便再献一计，当年黄河流域您所纳的二妃，姐姐建疵便是尧的生母，而妹妹简狄，因您升天以致跟您有名无实，不如……”“我明白了。”帝喾满意地点了点头。

黄河下游，两名女子正在沐浴，是帝喾在人间之时所纳的二妾，建疵和简狄。简狄擦干身上的水，叹了口气。“怎么了？”建疵问道。简狄幽怨地说："姐姐，你说他那么早就离开了，把咱们姐妹抛下，如今已是年老珠黄，你还好，有个儿子陪着，我呢？到头来还不是孤零零的一个人。"建疵苦笑，"我有儿子又有什么用啊，他自继任首领之位，日夜操劳，现在可比咱们看起来苍老多了，要是再见他，还不知道谁叫谁呢。"简狄摇了摇头，"那起码也有一个啊，你说他走就走吧，好歹给我留个后啊，我也想有个孩子，好陪我到老"。姐妹二人的对话，都被躲在空中观察的帝喾听到了，帝喾看到二女现今的容貌已然老去，就有些后悔下界一趟了，但听了简狄的话，他又有了新主意。看帝喾，现出三足鸟的本体，张开大口，脖儿梗青筋暴起，奋力一喷，吐出一颗蛋来。下方的简狄正冲天长叹，忽觉有什么东西进入口中，建疵往空中看去，见那三足赤乌鸦已经飞走，不由得惊叹："玄鸟！是玄鸟啊！妹妹，刚才那玄鸟定是产卵被你服下了，你回去看看，看有什么反应。"

不久之后，简狄果然生下一个儿子，建疵大喜，"妹妹啊，真是心诚则灵，这可是上天赐给你的儿子，不如就让他姓子吧，姐姐给取个名字，叫契，你看怎么样？"简狄也欣喜地答应。这个契，就是未来大商朝子姓江山的先祖，飞往南方的帝喾，这时在暗施着法则改变人间风水，令这一脉日后能够成为复权的根基。"现在轩辕帝的旁系继位，日后姬姓一脉的世袭想必会继续存在，吾儿你这一脉，日后定要夺回这一切，大统人间！"施法结束后，帝喾离去。

帝喾的愿望会实现的，但是，轩辕帝很早之前就在人间留下过一脉姬姓的传人，成为日后夺回江山的主脉，而炎帝神农，也留下姜姓一脉，日后与姬姓那支正统一起恢复河山。但那个时候，帝喾也许就看不到了。

回天的帝喾心中得意，局已布下只待观望，他回后宫饮着美酒，与羲和快活着。常羲依然在月宫中寂寥而清冷。但人间，却是爆发了巨大灾难。

曾经在涿鹿之战神秘现身的那位鹤发老者预言，四极撑天的位置蕴藏无数灵气，会孕育出超脱三界五行的四大神猴，帝喾改变人间风水，扰乱了自然孕育。南瞻部洲地界，随着一座火山的喷发，炸得四周万物尽皆汽化。"哼哈哈哈……本座今日现实，乃是天意，三界万物，从此尽我所控。"随烟雾消失出现的乃是一只赤尻马猴，全身筋骨都带着狂妄与桀骜。"谁在无礼？"紧接着，南方水域翻出一条火龙，盯着赤尻马猴。马猴丝毫不惧，一掌打出，万道火球冲向这火龙，“五昧真火？”火龙大惊，急忙藏进水中，赤尻马猴紧追不舍，边追边打出五昧真火，五昧真火不惧水灭，瞬间将这片水域烧干。再前方就是南海，看到一根闪闪发光的东西，赤尻马猴飞奔前往，随即看到一条深不见底的柱子，上写五个大字：架海紫金梁。下方一行小字：一万三千五百斤。“哈哈！有件趁手兵器实属不易，就是它了！”赤尻马猴伸手就要去拔这神铁，水患将至！

第三十九回：鲧平患后羿窃息壤，水牢术共工困神猴

四根定海神针，乃是炎帝神农在八卦炉中炼制而成，那名鹤发老者预言，只有天地孕育的四大神猴才能取得对应的那根，并为每根题上了字。赤尻马猴诞生，拔掉了南海的定海神针——架海紫金梁，在神针离开南海的那一瞬间，人间再次陷入洪水的炼狱中。

这次的洪水之灾，就是涿鹿之战时共工引发的那场洪水，那时被定海神针压下，现今爆发出来，虽然没有上次那么凶猛，但舜时期，大力发展人间生产力，并有百官制造府邸，首领制造宫殿，远不比炎黄时期那般平地荒芜。这洪水突袭，将人间的房屋、集市尽数冲垮，百姓哀号一片，尽在水患之中求生，半日便死伤无数。

刚继任首领之位的舜，对水患之事十分重视，他于半毁的宫中搭建高台，邀百官商议此事，一人自荐，“首领，我愿领此大任，治理水患”。“哦？”舜抬头看去，原来是与自己同为轩辕黄帝旁系后裔的亲信，此人名鲧，在部落中任职负责水利，治理水患本应顺理成章，但舜的重瞳一观，发现鲧并无此能，准确说，是不能根治水患。舜的重瞳察人极准，可眼下事态紧急，除鲧之外又无合适人选，只能应下，不过少不了嘱咐几句：“鲧啊，水患关系到万民的生存，你可一定要谨慎，万不能儿戏啊！”鲧拱手道：“首领放心，你我皆是同宗，天下大事，我绝不会掉以轻心的。”

鲧接下了治水的重任，又从舜身边调来了辅佐人间之主的后羿协助。现

如今，他已经想到了平患的方法，就是修墙筑坝，堵住洪水。虽然他没有炎帝神农那般炼制定海神针的实力，但现在三根定海针尚存，只需堵住南方洪水冲袭他还是有些自信的，随即便与后羿这位大力士共同筑垒，修起高墙巨坝，短日内，果然小有成效。

“鲧大人！不好了！洪水积压过多，把咱们那座高墙冲垮了！”

“禀报大人！赤尻马猴还在人间作乱，这水越堵越多啊！”

不断有下人禀报，让鲧心中一颤，本以为此事简单，没想到这么快就出现了问题。后羿提议：“鲧大人，我看咱们应分头行事，首先，要彻底切断水患，加固阻挡之物；其次，那作乱的怪猴，必须铲除！”鲧皱了皱眉，“后羿大神啊，你必须要在我身边帮我才行，可那怪猴……”“哎！大人不必担忧，我曾有一结拜兄弟，乃是上古水神共工，他法力高强，定能降服那怪猴，我现在最担心的就是筑垒之事，我看，只有出此下策了。”鲧急忙问道：“有什么办法？”后羿缓缓说道：“我闻听，太古青莲，身分六宝，天帝帝喾挪取扶桑树之时，意外获得青莲根所化的九天息壤，若能把息壤盗来，水患定平！”“好！”鲧拍了拍手，“那我派我的儿子禹随共工大神同去降服怪猴，至于这盗取息壤，现在天路尽断，还得靠您的神箭，不知还剩几根？”后羿抖了抖身子，现出九支神箭，这本来的十二箭，射相柳用去一根，射癸日用去一根，射河伯又用掉一根，只剩下这九支了。后羿拿起一支，因为要将宝贝拉回，故将箭下拴上绳索与弓相连，估准位置，奋力射出，半晌后，后羿一拉绳，神箭飞回，箭头上勾着九天息壤。

细观这九天息壤，旧朴无华，但根处的每一寸，都隐约泛着灵光，丝丝分布清晰，根下是一坨紫色的硬土，任万分力敲击，仍不落土屑。鲧看着这息壤，不知如何使用，看后羿盯着那支神箭，便叫住了他：“大神，何故发愣？”后羿言道：“这支箭窃取息壤，虽未毁坏，却也失去了一些灵气，怕日后发挥不出极致的用处了。”

暂且记住后羿这支箭，此箭虽灵力失损，却为将来后羿连射九日之时，创造了一杆旷世神兵和一名绝世大能，此处不提。鲧继而言道：“大神，还是说说这息壤如何使用吧。”“哦。”后羿收起了箭，“此物用法尽在根下神土，你将其搁置在筑墙的地基处便可得知。”鲧照做，息壤一遇地面，立刻起了神化反应，凡有水灾之处，这息壤都能无限蔓延，不出半日便将整个大地的洪水全部压制住。鲧与后羿对视，欣慰一笑，这治水算是成功了。

再说另一边，鲧的儿子禹和共工一同前往南瞻部洲，见到了作乱的赤尻马猴。观此怪猴：白头青身，凸额塌鼻，金睛火眼，最异处便是脖颈，可伸长至百尺，卷物吞噬，好生猖狂。赤尻马猴斜眼看着共工和大禹，不屑地说道："汝等是甚物？胆敢前来找我无支祁的麻烦？""无支祁？"禹疑道："这无支祁是你的名字吗？"共工却是没那么多废话，双手一推击打过去，马猴急忙躲闪，接用长颈缠住共工，共工奋力一挣，这赤尻马猴无支祁顿感喉部巨震，急忙松开，口中、眼里尽喷出五昧真火。共工一笑，只要没有曾经祝融那般九昧真炎，便不足为惧，随即要倒转手诀，引天河水灭之，但谁想到，天帝帝喾早已断绝了天地间的联系，共工施法数次，皆引不出水来。眼看五昧火烧至近身，共工心急，双臂一展，从身体经脉、七窍中喷出洪水，此水，乃共工的本命水源，属不可再生的有限资源，一旦这本命水用尽，共工的生命也将走到尽头。神水散出，沿途泼灭了五昧火，继而向赤尻马猴冲去。"水牢术！"共工大叫一声，本命水如蚕丝般，牢牢困住了赤尻马猴，将其死死定住动弹不得。禹见共工气力虚弱，急忙扶住，共工摆了摆手，"我只是动用了部分本命水，休养一阵就好了，这怪猴被我的水牢术困住，仍然击搏跳腾，你快用铁链……去锁住他，莫让他趁我体虚时，挣脱了这水牢术"。禹答应，取出铁链就要去锁赤尻马猴，谁知锁到一半时，一只拳影突然从禹的后方袭来，嘴里喊着："休伤我父！"禹淡然一笑，伸出右拳一挡，右手的拳背抵住了后方那一拳的袭击，定在当场。

第四十回：大禹王治水功成，老帝喾黑道终生

禹的拳背抵住了后方一拳的偷袭，偏头一看，乃是一只小的赤尻马猴，小马猴喊着："不要伤害我父亲，否则，这一拳会打到你脑袋上！""是吗？"禹嘴角一笑，握拳猛然张开，奇迹般地用手背紧紧抓住了那小马猴的拳头。

“你！”小马猴满面震惊，“你居然手能反握？”这是小马猴在这世间留下的最后一个表情。紧接着，就被禹一扔，摔死在了附近的淮阴龟山背上。这个时候，共工的气力也恢复了一些，上前和禹一起，就要将这无支祁击杀。“慢着！”突然一声拦阻，见一个鹤发老者从虚空中缓缓而出。共工言道：“你是何人？为何阻我灭这作恶多端的怪猴？”鹤发老者缓缓开言：“他乃是天地孕育的四大神猴之一，因当今天帝乱动人间风水，以致他提前诞生，他没有遇名师指点，自然不逊，但若灭杀他，有伤天和，于你二人不利，听老夫一句，锁他脖颈，穿他鼻孔，锁在这淮阴龟山脚下即可。”禹言道：“这怪猴法力高强，若是锁他不住被他日后逃出，如何是好？”鹤发老者笑道：“你尽可放心，这四大神猴，都是刚出世的时候，神功盖世惊人，但凡关押一段时间，野性尽丧，功力便薄弱了。”“原来如此。”禹点了点头，按老者说的将赤尻马猴无支祁锁在了淮阴龟山脚下，就和共工离去了。他二人走后，鹤发老者才缓缓开言：“躲着干吗？还不出来。”在山石后，畏畏缩缩哆嗦出两只小的赤尻马猴。原来，那无支祁在南海与一条火龙女成亲，生下三只小赤尻马猴，一只被大禹所杀，现在出来的就是另外两只。鹤发老者言道：“你们不必担心，若想活命，速去东胜神洲花果山待候，千年后你们的四叔灵明石猴诞生时，可辅佐他。”两只赤尻马猴迅速离开了。

再说禹和共工，并肩往回走着，去跟鲧会合，共工言道：“你和你父亲究竟是何人？接下这治水重任，必不是等闲之辈。”禹笑道：“我父亲是部落中的水利大臣，是轩辕帝的旁系后代。”“什么？你是轩辕的后人？哼！”共工一甩袍袖，愤然离去。“哎……你……”禹疑惑不已，这时后羿正从不远处匆匆赶来，“禹公子，大事不好了！”“怎么回事？后羿大神，听说我父亲已经治水成功，还有什么大事？”后羿焦急地答道：“天帝知道了偷窃息壤之事，派风伯下界取回了息壤，还在羽山处死了你的父亲。”“什么？”禹如雷击一般待在原地，片刻之后，捶胸顿足，“这是什么天帝！为了他一个破宝物，他忍心看着大地，消灭殆尽吗？”后羿言道：“禹公子，息壤已收，所筑坝墙片刻将毁，人间水灾继而将近，现在只有你，能继承父志，接任治水之职啊！”

禹思索半晌，抬起头来，缓缓回到了舜的宫殿，接下这治水之任。舜以重瞳观之，发现禹就是治水之人，喜上眉梢，“禹，谈谈你的高见吧？难道还是和你父亲一样，修桥筑坝？”禹摇了摇头，“当年四根定海神针，都难以永定水患，可见堵是堵不住的，现如今，水陆分离，不得交汇，除长江、黄河、淮水、济水四渎外，陆中尽是死湖泊潭，我欲疏通九州河道，与四海相融，形成顺流，永绝后患！”“好！”舜拍了拍手，“果真是天选之人，尽快去吧。”禹接下大任。

禹和他的妻子涂山氏此时新婚宴尔，但禹为了天下太平，还是忍痛离去。禹带着后羿和众位工人一起，将众山凿开，令后羿把山中的猛兽射杀，再挖开山路，开沟挖渠，不久便疏通了河道，令水源同流，与四海交汇。禹又去了东、西、北三海查看定海神针，定量水位，只不过河道疏通之后，那三根定海针就成了摆设，即使日后再有人拔取，也不会再有水患了。

眼下又遇到了困难，工人禀告：“禹大人，前面是不周山遗址，所剩半拉山头坚硬无比，我等无力破开。”禹晃了晃头，“喝呀”一声！突然变成一只大熊，一掌轰开了石山，后羿震惊：“你？”这只熊摆了摆手，“我就是禹，轩辕帝的图腾熊和罴，在涿鹿之战中侥幸活了下来，自涿鹿战后消失，孕育一子，在我幼时出现，这熊罴兽自小与我玩伴，可随时召唤”。“原来如此。”后羿点了点头，“咦？前方怎么还有一块石头？”变成大熊的禹向前一看，又是一掌轰去，巨石毫发无损，接连打了三掌，巨石才缓缓裂开，里面迸出一个啼哭的孩童，禹震惊，急忙前去查看，从巨石中传出清冷的声音：“花烛之夜，夜彻思君，君心离去，去而忘故，故三经门庭不入；入所惊心，心如磐石，石击三裂，裂肝肠断，断离去留子启生。”禹恢复了人形，泪水流下，为了天下苍生，已经失去了妻子涂山氏，曾经三次路过家门，都没有进入，显然伤了妻子的心，石头里的孩子启是涂山氏为他留下的唯一的儿子，禹命人将启送回，继续踏上治水之路。

没过多久，禹的治水之任就全部完成了，不周山一行，禹还遇到了一位九黎族后代，名为巫咸，由于女娲所定黎民一家，禹不念过往与其结交，并协助巫咸在不周山下成立了巫族，此族在日后将有大的动作，此处暂且不提。治水成功的三日后，大禹在涂山大会上接受舜的禅让，自称为王，建立大夏王朝，制九鼎以定九州。而在此神话中，禹制九鼎、定九州，本意是在巫咸的帮助下，布了九州结界，将大地与天隔绝，令天人不得随意下界，此举也是与那无情的天帝彻底宣战了。

九州结界彻底触怒了天帝帝喾。此时的帝喾，经历众人层层蔑视，一颗心已经全部黑化，他正在酝酿一场巨大的阴谋。而天涯海角之地，有一名女子默默地流着热泪，从秋到冬，心中的怅然掀起惊涛骇浪，可谓：

> 秋风萧瑟，叶伤破，湮没星辰万际。日落穿空，独望壁，殇碎无言梦断。沧海皆凝，桑田尽裂，心化淋漓血。天残地缺，未知何处安生。
>
> 惊惧凛冬深寒，北雁南飞矣，云系妄语，雷动伊思，追忆君，满怀缘情散灭。故往柔肠，清冷冰刺骨，万念俱灰。滞若石人，可盼一朝得聚。

第肆卷

——龙汉大劫篇

第四十一回：黑帝喾巧逢难友，献阴计欲破三族

岂不闻劫之将布，癫狂纵覆。自取道亡，尽散灭数。

绕磐龙以翱身，赏浴凤而卧谷。

歌曰：殇魂哀哉，殇璃梦遮。离终不语，怨情幽颇。殇兮殇兮，渺若离折。

浩荡天界，天帝帝喾坐在大殿中央，一人独自喝着闷酒。

“启禀天帝，殿外有客来访。”风伯上前言道。

“有客？”帝喾疑惑，“天路早已被我中断，什么人有这等本事上得天来？”

门外一人缓缓进入，“天帝登基数年，想必早已忘了本尊了吧？”

帝喾看着来人，心中一震，“是你？自打我出生以来，就没有见过你，只知道你的鼎鼎大名，和见过你的画像，原来，你尚在人世”。

“你这是什么话！我乃上古一元二始之神，那西王母尚存，我怎么会死呢？”

来人不是别人，正是许久未曾露面的东王公。

风伯为东王公斟上一盏酒，“二位尊者，你们先聊，老臣先行告退”。

帝喾点了点头，他很满意风伯的眼色，与东王公一起喝起了酒。

“堂堂三界之主，为何闷闷不乐啊？”东王公酒吞一盏，“有什么烦闷的事情，不如跟为兄聊聊，说不定咱们是同病相怜呢。”

“唉！”帝喾狠狠地叹了口气，“我这个三界之主天帝，当的有什么意思！一个凡人，可以射杀我的幼子！可以随意盗取我天界至宝！还能……布下什么九州结界，敢将大地隔绝！真是不把我放在眼里！”说到这，帝喾狠狠地将酒盏摔在了地上。

东王公缓缓开言：“看来，天帝如今已经是……忍无可忍了，那我们合作

一番怎样？”“哦？”帝喾愣了愣，“如何合作？”

“我与你结盟，合你我二人之力，重塑天地，另创格局，成为真正三界内外的霸主，如何？”东王公笑道。

帝喾看了一眼东王公，“恕我直言，你为何要跟我合作？”

“哼！”东王公愤然言道：“诸神无德，皆自私自利，为一己之欲，肆意破坏天地秩序，我只是睡个觉的工夫，我的道场不周山便被撞毁，我被击飞到万里之外的境域，不知费了多少年才恢复了一半法力，想回来报仇，却发现撞我不周山的邪神共工，摇身一变成了除怪治水的大英雄，人人称颂，难道一个人做了一件好事，就可以将过去的错全都免除吗！”东王公越说越怒，“你不是问我为什么能来天上吗？我一直就没有回大地，而是藏在天界养伤，可现在，那九州结界整得我根本回不去大地，就连家都回不去，我还算什么东王公！”

东王公也把酒盏摔得粉碎，此举让帝喾一阵失神，他没想到东王公也已黑化，且跟自己有同样的感受。帝喾站了起来，缓缓说道：“看来我们是同仇敌忾，又同病相怜，那东王老兄不妨直言，我们该如何做，才能改变这个局面呢？”

东王公言道：“你我的本体，皆为兽，且都是三足乌鸦，既然不是人种，不如我们就开辟一个新的种族，名妖，这大地上所有的兽类，都可以修炼成妖，兽类的群体众多，有它们的力量，足以抗衡人类，以此壮大，逐渐将人类吞没，使得三界彻底归属我们统治。”

帝喾犹豫了一下，“这……会不会杀戮过多？成立妖族我倒赞同，但吞食人类，会不会过于残忍？”东王公不屑，“哼！人类自生成以来，一直屠杀兽类作为食物，难道只有人可以食兽，兽就不能反过来吃人了吗？天下哪有这样的道理！”

帝喾被东王公说动了，“嗯，有道理，可是兽界有龙、凤、麒麟三族统辖，恐怕我们不好轻易插手，况且上界还有五方天帝，他们虽已隐退，但并不代表坐视不理，前些日子我欲报复后羿，将嫦娥引入天界，谁想被青帝伏羲设计拖到了月亮上，害得我功亏一篑，这些障碍不扫除，恐怕我们就算统一了三界，这位置也坐不安稳，还是像现在一样，落个天帝之名，傀儡之实”。

东王公微微一笑，“这有什么，我们设法，把他们全都灭掉不就行了。”

“全部……灭掉！”帝喾倒吸一口冷气。

“怎么，天帝没有这个信心？五方帝咱们且搁置一阵，先着手对付三族，它们就算再强大，也不过是些禽畜之辈，头脑简单，我们可以用谋，令三族内讧，互相残杀！”东王公阴狠地说道，这面目跟上古时那个慈祥的大神丝毫不搭。

帝喾捋了捋胡子，“三族争斗，你我坐收渔翁之利，的确好计！但现如今大地有九州结界，连五方天帝也无法下界，东王兄亦是有家难回，我们能怎么去？”

东王公看了看远处，“只要想，就一定能做到，虽然你我二人不得下界，但有人在下界能够与我们沟通”。

“哦？”帝喾眯起了眼睛，“什么人如此厉害？据我所知，在下界只有人皇女娲可与自己的哥哥传心交流，就连那西王母也没有这般能力，难道……还有什么隐藏的大能？”

东王公阴笑了一下，“呵呵，天帝不如架起你那玄光镜，让我来为你沟通一下那位？”

帝喾迟疑着打开了玄光镜，这玄光镜，便是帝喾在星辰中修成的三十三种神通之一，可用此镜观察三界之内的任何地方。玄光镜现出，直扑北冥地界，东王公缓缓开言：“鲲鹏祖师，还不现身？”

镜中缓缓出现一道阴影，正是许久未露面的鲲鹏。

帝喾震惊地看着玄光镜，“原来鲲鹏你还在人间，闻听四象神兽被你击败之后，你便蛰伏不出，看来是一直在闭关，这么多年了，你的功力比起曾经可真是天翻地覆了”。

第四十二回：帝公巧语赚鲲鹏，龙凤呈祥欲结姻

鲲鹏乃是两仪初开之时，太古邪气生成，由鱼化鸟，海、陆、空三栖神

兽。在刚刚诞生的那个太古时期，鲲鹏仅仅只是单纯的邪恶，挑起战局，肆意妄为。但历经了数百数千或数万年的闭关，此时的鲲鹏不仅法力高强，且内心有了巨大的变化。

帝喾对鲲鹏一通吹捧，鲲鹏却是丝毫不受用，只是面无表情地看着。帝喾继而言道："鲲鹏祖师如今出关，真是可喜可贺，正好本帝当下有桩大买卖，能让鲲鹏祖师一统海、陆、空三栖兽族，不知你可否愿意？"

鲲鹏冷冷一笑，"如今的我，已不是曾经的我，天帝老儿不要再拿这些老招式来哄我。曾经我单纯地认为，灭四象，统万兽，成就霸业，便是人之巅峰。可是……为什么我生而为恶？为什么我生来就要受万人唾骂？我没有错！是那伏羲老儿画卦将我分出，分出来就是邪恶的，我凭什么没有选择！难道我鲲鹏存在的意义，就是为了给正义和善良做衬托和牺牲吗？"

鲲鹏之所以会有此感悟，是因为曾经伏羲在天界说服女娲之时大谈的那番善恶观，恰巧被刚刚修成通天彻地本领的鲲鹏听到了。从那以后，鲲鹏便从修行法力变成了修行思悟，可思考了这么多年，鲲鹏也没有想明白，他不甘心，他从涿鹿之战的结局中也领悟到了邪恶终将输给正义。难道他鲲鹏此生，真的就注定如此吗？

帝喾看鲲鹏的思想竟然有了如此高深的境界，不由得心一跳，发现这禽畜之辈如今也没有那么好糊弄，但若再顺着鲲鹏说下去，恐怕方向会被他直接拉偏，引入一个自己无法收拾的局面。帝喾正不知所措，东王公突然开言了：

"鲲鹏，你说得没错。"帝喾眼睛瞪大了，看着东王公，"你……"东王公给帝喾使了个眼色，示意他压言，心里也明白帝喾的担忧，这时不能顺着鲲鹏说。

"鲲鹏，你刚才说得没错，你的出生，就是衬托正义和善良，做牺牲品的。"

鲲鹏瞪红了眼睛，"难道就没办法改变吗？凭什么我的命运，要被别人决定？为什么伏羲老儿闲来画卦，我就要无辜的注定如此！"

东王公言道："没有为什么，每人生来，都有他的意义，但你说不能改变，我倒不赞同。""哦？"鲲鹏有了一丝希望，"如何改变？"东王公笑道："简单，三界万物的法则，并不是天然生成的，而是……强者制定的，例如伏羲、女娲，他们强到大能之流，成为人间首领，便可以画卦造人，改变法则。你若想打破宿命，只有像他们一样，强大到统领之位，这样日后的规则，便是由你更改了。”

鲲鹏思索了半晌，点了点头，“那我该如何去做？”

帝喾暗暗佩服东王公的口才，这时他接言谈道：“加入我们，灭掉龙、凤、麒麟三族，由你来统领三栖万兽，顺便，将大地的九州结界崩塌，方便我和东王公统治人类，往后的三界，便由我们三人说了算，法则，也自然由我们来制定。”

东王公也趁机添火，“不错，你不是吞吃了青龙之后，酷喜龙肉吗？按我们这次的计划，大地所有龙族，在此行事间都是你进补的食物，怎么样？这笔买卖划算吗？”

鲲鹏很是满意，他的确是喜食龙肉，但自吞吃青龙后怕被仇家暗算，也欲观察三界动向，一直闭关口禁。听到伏羲的善恶观后，又一直在感悟中。如今自己的困惑被东王公一言解破，自然再次被勾起了馋虫，痛快地点头答应，“好，天帝，东王，我鲲鹏就跟你们合作，但是目的达成之后，该属于我的，你们可一定要拱手相让，否则，别怪我鲲鹏翻脸！”

帝喾脸上笑开了花，“这还用说，这妖族的世界，日后，也是你鲲鹏祖师的！”

三方共识就这样达成了。收起了玄光镜，帝喾又隐隐有些担忧，“东王老兄，这鲲鹏实力虽强，但毕竟孤身一人，如若三族联手，恐怕他不敌啊！”

东王公却是摆了摆手，“这你放心，如今的鲲鹏，绝非太古时那般有勇无谋之辈，他这次只会智取，不会硬拼。况且，他有一项三界内外独一无二的法术，确保万无一失”。

“什么独一无二法术？我的三十三神通也不包含？”帝喾皱了皱眉。

东王公眯起眼睛一笑，“到时候你就知道了”。

这时，下界的龙族，正在召开一场会议。龙族的首领祖龙，乃是天地间第一条化身的龙，获得盘古大半血脉的能量，此时他正盘坐在王座上，听手下众龙的分析。

大将虬龙言道：“首领，我们神兽三族，一向各自为域，互不相干，如今只听一个素不相干的老头胡言几句，就与凤族联姻，恐怕会打破三族鼎立之势，引起麒麟族的不满。我看那老头定是有意挑唆，引起我们的矛盾。”

祖龙摇了摇头，“那名鹤发老者，绝非信口开河、胡言乱语，看他的气息，带着亘古洪荒的力量，我看就算是我们三族倾尽全力一合而上，也未必是他的对手。况且，他说那句话的时候，只是观景自语，并不是对我们刻意说的，所以他绝对不是有意离间”。

另一名大将螭龙接着说道：“既然如此，那就按那鹤发老者说的做吧，他既然说龙凤呈祥，那就说明龙、凤二族联姻可安定天地，既如此，我赞同。”

“好！”祖龙大笑道，“那就这么说定了，传信去凤族，就说本王择日备礼迎娶真凰！”

高山山顶，那名鹤发老者负手而立，喃喃自语：“禽畜之辈，自是蠢笨，我说过龙凤呈祥不假，但你们也得有那个命，结姻成功啊。”

第四十三回：真凰坚拒联姻事，鲲鹏密会始麒麟

鹤发老者喃喃自语之时，身后轻轻飘来一名女子，冲鹤发老者背后一掌拍去。鹤发老者微微一笑，回过身来轻轻袍袖一挥，这女子立刻倒退数步，才稳住了身形。鹤发老者笑道：“女娲娘娘此番前来，不会是试探老夫实力的吧？”

来人正是女娲，她深吸了口气，缓缓说道：“哪里，小妹是来谢过老人家先前协助补天之事。另外，也想看看老人家，是不是真实的你？”

“哦？难道不是真实的我，还会有冒充的我吗？”鹤发老者淡淡地问道。

女娲道：“老人家洞悉天机，应当知晓现在三界的变化，有些不安分的主已经浮出水面，有些稀奇的法术也出现了，老人家又说什么龙凤呈祥，恐怕会引起三族的动乱，我不得不探清一下虚实啊。”

鹤发老者摸了摸自己的白胡子，缓缓说道：“龙凤呈祥，的确是我亲口所

说，但话，要分怎么听。”

女娲疑惑，“请老人家赐教”。

“凤腾空，龙卧海，我的本意是，山海若能安定，世间自会安详，而不是劝说二族联姻，引起纠纷。况且此言是我在感悟中自语，若是有人偷偷听到曲解其意，那就不关我什么事了。”

女娲笑了笑，“老人家真是逍遥世间，小妹自愧不如”。

鹤发老者突然表情严肃，凝重地说道：“女娲，你我今生有缘，未来也会是同门，我有一句忠告，切勿再插手世间诸事，沾染因果，否则，必遭天道反噬，流离失所，背其本心。”

女娲似懂非懂地点了点头，她也隐约感到，世间或许即将发生巨变。

几日时间，龙族的口信就传到了凤族老巢，凤族首领元凤听闻前因后果，开心地答应了联姻之事，随即就与自己的妹妹——真凰敲定此事。

凤凰二字，雄为凤，雌为凰，而真凰，则是凤族首领元凤的亲妹妹，自两仪初成时首个化身的雌性凤凰。元凤兴高采烈地将龙族提亲一事告知，本以为妹妹能欣喜若狂，但谁知，真凰却大发雷霆。

“哥哥，你怎么能将自己的亲妹妹，往那火坑里推呢！”

无名火发的元凤莫名其妙，“妹妹，你这是何意？我是为了你好啊。况且，我这不是来跟你商量嘛。”

“那好，我就告诉你，我不会同意！想让我嫁给祖龙，除非杀了我！”

元凤有些不知所措，“妹妹，你和祖龙素未谋面，你虽自幼被我宠爱，刁蛮任性，但也不是一点道理不讲，突然发这么大脾气，究竟是因为什么？”

真凰气冲冲地说：“你难道不知道，龙性本淫吗？那龙种处处留情，污蛇而产蛟龙，污鳄而产鼍龙，就连麒麟他们都不放过，生下貔貅这等怪物，三大神族，只有他们龙族能造出这么一堆孽种来，我们凤凰一族世代清纯，怎么可能被他们糟蹋！”

元凤听了妹妹的缘由，也是无奈，“妹妹，你说得固然在理。但是，龙族虽乱，祖龙却是尚未娶妻啊！况且，三界万物，哪里还有和我们凤族一样清纯之族，那麒麟族，不是也有变异的后代嘛！”

“那不一样，麒麟族的统领始麒麟在两仪划分之时正在闭关，以至于雌雄同体，自行产出的后代自然血脉不纯，且也被麒麟族驱赶到四处。你说三界没有清纯之族，那我就带来一个最纯种的夫婿，让你看看。”

“好吧。”元凤只得先退一步，“我们拒绝祖龙的提亲，恐怕会引起纷争，你可说好了，若你带不回来一只纯种的夫君，就必须应下龙族的联姻！”说罢，元凤闷声离去。

真凰叹了口气，回到了自己的巢室。在她的巢室中，有一只五色神鸟正在这里等她，真凰眼角噙着清泪，抚摸着这只五色神鸟的脸庞，“孔宣，龙族若来强抢，我就把你我的事，公告天下”。

这只五色神鸟，正是两仪初成时，与鲲鹏相对的那只至善的孔宣，自生成以来，孔宣便从未露过面，但不知何时暗中与真凰结为夫妇，并且产下了一卵。孔宣说道：“你我结姻百年，不需在意外人所言，只要我们生活得幸福，龙族联姻一事，你回绝了就好，现在最重要的就是全力护住我们孩子的孕育。”孔宣边说着，边摸着身旁的一颗五彩色的蛋。

真凰笑了笑，“你给我们的孩子取个名字吧。”

孔宣想了想，“不如就叫她……孔雀吧。”

“孔雀。”真凰念着，“好，好名字”。

真凰对元凤说的那番话绝不是冲动而言，的确，要说起纯种的兽类，三界中的确是无人能与这只至善的五色神鸟相比了。真凰心中也有十分的把握，倘若哥哥再提起此事，她就将孔宣搬出来，到那时，谁都无法再逼迫她。

就在龙凤两族有所动作之时，麒麟一族，也来了一位不速之客，正是鲲鹏。

“吾乃北冥鲲鹏，麒麟老祖，讨扰了。”鲲鹏对麒麟族的首领始麒麟说道。

“鲲鹏祖师光临，倍感荣幸，备酒宴。”始麒麟的态度，倒是不冷不热。这只始麒麟乃是雌雄同体，但自行繁衍的三只后代皆是变异种族，被麒麟一族驱赶。自此后，始麒麟便不再繁衍，而是让同族后辈繁衍后代。麒麟二字，雄为麒，雌为麟，始麒麟合二为一体，若是单打独斗，祖龙和元凤都不是始麒麟的对手。他也知道北冥鲲鹏乃太古邪气所化，但来者是客，况且龙凤二族联姻的事已经传遍大地，他被孤立，也不好直接拒见鲲鹏，于是故作热情地接待了。

第四十四回：麒麟祖轻信鲲鹏，凤凰众传言屠龙

“干杯！”鲲鹏将杯中酒一饮而尽。

始麒麟也放下了酒盅，“说说你这次来，是什么目的吧。”

鲲鹏愣了一下，没想到始麒麟如此直接，尴尬地笑了笑，“麒麟老祖，真是快人快语，毫不掩饰。本座此番前来，并非有什么目的，而是想跟麒麟老祖探讨一下现在兽族的局势”。

始麒麟眯了眯眼睛，“兽族的局势，与你鲲鹏何干？”

“哎！话不能这么说，我也身在兽族，天下局势，也决定我的生死存亡。你也知道，本座在太古时期名声不好，世间万物，都认为我是邪类，但我闭关思索多年，早已清醒觉悟，目前只想自保，不愿再添过多杀戮。”鲲鹏笑道。

始麒麟半晌不语，鲲鹏继而言道：“麒麟老祖，如今三大神族，龙凤两族联姻在即，对你麒麟一族冲击甚大，而我鲲鹏，也是太古神兽，尤其擅长海空两栖，故只能与你麒麟一族结盟，我想龙凤二族，应该不会接受我吧。”

鲲鹏的话的确是说动了始麒麟，龙凤二族联姻一事，在始麒麟心中积压已久，他也知道二族日后壮大也许会联手对付他麒麟族。但嘴上还是说道：“龙族掌海，凤族居空，我麒麟一族着于陆地之上，互不相干，何来忧患？况且龙族与我麒麟族也曾有婚配，我想我族也不必心急有什么动作吧。”

鲲鹏笑道：“老祖此言差矣，如今世态繁荣，昌盛空前，已非太古那般荒凉，三栖兽类，也早想突破生存的境域，侵占其他疆土。况且龙凤二族联姻，乃是老祖联姻，跟你麒麟族那段婚配，只不过是龙之本性玩乐而已，岂可相提并论？”

始麒麟言道：“三大神族，我麒麟族最为强大，他们二族若想对付我，也会元气大伤，甚至有可能同归于尽，我想龙凤二族，不会如此糊涂轻率吧？”

鲲鹏见这老麒麟总有说辞，有些心急，不过表面上依然淡定，“明枪易躲，暗箭难防，二族有什么心思，是不会明着告知你麒麟族的，再者说，你觉着我鲲鹏今日前来，是无事生非吗？虽然我是三栖同存，但我的本质还是海空

两栖，陆地之上并不习惯，就算是三族大乱，我鲲鹏也只会帮助你麒麟一族，而不会跟龙凤两族有什么瓜葛”。

“好！”始麒麟重重地点了点头，“本王被你说服了，我承认，龙凤二族联姻，的确是我的心病，今日你点破，我想听听，鲲鹏祖师有什么高见和应对的决策，不妨直说。”

鲲鹏摇了摇头，“我只是想龙凤两族大乱之际，希望可以得到麒麟老祖的庇护。”

始麒麟有些疑惑，“龙凤两族联姻在即，何来大乱？”

鲲鹏笑得有些阴险，“这个，就不劳您费心了”。

始麒麟带着疑惑饮下一盅酒，看着鲲鹏阴险的笑容，他的困惑更深了。

一夜无话，次日天明，始麒麟招来麒将，吩咐要务：

“我打算闭关一段时间，继续提升实力，你替我严密监视龙凤二族的动静，有什么异常，立即向我禀告。”

麒将点了点头，“遵命首领，那鲲鹏昨夜前来……”

“他是来帮我们的！”始麒麟打断了麒将的话，“龙凤二族或许要大乱了，就看鲲鹏那家伙怎么做了”。始麒麟阴险地笑着。

一晃就是数日，看似平静的兽界，却是隐藏着血雨腥风……

“不好了！大事不妙了！”龙族的特使蟠龙紧张地往海龙宫殿蹿去。

祖龙皱了皱眉，“蟠龙，什么事如此惊慌？身为龙族特使，遇事要稳重。”

蟠龙顾不得祖龙的劝告了，“首领，我们修行腾空一术的龙军，在昨晚一夜全部覆灭，而且，筋肉都被吃得渣都不剩，连皮鳞都被烧成焦炭了”。

“什么！”祖龙也失去了往日的沉稳，冲立而起。这支修行空术的龙族军，虽然跟整个龙族比起来只是小股力量，但单拿出来说也不是小数目了。一夜间团灭，任哪族的首领都不可能不震惊。祖龙勃然大怒，“查清楚是谁干的了吗？”

蟠龙紧张地说道：“据我手下的探子来报，他们在黑夜中，只看到了黑色的羽翼。”

“黑色的羽翼？”祖龙左手边的虬龙说道，“凤凰一族，有黑羽翼的吗？”

祖龙右座的螭龙回答：“好像没有，但我看，此事定是凤族所为，凤凰擅于用火，他们一定是因为看我们龙族在空域的势力日益增大，才单单灭杀我们修行空术的龙军。”

虬龙想了想，“不，也未必是他们，用火术的普天下比比皆是，不能单凭一个火就证明是凤族所为。况且现在，三族混居，其他两族也在入驻其他境域，总不能因为我们入主空中，就做这种愚蠢的行为吧。最重要的，凤凰一族，是没有黑色羽翼的”。

“好了好了！不要再说了！”祖龙打断了虬龙的话，“此事本王自有决断，就是凤族所为！”

虬龙一愣，“首领！不可冲动，引起两族的不和啊！”

“你听好了！第一，如今天地隔绝，大地上除了凤凰，没有任何用火之人有此能力一夜之间灭我空中龙军；第二，凤凰一族，因浴火而无法入海，自然不愿让我们拥有空中的势力；第三，黑色羽翼，或许是因为夜色太深，我们的探子只能看到黑色。这三点，你可有话说？”祖龙这三条将虬龙说得哑口无言。

祖龙虽专横，却也不是莽夫，此时只是被冲昏了头脑，“传令，向凤族宣战！”

第四十五回：祖龙怒征讨元凤，真凰悲不得守贞

虬龙闻听祖龙要向凤族宣战，急忙拦道：“首领，万万不可！就算要战，也不能如此草率！怎么着，也要向凤族先问个清楚吧！况且联姻在即，此时不宜发生冲突啊！”

螭龙这时突然插话：“首领，我支持开战！”

“螭龙将军，你……”虬龙没想到会这样。

“虬龙将军，你不必劝阻，你刚才一说我才算明白，联姻之事，我们前几日就提出来了，这么多天也没有答复，一定是敷衍我们龙族！他们凤族处心积虑，屠杀我族之事，所以前几日提亲才没有当面拒绝，怕翻了脸，不好行

事。”螭龙自信满满地分析着。

祖龙点了点头，“螭龙说得对！我龙族向他们凤族提亲，是瞧得起他们，不识抬举也就罢了，还使出这般毒计，我若忍了，三界众生，还怎么看我龙族！”

祖龙说罢，怒冲冲地钦点十万大军，浩浩荡荡杀奔凤族老巢——金巢宫。两族这场厮杀一触即发。

“元凤！识时务速速出来，别等我杀进去，将你们凤族灭门！”祖龙咆哮着。

元凤还在跟自己的妹妹真凰商量联姻的事，自己妹妹拒绝，他本身就吃了瘪，又听到门外有叫阵声，不由得怒火中烧。随点几只凤将，便出了门。

“谁这么大胆，敢在这里乱叫！”元凤气冲冲地喊道。

“好你个元凤！本事不大，脾气倒见长，敢这么跟本王说话了！”祖龙愤道。

“这……”元凤一看是祖龙叫阵，顿时呆住了，他不明白自己何时得罪了祖龙，难道是联姻的事一直未给答复，伤了龙族的颜面？

“原来是祖龙大哥，小弟失礼，快请屋内上座。”元凤缓了口气，客气地说道。

“少来这套！你们屠我龙族，此仇不共戴天！给我杀！”祖龙一声令下。

“是！”螭龙带着龙军大队厮杀过去。

“这……”元凤被这突来的杀意惊住了，自己什么时候屠杀过龙族？

三族之中，若只论老祖单打独斗，那唯有雌雄同体的始麒麟最为强人。但抛开老祖而言，龙族的综合实力是高过其他两族的，原因在之前涿鹿之战蚩尤寻强兵法时提到过，因龙族长居大海食盐的缘故。刹那间，元凤身边的几只凤就被螭龙一击而杀，浩浩荡荡带去的十万龙军，竟成了烘托气氛的，根本就未出手。元凤虽然生气，但更多的是莫名，他一手抵挡着螭龙的攻击，一手向祖龙挥手，嘴里还解释着：“祖龙兄，我元凤并非怕你，只是无缘无故攻打我族，总要给个说法、有个缘由吧。”

元凤未动真格，螭龙却是拼尽了全力。几合之后，元凤也有些恼怒，双翅用力一拍，狠狠拍向了螭龙。

"噗！"螭龙吐口鲜血，倒飞出去。元凤怒道："好言相让，莫要步步逼人！"

"猖狂！"祖龙一声怒吼，带着震动山河的气势，猛地向元凤撞去。

龙之怒，果然名不虚传。祖龙数万年来，从未出过手，此次是他首番动武。这一击，将元凤打翻在地，大口吐着鲜血，喘着粗气。

"你这是逼本王杀你！"祖龙仍然不依不饶。

"慢着！"虬龙这时上前拦道，"首领，这个时候，你还不明白吗？"

祖龙顿了顿，"明白？明白什么？"

虬龙缓缓地说："元凤打出来时至现在，招招忍让，对螭龙，也未动杀意，他若真想动手，凭螭龙刚才所为，哪里是他对手？对于你的攻击，他不闪不躲，以力硬接，加上他的眼神中全程充满不解，还有出门也只带几个凤将。我相信，咱们空中的那批龙军，不是他们杀的。"

元凤这时也缓缓爬起，"原来你是怀疑我杀了你们空中的龙族，真是无稽之谈，可笑至极！我们凤族这几日都在商讨联姻一事，未曾出门，何来屠龙？你不分青红皂白，见面就杀，今天的事，你要给我一个交代！"

祖龙皱了皱眉，"自我提亲到今已有数日，为何还没定下？"

元凤悲惨地笑了笑，"哼，就为这，你就怀疑是我杀龙？就为这，你就无理前来攻打？女儿家总是矜持的，我正在劝说她。没想到堂堂祖龙，竟然连这几日都等不了，难道我凤族不同意，你还要强抢不成？"

祖龙思考了一下，"好，今日算我不对，但你要跟我签下文书，若联姻一事反悔，那你就是做贼心虚，洗脱不了屠龙的罪名，到时就算我龙族耗尽全力，也要跟你们拼个你死我活！你敢吗？"

"我有什么不敢！"元凤气愤地说，"清白自是清白，我没做，自然就是没做！"随说着，元凤啄下一块树皮，与祖龙以兽族文字写下了合约。

"我们走！"祖龙带着龙军，浩荡离去。

"哥哥！你怎么样？"凤族巢内，真凰扶着元凤，缓缓卧下。

"没事，受的是轻伤，祖龙那一招，也是留有余地的。"元凤叹了口气。

"祖龙这浑蛋到底想干吗？哥，这种无理之徒，你就让我嫁？"

元凤苦笑道："妹妹，龙族在空中域的那支龙军，都被屠灭了，他们怀疑是我，才贸然攻打的，而且，我已经跟他们签下了文书，如果联姻事不成，就无法洗脱我们屠龙的事，我又受了伤，到时候咱们凤族，就要生灵涂炭了。”

真凰愣住了，自己的贞洁，难道不能守住吗？眼下也只有说出实情了，“哥，我在百年前，就已经嫁人了！”

第四十六回：老元凤大骂孔宣，娇真凰迫施毒计

元凤如雷贯耳，“你说什么？”

真凰二目直对元凤，“我说什么你没听见吗？我早就嫁人了！谁允许你拿我的事私自做主了？咱们凤族没有做过的事，凭什么要背上这个罪名？我告诉你，我已经有丈夫了！我是不会嫁给祖龙这个浑蛋的！你听懂了吗？”

元凤看着自己妹妹，感到十分陌生。妹妹虽然从小娇生惯养，但在大事上一向顾全大局，他还从来没有见过自己妹妹如此认真地反抗过。他压住自己的火气，令伤势不再扩大，缓缓说道：“好，你现在翅膀硬了！但是你别忘了你答应我的事，咱们有言在先，你必须找的是一个专情的纯种族，包括他的所有同族也必须清纯净洁，才能毁掉跟龙族的联姻，否则，就要履行。你把你的夫婿带来，我看看，三界内外，有没有如此纯正的族类！”

真凰咬了咬牙，“好！明日清晨，就召集所有凤凰族做个公证，我当众带我的夫君前来，到时候，你不要反悔！”

“如果你真的能找到，我绝不反悔！”

“希望你说到做到！药在这里，自己喝吧！”真凰气鼓鼓地离开了。

元凤拖着药碗，冷笑自语：“哼，三界中，哪里存在这样的种族，看明天你怎么收场。”说罢，把药一饮而尽。

次日清晨，数十万凤凰在金巢宫齐聚。几名凤将搀着受伤的元凤，栖在巢王座上。元凤言道：“今日召开族会，是为凤族生死存亡的大事做个公证，龙族误会我们屠龙，将我打伤，皆因联姻大计延误。如今我的妹妹真凰不允，本王怎能因舍妹一己私欲，而置凤族的安危于不顾呢！故与她有约，若今日

此时，她能带来一个清纯极致的种类，且此种的所有族类皆无杂交，我就允许她毁掉联姻。否则，就要跟龙族结姻交好，护凤族大业！”

此言一出，手下的凤将们都炸开了锅。

“以为这是天地初开的时候啊？现如今的三界，怎么可能呢？”

“就算自己清纯，也不可能所有同族皆无二配啊！”

“除非找个人类，可人类也不是都无二配啊！听说那少昊之子蟜极，可是只跟兽族玩乐呢！”

众凤凰吵吵皆语，元凤满意地笑道：“既然如此，那为保安宁，就该答应龙族的联姻，对不对？”

“对！对！”凤族众凤凰齐声喝道。

“都住口！”真凰终于出现了，而她身后，还带着一只五色神鸟。

“都给我睁大眼睛看清楚，哥哥，你认得他吗？两仪新开、正邪初成之时，世间善念所化的五色神鸟孔宣。数万年来，他只有我一个妻子，是否足够清纯？况且，他只身一人，也并没有同族之类。这两个条件，是否都符合呢？”真凰义正词严地说道。

数十万只凤凰，面面相觑、哑口无言。元凤也呆住了，他怎么也没想到，开天辟地至今，三界内最神秘、从未露过面的五色神鸟孔宣，竟然暗中与自己妹妹结为了夫妻。更窝火的是，这两个条件，孔宣真的都符合，三界中有谁见过孔宣与其他人交谈过一句？又有谁有资格做这只开天辟地独一只五色神鸟的同类呢？答案都是：没有。

“怎么样？所有凤凰族今日都在，做个见证吧，还有谁敢拦我吗？”

真凰得意地笑了，她认为，自己今天赢定了，再也没有谁能干扰自己。但谁知道，元凤却突然翻脸，对孔宣破口大骂：

“哪来的野东西！你好大的胆子，我妹妹和龙族的联姻，你竟敢插足，还要不要脸了！五色神鸟，难道都是你这种货色吗？快滚，识相的就别赖在这！”

真凰傻眼了，孔宣也是不知所措。太古至今，还没有谁这么骂过自己。但自己是至善的神鸟，自诞生以来，除了真凰，他没有跟任何人说过一句话，这时不知道怎么还嘴。他看了一眼真凰，一甩羽翼，展翅离去。

“孔宣！”真凰在后面叫着，但孔宣已经飞远。她只得冲着元凤怒吼：“元凤，你什么意思！当着所有族众的面毁约不说，还胡言乱语骂我夫君！”

元凤冷笑，“我刚刚只是在考验他，看他有没有资格做我凤族女婿。他是满足了条件不假，但他现在已经走了，连一句骂都顶不住，如何立足于天地？我给你一天时间，明日此时再不从命，我绑你去见祖龙！”说罢，元凤便离去了。

元凤的确是故意骂走的孔宣，这只五色神鸟的法力高到什么程度，三界内没有人知道。按理说若有孔宣相助，凤族是不会再惧怕龙族的讨伐。但是，孔宣乃是世间至善所化，除非道心被破，否则他是绝对不会出手应战的，也就是说，孔宣入赘凤族，只是多了一个法力奇高的摆设，起不到实质作用。元凤只有如此做，气走孔宣，才能断除祸根，避免凤族危亡。

巢室内，只留下了气鼓鼓的真凰独自忧郁，她知道，过了今夜，就要去面对自己的宿命了，她已经做好了以死明志的决定。可就在这时，孔宣回来了。

“你回来了？你终于回来了！我们私奔吧！”真凰说道。

孔宣温情地看着真凰，“我知道今早的事不怨你，但还是让我破了道心”。

“什么？！你破了道心，那你的实力……”

“实力没有什么损耗。”孔宣打断了真凰的话，“这样也好，危急时刻我可以出手作战了，但我回来，是想跟你商量一件事，一个永绝后患的计策！”

第四十七回：实无奈毒杀元凤，撕文书宣战祖龙

真凰闻听孔宣的话，就像抓住了一棵救命稻草，“什么计策？”

孔宣言道：“我知道，你明天，一定是想以死明志，来守贞。但这一切因果并不是你造成的，为什么要你去死呢？要死，也应该是那个引起事端的。”

真凰愣了愣，“什么意思？”

孔宣说道：“很简单，今晚在元凤的药里下毒，他死了，一切就结束了。”

“你说什么？”真凰惊得张大了嘴巴，“他是我的哥哥啊！”

“那他把你当过妹妹吗？他逼你去嫁给祖龙那个老浑蛋的时候，有没有想过他是你哥哥？他不顾你的死活，当着凤族的面失信的时候，有没有想过他是你哥哥？原本，我是不懂这些手段的，但如今我道心已破，才发现世间有这么多的招数和计谋。我今天离开，是去寻找这世间的奇毒，听我的，一碗药下去，元凤丧命，对外我们宣称是龙族所害，你借此撕毁和龙族的婚约，并统领凤族，倘若他们来侵，我也可以替你出战！”孔宣激动地说道。

真凰半晌不语，孔宣摇了摇头。

“原来跟我百年的挚爱，竟然是如此不通情理，他龙族可以污蔑我们，我们就不能污蔑他们吗？罢了，就算我错爱一场，明日你是杀身殉节，还是改嫁祖龙，皆与我无关。”孔宣失望地就要离开。

“站住！”真凰叫住了孔宣，“我去！”

孔宣欣慰地笑了，笑得依然是那样的善美。

巢宫中，元凤刚刚运功恢复了一下伤势。今夜过后，他的伤势就可以彻底愈合了。这时，真凰端着一碗药，缓缓进来。

“哥，喝药了。”真凰面无表情地说道，“都是我不好，我答应你就是了，明天一早，我就去龙族结姻。”

元凤开心一笑，“好妹妹，你终于理解哥的苦心了，哥也是为了你好，为了整个凤族着想！哥作为首领，绝不能将凤族数十万生灵推向深渊！”

真凰笑了笑没有说话，看着元凤喝下了碗里的药，“再见了，哥哥”。

元凤的声音戛然而止，双目瞪出，跌落平地。

第二日一早，真凰率领整个凤族举行祭奠。自上而下，皆是哭得泣不成声，只有真凰面目冰冷，没有一滴眼泪。

“首领，老首领去了，你难道一点都不伤心吗？”一名凤将对着刚刚接任首领的真凰泣道。

真凰面无表情，“伤心，也未必要挂在表面上。我现在，只想手刃仇人。”

“谁？谁是我们的仇人？你是说，老首领是被害死的？”一名凤将问。

“对，就是……”真凰的话还没说完，巢外鼓乐作响的龙族到了，却是祖龙命蟠龙带着一众龙族前来接亲了。

只见九条金龙拉着沉香辇，托着一只金色的雀巢，巢之上，有红丝织就的帐盖，将金巢遮住只露出微微边缘，好生气派。辇的后方，有数百条龙鼓瑟击缶，吹笛擂钟，热闹非凡。

“元凤老祖，我们首领命在下前来接亲，结龙凤姻缘万年之好，呈祥福瑞……这……你们这是怎么了？”蟠龙看凤族正在举办丧事，傻眼了。

许久之后，蟠龙才反应过来，“好啊！你们不愿联姻，竟然想出这种办法羞辱我们龙族，真是无耻至极！”

真凰回过头来，“无耻至极的是你们！凤凰族众听着，我兄长元凤身亡，就是龙族暗害，今日还若无其事地前来提亲，好不要脸！”

“什么？”蟠龙愣住了，“元凤老祖死了？”

“哼，何必惺惺作态！我真凰今日在此，率领所有凤凰族众，向你们龙族宣战，不报此仇，誓不罢休！”

“好！好！你有种！”蟠龙咬牙切齿地说道，“今日看在元凤死去的分上，暂不与你计较。等我回去禀报首领，我们龙族，也不会放过你们凤族的！”

蟠龙当场摔毁了所有礼乐，与一众龙族奔腾而归。

“首领，真的是龙族害死的老首领吗？”众凤族齐声问道。

“是的！龙族野心勃勃，想杀死我兄长，再逼我联姻，我们凤族，便会成了龙族的附属，再不存在。”

“首领，他们太可恶了！幸亏您机智，及时毁掉合约，否则凤族就没了！”

“首领，什么时候向龙族开战？我们时刻待命。”

真凰单翅一挥，移去巢王座上元凤的灵位，又飞身到座中，“凤族听命，今日我接任首领之位，定要为我兄长报此深仇大恨！族中竭尽全力复仇！”

“誓报此仇！”凤凰一族异口同声，气势响彻整个山谷。

真凰顿了顿，“可是，单凭我们的力量，或许无法与强大的龙族匹敌，我向大家引荐一位，孔宣，出来吧！”

王座后的孔宣现身，凤凰一族皆为震惊。

“他不是被老首领骂走了吗？为什么又回来了？”

“别乱说话，他是新首领的夫婿，现在不要提老首领这件事！”

“可是他是至善神鸟，不会出手作战的，难道他在就能打败龙族吗？”

众凤凰议论纷纷，真凰言道：“诸位，孔宣乃是我的夫君，他被我哥哥辱骂，道心已破。但现在，我夫君不计较我哥哥之事，并且同意出手作战，对抗龙……”真凰说到一半，突然昏倒在王座上。

第四十八回：孔宣暂掌凤凰族，祖龙约见始麒麟

“首领！”众凤凰见真凰昏倒，齐刷刷冲上前去。

“都别过来！”孔宣看了看真凰，“诸位莫慌！她现在只是身怀有孕，休养片刻便好。”

“我有孕了？”听到此言的真凰，又缓缓睁开了眼睛。

孔宣点了点头，“是我们昨夜的温存，使你再次有孕，我们速速回巢室，我为你护法产卵”。

“好。”真凰欣喜地在孔宣的搀扶下站起，“凤族听令，我虚弱时期，由孔宣暂代凤族首领之职，凤凰众上下皆听命于他，不得有违。”

“遵命！”凤族数十万众齐声答道。

金巢宫内室，自元凤亡故后就改为真凰居住。看着产下的第二只卵，真凰开心地微笑着。

孔宣细心地照料着她，“我们的第一个卵还没孕育孵化，这又产下一只，一定要小心照料，这几日你好好休息，族中事务我都会替你处理好的。”

真凰有些担忧地说：“我还是担心龙族来犯，会伤到我们的两个孩子。虽然你法力高强，可势单力薄。现在元凤死了，我不能让你一人去冒险，不如去联盟麒麟族，让他们与我们联手对抗龙族。”

孔宣皱了皱眉，“麒麟族未必会听我们的，但是如今也只有这个办法了，你在此好好休养，我去办这件事”。

“嗯。”真凰乖巧地点了点头，“万事小心。”

孔宣安抚好真凰，展翅离去。

麒麟族宫殿，始麒麟正在会见祖龙。

“不知祖龙兄此番光临，有何见教？”始麒麟依然是那不冷不热的态度。

“麒麟老祖，我们三族鼎立，一向少有往来，更无过节。但如今我与凤族已成血仇，也是未有把握，才前来求助。”祖龙沉重地说道。

始麒麟眯起了眼睛，“你们的事情，我大致听说了，你打算怎么做？”

祖龙言道：“我已向凤族下了战书，明日决战，此战关系生死存亡，想请麒麟老祖前去做个公证，并在关键时期，帮我龙族一把。”

“哦？呵呵，公证自然是没问题。但如何去帮，还请祖龙兄明示。”

祖龙笑了笑，“我想请麒麟族在暗中偷袭，协助我灭掉凤族。”

始麒麟瞟了一眼祖龙，“我们麒麟族一向潜心修行，不理世事，与凤族更无过节，凭什么要做这种残害生灵之事？”

祖龙沉声说道：“我听说前些日子，鲲鹏来你麒麟族与你交好，倘若我将此事公告天下，说你太古神族与邪物有染，三界中人，该如何看你麒麟老祖？”

“你！”始麒麟大怒，“你竟敢威胁我？”

“不敢。”祖龙言道：“论单打独斗，我不是你的对手，但是我龙族上下有百万众多，且单兵实力远超你族，如此看来我们二族是旗鼓相当。凤族势弱，必当消亡，我也只是想保万无一失，就算你不帮我，我也可以消灭凤族，但那时我们龙族和麒麟族便有了间隙，日后未必能和睦相处。”

始麒麟沉默，祖龙继续言道：“其实龙族可以轻易灭凤族，我只是畏惧那只五色神鸟孔宣，才请麒麟族相助。事后我们只要空域，而俘虏的凤凰都给你们做家奴，自大禹王一统人界后，开创奴隶制度，麒麟族难道不想拥有家奴吗？”

“好吧！”始麒麟无奈地说道，“事已至此，也是无力回天，我答应。”

“那就一言为定了！”祖龙随即离开，筹备明日战事去了。

始麒麟望着祖龙离去的背影，目光更加深邃了。身边的麒将说道：“首领，前日孔宣前来，代凤族向您求助，您说答应了，如今又答应了祖龙的约请，咱们明天到底帮哪边啊？”

始麒麟一笑，“明天你就知道了，传令下去，明日无我号令，不可轻举妄动”。

这场轰动三界的大战，一触即发。大战前夕，孔宣回到了金巢宫内室，想与真凰商议，但刚到门口，就听到屋内有争吵声，他只得躲在了门外。

“你这个不洁之辈！竟敢与邪物有染！枉我如此信任于你！”室内说话的人，正是孔宣，这，才是真正的孔宣。

真凰委屈地说道：“你说清楚！我哪里不贞？你与我夫妻百年，因为一言说走就走，你在乎过我吗？你说那个孔宣是假的！我又怎么会知道！”

“哼，我是世间至善的神鸟，怎么会生出杀害元凤的如此毒计！原来这百年，你根本就不曾了解过我！”孔宣气愤地说。

“你说你破了道心，才会有这计谋！真真假假都是你！”

孔宣落寞地看着天空，“我是破了道心，不过不是那日，而是现在！这就是你跟你邪魔所生的孽种？去死吧！”孔宣一翅扇去，那颗新产下的卵瞬间飞出，带着丝丝黑气，掷出万里，跌落在了深谷中，蛋壳出现了裂纹，影响了孕育，不久后，将会有一只金翅大鹏诞生。

躲在门外偷听的“孔宣”，微微冷笑，恢复了本来模样，正是鲲鹏。

天界，帝喾和东王公正在观看着玄光镜。

“东王兄，还是你机智过人，选用这样的人才，这般神通，的确独一无二。”

东王公笑道：“世间法术，无非是金木水火土、风雷光暗毒，而鲲鹏这般变化之法，却是脱离了常规所创，包括你的三十三神通，亦是如此。不过，此事还没有结束，好戏，还在后面呢！”

第四十九回：三神族大战破结界，五方帝化山护地基

孔宣绝望地向真凰说：“我今日能回来，是因为担心你，明日与龙族交战，我宁愿破了道心也来助战。但现在看来，不用作战，我的道心也破了。今后你我再无关系，后会无期。”说罢，孔宣展翅离去，他的至善之心，不复存在。

真凰像被抽空了一般，瘫软在巢中，不知所措。她知道，一切都结束了。哥哥不在了，孔宣也永远地离开了她。她的幸福生活，她凤凰一族的大任，即将告终了。

“祖龙！”真凰怒火冲天，“这一切都是因你而起，明日我就算粉身碎骨，也要和你同归于尽！”

这一夜，平静得出奇。可谁都知道，这宁静的背后，隐藏着暴风雨的突袭和压抑的硝烟。

古涿鹿战场的旧址，战争，在无声无息间爆发了。如今的世间已是繁华昌盛，只有涿鹿战场这里，才有空旷的平地，可以承载龙凤两族的战斗。

“龙族听令，给我杀！”祖龙一声令下，龙族近百万龙军一哄而上。祖龙也冲上高空，跟真凰战在一处。

祖龙摇摆着自己的九爪，威武不凡。自上古以来，天地以九为最大数，例如修成九翅的玄女，修成九头的相柳，除此外，日后还有修成九尾的狐狸。目前这条祖龙修成九爪，在龙族之中，乃是唯一一只。

龙生来便有四爪，数万年来，以五爪金龙最为居多，修成六爪、七爪的在龙族便是少数了，修成八爪的，只有虬龙、螭龙、蟠龙几位，已是龙族最高将领。此时的九爪祖龙立于空中，片刻间便将真凰打得毫无还手之力。

真凰咬牙忍受着，她在等待着麒麟族的助战，虽然现在已知道了前几日的孔宣是假的，但假孔宣是否去麒麟族求助一事她并不知道，所以还是抱着一丝希望。而这个时候，下方的龙族，不知为何伤亡惨重。

龙族的整体实力是三族中最强的，况且数量比凤族多出接近一倍，这场战争本应是碾压状，怎么会有伤亡呢？祖龙朝下一看，顿时怒火中烧。凤族已经被屠杀的为数不多了，突然出现的是一群麒麟在疯狂屠龙。这些龙军对战凤族虽取胜，但也耗费了许多气力，麒麟族趁龙族正在虚弱之际趁虚而入，令祖龙既费解又愤怒。也顾不得理会真凰了，猛得冲下地来，“始麒麟！你做什么？”

始麒麟笑了，笑得很阴，很邪，“睁大你的眼睛，看看本座是谁？”

始麒麟摇身一变，两扇黑色的羽翼开出，随即展翅腾空，正是鲲鹏。

“哈哈哈哈！始麒麟在我与他结交的那晚就被我毒死了！这些日子一直是

我冒充他在麒麟族发号施令！还有一件事，也该告诉你们了，当初暗杀龙族的也是我，这龙肉真是美味呀，可惜，以后再也吃不到了，今天，你们都要死在这，慢慢玩吧！”鲲鹏说罢，瞬间飞出九万里，不见了踪影。

“混账！”祖龙破口大骂！

麒麟一族也得知上当，他们不清楚鲲鹏为什么会如此厉害，能够变化成首领的模样而无人察觉到异常，这是什么古怪法术？

或许再过百年之后，变化之法是世间最常态的法术。但这个时候，万物对法术的理解还没有突破属性的范围，而鲲鹏的变化和帝喾的三十三神通，却是剑走偏锋、出其不意。这种法术出现，和造成的后果，使战场上所有的三族军队，全都傻了眼。

愣了片刻，还是一条六爪的黑龙先张口了，“都是麒麟族作怪，我提议，龙凤两族，联手灭掉麒麟族！”

“对！”其他的龙族也齐声喝道。

这时，蟠龙反应过来了，“哪……哪里还有存活的凤族啊？”

“什么？！”真凰惊呆了，“我们凤族，全军覆没了吗？”

看着哀鸿遍野的数十万凤凰大军，真凰流下了懊悔的眼泪。她看向这天地万物，看向这广袤的空间，再也没有能容下她的居所，“好，既然你们咄咄逼人，那我就跟你们同归于尽！”真凰说罢，一声长啸，自爆了元神，将大地之上除祖龙外所有的龙族和麒麟族全部炸碎，尸骨无存。

“哈哈哈哈！”天界的帝喾看着玄光镜，狂笑不已，东王公却是皱了皱眉，“天帝，你先别高兴得太早，你看。”

帝喾又看向玄光镜，只见大地正在塌陷，因真凰自爆产生的波动过强，盘古劈开的整个大地——混沌的下盘，即将被摧毁了。

“不行！如果大地被毁，那天地的平衡也会被打破，那我们还一统什么三界！”帝喾焦急地叫道，“快！快去禀告五方天帝！”

天界上部，半球内，五方天帝接到了消息，纷纷皱眉。最后，还是青帝伏羲最先开口了：“我们几个老家伙，不知道活了多少年，是时候牺牲了。”

“青帝的意思是？”炎帝神农问道。

黄帝开言：“我们五人，透支生命精元，化身地印，镇住大地。”

白帝、黑帝也没有意见。伏羲言道："帝喾，今后天界就拜托你了。"

帝喾心里都乐开了花，但表面上还是装出悲恸欲绝之状，"五方天帝，我该怎么做？"

神农言道："这上半天体，型如混沌大钟，你将这混沌钟向下方扣去，九州结界即破，我五方天帝共同化身为山，镇住大地四角和中央。"

"好！"帝喾咬了咬牙，随即伸手。

第五十回：终洪荒格局重塑，结太虚天地新生

大地虽然在塌陷，但却没有对地界生灵产生影响，只有全部塌陷时，万物皆灭。帝喾邀请了东王公一起，操纵混沌大钟，向下扣去。这五方天帝，化身五岳高山，只要凭万年法力定住方形大地的四角和中心，大地便可保全。但谁料到，五方天帝由于年岁不等，导致实力不均，在坠入地界的时候位置发生了偏移，本应定住四角的四帝却停在了四个边上，化身为山，生命不复存在。

"不行啊！四角还在塌陷！"东王公急道。

帝喾缓了缓神，"现在九州结界已毁，看来，只有派我的十二个女儿下界了"。

"她们能有什么作用呢？"东王公问道。

"派她们下界，扯住四角，拖住底盘，把大地变成像月亮一样的球体。"

帝喾这时已经红了眼，在他眼里，已经没有了什么亲情。十二月落地，实现了帝喾的想法，方形大地，变成了球状。

"不好！地变球体，以致太阳旋转失衡，可能随时会撞击地面！"东王公道。

"羲和！"帝喾一声喊，后屋缓缓走出了一名娇媚的女子，冲东王公施一礼。

帝喾言道："我把你派到太阳上去，控制太阳的旋转。"

“慢着！”东王公拦道，“羲和只是一名弱女子，她去，恐怕吃不消。”

“这你不用担心，她是日光孕育，十日之母，只有她，才能接近太阳。”帝喾说罢伸手一推，直接将羲和推上了太阳。

“哎！”东王公没有拦住，只得看着羲和向太阳飞去。谁知羲和一至，太阳便恒定不动了。

“这是怎么回事？”东王公有些心急。

“也许是她出事了，太阳一停止转动，球状大地至少有一半接收不到阳光，还要想别的办法。”帝喾言道。

东王公嘴角抽了抽，“天帝，羲和可是你唯一的挚爱，你也舍得？”

帝喾冷笑一声，“霸业面前，一切皆可舍去。”

东王公摇了摇头，“难道，真是天数？三界真的要灭亡，不能归属我们”。

“让我来吧！”远处飘来一名女子，正是常羲。

帝喾愣了愣，“你有什么办法？”

常羲冰冷地说道：“天帝把我们十二个女儿派往大地，我也愿意一生守卫她们，我在月中已成一体，就让我操纵月亮围绕地球旋转，因此牵引着地球围绕太阳旋转，这样，大地便可依然昼夜交替。”

帝喾叹了口气，“那你可就要永在月中了。”

常羲冷笑，“那不正合天帝之意吗？”

帝喾尴尬一笑，没有说话，按常羲说的做了。

就这样，月亮围着地球转，地球围着太阳转。但如此，地球的昼夜再不那么平分，而且也因为长期运转，变得暗淡无光，靠太阳照射才有光亮。

大地恢复了平静，似乎什么都没有发生一般。五方属神化身守将护卫着五岳高山，后人称为“五老”，他们的法力也消耗殆尽。自此之后，人间朝代变更便按金、木、水、火、土这五德终始轮回交替。而大地上的祖龙，虽然还活着，却被真凰元神自爆炸得奄奄一息，他后悔自己为什么那样冲动，若不是他挑衅凤族，也不会落得如此下场。如今三族全灭，只剩他一个，他也不想活了，为了龙的精神，龙的初衷，祖龙将自己的元神化成了地心，以巩固地球因刚立而导致的重心不稳。往后人间，便有了龙图腾信仰。

东王公看着三界变化，虽满意，却总觉着还有些问题，半晌才明白过来，

“天帝，我们天界，只剩下这一层圆板了，这旋转的星体，随时可能会撞击我们！”

帝喾思考片刻，“我的三十三神通中，有一招错空位面，不如我们带走天界！”

就这样，混沌的那片天体作为位面切割的工具。天界以太虚状被帝喾剥离到了另一个位面中，“天圆地方”的格局被彻底打破，洪荒时代结束。

只不过，天界只对应下界五岳高山及周边之域，也就是最原始的四大部洲。地球的这部分疆域转到哪里，天界也随之转到哪里，至于另外半球，已不属于天界管辖范围。

“虽然损失了半个地界，但也可以了！那部分地界，本来就不存在，只是这次变球扩张出来的。”东王公满意地说道，此时的他正和帝喾喝着庆功酒。

帝喾更是得意，“没想到这次将那五个老家伙也顺势除掉了，省去了我们一步大棋！从今往后，我不再是天帝，也不再叫帝喾，我本名俊，从此，我便更名帝俊！妖帝帝俊！”帝俊张嘴笑着，他的牙齿也全部变成了黑色。

东王公笑道：“好！那我也改个名字，我本名太一，妖帝称帝，我便称皇，希望妖帝能将天界东部区域让给我居住，从此后，我更名东皇太一！”

帝喾当然应允，这对兄弟在天界猖狂着。人间，也有一些动静。

“多谢大神救我们！”是九条小金龙向一名灰发老者行礼叩谢。

灰发老者拿着手中的九支白羽，摇了摇头，“不是本尊救的你们，是九天玄女掰下了自己这九个翅膀投下界来，想随缘救些什么，便救了你们九条小龙，否则，你们能躲得过这龙汉大劫吗？”

“龙汉大劫？”九条小龙言道：“为什么叫龙汉大劫？”

“龙汉是本尊诞生的第一个年号，就逢这场大劫，就叫龙汉大劫吧。”

九龙笑道：“那也是大神您护法，才能让这九个翅膀保住我们的命，从此，我们就跟着您了！”

第伍卷

——巫妖大劫篇

第五十一回：名讳更帝俊太一，妖师揽九婴鬼车

独乾兮断纲，置横纵兮冥茫；揽日月兮荡首，遮浩宇兮玄黄。

帝椅兮陨拓，饮液盏兮金镶；着袍带兮蚕吐，眠卧枕兮玉装。

倚空兮逆倒，浴虹霓兮狂吟，铺珠器兮琳琅。

处柔香兮迷艳，拥左右兮娇娘；采色音兮华乐，跨前路兮硕光。

太虚天界，帝俊坐在黑色的王座之上。

东皇太一带来一名贵客，正是龙汉大劫中最核心的人物——鲲鹏。

“今日前来，是找你们结账的。妖帝和东皇已经实现了心愿，先前答应让本座制定规则，总不会忘吧？”鲲鹏阴恻恻地说道。

帝俊大笑，“那怎会忘记，鲲鹏，你此次立下大功，朕封你为兽族之主，并任命万妖天庭的妖师！”

万妖天庭成立后，帝俊便自称朕，听得鲲鹏一阵皱眉。

“妖师？什么意思？”鲲鹏问道。

“你鲲鹏乃是海、陆、空三栖神兽，天地间仅此一只。这陆地的兽族可跟你学潜水，海洋生灵可跟你学飞行，空中的禽类可跟你学奔跑。妖师就是万妖的师尊，代朕掌管整个妖族！”

“行了！别朕前朕后的！我问你，你和东皇太一日后如何分配？”

帝俊笑道：“东皇太一就代朕掌管人族。”

“哦？”鲲鹏眼一瞪，“妖族成立，便以吃人为生，以后人族还会剩多少？”

“没关系！”东皇太一摇了摇头，“人族就人族，我现在大仇也报了，已无所求，等人族被吃干净，我也落个清闲，就协助妖帝便好。”

“既然东皇如此，我也不必多说，那妖帝呢？”

“哈哈哈哈！”帝俊猖狂地大笑，“这三界都是朕的！朕还用操心吗？从今往后，你二人就替朕管理好三界事务，朕便可以高枕无忧了。”

鲲鹏眯起了眼睛，“这么说，妖帝是想让本座成为你的属下了？”

“是啊！”帝俊言道，“那有什么不好吗？你是我万妖天庭的妖师，在朕一人之下，万人之上，这是多少族众梦想的殊荣！好好做吧。整个兽族、妖族的规则，都由你鲲鹏来制定！”帝俊说罢，不再多言，起身回寝宫去了。

东皇太一看着帝俊离去的背影，走到鲲鹏身边拍了拍他的肩膀，“鲲鹏，每个人生在这个世上，都有他的使命要完成。这一点，你我二人都很清楚，想做什么，就放手去做吧，没有什么阻碍的”。

东皇太一说罢，也转身回东天了，他的背影显得有些落寞。

鲲鹏握紧了拳头，咬了咬牙，没有说话。这个时候，风伯走了过来。

“恭喜妖师大人！您在天界不过数日，地位便远超在下了。”

鲲鹏瞥了一眼风伯，“谁稀罕……”

“妖师不必多言！”风伯打断了鲲鹏的话，“你我二人，心里其实都清楚，有些话，还是不要说明为好。妖帝有旨，此时百废待兴，无人可用，还请妖师亲自下界，度兽化妖，壮大妖族势力。”

“好吧，我去。”鲲鹏沉声说道，“不过，你要跟我一起。”“遵命。”

就这样，鲲鹏和风伯便一同下界到人间去了。此时九州结界已破，天界中人可以任意到下界去，下界人若是修成大能，也可以穿越位面直通天界。

此时的人间在大禹王的治理下可谓繁荣昌盛，鲲鹏和风伯这两个怪兽般模样的自然不能出现在繁华人区，只得到荒芜的地方寻找兽类。但自龙汉大劫过后，三族覆灭，兽族此时可是炎凉至极，许多兽类都唯恐再有灾劫殃及池鱼，纷纷躲了起来。

“看来这兽族是让那场大战吓怕了。”鲲鹏言道，“我的气息太过强大，越是这样它们越是躲着不出来，照这么下去，恐怕我们的任务会拖延很长时间。”

风伯刚要答话，此时在暗处，传来两道阴恻恻的声音：“那倒未必。”

“什么人？”风伯四处望去，什么人也没有看到。

鲲鹏也定住神四下感知着，他感受到两股自己非常熟悉的气息，但他确定自己不认识隐藏的两个人，只是他感觉，这两道熟悉的气息，仿佛源自于自己。

“何方的朋友？不如现身一见。”鲲鹏言道。

虚空中，钻出两只奇异的怪物：一只是九头大蛇，浑身青绿色的鳞片，吐着紫色舌头。另一只是九头怪鸟，遍体橙黄色羽翼，声音极其刺耳。

鲲鹏看着这两位，疑惑更重了，“看二位的气息，似乎来自太古，为何与我的气息有相似之处呢？若是同道中人，不如一起成就大业”。

那九头大蛇先开口了：“妖师大人不必顾虑，我叫九婴，她叫鬼车，我们这次出现，就是要投奔您妖族麾下的。”

“哦？投奔我妖族？你们可是首两位加入我妖族的，必将委以重任，你们足够忠心吗？”

鬼车嗤嗤地笑道：“这您放心，我们两个都是出自妖师大人之手，是您亲手所造，自然绝对忠心。”

“我所造？”鲲鹏不解，“我什么时候造过你们，看这九婴的形态，倒是与那远逃东洋的相柳神似，我还认为你是他的后代呢。”

九婴不屑一笑，“那相柳只不过是共工的半兽之体修成，也配跟我相比？当年妖师大人暗中下毒，以断肠草杀死神农。鬼车和我，便是那时暗与毒的化身。但那时鲲鹏祖师未成气候，我等也不便现身，只是暗中修炼，皆修成九头。现如今您升任妖师，时机成熟，我们自然前来投奔了。”

第五十二回：度妖业大势将成，遇巫师受阻遭困

鲲鹏看着这两位大妖，十分满意，他清楚二妖既然是自己所创，那就必然不会背叛。想到这，他转身对风伯说：“这里暂时不需要你了，你先回去跟妖帝复命吧。”

风伯明白鲲鹏并不完全信任他，点了点头，飞身回天去了。

“坐！”鲲鹏与九婴、鬼车席地而坐，鲲鹏悄声说道，“你们跟我乃是一脉，对你们我不加隐瞒，我有一个绝妙的计策……”

还没走远的风伯听到这话，猛然一惊，随即他发现什么也听不见了，一晃身，飞回天庭。

人间，短时间内没有再出现鲲鹏的踪影，因鲲鹏的气息过于强大，几乎并肩洪荒三族，导致兽族不敢现身相见。可是九婴和鬼车就不同了，这二妖虽然法力也很强大，但是毕竟是鲲鹏自身属性的化身，并且懂得隐匿妖气，所以鲲鹏决定暂时由九婴和鬼车来度妖，自己隐藏一段时间。

“你们……要干什么？”一只野狼战战兢兢地用兽族语言跟九婴说着。

九婴笑道：“你不要怕，我并无歹意，我只是跟你讲个道理。”

鬼车在一旁偷笑，暗暗想到：自从妖师大人开启了思悟之路，这九婴也不像之前那般莽撞，变得开始讲道理了，有趣。

野狼吓得不轻，“讲……讲什么道理？”

九婴缓缓说道：“你自生成以来，是否受到过侵犯呢？”

野狼说道：“我们在兽族中地位低下，受到侵犯是常有的事，人类中那个叫后羿的，治水时经常带人射杀我们。前些时日，洪荒三族又发生战争，我们都躲着不敢出来。”

“嗯，那你就打算一直这样下去吗？有没有想过反抗？”

“反……反抗？”野狼愣了一下，“人族强横，我们……如何反抗？”

“哈哈！”九婴邪邪地笑了，“现在有一个绝佳的机会摆在你面前，跟随我们修炼成妖，人族众生，你可以随意吞食。”

“吃……吃人？”野狼吓了一跳。

“不错，盘古大神创造万物，不是让人类凌驾于我们之上的！他们人类仗着勇猛强大，一直把我们兽族当食物，这不公平！现如今，天地重塑，妖帝帝俊和妖师鲲鹏执掌三界众生，创立妖族，就是要为兽类翻身创造一个机会，人类之前如何对待我们，我们也可以同样对待他们！”

野狼若有所思地点了点头，“嗯，此言有理，一报还一报，今时不同往日，希望妖帝和妖师大人能够成功，我愿意归顺你们！”

“好！”九婴大喜，“我们的任务，就是度化你们成妖，等我们的势力强大了，就会主宰这个世界！到时候，人类和其他异族皆是我们掌中玩物。”

鬼车悄悄地走到九婴身边，偷笑道：“行啊你，有模有样的。”

九婴笑道："妖师大人说过，以武力夺取的天下，是不稳妥的，就像涿鹿之战中的蚩尤，必将走向失败。想要实现那个伟大的计划，需要的是智谋。"

"那个伟大的计划……"鬼车喃喃自语，不知道在想什么。

就这样，度妖大计在逐步实施。人间的兽类，层层被度化成妖，各自修炼着。妖的数量增多了，九婴就制定了严格的等级制度，使妖族成规模化管理。和野狼妖同批的共二十八只妖怪，就成了九婴之下的首批妖族。除此之外，还有几只大妖天赋异禀，如擅长火术的鹤妖毕方、擅长水法的蛇妖计蒙……这些都是九婴和鬼车亲自度化的，倾注了自身的法力灌顶，其实力强度超过同等妖族。迅速的，妖族势力扩充至了一个顶峰，不断侵蚀着大地。

这些妖怪修成之后，便蚕食人类，刚开始的时候妖族仅仅是报复之前人吃动物的行为，但后来发现并不是这么简单，人类的力量虽然薄弱，但学习能力确实最强，兽类的智力低下，吃人正好可以弥补自身不足。所以渐渐的，妖怪就把食人当作一种进补，以此提升自身力量，人类再次陷入水深火热之中。

远古不周山遗址。

"你们适可而止吧！"一位肤色黝黑、轮廓坚毅的男人对着一只妖怪说道。

这只大妖长着虎头，却已修成人身，不知吸食了多少人才得此形。

"你到底是什么人？为什么我咬不动你？"这只虎头妖名叫强良，龇牙咧嘴地说道。

"我叫巫即，乃是巫族中人。我们巫族肉身强横，凭你们这些妖怪是无法轻易伤到的！"巫即淡淡地说道。

强良大怒，"你们这些凡人，如同蝼蚁一般！还敢公开与我们妖族叫板！找死！"强良说罢，一挥巨爪，朝巫即身上拍去。

"砰"的一声，强良倾注了十分力，他认为巫即定然血肉横飞。但没想到，巫即的身体立在原地、纹丝未动。

"这……这怎么可能？"强良大惊失色，随即伸出另一只爪，空气中瞬间凝结出数十支利器，朝巫即身上刺去。

"原来是修行金元素的妖。"巫即拍了拍刺在身上的利器，丝毫没有反应。

强良震惊之时，忽觉身后被一根钢针狠狠地刺了一下，随即倒在当场，没了反应。

巫即看着强良身后下针之人大喜，“巫彭，你的刺穴术真是越来越高深了，一针毙命。这次多亏你，否则我虽然不会受伤，却也奈何不得这只大妖”。

第五十三回：大巫师炼造傀儡，老妖帝纵情欢娱

针刺强良的人名叫巫彭，他笑了笑，“巫即，你也不错啊，你的金刚蛊也已经炼至大成，不知这世间还有什么东西能伤到你”。

“这有什么。”巫即笑道，“咱们九大巫师在巫祖的统领下，各自都有擅长的领域，其目的就是提升实力，保全咱们巫族的力量。先祖蚩尤拼尽最后的生命精元留下咱们一支后代，若是被这妖族所灭，怎么能够对得起先祖九黎呢？”

巫即和巫彭边聊着边回到巫族大殿，这座漆黑似铁的巫王殿充满压抑的气氛，乌金的王座上，坐着的是巫族的老祖巫咸，他消瘦的身躯处处透着诡异，两道细长的眉毛随风而动，增添了几分神秘感。巫咸听了二位巫师的汇报，淡淡一笑，“做得好，本王与人族的首领大禹王曾经结为兄弟，大禹王扶持我们巫族在不周山修行，我们也应该尽一份责任。如今妖族祸乱人间，也只有我们大巫的能力能阻挡这些妖怪，若我们巫族不动，相信妖族灭了人类，也必将目标指向我们，防患于未然，给他们一点教训，你们做得很好”。

巫彭言道：“巫祖，这大妖强良的尸体我已带回，不知你先前吩咐要这具尸体有何作用？”

巫咸笑了笑，随手一挥，偏殿的大门打开，屋内出现一尊巨大的壶体，巫即疑惑，“这是何物？”

“哈哈！”巫咸大笑，“先祖蚩尤，在临死前将头颅化为飞灰，浊化了应龙，而腔体却消失不见，这腔体应该也存在异化他人的神效，故这些年我一直在寻找，终于，被我找到了化为这尊巨壶的先祖腔体，我本想起名为九黎

壶，可现在看，还是叫炼妖壶吧，所有的妖类，都会被我们炼化，供我们巫族驱使！”

巫即没想到巫咸竟然找到了蚩尤的腔体，并且化成炼妖壶这种神器，不由得心中大喜。巫咸继而言道：“巫即，你擅长修行山术，对于炼制比较在行，此事就交给你去做吧，不要让我失望啊。”

“是！”巫即答应下来。

巫咸走后，巫即便和巫彭商议此事，该如何炼制。巫彭想了想，“这妖怪虽死，但妖气尚存，况且我们只是要炼化他们的意识，而不能损伤他的灵魂。我建议，将他全身裹遍白布，投入炼妖壶中，以我们不周山遗存的至宝——太阳精叶芭蕉扇中的灵光火进行炼制。炼成之后，意识消散，灵魂生机尚存，妖气便会聚集在白布上，再褪去白布，这具躯体便会成为我们大巫的傀儡，供我们驱使。”

“好！”巫即言道，“以炼妖壶本身的法力，和芭蕉扇的灵光火，完全可以彻底清除妖族身存的物质，就按你说的办。”

巫族的傀儡术，在那个时候旷世闻名，便是从此刻开始。这强良，就是巫族第一个实验品，当强良从壶中再次出现时，除了他自身的生机、法力、属性存在之外，妖气和记忆尽皆失去，而强良自身的意识，也被灵光火煅烧尽丧，完全听从巫族的控制，变成了死士，失去了自我。

“好啊！”巫咸看着这件制作，心中大喜，“太完美了！这不只可以成为我们巫族先锋的大将和挡箭牌，还可以用妖族的身份去行刺那些妖王，他的相貌没有改变，完全能够以假乱真，杀妖族一个措手不及！”

巫即也满意地点了点头，“现在咱们巫族，有蛊术和傀儡术，自保一定是没问题了，等实力再提升一些，便可以向妖族宣战了”。

就在巫族正沉浸在喜悦之中的时候，风伯也回到了妖族天庭，一回到天界风伯就惊呆了，原本太虚的天体，出现了一层一层的分布，风伯从底部往上数，一共有三十三层，在三十三重天上，见到了妖帝帝俊。

帝俊在三十三重天上建造了富丽堂皇的宫殿，用最上乘的材质制成每一个细节，此时的他正吃着鲜果佳肴，左拥右抱着极品美女，好生欢乐。风伯带着震惊走进大殿，帝俊已经喝得微醺了。

“小风你来啦！哈哈哈！看看，这是朕为纪念三十三神通，建造的三十三重天界，气派不气派？来来来，既然你来了，咱们一同玩乐！”

风伯看着帝俊现在的样子，心底失望至极，“妖帝，现在度妖大业还在进行，且并不顺利，我想此时享乐，还不是时候吧？”

“哎！”帝俊摆了摆手，“有妖师鲲鹏在做这些，还用朕亲力亲为吗？这三界都是朕的，你们！也都是朕的！你要玩就留下，不玩就走！别在这扫了朕的兴！”帝俊有些不高兴了，直接把风伯轰了出去。

风伯没想到帝俊会变成这个样子，长期的压抑使帝俊现在已经忘乎所以。他悄悄离开了大殿，一层一层地向下走去，当行至一重天的时候，却听到了熟悉的声音。

“妖师大人，我们已经把网撒出了，人类对我们妖族根本没有反抗之力，照此来看估计用不了多久，万妖的数量就能达到。”听这句的声音是九婴的。

“好！”鲲鹏笑道，“迅速进行，如果我们的计划能提前实现，就不用再这么奔波了。”

风伯躲在一重天的柱子后，继续偷听着，接下来鬼车说话了，她的声音极其刺耳，容易分辨。“妖师大人，那个计划，您上次没有说完，只说要无限度地增加妖的数量，好去完成一个重塑天地的大业，但是这些妖族，该如何协助去完成这项任务？您没有详细说明。属下还是想问清楚，有了庞大的妖族之后，具体该如何去做呢？”

第五十四回：鲲鹏妙算大计，禹王公开巫族

鲲鹏听了鬼车的疑问，笑了笑，九婴和鬼车与他一脉相承，是他最忠心的下属，鲲鹏不会隐瞒什么，开门见山地说道：“两仪初成，我就被世间以邪恶的元素创造出来，我不服气。邪不胜正，妖帝此举必将自取灭亡，但本座不甘心哪！所以我要借助妖帝的幌子，广纳妖族，最后汇聚万妖的法力，去重建世界。这新的世界，规则将由本座制定，我要做正义的化身！而不是这

样苟且地活在伏羲女娲创造的规则中，等待灭亡！”

“原来是这样！”鬼车终于明白了鲲鹏的大计。的确，鲲鹏可以说是这个世间最无辜的，因为他没有能力选择自己的宿命，也没有办法改变，只能破坏现有的格局重新开辟，对他来说才算公平。可鬼车总觉着有什么地方不太对劲，但也一时想不出来。

九婴却是没有那么多想法，“妖师大人请放心，等大业成功后，您就是天地间的主宰，我们一定誓死遵从，到时候，您才是真正的妖帝”。

鲲鹏笑了笑，没有说话，现在的他，对这些虚名还真不感兴趣。可这三妖的对话，都被柱子后面的风伯听得一清二楚。

人间，大禹王统领的人族。

人类的数量不断减少，九婴、鬼车度化的妖怪日益增多，疯狂地吞食人类，让人族顿觉恐慌。大禹王与身边的一位谋士伯益商议：“看来我们只能寻求能够保护人类的种族了，这个任务，也只有我曾经扶持的巫族能够胜任。”

伯益也同意禹王的建议，“大王，巫族的确能够胜任，但若想让他们全力保护人族，就必须将巫族公开化，并向全人类发出声明，这样，才能让巫族尽力”。

“说得对！”禹王点了点头，随即前往巫族谈判此事。

巫咸落魄孤身一人的时候曾受大禹王的重恩，二人还结拜为兄弟，在大禹的扶持下才聚齐自己的族人。此时也定是盛情款待大禹。席间，大禹提出了让巫咸保护人族的事情。

“大王说的事情，本王也想过，我们已经针对妖族实施了行动。”巫咸言道。

“哦，你们已经开始对付妖族了？”

“是，你的要求我全部应下，别说你我二人的交情，就算我们素不相识，我巫族也知唇亡齿寒之理。涿鹿之战后，女娲娘娘就将黎民合为一家，大禹兄即日便可公告天下，也能安定民心，消除恐慌。”

“好！”大禹开心地站了起来，“为了表示诚意，我将我身边上古神族的余存后羿派遣给你，他与妖帝帝俊有夺妻之恨，定会成为你的助力！”

“这样最好不过了，我也跟你介绍一下我这里的九大巫师。”巫咸向自身一侧的九位指去，“这是巫即，精通炼蛊、制符与武技等山术，这是巫彭，乃我巫族的巫医，这几位巫真、巫罗、巫抵，擅长命、相、卜术，那位是巫礼，是我巫族祭祀礼教制度的制定者，旁边是巫谢、巫朌，最头上那位巫姑是唯一一位女性巫师。都各有神通，你看需要哪位去你人族守护，我即刻派遣。”

大禹挥了挥手，“这就不必了，我们有整个巫族的保护，倒也不必用人特意守护。”

“这样吧。”巫咸言道，“就派巫姑前去，她不擅长战斗，留在你那里，可作为实体向人类展示，稳定民意。”

“好！”大禹王愉快地答应了。但巫咸派巫姑前去却是另有他的想法，巫姑在巫族高层中身为唯一的女性，是巫族男性争夺的对象，别人不说，他知道的巫谢和巫朌就都喜欢巫姑，为了防止巫族内乱，便将巫姑派去人族，在人族寻偶生子，也能稳定巫族。

就这样，大禹王公开了巫族身份，后羿也叫来了共工一起前去巫族，不愿辅佐轩辕黄帝后代共工本身就颠沛流离、无处存身，现有九黎后裔巫族愿接纳他，他自然愿意。在大禹王将巫姑搬上人族舞台的时候，巫咸也登台拜将，封后羿、共工为左、右大祭司，与巫族共担天下。

沉寂多年的巫族，如龙归大海、鸟入山林，光明正大地开始了收杀妖族，九婴、鬼车替鲲鹏好不容易度化的妖族群体，小妖不断被巫族屠杀，大妖则被投入炼妖壶中，当九婴来看的时候，不由得傻眼了。

“这是怎么回事？”九婴大惊失色，他看到身边还有一位大妖，急忙问道，“弇兹，这是什么情况？”

这名叫弇兹的大妖已修成人面鸟身，此时立在一棵树上，他看着九婴，面无表情地叹了口气，“是巫族，他们凭空出现，屠杀我们妖族”。

“那你为什么不阻止？”九婴大怒，他在妖界分阶层，就是为了这些大妖能够保护好小妖们，因为要实现鲲鹏的那个计划，不只需要这些大妖，小妖的数量才是决定性因素。

“我是要阻止，不过……”弇兹说到这，骤然停止了话语。紧接着，九婴就被这棵巨树吸进了干内，动弹不得。“你干什么？我培养你成为木属性的大妖！你竟敢用我给你的法术暗算我？”

“暗算你？我本身就是巫族中人，凭什么要听你的？我的法术也不是你给的，是炼妖壶！”弇兹面无表情淡淡地说道，原来他也是被巫族傀儡术异化过的。

“什么炼妖壶？”九婴挣扎了几下，“你快点放我出来，我饶你性命！”

“放了你？”弇兹摇了摇头，“我没有这个权力，你自己在这玩吧，我的性命只有巫族人能够决定，不是你能说了算的！”弇兹说罢，便飞身离开了。

第五十五回：误伤将大风传信，巫妖族首战爆发

九婴看着弇兹离去的背影，把牙差点咬碎了。他不明白弇兹为什么会背叛妖族、听从巫族差遣。还有那个炼妖壶，是什么东西？可是现在容不得他想那么多，此时他被巨树缠身，挣脱不开。

“咻——”一声悠长又刺耳的长啸，却是鬼车来了，九婴慌忙喊道：“快！快救我！”

“这是怎么回事？”鬼车疑惑地问道。

“先别问那么多了，先救我出来，我快窒息了！”九婴大急。

“好！”鬼车张开九头，九只鸟嘴齐齐啄伐着巨树，现出道道裂纹。片刻后，巨树四分五裂，九婴虚弱地从树中出来，倒在地上喘息着。就在这时，不远处传来一阵声音：“九婴大人，您怎么了？”

九婴和鬼车同时向传出声音的方向看去，见是一只鸷鸟捷速飞来，所到之处皆掀起巨大的飞沙尘暴，原来是妖族中修行土元素的一只大妖，名叫大风，九婴急忙叫道：“鬼车！快杀了他！”

“杀了他？”鬼车的疑惑更深了，“他是我们妖族的啊！”

“快先杀了他！我再跟你解释！”九婴吓得不轻，他现在身体虚弱，没有能力动手。

“好吧。”鬼车缓缓动手了，九个头颅缓缓缠住了大风，继而啄下，只不过鬼车不明原因，留了一手，没有做到一击必杀。

“噗！”大风喷出一口血来，“鬼车大人，你……为何要伤我？”

鬼车的目光有些闪烁，“我……我也不知，对了，你们把九婴怎么了？”

“九婴大人？”大风受的伤不轻，“九婴大人怎么回事，属下如何得知？属下是来报信的。”

九婴咬牙说道：“你报什么信？你们不是都投靠了巫族吗？说什么炼妖壶能够提升你们的法力！刚才我被困在巨树之中，都是龚兹那个家伙趁我不备偷袭的！”

“嗨！”大风苦笑了一声，“九婴大人，你误会属下了，属下这次前来，就是为了跟你说这件事，现在人间突然出现了一个巫族，以守护人类为号，屠杀我们妖类，那些法力低微的小妖就直接被杀了，像我们这等大妖，就被他们投入炼妖壶中，炼成供他们驱使的傀儡，他们已经被炼得没有意识了，所以只是一具杀戮的机器，过去的记忆全无。”

“原来是这样。”鬼车这才恍然大悟，“那你？”

“咳咳咳！”大风猛地咳了几下，“我一直在暗中观察，未敢轻举妄动，事情都调查清楚，我才前来报信，谁想到……咳咳！”

“原来是这样！”九婴恶狠狠地叹了口浊气，“是我错怪你了，等我恢复后，我会亲自给你疗伤，而当下最要紧的，是要禀报妖师大人，让他来定夺。”

当鲲鹏得到消息时，并没有想象中那般愤怒，而是瞬间冷静下来，“这也在我的预料之中，好事多磨，我们的计划实施以来一直很顺利，这反而才是我担心的”。

九婴言道：“妖师大人，那我们该如何应对，总不能让这巫族一直这样猖獗下去吧？”

鲲鹏点了点头，“当然不能，不过巫族人多势众，我们不可冲动，现在九婴和大风受了重伤，我和鬼车未必是他们对手；不过名义上我们还是为妖帝做事，此事也理应让他背一部分锅，事关妖族兴亡，他不能还坐视不理”。

鬼车点了点头，鲲鹏继续说道：“去查看其他几位大妖，尤其是计蒙和毕方这水火二妖是否被巫族炼过，没问题就带上，别让妖帝觉着咱们这段时间什么都没干，他虽然是个昏君，可也不至于昏到什么都不知道的地步。”

“是！”鬼车受了命，前去查看了。

"什么？！"帝俊听到这个消息，气得毛都炸了，他可没有鲲鹏那番冷静，迅速就要下界灭巫，"风伯！给朕把东皇太一找来！我们一同下界。鲲鹏，你手里现在有没有可用的妖将？"

鲲鹏回道："九婴和大风受了重伤，不得应战，现有我和鬼车，还有水妖计蒙、火妖毕方可以对敌。"

"足够了！"帝俊大手一挥，"众妖听令！随朕下界而去！"

"遵命！"

妖帝帝俊的首次御驾亲征开始了，巫妖两族的一次大战也终于迈向开端。帝俊、东皇太一、风伯、鲲鹏、鬼车、计蒙、毕方七位下界杀奔不周山遗址，也就是巫族老巢。

"你就是妖族的首领，妖帝帝俊？"巫咸问道。

"不错，正是朕。"

"朕？"巫咸瞟了帝俊一眼，"真会给自己加持！你们纵容妖怪猖獗，大肆屠食人类，残害生灵，难道这就是三界之主的嘴脸吗？"

"哈哈哈哈！"帝俊狂笑，"三界都是朕的！还用你这蝼蚁教朕如何做事吗？你们巫族算个什么东西？敢阻拦我万妖天庭？既然你不知死活多管闲事，那就死在这吧！"帝俊说罢，身形一抖，冲巫咸率先挥去。

"备战！"巫咸一吼，也迎上了帝俊的攻击，紧接着，巫即、巫彭与巫咸站在一处，三巫一同与帝俊打成一团。

第五十六回：巫势弱不敌妖击，神秘人诡枪破退

"杀！"鲲鹏一声令下，也冲了上去，迎接他的是巫族的巫真和巫罗。

"东皇太一，你的不周山是我撞倒的，你不该找我报仇吗？"共工对着东皇太一言道。

"原来是你小儿！受死！"东皇太一向共工打去。

与此同时，风伯和鬼车也动了，分别对上了巫谢和巫盼。巫族中只有巫

抵和巫礼不擅作战，未曾出动。

被炼成大巫傀儡的强良和弇兹，此时也对上了毕方和计蒙。巫妖两族，都出动了全部力量，唯有一人躲在暗处，伺机行动。

“嗖！”暗处的这人一箭射出，擦着帝俊的耳边而过，帝俊感知到了气息，怒吼道：“后羿！我知道是你！滚出来！朕要报杀子之仇！”

帝俊一对三多少有些吃力，但东皇太一那边，共工明显不是对手，太一喝道：“妖帝！你专心打他三个，后羿让本皇来应对！”东皇太一边说边退，突然间金乌爪一现，抓出了躲在暗中的后羿，后羿神弓一横，跟共工一起明战东皇太一。

巫王殿中，巫礼和巫抵坐在殿内等候消息，巫礼焦急地问道：“老兄，用你的卜筮之术占测一番，看我方是否有胜算？”

“好！”巫抵结了两个草结，随手一掐，“咦？”疑惑了一声，便开始推算。

片刻后，巫抵说道：“我方毫无胜算，但不会有任何伤亡，这是怎么回事？”

巫礼也想不明白，打不赢即使不被杀光，也不会丝毫不损吧？巫抵想了想，“或许有未知势力不在我的卜测范围，既然知道这个结果，我们静观其变吧。”

不周山战场，依然是如火如荼，只有风伯、鬼车二妖似乎未出全力，跟巫谢、巫肦一直不分胜负，其他四处皆是打得激烈不堪。

共工没想到东皇太一跟自己仇恨如此之深，太一此时已经红了眼，似乎透支着阳力拼命攻打共工和后羿二人，一对二丝毫不落下风。后羿也不知太一为何如此愤怒，跟共工也尽全力抵挡着，但没有办法找到破绽反击。

另一边，毕方喷出妖火，把强良烧得无法动身，火属性对金属性是有克制作用的，同级别的属性法则面前强良没有反抗之力。计蒙和弇兹倒是还好，水和木没有直接相克，但炼妖壶中炼出的傀儡还是会损耗一些力量的，比起纯天然修成的计蒙，弇兹也是有些能力不足。

鲲鹏那边，巫真擅长命术，巫罗擅长相术，虽然没有巫抵巫礼那等文弱，却对武技也不太精通，几乎是被鲲鹏吊打的状态，只得凭借方位之术一味躲闪自保。

最激烈的还属帝俊那方，这三位可是巫族中最强的力量了，虽然巫彭乃是医者，但他的针刺术非同小可，巫即更是不用说，体内有他独门炼制的金刚蛊加身，打在身上如同铁板一般，巫咸乃巫族的老祖，身形变化与攻击皆是一流，时间一长，帝俊觉着有些吃不消。

“三身法相！”帝俊猛然暴喝，使出了自己三十三神通的第三种——三身法相。陡然间，帝俊的腰间再次生出两个身子，跟原身一模一样，三个身体以腰为轴心，上有三头六臂、下有六条腿，若以本相三足乌施展此神通，则会有九条腿。这是帝俊在星辰大阵中以日月星三光所悟出的法术，三具身体一现，就有三个自己同时攻打巫咸、巫即、巫彭三人，这三人虽然实力不弱，但却需要配合作战，配合之中就会有偏差和失误，而帝俊的三身却是完全由自己一人来操控，可以说三身配合得天衣无缝，三位大巫的劣势便显现出来。霎时间，两阵局势变得明朗起来，五个战局中都是妖族占了上风。

“无知的蝼蚁！敢犯天威，死吧！”帝俊黑齿一咬，就要下死手。

巫咸等人也知道此战难脱一死，无奈闭上了眼睛，等候死亡的判决。

“真的不甘心，未成大业就要丧身于此！”巫咸心道。

许久没有动静，巫咸再次睁开了眼睛，眼前的一幕让他张大了嘴巴。

只见一个蒙面的红袍人，不知从何处现身，身上的凶煞之气滚滚翻涌，以一己之力，对战帝俊方七位大妖。

帝俊有些傻眼，这红袍人是从何处而来？身上的法力气息极其强，身法也是诡异无比，他敢断定在三界中没有见过此人，也没有听说过有这等实力的来源。

“弑神枪，现！”红袍人一对七显得有些吃力，手中祭出了一柄长枪，观此枪：黑漆似铁，乌亮耀人，枪尖猩红点点血色，枪杆如墨涂煞气缠环。这弑神枪在手，红袍人似乎得到了加持之力，七妖合力皆不是他的对手。

红袍人左右一挑，将计蒙和毕方挑翻左右，紧接着回身一盖，鬼车立刻压伏在地，红袍人不慌不忙，手花一刷崩出一枪，将风伯崩飞，紧接着一个力拔山兮，鲲鹏和东皇太一也不敢接近，纷纷躲开，红袍人直冲帝俊的三身法相一扎，正扎中心位，一尊身相消失，步伐一挪又是一刺，第二尊身相消散，只剩下帝俊本体，红袍人使足全力，“今天要死的是你！”就冲着帝俊正心扎去。

弑神枪不偏不慢地刺在了帝俊心口，可意外的是没有对帝俊造成伤害，红袍人只觉着手中的弑神枪瞬间失控，煞气反噬着自己的身体，弑神枪似乎被帝俊胸口吸住了一般，挪动不得。东皇太一本还以为是帝俊的神通法术，但看帝俊同样惊讶的表情，知道帝俊也不明所以。片刻后，红袍人用力一拽，弑神枪总算取了下来，他震惊地看着帝俊的胸前，惊讶地说道：“九天息壤？”

第五十七回：妖尊巧遇盘古斧，巫族祭炼食铁兽

原来，自从鲧和后羿偷窃过息壤之后，帝俊就一直把息壤带在身上，息壤乃是青莲的根所化，是三界中至强的先天灵宝，可红袍人手中的那柄弑神枪也不是凡品，乃是青莲的茎所化，能一人对战七妖也多亏了手中的这柄先天至宝弑神枪。本在取胜之间，怎料刺中息壤，息壤与弑神枪同根同源，有吸附的作用，红袍人的弑神枪还真奈何不了息壤，只得暂时作罢。

帝俊正想继续攻击，东皇太一拦住了他，“妖帝，息壤只可防御，没有攻击能力，此人来历不明，眼下还是先退兵，从长计议吧”。

帝俊心有不甘，可看着红袍人手中那柄煞气翻滚的弑神枪，心里有些打怵，而红袍人也忌惮帝俊怀中的息壤，双方终于还是决定罢战，帝俊带七妖离去。

帝俊一走，巫族人可是长出一口气，方才似从鬼门关活过一场，此时大难不死，急忙拱手向这红袍人道谢：“多谢这位高人相助，敢问大能何方来历，不知我巫族是否有幸……”

“滚开！”红袍人的一句话让巫咸目瞪口呆，他不清楚这位为何如此不客气，急忙又言：“是在下失礼，请高人殿内一坐，让我们备宴款待……”

“你们也配！”红袍人凶道，“若不是魔尊欲夺东天，本祖师前来除妖，会无意间帮你们这些蝼蚁？你们霸占着大地的四海，那是我要的地盘！等

灭了妖族，就是你们巫族的死期！”红袍人说罢，挥身一跃，往西方上空飞去了。

巫咸惊住了，巫族其他人也愣了，本以为来了救星，可并不是帮自己的，且日后还会成为对手，这位到底什么来头？巫抵此时上前言道：“巫祖，现在不是慌乱之时，一个妖族已经构成大患，这妖族后面还有如此强敌，是祸非福。当下最重要的，就是提升我们巫族的实力，只有能够自保，才可对战敌阵。”

巫咸沉重地点了点头，“可是……我们还能做什么？”

巫即上前说道：“根据我们之前的经验，炼妖壶的力量还是没有挖掘到极致，炼制的那两位大妖，炼成后对战那原种的大妖还是有所差距。我们现在必须充分开掘炼妖壶，并找到好的材料，炼出旷世大巫，才能守护我巫族。”

巫咸点点头，“那就去寻找吧，一定要快，我觉着，没多少时间留给我们了。”

天界，妖族天庭。

“真是岂有此理！”帝俊把三十三天大殿中所有能砸的都砸了。

东皇太一劝道：“妖帝先别动气，我左思右想，终于想清楚了那弑神枪的来历，一定是青莲的茎化成，茎与根相连，才会被息壤吸住。”

帝俊缓了缓怒气，“巫族现在有那什么炼妖壶，把我们度化的大妖都炼废了，再看我们妖族，除了防御的息壤，连一件像样的法宝都拿不出来！真可惜天地重塑的时候什么都在，唯独那八卦炉不见了踪影，否则有那八卦炉炼宝，何惧他巫族！”

东皇太一笑了笑，“妖帝，法宝还是很重要的，若您信得过我，我可以去寻找其他几件法宝，当初青莲一分为六，除了果实盘古和息壤弑神枪之外，至少还有其余三件法宝”。

帝俊点了点头，“好，你去吧。鲲鹏，带人给朕重修宫殿！”

鲲鹏牙都快咬出血了，你生气砸了让我给你修！可是此时不能表现出来。

太一这就独自踏上了寻宝之路，他要迅速找到青莲的叶、花和种子化成的三件法宝，叶和花化的宝物谁也没有见过，但种子是那把盘古的开天大斧谁都知道，如果能找到这把开天斧，就一定可以傲视三界内外所有的法宝，无人匹敌。随着太一对息壤、弑神枪两种法宝气息的感知和探觉，他隐约觉得青莲的叶、花和种子化的盘古斧似乎聚在一起，这让他兴奋之余更加快了脚步，直到他遇到了一个人，一个气息强大到他根本无法估量的人。

“你是谁？”太一多少有些恐惧。

“你就是东皇太一吧，你找我，反倒问我是谁？”这是一位白袍老者，白发白眉白胡须，一身清气以肉眼不可见的状态溢出，只有太一这般法力广大者，才能隐约感觉到一点。

“我……我是说，盘古大斧，和青莲的花叶所化的法宝是不是在你身上？”太一鼓足了勇气说道。

“青莲的花叶化成的法宝的确在我这里，至于盘古斧……”这位老者顿了顿，“这样吧，我给你出个题，你若答对了，我就将青莲叶和花所化的法宝交给你。”

东皇太一没想到对方会这么说，但他也摸不清这老者的脾气，“你说吧。”

“本尊原形并非人类，也是异物化身，既无头，也无尾，身形细长，请问本尊是何物所修？”白袍老者淡淡地问道。

东皇太一想了片刻，“是……是……蚯蚓？”其实日后在世间有很多愚人都认为这位老者是蚯蚓得灵。

白袍老者无奈地笑了笑，“你与此宝无缘，离开吧，我绝不会为难你。”

“可是……”东皇太一还是有些不甘心，“我答错了，你也得告诉我真相吧？”

“既无头，也无尾，身形细长，便是本座的原形，我乃是盘古斧的斧柄化身，法号鸿钧。”原来这位就是上古大名鼎鼎的天下第一高手：鸿钧老祖。

东皇太一吓住了，没想到青莲种子盘古斧竟然化成人形，这相当于种子重成果实，那不就跟盘古实力相当了嘛！好在看鸿钧老祖也没有再为难他的意思，太一只能先灰溜溜地离开了。

另外巫族，终于找到一只上品材料，乃是先祖蚩尤曾经的坐骑：食铁兽。

第五十八回：旷世巫饕餮现世，顶天地功法初定

“这是什么东西？”巫族一众呼啦啦地围上来，看着这只说妖不像妖说兽不像兽的家伙。

观此物：头似憨熊，却生利角，身形壮硕，黑白间驳。巫即介绍道：“这是先祖蚩尤的坐骑，名啮铁，因涿鹿之战时正在修行提升，先祖未曾骑用，因此世间少有人知晓。这啮铁齿牙尖锋，素食竹骨，荤吞铁器，排泄利金刚物可直接做兵器用，因此又名食铁兽。”

巫咸点了点头，“那你寻回此兽，是何用意？”

巫彭一拍脑门，“我明白了！这食铁兽吞金器无数，芭蕉扇中的灵光火正是克制之物，若把它置入炼妖壶中，将其金器与肉身炼成一体，定能制出世间最坚硬的巫兽！我想就是巫即兄的金刚蛊，也无法与之相比。”

“原来是这样！”巫咸激动地说道，“那你们快些炼制，巫族兴亡，就全凭此兽了！”

“是！”巫即和巫彭二人领命。

几日后，炼妖壶旁，巫族众人都在这里等候着旷世巫兽的出现。“砰”的一声，壶盖炸开，迸出一只几乎不能入眼的怪物。观此怪：羊身牛蹄，虎齿鹰爪，人的面貌却凹凸不堪，仅一张大口气吞八面，双目皆在腋下，说话的声音好似婴儿一般：“饿呀！”

巫咸大喜，“巫兽饿了！快！寻些食物！不知你是食铁还是食肉？”

“等不及了！”这怪兽慵懒地说道，“随便先吃点吧！”说罢一张大口，将身后的炼妖壶一吞而入，在嘴里嚼得咯嘣嘣作响。

“住手！”巫咸、巫即、巫彭都红了眼，这炼妖壶乃是巫族至宝，被吞吃了还了得？

“喊什么？蚩尤骑驭了我这么多年，今我炼成饕餮，还不能吃他一餐？”食铁兽被炼成了饕餮，反把主人的躯体吃了。

擅相术的巫罗此时前来，拦住了愤怒的几位大哥，“哥哥们，事已至此，不可冲动，观这饕餮兽绝不是我们巫族能够匹敌的，现如今只得多寻些食物，

哄他开心，好为我们巫族尽效”。

巫咸点了点头，“可是我不明白，为什么食铁兽会炼成这番德行？”

擅卜的巫抵思索片刻，“这食铁兽修行吸收的应该是先祖蚩尤的贪欲，况且我们过于信任他，为保功效没有按炼妖的方法炼制，故而有些不受控制”。

“原来是这样。”巫咸喃喃说道，“现在没有了炼妖壶，之前我们除了强良和弇兹，还有其他炼化的大妖傀儡吗？”

“还有几个。”巫即答道。

“那还好！看来日后只能靠我们自己了。外力方面现在我们只有不周山至宝芭蕉扇了，我们巫族下一步该如何布局？”巫咸问巫即。

巫即早有一番计划，之前一直没有机会提起，现在正是时候，“巫祖，在下认为，我们巫族除了巫祖您、我们九大巫师和两大祭司外，均是无用之辈。属下不才，开发了一套武学修行之法，可使巫族众生人人修习，就算不堪大用，也可在大战之际对敌那些小妖们，不至于成为拖累”。

“好。”巫咸无力地点了点头，“你去办吧。”

就这样，巫即便开始教授巫族武学之道。

“诸位！巫字，上一横顶天，下一横立地，中间一竖通天彻地，左右为人，一乃人族，二乃巫族，我们应担负起大地的使命！本座首先提议，巫族与人族不分贵贱，人人称朕！以此分解妖帝帝俊的气运！”

奴隶制社会果真如此，人人皆可称朕，后来秦始皇将朕独收己用，而并非秦始皇发明。此举乃是懂命术的巫真提议，分解帝俊气运。

其次，巫族就算有饕餮护法，也仅是防御力强，攻击之术欠缺，尤其面对法术层出不穷的妖族，巫族更是无计可施。巫即得知有一种大力神蛊，可有开山裂海之威，巫即在着手研制大力神蛊的同时，也命巫族众生开始修习武技。

巫即根据体质不同，将武学分成内家和外家两种，内家修气、外家炼体。人经过通关开脉，可在丹田之处形成气海，气海中储存的可控制的气称为“真气”，对战中可调动真气运用武技击敌；而外家通过不断淬体，将肉身炼制强横无比，加上拳、掌、腿等招式也可立于不败之地。而防御方面，也可分为内家和外家：内家通过提气灌顶，可将真气附着于皮肉之上，使刀砍不动斧剁不伤，后人称“金钟罩”；外家通过淬炼皮肉，将皮炼至失去痛感，雷击火焚俱不能伤，后人称“铁布衫”。总之，皆是按巫即开创的开发人类潜能方向进展，不过巫即是以蛊术加身，与这些武学之道有同样效果却无同样方法。

另一角落，巫咸看着饕餮吃着自己拿来的东西，吓得浑身冷汗，这个饕餮没有不能吃的，无论飞禽走兽、花草树木、金银玉石、山陵土丘……只要有形皆可食用。巫咸和其他几位不敢多说，只能看着饕餮疯吃。几天几夜之后，饕餮终于停下了嘴，“行了！这一顿算是吃饱了！你们也不用这么看着我，我知道你们在想什么，也不白吃你们的东西，还给你们一些！”饕餮说罢，舌头一吐，就要吐出些东西。

巫咸几人差点把鼻子堵住，心想这位饕餮要干什么？实在有点恶心吧。但谁想到，饕餮吐出来的竟然是两只怪兽：一只虎头虎脑形如牛般，生有一对翅膀；一只犬身猪牙，尾长八尺。饕餮言道：“这本是你们的，还给你们！”

第五十九回：风伯戳穿鲲鹏计，再出秘人退大巫

巫咸看着这两只凶兽，目瞪口呆，难道这饕餮现在拥有炼妖壶的技能了？但饕餮似乎看穿了巫咸的想法，否定道：“想多了！蚩尤主人曾经吞吃过异兽无术，小怪之辈早已消散，唯有不周山东王公、昆仑山西王母的两只守山神兽英招和陆吾残魂尚在，蚩尤躯体化炼妖壶，他俩也同样存于其中，我吞了炼妖壶，嫌在我腹内闹腾，就给吐出来还给你们，不过他们现在不叫英招和陆吾了，而是叫穷奇和梼杌。”

“为什么会叫这么古怪的名字？”巫礼问道。

饕餮慵懒地瞥了一眼巫礼，“这有什么，他们自己愿意叫什么就叫什么！万年过去了形态早已变异，哪能再叫原来的名字？况且西王母和东王公都还活着，叫原来的名字，不怕他们来抢？”

巫咸觉得也有道理，倒也没再多说，饕餮和这两只凶兽的力量也足够保

巫族一阵了。巫真在一旁言道："巫祖，巫族虽然血脉不济，只能修行巫即的武道，不可修行法术神通，但我们也可以寻找太古遗落的法宝啊！你看妖族和那红袍人，不都是有法宝才可立足吗？"

"是啊！"巫咸言道，"但太古遗存至宝恐怕不多见了，若能找到伏羲的五弦琴和女娲的功德之石，那我们就可以运用其中的力量。"

以巫族的见识，还接触不到青莲这等开天辟地之物，他们毕竟现世较晚，见识所闻最早也只能知道伏羲女娲了。可他们能想到的，妖族自然也能想到，此时天庭中，帝俊正听着东皇太一的汇报。

"种子竟然修成了果实，而且霸占了其余两件宝！"帝俊咬牙切齿地说道，"算了，我们加起来估计都不是他的对手，这人已经和盘古的法力相当了，这几件宝先放下吧。如果我们能找到伏羲琴和女娲石，再寻回神农鼎改成的八卦炉，那也能立于不败之地！你去吧。"帝俊现在对这些貌似都不太关心，依然左拥右抱地沉浸在温柔乡中。

"是。"东皇太一叹了口气，走了出去，他可没有帝俊那般昏庸，一个不知何处而来的神秘红袍人，又加上一个鸿钧老祖，这个世界真是变了，隐约有些不受控，他有些不知所措。

鲲鹏看着东皇太一，也无奈地离开，风伯这时悄悄地跟了上去。

"九婴的伤好些了吗？"鲲鹏问鬼车。

"回妖师大人，已痊愈。"

"度妖一事只能暗中进行了，让九婴去吧，你去人族打探消息，以防有变。"

"是。"鬼车离去。

"妖师大人！"身后的风伯突然出现对鲲鹏叫道。

鲲鹏回头看到风伯，有些不满，"你不侍奉妖帝，跟着我做甚？"

风伯笑道："听闻妖师欲祭万妖重开天地，故来商谈一番。"

"什么？"鲲鹏大怒，此事乃最高绝密，绝不能让外人得知，鲲鹏的爪上已经聚起杀气，就要结果了风伯，哪知风伯打断了他，"妖师息怒，我能明言此事绝非要挟，而是想助妖师成此大举。"

风伯这招在帝俊面前曾经也用过，鲲鹏果然放下了利爪，"你怎么助我？"

“我可以跟九婴、鬼车一样，去协助度妖一事。现今的情况你也看到了，妖帝沉迷享乐，已经不是曾经的天帝了，东皇也无力为之，只有妖师有此大的格局作为，我风伯虽然不才，却不甘就此堕落，此时为何不为妖师效命呢？”

鲲鹏半信半疑，“你两面三刀，左右阿谀，究竟是什么目的？”

风伯笑了笑，“我是一个小人物，墙头草，这我不否认，但我并不是卑鄙无耻之辈，我自涿鹿之战至今，所作所为皆是为一个目的，就是可以得大能之力，让我的兄弟雨师复活，我法力低微，只有得妖师之助，才能有所地位，只希望妖师大功告成之日，能答应我这个要求”。

“原来是这样。”鲲鹏笑了笑，“看来你还算有情有义，好吧，我答应你，你去人间一起行度妖之事吧。”鲲鹏眯起眼睛，谁也不知道他在想什么。

事情看似进展得很顺利，但过了很长一段时间，度妖之事也没有进展，似乎停滞了一般，鲲鹏只得亲自下界查看，见到了风伯。

“怎么回事？我让你下界度妖，不是游山玩水的！”鲲鹏怒道。

风伯无奈地说道：“不是啊，妖师大人，九婴和鬼车，通通找不到了！”

鲲鹏吃了一惊，“他们莫非遇到了不测？你我分头去找！”

风伯答应下来，跟鲲鹏兵分两路，风伯向西，鲲鹏向东。鲲鹏此时非常焦急，九婴和鬼车对他的计划有重大的作用，若有不测后果不堪设想，此时他忘记了人间还有宿敌，只是昏了头一般向东奔去，不知不觉走到了不周山附近。

“哈哈哈哈！这不是妖师鲲鹏吗？你还敢独自来巫族圣地？”巫族一众突然出现，把鲲鹏围在当中。

鲲鹏傻眼了，他只顾着找九婴、鬼车，忘记了其他事情。此时巫即迎面而来，一击轰出，“砰”的一声，鲲鹏倒飞出数百米，重重地摔在地上。

“大力神蛊，果然名不虚传。”巫即感受着自己的成果，十分满意。

巫咸看鲲鹏重伤，一声令下：“杀了他！”几位巫师、后羿共工、数百名巫族众人一齐冲上前去。

奇怪的情况再次出现，就在鲲鹏将死之时，突然出现一名黑袍人，手持一柄银锥，身旁又出现一名银袍人，赤手空拳，将巫族一众击退。

第六十回：大禹王派遣彭祖，探人间三兽大战

凭空出现的两个神秘人，令巫族感到异常，为何每次大战关头都有未知势力插手？眼看着这两位是来打巫族的，是敌非友，巫即又是一拳轰出，带着大力神蛊的加持，奔黑袍人而去。

这一次，没有想象的那样将对手击飞，银袍人捷速挡在了黑袍人面前，巫即这一拳如同打在虚影上一般，明明穿过了银袍人的身体，却没有击到他的身躯，这位银袍人袍袖一挥，直接将巫即挥飞出去。紧接着，黑袍人手持银锥上前便厮杀起来，银袍人也配合一起，这二人身形敏捷，速度异常之快，几合之间，巫族中人便死尸一片，几位巫师也身受重伤。巫咸抵挡之余，嘴里呼唤着："饕餮！有好吃的！"

"吼！"饕餮带着穷奇、梼杌前来，与这两位神秘人厮打起来，巫族一众急忙逃窜退回大殿，只剩黑袍人和银袍人斗这三兽，二人各自仅一招就把穷奇和梼杌击飞，可这饕餮，二人使出全力，也没有伤到他半分。饕餮随手一挥，那柄银锥便到了他的手中，随即放在嘴里，咯嘣嘣地嚼着吃了。这就让黑袍人傻眼了，饕餮吃过东西后不再恋战，回身走去了。

黑袍人还想追，银袍人拦住了他，"这饕餮肉身强横，非我等能敌"。

黑袍人点了点头，身后受伤的鲲鹏看着这二位，也不明所以，上前刚要说话，黑袍人张口了，"你不必多说，我们不是来帮你的，前些日魔祖帮我们攻打妖族，本尊也要帮他一次，灭了巫族好让他夺取地界四海。你们妖族所占的东天，早晚也是本尊囊中之物"。说罢，他与银袍人一抖身形，不见了踪影。

鲲鹏这时也想明白了，这两位跟前些日手持弑神枪那位恐怕是一伙人，但这究竟是什么势力？性格如此古怪。现在巫妖两族对峙，他们好像两边都帮，但又都不结交，这到底是怎么回事？带着满腹疑惑，鲲鹏离开了，此地不宜留。

同样的，巫族也不明白这拨势力究竟是何人，巫咸思索几日，只能询问大禹王。

“魔祖？魔尊？”大禹王听了巫咸的讲述，思索了片刻，“看来，这是一个新的种族，存在于我们未知的空间中，冲他们话中散落的碎片，此族应该是叫魔族，而他们的行事作风，我也隐约猜到了他们的来源。”

“究竟是何来源？”巫咸问道。

“两仪初开之时，世间有了正邪之分，至善化五色神鸟孔宣，至邪化北冥鲲鹏。可是，孔宣如今道心已破，而鲲鹏却开启了思悟之道，也就是说，他们不再是单纯的正邪了。于是，就出现了亦正亦邪的事物，而魔族，我想应该就是这亦正亦邪的化身。”大禹王分析道。

“嗯，禹王兄分析得有理。”巫咸说道，“那我们该怎么做？”

大禹叹了口气，“我年事已高，怕活不了几日了，我人族有一位特使，此人长寿，到现在已经活了四百余年，据说最后的天人合一之气就存在他的身上，我们称他为彭祖，大夏一直靠他的能力，与多方附属国交涉，方可平定。如今人族安定，我将他派遣到巫族，凭他沟通天地的能力，去交涉魔族，有希望让魔族不再插手，甚至协助巫族灭妖，也许能成”。

“也好！”巫咸答应下来，大禹继而言道，“巫王兄弟，你要答应我，若我寿命告终，定要念在我们生前结义之情，守护好我人族。”

“放心。”巫咸答应下来。

巫族中，巫彭以独门的祝由术，将寄存真气的符咒化入水中，让人服下，众巫师的伤也好的七七八八了。彭祖顺利地来到了巫族，答应了巫咸和大禹王的要求，不过，彭祖没有像后羿、共工那样加入巫族，他还是人身，放心不下人族的情况，就跟自己的两个结拜兄弟——福老和禄老暗中联系了一番。

“我怕大王离世后，巫族不再理会人族的安危，想请二位兄弟代我行使保护人族之事。”

“彭祖兄放心。”福老说道，“有祥瑞神鸟在，我想人族会得庇护的。”

“是啊！”禄老也说，“你还是安心在这里吧，别让巫族知道了心生间隙，有什么事，让赤脚童子传信就行。”

彭祖身边一直有一个童子伴随，这名童子曾经无意间游历到巫族，偶然学习了铁布衫，但由于只是偷听未得亲传，只把双脚淬炼成功，因此赤脚而行，赤脚童子自此就担任报信一任，福老和禄老也回到了人族，替彭祖守护。

不久后，大禹王过世，他的儿子启除掉了本应受禅的伯益，继承了王位。可好景不长，巫族因不屑启的行为，的确不再理会人间事，只专注自己的提升。而人族，是靠着福老召唤的一只祥瑞神鸟——九凤的守护，才得以相安无事。

九凤并不是凤族，只是因羽色红艳，名曰九凤，是一只九头大鸟。龙汉大劫后，凤族残存的一些能量被他摄取，因此有些法力，可以驱赶一些妖族，不过九凤光明磊落，并不伤妖，只保人类安详。福老和禄老此时来查看九凤，并欲嘱托几句，可他们赶到的时候，意外地发现了一个意想不到的人物——鬼车。

“福兄，先别轻举妄动。”禄老悄声说道，“我们还是看清楚吧，这里好像还有一道气息。”

鬼车和九凤此时缠在一处，不得分离的样子，突然一道阴气滑过，鬼车淡淡说道：“九婴，出来吧。”

确是九婴到了，他恶狠狠地盯着鬼车和九凤，这三只都是修成九头的兽，这巢内显得有些拥挤。九婴二话不说，张开九头，就冲二鸟攻去。

第六十一回：鲲鹏巧嗦寻妖计，太一偶遇平和龙

九婴此时已经红了眼，出手便是杀招，九头一伸冲着二鸟咬去。鬼车熟识九婴的招式，但念在是同宗必然留情。九凤乃是福祥之物，从不伤生。二鸟也只是伸出九头将九婴控制住，没有伤害他。三兽此时缠在一处，皆动弹不得。

“放开我！”九婴怒冲冲地喝道。

鬼车叹了一口气，“九婴，你我本是同源，就算我没有协助你完成妖师的度妖大业，你也不至于对我动杀心吧？”

九婴瞪着血红的眼睛说道：“你以为我真的是因为你不务正业才前来找你？这么多年了，我对你的心意难道你丝毫察觉不到吗？”

鬼车愣了一下，她是暗元素所化，一直生活在黑暗的世界里，对于九婴的情愫，她确实一点都不清楚，也没有想到九婴会喜欢她。

九婴继续说道："你不喜欢我也就算了，只要我可以陪在你身边，倒也无所谓你我之事。只是没想到，你会跟这个家伙在一起，你不要忘了，你可是妖族！"

一直没有说话的九凤突然开口了："妖族又怎样，三界万物，无论是妖是人，是神是魔，是兽是鬼，无非就是一个善和恶的问题，就连太古邪气所化的鲲鹏，现今都质疑自己的宿命，鬼车又只是一个暗的化身，她身上没有残存过多的邪念，这么做再正常不过了。"

"住口！"九婴喝断了九凤的话，"就凭你，也敢对妖师大人评头论足？还有你鬼车，你我都是妖师大人所造，你敢背叛妖族？"

"我没有背叛妖师。"鬼车说道，"我只是跟妖师一样，想改变自己的宿命，想追求自己的生活，我没有想害妖师的念头，也没有将妖师的事情告诉他人。"

九凤接着鬼车的话说道："鬼车常年在暗中生活，向往光明的存在，而我，就是人间福瑞吉祥的光彩圣物，她喜欢我是她的本能。就连妖帝帝俊，天生的阳火之力，都需要在星辰暗光中才能修成三三神通。三界万物都是如此，每个生灵都在寻找自己没有的事物和现象，正所谓异性相吸、异象亦相吸也。"

"什么相吸不相吸的！少在这里蛊惑人！"蛊惑，乃是妖族为了贬低巫族蛊术所创词汇。

"我蛊惑？那你就是妖言惑众了？放弃吧，不要逆天而行。"九凤淡淡说道。

"我逆天？哈哈！这天就是我们妖族的，你说我逆天？"九婴笑了。

"那只是暂时的而已，我九凤从不伤生，你走吧。"

"走？"九婴邪邪地一笑，这个浑身沾满毒的大妖可没有鬼车那么好改善，"今日不是你死就是我活，既然你们不识时务，就别怪我不客气了！"九婴猛得一挣，脱开了二鸟的控制，三兽打成一团。

三兽大战并没有什么结果，但是这一切都被风伯偷窥到了，并告知鲲鹏。

“有这种事？”鲲鹏皱了皱眉，没想到又出来一个九凤，离间了九婴和鬼车的关系。但他自身伤还没好，不能亲自处理此事，只能还让风伯去，“风伯，度妖的事只能靠你暗中行动了。”

“妖师，我一人之力，恐怕不行，巫族的饕餮实在厉害，我不是对手。”

“那怎么办？”鲲鹏无奈地问道。

“依我之见，妖族必须寻求一位大能，足够拖住饕餮，度妖一事才能继续。”

“以妖帝目前的状况，他是无暇顾及这些，保不齐又让东皇去做，那我们不如直接去找东皇。”鲲鹏想了想说道。

“也好。”风伯答应下来，就跟鲲鹏一起去找东皇太一了。

“你们是想让我去寻找妖族的大能？”太一问道。

鲲鹏若有所思地说道：“是，东皇，我知道你也有自己的想法，妖帝现在这样，我们也无力效忠于他，你个人的事情我也不感兴趣，只是现在妖族危在旦夕，若一不留神被巫族灭掉，那还谈何作为？本座伤势未愈，此事还需东皇去。”

太一点了点头，“我去，本皇命该如此。”

鲲鹏看着太一失落的背影，叹了口气，东皇太一倒也不算一个恶人，现在的他跟之前算计三族大战时的他判若两人，鲲鹏也疑惑这是为何，但最重要的还是他自己的大业，那个可以重开天地的举世大业。

东皇太一不知所措地走到了地界的东胜神洲，上次他寻宝未果，这回也没有抱太大希望，现在的他很迷茫，不是曾经与帝俊一起算计三族那会儿的他了，不知道前路何处而去，也不明退路从何而来，就这样茫然地走着，天大地大，从何而寻？而命就是这样，有时不想刻意去找偏偏就能遇到，东皇太一在东胜神洲感知到了洪荒祖龙的气息。

“这怎么可能？”太一惊讶，三族早已覆灭，就算存有异种残留也绝不会有如此强大的气势。就在他惊讶之时，一道荒凉的声音传出：“何人扰我？”

太一吓了一跳，上次寻宝碰见盘古化身，这次又碰见洪荒祖龙，不会这么倒霉吧？太一哆哆嗦嗦地说：“无意经过，叨扰尊者，敬请见谅。”

“呼——”虚空中一声长啸，翻出一条青色的龙，观此龙的气息，绝对是纯种的龙族，并非杂交龙种。

这条龙缓缓说道：“你不必惊慌，我只有祖龙首领的气息，并无与其同等的法力。你顺着我的气息寻来，还说无意经过，不该言明吗？”

太一缓了口气，“龙尊，在下失礼，敢问你的来历？为何有祖龙气息？”

“我叫敖平和，是洪荒龙族唯一的存者，其实当初祖龙并未身亡，而是将元神化为地心，数年来守护大地功德无量，才以龙气化形，孕育我生。”

第六十二回：平和化二龙戏珠，魔罗唤一方神猴

“原来是这样。”太一听了这些话，反而更紧张了，此龙与祖龙同气而生，若知道三族内战是自己挑唆的，虽然他没有祖龙法力，却也非同小可，自己未必是他的对手。

平和老龙上下打量着东皇太一，“你身上怎么有鲲鹏的气息，你认识他？”

太一吓了一跳，“不……不认识。”

“哦，不用说了，我知道了，你是东皇太一，和鲲鹏现在同是妖族。”

这条龙说完之后，并没有发怒，而是缓缓席地盘坐，太一本来已经准备好作战或逃跑，可看这条龙的异常反应有些奇怪，三族内战太一和帝俊虽然在暗处操控，但鲲鹏可是在最后时期亮明了身份，他难道不恨鲲鹏吗？

“你……在找鲲鹏？”太一试探性地问道。

“找他做什么？”平和老龙叹了口气，“我取名平和，就是不想插手三界争斗，在这东胜神洲安宁的生活，数年在此心中早已消磨掉了龙族的戾气，鲲鹏之前做的事那是先祖的事，与我平和无关。”

“原来如此。”太一现在不知是该喜还是该悲，喜的是平和老龙并不计较曾经的事情，悲的是如此大能正是自己要找的，但却斗志消沉。

人总会随着自己的处境变化而不断起贪念，太一刚才还只想脱身，现在又想争取平和老龙了，他思索了片刻，“老龙兄可曾婚配？”

“有了，中原腾蛇，正是贱内。”

“那老龙兄不想为正统的龙族繁衍后代吗？”太一逐步引诱着。

平和老龙笑了笑，“龙族现如今仅存我一只，何谈繁衍？就连始麒麟那雌雄同体的身躯都产不出纯种的麒麟族，我能有什么办法？”

“此事或许会有办法。”太一内心大喜，“只要你加入我们妖族，帮我们一些忙，我就可以有办法让你繁衍纯种的龙族后代！”

平和老龙摇了摇头，“我不想插手种族的争斗，况且我也不想愧对家妻”。

太一笑了，“老龙兄，不让你参与战斗，只是帮我们一点小忙，而且，也不让你与其他生灵有染，便可产出后代”。

“有这种办法？”平和老龙睁开了眼睛，转瞬又闭上了，“算了，别逗我开心了，我也没什么兴趣。”

“老龙兄，祖龙气息孕育你的时候，一定是为龙族的血脉担忧，你要知道，凤族和麒麟族在人间都还留有后裔，你龙族仅你一只，若来日寿终正寝，你有何面目去见祖龙？”

平和老龙沉默了，太一继而言道：“这样吧，你跟我去见妖帝帝俊，他有一种神通可以帮你，若可行，你就做，若不可行，你即刻离去，我们绝不拦你。”

“好吧，我跟你们去一趟。”平和老龙被说动了，“不过，我要去跟家妻说一声。”“那是自然。”太一欣喜。

平和老龙与妻子腾蛇告了别，并查看了腾蛇身边的一只卵，这是他和腾蛇所产之子，日后会诞生东胜神洲的一只蛟王。腾蛇也知道平和老龙的使命，洒泪与其分别。

天庭，妖帝帝俊虽然沉迷酒色，但也有休息的时候，东皇太一特意卡准了帝俊清醒的时间前去找他，并把前后缘由跟帝俊说解了一番，帝俊笑了：“你们能主动为朕的妖族分忧甚好，此事简单，平和从地心中孕育而出的时候，必将带出了元神，而元神存于龙珠之中，只要寻到龙珠，再由我的神通——雌雄转换加以更替元神，就可以繁衍出龙族后代了。”

雌雄转换，乃是帝俊三十三神通中的第四种，可将法力低于自己的生灵变换性别，这是帝俊在羲和与常羲二妾之间悟出。别看帝俊现在沉迷酒色，但他确有其能，任何事情由他亲为几乎都能解决。

几妖来到了天地之间，虹霓之中，帝俊指道：“你瞧，我以元神探知，龙珠就存在于其间，平和你上前与虹融为一体，我将其元神改变，融入霓中化为蜺，以此交合，龙珠化卵，便是龙族后代。”

“好！”平和老龙按帝俊说的融入虹中，帝俊使出神通，将“蜺”化形，二龙在空中盘旋，戏珠而绕，许久后，“蜺”消失不见，龙珠也变成了一颗蛋形。

“好生看管，此卵并非一胎，少为四，多为五。”帝俊说罢便走，玩乐去了。

这颗龙蛋日后的确产出五条真龙，四雄一雌。敖平和也答应了东皇太一的要求，只拖住巫族的饕餮令其不再干涉度妖一事。

天界西部，是以帝俊挪来的汤谷为界，汤谷本是天界边缘，但重塑之后，旁边也开出了新的空间，汤谷以西的天界不归帝俊管辖。此时这里，正在召开一场会议，正是魔族。

亦正亦邪的魔族终于浮出水面。那名红袍人乃是魔祖罗睺，平日不在这里，而在西天下方的幽冥血海之中；那名黑袍人乃是魔尊计都，喜欢生活在天界；那银袍人是一缕煞气化身的帝江，乃魔界第一大将。魔尊计都率先开言：

“妖族、巫族、人族，分别唤出了大能供奉，我们魔族也不能落后吧。”

魔祖罗睺点了点头，“如今各势力已经齐全，没有我们再能插手之物了，只有天地孕育的四大神猴还有三个未曾出世，可天产之灵我们如何唤得？”

“魔祖，此事简单。”帝江这时发话了，“帝俊三十三神通中，有两招乾坤颠倒、阴阳逆转之法，这两招就可以提前唤醒神猴，而这两招，我也会。”

帝江身为煞气，本就有能力改变空间之力，而今就要用此法唤醒神猴。

第六十三回：魔界得失六耳猕猴，巫妖族约二次大战

魔祖罗睺、魔尊计都很是惊讶，“帝江，你可以改变空间的力量我知道，要不然这西方天界和幽冥血海也不会被造出。但你如何又会那乾坤颠倒、阴

阳逆转之法呢？”

帝江傲然道：“前日你们派我前去查探，那妖族帝俊在虹霓中转换雌雄时，也同时附有这两种神通的协助，虽然不够明显，但我擅用空间之力，对这类法术异常敏感，故偷学而成。”

“这么厉害！”魔尊计都惊叹，“那这两样神通怎样能够唤醒神猴呢？”

帝江缓缓解释道：“其实只需阴阳逆转，倒转时间，便可提前将神猴唤醒，但我擅用空间之术，且偷技之时帝俊两种神通同在，故只得同用，若单独施展阴阳逆转，恐怕大事不成。”

魔祖罗睺点了点头，三魔一同下界，就来到了西牛贺洲。

看帝江双手掐诀，罗睺与计都左右为其护法，看空间突成逆转之势，时气有倒流之状。片刻后帝江开言：“就在这棵树中，神猴要诞生了！”

“咔嚓！”一声，一棵枯藤老树迸裂，树中爬出一只六耳猕猴。

“奇怪啊！”罗睺疑惑道，“西方属金，应是从石中蹦出灵明石猴啊！木中的六耳猕猴不应该是产自东胜神洲吗？”

帝江解释道：“因为乾坤颠倒，导致东西串了位置，两地的神猴也反过来了。”

罗睺、计都明白了。看这只六耳猕猴，虽古灵精怪，体内却储存着无穷力量，这股力量可比最先出世的那只赤尻马猴强大许多，神兽都是如此，出世越早，孕育时间越短，法力越弱。

六耳猕猴出世，同时也去了西海拔掉了定海神针——随心铁杆兵。由于大禹王治水时疏通了河道，这定海神针也就成了摆设，不会因为被拔而再次导致水患。

这样一来，魔族也有了护法神兽，但无奈的是，六耳猕猴没过几日就消失不见了，魔族倾尽全力寻找，却一直没有找到。但帝江施法的时候，暗中却有一只眼睛死死地盯着他，看明白了他施法的全过程。

魔族寻猴暂且不提。妖族因为平和老龙拖住了饕餮，使得度妖行动得以继续进行，平和老龙其实也没把巫族怎么样，只是斗着饕餮玩，饕餮见这条巨龙身形庞大，鳞肉筋道，自然嘴馋，紧追不舍，可龙能腾空，饕餮只能在陆地上行动，就这样引着饕餮不理巫族之事了，饕餮走失了，巫族也在焦急地寻找，无从理会别事。妖族势力在风伯的度化下势力大增，鲲鹏也趁此时间恢复了伤势。

“本座的法力已恢复九成九，向巫族宣战！”鲲鹏信心满满地说道。

巫族寻找饕餮未果，正在焦急之中，突然收到妖族的宣战，也是担心不已。

“此番妖族不偷袭，光明正大的宣战，必然是有了万全准备。”巫咸言道。

巫即拱手禀道：“巫祖，我们巫族如今势也不弱，就算饕餮不在，也不至于惨败，但如今就怕那魔族再插手，若是助我们则罢了，若是帮妖族……”

“彭祖爷！”巫咸打断了巫即的话，叫住了彭祖，“大禹王派你前来，就是做魔族的说客，如今是你大显身手的时候了。”

彭祖点了点头，“明白，我这就去办”。

彭祖来到了昆仑山附近，他是“天人合一”最后的获得者，有沟通天地之能。彭祖神识转动，运起神念，上空便出现了魔祖罗睺、魔尊计都的身影。

“你是人间彭祖，找我们何事？”罗睺问道。

“巫妖大战在即，我想请你们协助我巫族，战败妖族……”

“哼！我们魔族行事，需要听你号令？”计都不屑地说道。

彭祖早已经准备好了言辞，他平日善于交际，凭三寸不烂之舌本应能够阐明利害，说服魔族。但他刚要开口，突然白眼一翻，倒在当场。

“死了？”计都查看了一下彭祖。

“死了就死了吧，与我们何干。不过六耳猕猴失踪，我们魔族也失去了一个助臂，此次，还是不动为好。”罗睺言道。

计都也点点头，“好，那这次先两不相帮”。

巫族一直在等待彭祖的回信，但迟迟没有等到，却是把妖族等来了。

此次帝俊没有出战，东皇太一、鲲鹏、风伯，带着其他几位大妖和数千小妖杀奔而来，巫族也发动全军，摆开了阵势相迎。

“蝼蚁！本座要报你们伤我之仇！杀！”鲲鹏一喝，巫妖第二次大战开始了。

太一对上了共工、后羿，鲲鹏对战巫咸、巫即，风伯对战巫彭、巫真、巫罗，毕方对战强良，计蒙对战弇兹，大风对战穷奇和梼杌。妖族由于帝俊、九婴和鬼车未到，显得有些以少敌多。但此时的妖族今非昔比，巫族却是因为术法杂乱，实力不堪。况且大批的作战乃是数千小妖对战数百巫众。

“大力神蛊！”巫即加持着大力神蛊一拳轰出，没想到打空了。

“哼！三界内论速度，没人能跟本座相比，上次大意着了你的道，还会有第二次吗？”鲲鹏早就躲开了，翅膀一扇击在了巫即身上。

共工、后羿二人，勉强能和太一持平；风伯一打三个不擅对战的，倒也轻松。可大妖对战，悬殊就展现出来了，巫族炼妖壶炼制出的傀儡，无法再修行提升实力，可妖族却能不断进步，强良和弇兹在毕方和计蒙前几乎没有还手之力。

“天吴、奢比尸、烛九阴，出来！”巫彭一声喝，又出来三位。鲲鹏一看，也是先前度化的大妖，被炼妖壶炼化但未祭出过，鲲鹏也一喝：“三妖御敌！”

第六十四回：罗刹女太阴克阳叶，李悟清神通退妖众

随着鲲鹏的一声喊，妖族出现了钦原、飞诞、商羊三位大妖，正好对战那三只傀儡。天吴率先出手，看他人面虎身，八足踏地，晃出滚滚浓烟，混淆了视觉。蜜蜂妖钦原继而破招，发出阵阵噪声，扰乱了听觉。奢比尸也动手了，犬面兽身之间散出浓浓臭气，恶化了嗅觉。飞鼠妖飞诞一见，喷出黏液，将几个傀儡都粘在一起，触觉全无。

人面蛇身的烛九阴双目一瞪，立刻间，所有人都定在了原地，这是掌握时间法则的大妖，被巫族炼化成傀儡，解了一时之围。但妖族早有算计，寻找不到的大妖都被他们认为归了巫族，他们法术的破解之法也早就想到，一只足的妖鸟商羊神识一散，空间瞬间震动起来，时间静止被破。

巫族依然不是妖族对手，除了那几位有名有姓的，人多都被屠杀殆尽，就连强良、弇兹、天吴、奢比尸、烛九阴、穷奇和梼杌都被杀了。千钧一发之际，巫抵从后方现出，太阳芭蕉拿在手中，“呼哧”一扇，灵光火飞射而出，

妖族多是禽羽之辈，被火烧中，痛苦不已，但这里只有一位不惧，便是东皇太一。

东皇太一本是太阳神，不周山就是他的道场，这柄太阳芭蕉和他一气同生，但不惧是不惧，他也没法以一人之力抢过这柄芭蕉扇，好在他早有准备，“罗刹！”

身后飞来一名女子，以纱巾蒙面，看不清模样，手持一柄同样的芭蕉扇，只不过这柄芭蕉扇是绿色，巫族那柄太阳芭蕉是黄色，这绿色的芭蕉扇乃是昆仑山的太阴精叶，对太阳精叶具有克制作用，太阴芭蕉一扇，灵光火瞬间全无，那柄太阳芭蕉也被扇飞，随即消失不见。

书中暗表这名女子也非等闲，西牛贺洲一带有一罗刹鬼国，因幽冥界众鬼魂日益增进，导致秩序混乱，部分恶鬼不得安身，便有部分鬼魂在人间再寻禽草之物栖身，吸收太阴真气再次修成人形。这名女子也是附着在一株灵草之上，因靠近太阴芭蕉，修得太阴真气大成者，被罗刹鬼国奉为公主。太一在寻宝之路时，偶遇罗刹鬼国，与众结交，并将每一位以太阳真火渡劫，亲自化妖。

巫族没有了芭蕉扇，几乎没有了胜算。看着哀鸿遍野的巫众，巫咸绝望了，他跪地大喊：“先祖！女娲娘娘！救救您的孩子们吧！”

昆仑山顶，女娲听到了巫族的呼唤，此时她正在跟那名鹤发老者聊着。鹤发老者言道：“以涿鹿之战时你的脾气，早去守护你的子民，现在为何不去了？”

女娲笑道：“你不是不让我沾染因果吗？不过我还是想问问，我到底什么时候才能插手一些事？”

“你的力量太过强大，大能入世必遭天道之力所噬。”鹤发老者算了算，“或许，所有大劫过后，天地稳定了，才可以吧。”

女娲点了点头，“真是一代不如一代啊！这巫族的力量，真是弱得很，比起当年的九黎族，可差太远了，按理说不周山的灵气，不该让他们止步于此，专研究那些旁门邪术”。

鹤发老者笑道：“不周山被撞倒后，这柄太阳精叶就出现在那里，此芭蕉扇扇出的火，非天火、地火、炉中火，而是五行之中的一点灵光火，巫族得此物炼制傀儡，实力超然，单用此宝，也是威力强大，但以巫族的秉性，有此宝在身必将引起更大的杀劫，所以在方才被太阴精叶克制的时候，被我收来了。”

“哦？”女娲言道，“你那金圈，不是可收天下宝吗？怎么还用趁虚而入？”

鹤发老者笑道：“你有所不知，这金刚镯虽然能收万物，但太阳芭蕉扇正是此宝的克星。”

“原来如此。”女娲继而言道，“不过现在明显是妖族黑心作乱，巫族不是守护人族吗？怎会再造杀孽？”

“你真当巫族是单纯正义守护大地？”鹤发老者笑了，“以后你就知道了”。

“唉！”女娲重重地叹口气，“再怎么说也是我的后代，我还真有点不忍心。”

鹤发老者若有所思，许久后，才点了点头，冲着身旁说：“悟清，地煞术的七十二般变化，你已经全部学成，你可以去做点该做的事了。”

“是。”那名叫悟清的点了点头，驾云离去。

不周山遗址，鲲鹏看着跪地哭诉的巫咸，大笑道：“今天谁也救不了你们！”

鲲鹏、太一、风伯、毕方、计蒙、大风、钦原、飞诞、商羊九妖同时向前奔去。就在这时，天突然暗了，众人抬头一看，不好！是一根粗壮的铁柱从天而降，立在巫妖两族中间，柱子上方端坐着一只小猴子。“妖族今天你们不能动。”

鲲鹏大怒，“大言不惭，你是谁？”小猴一笑，“六耳猕猴，李悟清”。

“六耳猕猴？！”无论妖族还是巫族，都倒吸了一口冷气，天地孕育的四大神猴之一，为什么又出现一只？这里的共工最有感触，赤尻马猴就是他去降服的，透支了生命精元靠水牢术才擒住，这么多年都没有恢复至过去的巅峰，现在又出来一只，不过好在这次这位是来帮巫族的。

“你们一齐而上，也未必是我的对手，如果现在退去，我可以不伤你们。”

六耳猕猴这句话点燃了鲲鹏怒火，他何时被这么藐视过，双翅一扇就冲着六耳猕猴攻去。

六耳猕猴嘴上是这么说，但真打起来，未必是鲲鹏的对手，避开了鲲鹏一击，他现在要拿几个小的立威，把这些大能吓退。六耳兵器一收，随心铁杆兵从铁柱变成了手中的铁棒，挥舞着神铁大杀四方，实际暗中躲开了太一和风伯，一瞬之间，毕方、计蒙、大风、钦原、飞诞、商羊六妖均死丁六耳棒下。

六耳猕猴不能停歇，还要装腔作势地冲太一等妖冲去。

第六十五回：九九归真彭祖重生，三三神通尽灭神猴

就在六耳猕猴冲向东皇太一的时候，鲲鹏突然拉住了太一和风伯，“退！”

六耳松了一口气，他这一计成功了，若真的打起来，风伯他还能击灭，太一只能持平，鲲鹏他是断然敌不过的。好在鲲鹏被他一招杀六妖震慑住了。

众妖退去，罗刹女还在后方，看六耳猕猴盯着自己，便祭出了芭蕉扇，冲六耳猕猴扇去。三界中所有众生，无一能逃脱这芭蕉扇，但唯独六耳猕猴不怕，六耳猕猴被乾坤颠倒阴阳逆转的方式孕育出来，从太阴乙木中产出，专能牵制太阴芭蕉扇的神风，罗刹女扇了数次无果，反被六耳猕猴一棍击出，不知所踪。

番外表这罗刹女飞出之时，被一只夔牛拖住，向西奔出数万里，夔牛并非有意救这罗刹女，而是从此经过被太阳芭蕉的火扇着，这夔牛最怕阳火，曾经帝俊就是以这阳火之力烧中牛角将其降住，向西逃亡之时正巧罗刹女落在其背，便拖出甚远，直到停下才发现素不相识，分离时罗刹女暗生情愫，此为外话。

六耳猕猴也没有逗留，拖着铁棒缓缓离去，他现在还属魔族阵营，此番前来也只是了女娲娘娘的一个心愿，此时还是要回魔族去见唤醒他的诸魔。

一切又恢复宁静，妖族和巫族都损失惨重，各自筹备先且不提。九幽冥界。

彭祖睁开了眼睛，发现这是 个未知的空间。

“你醒了。”神荼和郁垒已在此守了数日，之前的鬼魂来到这里就跟在阳

间一样，这位从来了就一直睡着，却是稀奇。

“我这是在哪？”彭祖问道。

“九泉，幽冥界。”“什么？我死了？”彭祖问道。

“没错，这里是阴间，现在的你只是鬼魂。”“二位鬼神，能否让我还阳啊？”

彭祖跟神荼、郁垒商议着，他不能死，若是死了，人间就要大乱了。

无奈的彭祖，展开了自己平生所学，对神荼、郁垒开启了说服工作……

数日后，彭祖还阳，好在他的尸身一直还在昆仑山下，此地是圣境，妖物不进，魔族也没太关心这个老头，这也是神荼、郁垒自被蚩尤恐吓放走其后，第二次破例让死人重返阳间。

天界。帝俊得知了鲲鹏太一等被六耳猕猴击退之事，气愤不已，殿内踱步数个来回，开口言道：“被强行孕育而生，法力不会甚强，你们被骗了。”

鲲鹏其实也有怀疑，帝俊这么一说他算是肯定了，帝俊言道：“你们在此留守，观察巫族和魔族动静，点一万妖兵，我亲自去找六耳猕猴。”

一万妖兵！鲲鹏心中一惊，他们经过这么多年的努力才凑齐万妖，这是他要重开天地所用，让帝俊带走那岂不功亏一篑？但帝俊却说：“一万妖兵只是朕御驾亲征的气派之物，轻易不会让他们出战。”

鲲鹏这才松了口气，要说一点不作战不太可能，只要能保存大部分力量，那就不影响他的大业。就这样，帝俊率领着万妖，浩浩荡荡去了。

六耳猕猴还没有回到魔界，路上就被拦住了。“六耳猕猴！受死吧！”

帝俊出手就是杀招，六耳猕猴急忙抵挡，挥起铁棒砸去。

“幻境迷阵！”帝俊三十三神通的第七种，四周立刻出现了变化，原本真实的世界变得虚幻起来，六耳猕猴仿佛进入了一个未知的世界。

“元神出窍！”帝俊神通第八种。元神，相当于巫族人的丹田气海，只不过在妖族这不是寄存真气的地方，而是寄存法术神通之用，帝俊的元神一出窍，身躯便成了死物，六耳猕猴一棒打去仿佛打在棉花上，帝俊的元神不知附在哪个小妖身上，冲着六耳攻去，等六耳反攻回来，这又成了一具躯壳，帝俊就在众小妖之间来回切换，六耳猕猴根本攻击不到真正的他。

但这么下去，小妖会越死越多，帝俊也不舍得自己妖族的兵将，他只是要先戏耍一番六耳猕猴，回到自己的身躯后，帝俊继续施法：“结域！”

帝俊神通第九种，布下结界，创造一个“域”。在这个领域内，规则是由自己来制定，六耳猕猴的能力受到了制约。帝俊依然不打算放手，还继续施展着神通：“静滞！”

时间在这一刻凝滞了，被巫族炼化的大妖烛九阴也会这一招，但他的能力跟帝俊相比还差了不少，帝俊可以让静滞的时间更长，况且在结界内结合空间之力不会被打破，但时间静滞并不会锁住六耳猕猴内在的精神，帝俊双目一闪，又使出了摄魂术和神识控。

神识，乃是大能之人的意识，也称为魄；灵魂，是生命的代表；肉身则是魂魄的承载体。巫族炼妖就是将大妖的意识炼化，只保留躯体和灵魂，此时六耳猕猴肉身被定住，帝俊又使出摄魂术和神识控，直接从内而外封住了六耳。不得不说，帝俊虽然昏乱放纵，但法力的确高强，天知道他曾经为炼这三十三神通在星辰中受了多少苦。他打一来就没有给六耳猕猴留手，而是步步连环招数。此时六耳相当于雕像一般，帝俊终于再出杀招，烈焰阳火冲着六耳炸去。

一声巨响，六耳的身躯消散，化为飞灰，可怜六耳猕猴被孕育出来，还未大显身手，就被帝俊以毫无还击的状态杀灭。但帝俊再次施展神通，阴阳天眼一观，发现六耳还有元神尚存，只是元神中没有了法力。

斩草除根！帝俊又要出手破灭这道元神，突然间情况有变，帝俊的域被破开了，时间静滞也被打散，一切恢复了正常，帝俊纳闷，“何人能破我的域？”

不远处，缓缓走出一位青发中年人，身旁还跟着一只六尾的狐狸。

“路过之人，打抱不平，这猴子肉身已灭，妖帝为何还不肯放过？”

“哼，他是妖族大敌，当灭！”帝俊也没敢太猖狂，面前这人十分异常。

第六十六回：后羿连射九日，巫妖分批三战

青发中年人笑了，“妖族大敌不是这猴子，而是你身边的人。”

“你这是什么意思？”帝俊疑惑地问道。

“你与太阳无关，却能生出十日，还不去查明？真是昏庸！”青发人道。

帝俊冷笑，“别在此蛊惑！我的二妾羲和乃太阳孕育！方生十日。”

青发中年人摇摇头，“太阳，只能孕育男性”。说罢，便带着这道元神离开。

六尾狐狸对这青发中年人问道：“主人，他还有救吗？”

青发中年人摇了摇头，“肉身尽毁，元神也失去了法力，就算得救也没用了，随天地而去吧”。说罢，便离开了，只剩下六尾狐狸还在这看着这道元神。

突然，六尾狐狸一动，躲了起来，不知何处飘来一位鹤发老者。

“秘法唤醒，还是能力不行啊！地煞七十二术包罗万象，帝俊那些神通都包含在内，你竟想不起来？”鹤发老者无奈地说，“也罢，天命如此。现你法力尽失，就算夺舍他人也没有实力。唤醒你时乾坤颠倒，让你和东胜神洲的灵明石猴结下不解之缘，你就留在这西牛贺洲，待灵明石猴从此路过，若产生二心，你可占据其二心重获肉身，并拥有他的法力。但你记着，只可重生，不得作乱。”

六耳猕猴的元神感知到了鹤发老者的嘱咐，日后也的确实现了，但他忘记了老者说的：只可重生，不得作乱。也遭到了应有的报应。

“元神夺舍？”藏在暗处的六尾狐狸笑了，又偷学了一招。

再说帝俊，怒冲冲回到天庭，鲲鹏迎了上去，“怎么样？妖帝消灭了六耳？”

帝俊没有理会，而是盯着东皇太一，“你不该给我个解释吗？”

太一愣了愣，“我给你什么解释？”

“少说废话！”帝俊一把拽住了太一，“我早就觉着你突然找我有蹊跷，不周山被撞倒根本不是什么事。我问你，羲和是谁？那十个太阳又是谁的

孩子？”

太一看帝俊说到这个份上，心想他终于明白了，也露出了本来的面目，“我本来想先帮你清除其他势力，完成你的大业，趁你放松时杀了你，你死之前再告诉你所有的事，看来，你是提前知道了。对，我找你合作，就是为了报仇！”

鲲鹏和风伯呆住了，不知道这两位在说些什么，太一继续说道：“不错，羲和是我的妻子，我被撞飞之后，她失去保护，顶住了多少人的骚扰才守住贞洁，可还是被你抢了去！羲和只是汤谷暖气所化的一个凡人，没有任何法力，她顶住了巨大痛苦才为我生下那十个儿子，可你竟然没有看好被后羿杀死一只！你为了自己的野心，把她推上太阳，现在太阳恒定不动，她一定是死在那里了！你这般卑鄙无耻阴险毒辣之辈，你害得我家破人亡！我今天要跟你同归于尽！”

东皇太一说罢，右手一伸，一柄大钟出现在手中，带着盘古开天辟地之势。

“混沌钟！”帝俊大惊，此物定大地不是投掷下方了吗？为何出现在太一手中。东皇太一笑道，笑得凄惨无比，“这钟早就被我收了，就是为了这一天”。

太一挥起混沌钟就向帝俊砸去，帝俊和太一本身法力相当，帝俊虽然有三十三神通，但太一这等太古大能一定也有神通，只是藏得深没人见他施展过，太一现在又有混沌钟，打得帝俊节节败退，帝俊逼红了眼，“诸天星斗大阵！”

帝俊在星辰中修成场面最大的一种神通就是这诸天星斗大阵，这种法力跟夸父不同，夸父是调动星辰之力直接御敌，而帝俊则是将星辰之力吸至自身收为己用，帝俊生死存亡，疯狂吸收着星力，多数星斗被吸得黯淡无光。

“你有星斗大阵，我有洛河图书！”太一左手一挥，一幅卷轴出现在手中。

“混沌板？”帝俊又是一惊，这是他们居住了许久的混沌下片，切割位面时只有天河不方便运输，就以这片混沌托运，谁想到运完之后就不见了，太一当时说可能跟天河融为一体，没想到也被太一私藏了。

“河洛大阵——天河决堤！”太一操纵着洛河图，天河水滚滚涛涌。帝俊感到身躯不稳，把牙一咬，“法天象地！”这是帝俊最强神通，现出本象之后异常庞大，竟让天河水都缓慢了翻动，三足赤鸦本体的翅膀尖将太阳都遮住一块，人间纷纷喊道：“看哪！天狗食日啦！”谁料帝俊此举，却把扶桑树连根拔起了。

“我的孩子！”太一顾不得跟帝俊厮斗了，他疯狂地奔向扶桑，发现自己的九个儿子已经四处乱飞，太一拼尽全力追赶，哪比得过幼小灵活的孩子呢。但九只金乌齐飞，人间却是陷入涂炭之中。一共十个太阳把大地烤得焦灼不堪，大地赤红一片，见后羿神弓一搭九箭齐发，直接将九个太阳射杀。

神农炼至失败的十二根定海神针此刻终于用尽了，但后羿窃息壤时有一支箭失去了一些灵性，也导致日后发生了变故。

“后羿！”东皇太一猩红了眼，“我要杀了你！”太一前往人间，冲后羿奔去。

天界的帝俊缓了缓神，对鲲鹏和风伯说道：“先不要理会太一了，我们还有万妖大军，先灭巫族，再灭魔族！”

巫族那边，也因彭祖的不断劝说，使魔族答应了先跟巫族联盟，魔族也知晓了六耳猕猴已死，也只得先收起古怪脾气。巫妖族第三次大战，竟然是分批进行的，但魔族这次，却带来了西方另一个种族。

“你们巫族的祭法真是落后！我们都是生吸鲜血，吞孩童心脏进补！可得长生不老之功。”来者乃是西方血族，在西方大地势力仅次于罗刹鬼国，此话一出令巫族心惊肉跳，却被彭祖的坐骑白鹿听在耳中。

巫咸心里有了打算，把巫即叫到一边悄悄言话……几位正在商讨之时，帝俊带着万妖杀奔而来，罗睺一声令下，魔族、巫族、血族倾巢而出，摆开阵势，就要与这万妖决战。

第六十七回：决战至尽丧三族，鲲鹏逆阴阳二气

帝俊的妖族在不周山与巫族展开了第三场大战。但此次首当其冲的是魔族，魔祖罗睺、魔尊计都对战帝俊，帝俊以一敌二虽然吃力，但有息壤在身

也不至于轻松落败，帝江本应对战鲲鹏，但鲲鹏有意躲避，只攻击身后的巫族，帝江疑惑这是为何，片刻间，却发现战场上的人数越来越少，却是鲲鹏和风伯带着万妖悄悄离开了，场上只剩了帝俊。

帝江疑惑，悄悄地跟了去，看鲲鹏是否有其他举动。帝俊对战之余，才发现就剩自己一个了，不由得有些惊慌，而罗睺和计都回头一看，巫族和血族都已倒地，死尸遍野，不由得愣住了。

巫族和血族并不是万妖击杀的，万妖要跟鲲鹏去执行大任，不得在此增添伤亡，而是巫族觉着血族过于可怕，在魔族和妖族对战之时在身后偷袭血族，自身也被血族吸干，同归于尽。

场上只剩妖帝帝俊、魔祖罗睺和魔尊帝江，罗睺言道："帝俊不除，三界必将生灵涂炭，我的弑神枪奈何不了他的息壤，你我共同祭出元神，灭了这老妖！"

帝俊也知道自己今天寿命将终了，他回想起这一路走来自己的变化，有些后悔，但也来不及了，他缓缓闭上了眼睛，待罗睺、计都元神祭出之时，帝俊施展了元神自爆，"轰！"的一声，帝俊灰飞烟灭，罗睺和计都以元神拼命抵挡，才没让毁灭之势像龙汉大劫那般毁天灭地，但二魔的元神也是废掉，法力尽失。

东皇太一那边，对战后羿和共工，情况跟这里相差无几，只是反了过来，太一面对杀死自己十个儿子和撞倒自己家园的两大仇人，已经失去了理智，将元神祭出体外炸死了后羿和共工，自己也是失去元神法力尽失。

再说鲲鹏，带风伯和万妖来到东胜神洲，九婴早在此等候，鲲鹏问道："鬼车还执迷不悟？"九婴暗淡说道："是，她只想跟九凤一起。"鲲鹏挥挥手，"去把她们处理了吧！"九婴有些不忍心，但也只得答应，"遵命！"谁知这一去，再也没有回来，三兽同归于尽，只留下鬼车和九凤的一卵，日后产出一只九头虫。

"风伯，你去将这只卵藏于此地。"鲲鹏取出一只蛋，交给风伯。风伯疑惑，"这是您和真凰之子？"鲲鹏摆了摆手，"不，那只已被孔宣不知扔到何处，我找了数年都未寻到。这只是我的孩子，先把他藏在这里，别惊动了他的孕育"。风伯点了点头，"妖师，别忘了答应我的承诺，事成后要复活雨师"。

鲲鹏点了点头，风伯去了，此卵就留在了东胜神洲，日后诞生了一只鹏王。

鲲鹏取出一只瓶子，施展起法力，乃是乾坤颠倒、阴阳逆转之法，原来帝江当日运用此法唤醒六耳猕猴时，暗中偷窥的正是鲲鹏，不过鲲鹏此时将此法做了更改。天地间阴阳二气倒流，被吸入了瓶中，眼看就要回到无极世界。

“万妖供奉！我以自身为引命你们献祭！重开天地！”鲲鹏喃喃自语。

“住手！”风伯把卵藏好之后回来了，正好听到了鲲鹏的话，拦住了他。

眼看阴阳二气封锁，世间就要回归无极，风伯这一打断，即将前功尽弃，鲲鹏先把瓶子塞住，瞪着红了的双眼，“你要干吗？”

风伯收起了往日的谄媚，严肃地说道：“原来妖师是要以万妖为祭，吸收其法力，这么多年你跟帝俊学了不少邪道啊！若以此法重开天地，那世间便只会剩下你一个！我们都不复存在！”

风伯此话一出，身后万妖一阵躁动，他们跟着鲲鹏是为享福的，为重开天地后，妖族可以不受人歧视，但没有一个愿意无端牺牲自我，成就鲲鹏一人啊。

“那又怎样？”鲲鹏阴恻恻地说道，“天地重开之后，我便是天地第一人，我会重新塑造出你们每一位！而且都是正义的化身，你要雨师复活，我也会造出新的雨师，我可以造出千千万万的雨师，你风伯，我也会造出全新的！”

风伯笑了，“那样造出的我，还是我吗？我只要我原来那个雨师复活，而不是要新的雨师！就算你造出再多的雨师，那也不是我的兄弟雨师！”

“住口！你一个阿谀奉承、两面三刀的小人，也配跟本座谈条件？”

风伯凄惨地笑了，“是，我是一个小人物，但我只是想在诸方势力的夹缝中，苟且活着罢了。我两面三刀、卑鄙无耻，也没有你这般毒辣之心，要牺牲万妖，不，牺牲三界亿万生灵，来达成你鲲鹏的一己私欲！”风伯咆哮道。

“一将功成万骨枯，轩辕黄帝夺取天下，也是沾染着鲜血、踩踏着尸骨夺来的，既然你不想配合，那就死吧！”鲲鹏说罢，利爪一挥，穿杀风伯。

“你们呢？”鲲鹏看向万妖，“你们都是我度化出来的，就算交出性命也是理所应当！你们若不愿意，我一招就可以灭掉你们！”

万妖吓傻了，待在原地不敢动弹，鲲鹏趁机继续施法，颠倒了乾坤，他缓缓将手伸向了瓶盖，只要瓶盖一开，他就要成功了。

“哈哈哈！终于要成功了！我鲲鹏隐忍了万年！终于不用再做邪物了！”

说到这，鲲鹏定在了当场，双眼死死地瞪着，他再也不能说话了。

鲲鹏，死了。杀他的，是跟来的帝江在身后偷袭。

帝江杀了鲲鹏就离去了，万妖也是一哄而散，鲲鹏由于施展了乾坤颠倒，此时的他由东胜神洲转入了西牛贺洲，鲲鹏死前唯一的愿望，就是他的儿子能够找到他这只阴阳二气瓶，替他完成夙愿，可他的儿子被藏在东胜神洲，据此距离甚远，不过，这阴阳二气瓶却是被他的另一个儿子、就是他和真凰所生的金翅大鹏找到了，但金翅大鹏没有完成鲲鹏夙愿，只是把此物当成了一件法宝。

人族失去了九凤的庇佑，只得再次寻求巫族保护，巫族此时也只剩少数修行武道的巫众和一直留在人间的巫姑。

第六十八回：拔院升天受玉帝，诸空星斗封将神

此时，天庭无主，游历四方的鸿钧老祖出现，找到了彭祖爷，二人商议。

“老祖师乃是盘古一般，您做三界之主，定能太平。”彭祖恭敬地说道。

鸿钧摇了摇头，“我逍遥自在惯了，况且我乃先天自然仙，不宜主宰行事。这三界主位，还是由人修得比较合适”。

彭祖点了点头，“我为大夏国效力时，出使他国，游历天下，知天下有一与世无争之地，乃中原张家湾，那里的庄主姓张，名友仁，字号百忍，治世有道，巫妖几次大战都没有影响到他治理范围内的生灵。况且我看此人，也非凡种”。

鸿钧闭眼掐算，许久开言：“不错，他的确不是凡人，而是盘古开天辟地，喝退十方邪祟，吒字出生之时，一缕罡气所化。世间至今为止无人能够调动雷之力，只有他可以。况且此人有独特的轮回之法，凭一缕罡气不散，一直

转世修行。此人若能担任新的天帝，定能平定三界。”

彭祖言道：“我明白了，那我现在就去请贤。”

“不。”鸿钧拦住了他，“此人绝非等闲，你曾经与他结识过，怕他心生间隙，你身边有可信之人吗？可派前去。”

彭祖决定派赤脚童子去，赤脚童子如今也已成人，亲自化成乞丐来到张家湾。

张家湾的庄主张百忍，果然仁义贤明，就算赤脚化成乞丐，也是热情招待，赤脚吃饱喝足后，也说明了来由。

“让我做三界之主？”张百忍惊讶地问道，“那我夫人和七个女儿怎么办？”

赤脚笑道：“一同升天啊，夫人乃为天妃妈祖娘娘，女儿就是七位公主了。”

赤脚发现这张百忍虽然圣贤，但甚拘小节，而且为人大方，为己吝啬，跟赤脚提了一堆条件，甚至说要将家中之物挪上天庭。赤脚说自己做不了主，汇报彭祖，一旁的鸿钧言道：“他的每一世，记忆都是封存，死后才可融合，所以他现在就是一个普通的凡人，你们想想，他若不勤俭节约，如何攒下家业救济穷苦百姓？就答应他的要求吧，明日午时我亲自施法，为他拔院升天。”

就这样，张百忍家中拔院升天，张百忍也成了昊天玉皇上帝，这也牵动了风水，使人间后世没有任何一位皇帝姓张。

但鸿钧跟玉帝约下三条：一、玉帝只可掌管神界、人间和地府，对于鸿钧、西王母这等仙人无权统治；二、玉帝并非终身，若日后失德则另行选择；三、玉帝要以法则执掌三界，不可独自拟法、修改规条。这也是为免重蹈帝俊覆辙。

玉帝升天后，开始着手治理三界。玉帝给人讲述自己张家湾未受侵的原因，皆得夸父散落十三星族后裔守护，北有破军、武曲、廉贞、文曲、禄存、巨门、贪狼七位，南有天府、天梁、天机、天同、天相、七杀六位，十三星将靠着上空北斗七星和南斗六星的星力生存，在帝俊的诸天星斗大阵中，北斗七星和南斗六星与北方北极星乃是压阵之星，只有这十四星是无法调动的，此时玉帝直接将十三将分封在了北斗七星和南斗六星上，为七元、六司，守天庭边界安宁。

天界被剥离位面后还能得以稳固，皆归功于四象星和八极星的架构，玉帝保留了四象星君和八极星君，且觉着四象星不算牢靠，日后再派遣神将入驻。

天庭稳住之后，玉帝又来到人间，找到了老龙敖平和，平和老龙此时还在耍着饕餮玩，饕餮由于肚子饿，又抓不住老龙，气急之下自己把自己吃的只剩一张嘴了，玉帝看祸兽已灭，平和老龙的卵也已破壳产下四儿一女，就加封平和老龙的四个儿子为四海龙王，平和老龙成为龙帝，可与仙人般不受管束。

玉帝在人间查探一番，亲访五岳拜访五方五老，此五老已经与凡人无异，并在此地结婚生子，玉帝觉着五老为守卫大地牺牲了上古正神之位，就带走五老的后代，封为：金德星君、木德星君、水德星君、火德星君、土德星君。其中，金德星君就是广为人知的太白金星，与玉帝关系甚好，成为玉帝心腹。就在玉帝准备带五星离去时，来了三个法力全失的人，乃是东皇太一、魔祖罗睺和魔尊计都，玉帝看着面前三位，感慨万千，开言说道："东皇太一，你本为一元二始之神，因一念之差，堕入妖道，成为上古妖族，但念在你先前无端遭灾，可以原谅；罗睺、计都，你二人在亦正亦邪间诞生，率性而为，挑起大乱，不过大难关头宁可牺牲法力，也要消灭无可救药的帝俊，保护三界，算是功过相抵。如今天地重组，应包容广纳，就封罗睺、计都为罗睺星君和计都星君，东皇太一为太阳星君，留在神界，你们可愿意？"三人急忙磕头，"我等愿意"。

玉帝带着几位星君飞身上空，看着月亮牵引着地球，围绕太阳旋转，不由得感叹，"常羲也是月光女神，受妖帝迷惑，落得个牺牲自由身，真是可惜。咦？那是什么？"玉帝发现有七颗星球也在围绕太阳旋转，东皇太一言道："陛下，那是妖帝运转诸天星斗大阵时，未被损坏的金、木、水、火、土、海王和天王七星，如今绕日而行，吸取光力。"玉帝点了点头，"既如此，为保地球不受碰撞，五德星君分别居住五行星上，罗睺星君先前居住幽冥血海，如今就在海王星上，计都星君曾居西天，现住天王星吧"。"是！"几位答应下来，分别奔往各自的星体。"陛下，我呢？"东皇太一问道。"你还去太阳居住。"

玉帝派遣了众星君，亲自到了月亮上，此时的月球已经长满了丹桂树，这些丹桂树是常羲的坚定之心形成，伐而不断。玉帝见到常羲，感慨地说：“你受苦了。”常羲摇了摇头，“不苦，为我的女儿，在所不惜，只可惜妖帝一念之差，万劫不复，今陛下登基，三界平定，可喜可贺”。玉帝笑道：“这月宫也比先前繁华了许多，有了各种殿宇，不知女娲娘娘的首座弟子嫦娥现在何处？”常羲言道：“她居住在广寒宫，现在生活得很好。”玉帝点了点头，“她也是个苦命的人，且与你一气同生，又是女娲娘娘的弟子，你一定照顾好她。从今往后，你就做太阴星君吧，月亮之主”。常羲答应下来。就这样，金德星君、木德星君、水德星君、火德星君、土德星君、罗睺星君、计都星君、太阳星君、太阴星君就合称九曜星君。

再说东皇太一，来到太阳上，感慨万千，想起昔日的佳人，不由得落下眼泪。就在这阳焱灼烧间，缓缓着彷徨彳亍着，忽然间，听到一阵诗吟声：

温煦和畅，形只影单，忆君何时现？
相厮千年，君离复回，物非人乱。
梦寻汤谷，常念君昔言。声声入耳，不觉甚寒，万载皆无眠。
雨夜行殇，唤君莫得见。历历在目，往事缭绕，袅袅化孤烟。
旖旎破碎，灵犀在君间。暗香无痕，伤逝牵绊，支离散沧田。
妾已失贞，唯心不负天。

东皇太一愣住了，这声音他再熟悉不过了，顺声音望去，那副他朝思暮想的容颜出现在他的面前。“羲和！”东皇太一抱住了羲和，失声痛哭。

羲和也抚着东皇太一的长发，柔声说道：“你怎么这么傻，为了我，值得？”

东皇太一已经哭得泣不成声，“我以为你死了，我恨我，没有拦住那个浑蛋！”

羲和温柔地笑了，笑得依然是妩媚而矜持，“我为你生下十个儿子，早就挺过了太阳炎力，我让太阳不动，就是示意你来找我。可你，竟连累了那么多人”。

东皇太一坚定地看着羲和，许久才开言：“宁负天下人，也绝不负你！”

这句话，在太阳周围回荡着，许久不散。再看罗睺和计都，找到了帝江。

帝江看着这两位曾经他的首领，狠声说道：“你们让我投降神界？别做梦了！你二人法力尽失，已经没办法命令我了。罗睺，你的女儿舍脂今后就嫁给我了！幽冥血海让给我住。念在我们同族之义，我更名帝释天，不再与你计较！”

帝释天将魔族改成了阿修罗族，至于日后帝释天加入西方教，是为后话。

玉帝又来到了地府，发现幽冥鬼界此时混乱不堪，由于死去的人越来越多，鬼界已经泛滥，而鬼魂又必须加以控制不能再去别处，否则就会出现罗刹鬼国和血族这等灾乱，神荼、郁垒已经无法正常管理。玉帝就将神荼、郁垒的十个儿子加封十殿阎王，轮流管理地府。并留下一卷生死簿，交给排名第五的阎罗王保管，用于记载阳寿。当玉帝看到最小的转轮王手中拿着一把轮子，玉帝要了过来，“这个东西，以我的轮回之力点化，可衍生六道轮回”。天道、人道、阿修罗道、畜生道、饿鬼道、地狱道这轮回不息的六道就被开辟出来，最后一道地狱道，是由玉帝提议九泉下挖开十八层地狱，关押一些作恶多端的鬼魂。如此轮回，鬼界就不会出现膨胀。神荼、郁垒被封为鬼帝，也不受天庭管辖。玉帝走时，带走了尧、舜、禹的魂魄，加封天官、地官、水官三官大帝。

第六十九回：紫霄宫鸿钧传道，六大仙齐聚寻宝

三界被玉帝治理得有条不紊，众人都佩服玉帝的才华，但玉帝却是似有心事一般。这一天，太白金星问玉帝：“三界安宁，陛下为何愁眉不展？”玉帝言道：“当初与鸿钧老祖有言在先，神并非像仙一般永生不死，可朕将雷之力散发到人间，修习五雷正法可封神的极少，加上六道轮回中的天道标准甚高，这样用不了多久，神界就空了。”太白金星道：“闻昆仑西王母有不死仙药可延年续命，不知她是否愿相助。”玉帝灵机一动，“我有办法！”

数日后，玉帝来到了昆仑山，见到西王母阐明来意，可西王母却有些为难。

“不死药如今的种植收成日益减少，恐怕不能满足陛下的要求。”

玉帝笑道：“娘娘可知，这不死药是因为扶桑树与汤谷灵气的滋养，才得以生成，现在汤谷和扶桑根俱已移天，自然……”

“可扶桑树万年前就被妖帝挪走，这些年不死药还在生长啊。”王母疑惑。

“那是因为炎帝之女瑶姬在不远处的巫山化为灵草滋养，不死药才可少量产得。本帝自生成以来，轮回数载，其中一世就是炎帝神农的长子炎居，那瑶姬就是我的妹妹，前几日我已将她化身成形，带回天界去了。”

王母犹豫了，不死药她是舍不得的。玉帝继续说道：“若娘娘应允，我就将汤谷改为瑶池，将你的不死药种在扶桑灵根处。”玉帝说完就走了。

“娘娘，您真要去天界吗？”说话的不是别人，正是炎帝神农的妻子听訞。炎帝牺牲时，不愿让家人与自己一同赴死，恰好听訞又本是昆仑山溪水灵气所化，就将听訞重新托付给了西王母，一同跟来的，还有失去九翅的九天玄女。

西王母点头，“事到如今，我也没有更好办法，玄女，我有事要拜托你。”王母继而对九天玄女道：“本宫向来无拘束，不喜受人驱使，此次留你在人间替我守护昆仑，并供奉大量门客，若灵脉一事有所转机，本宫会再次归来。多谢。”

九天玄女点了点头，“放心吧娘娘，我会替您做到。”

“什么？王母有这种打算？”玉帝闻听太白金星的汇报，皱了皱眉。“是啊，陛下，臣亲耳听闻。”太白金星恭敬地答道。玉帝随即下令：“传朕旨意，严密看住瑶姬，不得她下界！”“陛下，这样做，不太好吧。”太白金星有些犹豫。

玉帝叹了口气，“我知道，但你记住，在其位，谋其政，我既受邀统领神界，自然要以神界利益为首。没有不死果药，神界定无安详。不死药的种植只有王母知道，倘若走失了瑶姬，再次将灵气扎根凡间，西王母定不会再为天庭所用”。

西王母搬上了天，不死药在瑶池以蟠桃型种成，越临近扶桑灵根的食用续命越长。玉帝在九重天建立凌霄宝殿，将十重天以上让给王母等仙人居住，并将自己的七个女儿派去协助王母。

鸿钧老祖就住在了三十三重天的紫霄宫，为普及修仙之法，创永生之路，鸿钧在紫霄宫开坛讲道，凡有能力达到三十三天者皆可听道。

摆下六个蒲团，第一人便到了，是一名灰发老者，驾着一辆九龙沉香辇，灰发老者拱手禀道："我乃阴阳初开时生成，盘古三清首道，故名元始。"

鸿钧摇了摇头，"盘古三清首道乃是太上，你只是第二道。"

元始愣了愣，鸿钧笑道："既然你第一个来，那就坐第一个吧。"

元始坐上了第一个蒲团，不多时，又来了一名青发中年人，坐骑一只夔牛。

"我乃洪荒结束天地重塑时生成，名为通天。"这是盘古最后一道清气所化。

鸿钧老祖点点头，让通天坐在了第二个蒲团，不久一名女子携一男子前来。

女子就是女娲娘娘，男子是盘古的一浊化身，名镇元。鸿钧老祖看着女娲已经褪去了蛇尾，笑道："女娲你不仅是人皇，你还是盘古血肉精华所化。"

女娲没想到自己还有这等来历，怪不得太古众神只有自己活了下来，这二人刚落座，又来了两名西方模样的人，一为接引，二为准提。鸿钧掐指一算，"原来是清浊相间的两道化身来此，看来太上今天是不会来了，你们坐吧"。

六个蒲团这就坐满了，鸿钧缓缓开言："我为大道化形，掌管本源之道，你们六人皆与盘古有关，皆因怕先天自然神沾染因果，才有意躲过大劫而不现身，今大劫已过，你等入世，我收你六人为徒，以传圣道。元始。"

元始上前，鸿钧言道："盘古斧的背面，被为师团炼成盘古幡，今赠予你，并赐三十二天弥罗宫，传阴阳之道。""谢师尊。"元始接宝。

"通天，青萍剑为青莲叶化，今赠予，赐三十一天禹馀天宫，传混元之道。"

"女娲，宝莲灯为青莲花所化，今赠予，赐三十重天娲皇宫，传造化之道。"

"镇元，这乾坤图是息壤根附的大地胎膜所化，今赠予，传乾坤之道。"

"息壤和弑神枪沾染了妖魔之气，皆被我炼化分离，这六根清净竹是我炼化弑神枪的煞气所剩躯壳，赠予准提，传你普度之道。接引，这功德金莲是莲藕果实的残余，赠予你，传因果之道。你二人居住在西方天界。至于自然之道，是归那未来的太上老君，这盘古斧正面炼制的太极图、息壤土炼制的风火蒲团、息壤枝条炼制的磐龙扁拐，就先交给镇元保管，日后还给你的太上师兄。”

六大仙叩谢鸿钧，鸿钧言道：“你们去青莲诞生的地方继续寻宝吧，每个人要按自己分得的部位寻找，不得越界，但元始和女娲不可挑选。”

众仙答应下来，一同下界来到青莲生成处，此地已经形成了观宇——五庄观，看观中长着一棵参天大树，有两名童子在此打理，镇元问道：“你们是？”

其中一名童子言道：“我叫清风，他叫明月，我们二人都是从这树下的土中生出，不知为何过了一万年依然还是孩童模样。我们诞生之时，曾有一位鹤发老者从此经过，言说命我们二人在此看守仙树，待日后地仙之祖来临，就将此树交予他，万年来我二人日夜照料不敢怠慢，才结出果子三十个。此果初结时，有四十六人前来分食两个，后都被那鹤发老者带走，还令我二人不得私自窃果，这才保全了二十八个。”

镇元子看着人参果树，“为何这树结出果子都是人形？四肢与五官俱全？”

明月说道：“不仅如此，还有五行相畏呢。此果遇金而落、遇木而枯、遇水而化、遇火而焦、遇土而入。”

女娲这时已经看出了分晓，这里的气息她再熟悉不过了，转身对着疑惑的镇元大仙说道：“此果生成人形，且五行相畏，乃是因为树下埋着两件上古至宝。”女娲说罢，一挥丝袖，树下的两件宝物便被起出。

“五弦琴！女娲石！”众人都是惊叹，巫妖大战两族费尽心血寻找的两件宝物，竟然一直埋藏在人参果树下。

女娲拾起来两件东西，缓缓说道：“五弦琴乃是我兄长整合五行所用，故此果五行相畏；我的石头蕴藏了造人之力，才让人参果长成人形。不仅如此，清风、明月两位童子，就是这块石头最后的力量所造。”

“什么？我们是女娲石孕育出的？”清风、明月震惊。

女娲点了点头，“没错，但你们诞生后，这块石头所剩的灵力就不足以支撑你们了，只够滋养这果树，而你们，也因失去补给，导致一直是孩童形，因为这一万年来，你们的年龄没有增长，一直都是零岁”。

“这……”清风、明月愣了一下，随即拱手拜道，“女娲娘娘，请让女娲石继续补给我们吧。”

女娲摇了摇头，“这两件宝物万年滋养人参果树，灵力已经榨干，如废品一般了，我兄长的琴，也只是一个普通的器物了，况且……火弦断了”。

清风、明月有些失望，镇元子却说：“也不必如此悲观，本大仙可以为你们凝塑血肉之躯，这样一来你们就可以作为人类重新生成，不如你两个就拜我为师吧，以后跟我一起留在这五庄观。”

清风、明月当然愿意，跪在地上叩头就叫师父。元始言道：“恭喜师弟开派收徒，你留在此，是不打算回到天上了？”

镇元子摇了摇头，“我本来就是一浊化身的地仙之祖，居天反而不自在，师兄若是日后有事，唤我一声便可”。

元始点了点头，通天走上前来，“女娲师妹，这两件东西既然坏了，不如送给我吧，这剩了四根弦的琴，我还可以改造一番，这石头嘛，我想也会有用处。”

女娲也知道通天喜欢收集灵宝，痛快地答应了。清风、明月在镇元子乾坤图的帮助下，重塑金身，化成人胎，明月说道：“师父，这人参果遭人争抢，必是奇宝，我和清风师兄万年看守，可否赏给我们一个？”

第七十回：开宗派广收门徒，定人主大商盛兴

镇元子没有回答，而是盯着树干上趴着的一个东西，“它是什么时候在这儿的？”

清风言道：“师父，这只金蝉，在那夺果时，正巧飞于树下，被击落的人参果吓到，万年来一直趴在树干不动，偶尔抬头看看这人参果，就吓得低下头来。”

“原来是被落果惊吓。”镇元子袍袖一挥，金蝉突然张开六翅，飞得无影无踪。

“六个翅膀？”清风大惊，“初见之时，它只有两个翅膀啊。”

接引上前说道：“它一定是待在人参果树上吸收仙气，才修成六翅，不过这金蝉日后也许与我西方有缘，望镇元兄不要伤害于它。”

镇元子笑了笑，明月对刚才的事还不死心，“师父，能赐给我们果子吗？”

清风觉得这么说不太妥当，瞪了明月一眼，镇元子发话了，“这果子非同寻常，鼻子一闻，能活三百六十岁，吃上一个，能活四万七千年，对人类来说，就是长生不老的神药，岂是你们有福消受的？”

清风示意明月不要再说，镇元子对其他人道：“诸位同道，这人参果树也是青莲根处生成，按师尊约定，我只要这果树，其余一概不占，你们随意挑选吧。”

通天找到了四片残叶和一片荷叶，后炼成了诛仙四剑和六魂幡；准提找到了茎的残壳，还连着少许根土，后融合金、银、琥珀、珊瑚、砗磲、玛瑙、琉璃七宝种成七宝妙树；接引找到了藕丝和藕皮，后炼成降魔杵和接引宝幢。女娲听了师尊的话没有去取，但元始心有不甘，偷偷找到了剩下的一株花蕊带着几滴露水，后炼成三宝玉如意和三光神水，却也因此失去了本属他的一件至宝。

众仙都走了，镇元子看着明月说道：“刚才当着那么多人的面，我若分给你们，岂不是驳了其他几位大仙面子？要每人分一份，为师还有点舍不得，日后我会伺机让你们食得此果，而机缘，也许就在那只六翅金蝉身上。”

几位大仙回天，鸿钧单独叫来了元始和女娲。“为师不让你们二人挑选，是有至宝要给你们。当初天皇伏羲定三才时，产生三本才书，这天书真灵圣榜，交予元始，今后你就是天仙之祖——元始天尊；而地书山河社稷图，就交予女娲，镇元子虽为地仙之祖，但他已得人参果树，不可太贪；至于人书，我早已交给了玉帝，他将其赠给地府做生死簿之用。另外，为师还造了三盏琉璃灯，主宰气运，元始天尊你留一盏，送给西方的接引一盏，最后一盏交给玉帝。”

元始天尊答应，他万没想到师父早知道他偷拿宝物一事，也因此这真灵圣榜日后将拱手让人。鸿钧继续言道：“传为师话，允许你们开宗立派，广收门徒。”

元始回到弥罗宫，点燃了这盏琉璃灯，灯中出现一个虚影，缓缓化为实体。元始惊道："你是何人？"那人慈眉善目地笑道："禀天尊，我是燃灯道人。""你从何而来？""我是这灯光所化，代表光属性的自然神，今来投奔天尊。"元始点了点头，"我正欲开宗立派，你来助我参谋一番。"燃灯道人言道："我觉得，天尊乃天仙之祖，应阐明大道之理，树天地正统，不如创立阐教，只收人身，谢绝异道。"元始天尊认为有理，"若禽畜修成人身，如何分辨？"燃灯取出一面镜子，"天尊请看，此宝乃我证道之物，名照妖镜，天地万物见此镜无所遁形"。

通天那边，也在思索开派之事，看着损坏的伏羲琴和女娲石许久，身旁出现一个人影，也把通天吓了一跳，"你是谁？""大仙莫怕，我乃多宝道人。""你从何而来？""我是世间万千至宝的灵气所聚化形，今特来投奔大仙，助您开宗立派。"通天点了点头，"那你认为，该以何为基？"多宝道人言道："大道五十，天衍四九，遁去其一，为世间异物截取一线生机，何不成立截教？抛族群之见，广收门徒。"通天想了想，"既如此，那就依你之见，创立截教，我为通天教主，你便是我的首席弟子，传天下万物，有七窍者皆可修仙。"多宝问："若无七窍呢？""没有七窍，本教主用青萍剑钻出七窍。"通天这话还真不是乱谈，青萍剑乃青莲叶所化，当时混沌的七窍就是被青莲叶钻开的，世间兽类才有了七窍。通天教主看了看身边有伏羲琴和女娲石，就拿这两件物品试验一番，仅剩四根弦的伏羲琴被改成了一只玉石琵琶，女娲石也被度成了紫气石精，通天大喜。

但其实，燃灯道人和多宝道人都没有说出实情。燃灯是灯光所化不假，但绝不是代表光属性的自然神，代表光属性的自然神世间只有一位，乃是闪电初现之时光的化身名金光圣母，就连常羲也只是月光孕育，这燃灯是接引和准提回到西方之后先点起琉璃灯，化出的生灵，借光遁之法来到了元始天尊面前。那多宝也不是至宝灵气的化身，而是成堆的二流或三流法宝灵气聚形，天下真正至宝的化身，是在昆仑山凝聚的一颗灵珠子，目前正在孕育之中。

阐教和截教成立了。元始天尊在昆仑山开玉虚宫，所有求道之人都需在照妖镜前探测一番，百年来所收门徒不多，但俱是根骨精奇之人。通天教主在崆峒岛开碧游宫，无论三界何等种族，有无七窍，皆可来拜，一时间截教达到了“万仙来朝”，竟比鲲鹏曾经费尽心机度化的妖族数量还翻出数倍。而女娲，很少居住在天界娲皇宫，而是习惯了人间游历，创立人道，此时还未收徒，人间受女娲庇护不少，各地修建女娲庙。镇元大仙则是开辟了地仙界，令大地之人能够踏上修仙法门。西方的接引、准提创立了西方教，但无人问访，不觉心急，准提觉着阐截二教各有一道，西方教也应有大道之理与他教不同，接引思道：“人食禽兽，导致兽修妖族吃人，此乃因果报应，我们西方教即日起，不食肉腥，只进素斋。”二人定下了教义，就连坐骑也用了植物：功德金莲和六根清净竹。

但由于通天教主有教无类，所收门徒许多资质不佳，更有上古妖族余孽来投，以致道法学成祸乱人间，其中就有曾经跟随在通天身边的那只六尾狐狸，跟她的弟弟狐阿七在青丘山诞生拜入通天教主门下，此时都跑到人间作乱，用当初偷学的元神夺舍，六尾狐狸附身在大夏国君主桀王的妃子妺喜身上，狐阿七则附身在巫姑的丈夫身上，导致人、巫两族混乱不堪。玉帝与鸿钧老祖商议，将通天弟子重新归纳，修为足够者直接封为神将，恰巧有二十八只上古妖族的余孽跟随通天改邪归正，分封二十八星宿置入四象星宫；德行尚可之辈，可继续留在人间修行；而作恶多端的，例如六尾狐狸、狐阿七等辈，则是压入中央轩辕坟之中。鸿钧老祖取出一张符纸，上写：临兵斗者皆阵列前行。九字真言博大精深，压住了轩辕坟，并派通天教主的一名灵兽弟子——九头狮子看守轩辕坟，若有妖物脱逃，吼上一声，可上通三圣、下彻九泉。

但巫姑和夏桀虽是因为被惑，却也造成生灵涂炭，成了第一批被打入地狱道的生灵。人族不满巫族的蛮横，团结一致，将巫族打跑，中原大地再也没有了巫族的存在，蛊术传至南洋，傀儡术传至西境，再次出现人间无主的状况。

玉帝早朝之时，太白金星提议：“陛下，妖帝还为天帝帝喾时，化玄鸟生商，产下子契，契因助大禹治水有功，封在商地，历经数代，今传至成汤，仁义贤德，堪比尧舜，远近闻名，不如封他为主，掌人间政事。”

玉帝点了点头，“就依太白卿家所奏，朕亲自点下琉璃灯，命太白金星送至人间，加持人王气运，若一日琉璃灯灭，则是商气数已尽，再收回琉璃灯”。

众神恭敬地看向玉帝，鸿钧老祖所赠的两件至宝——人书和琉璃灯说赠就赠了出去，无不钦佩玉帝的慷慨。人间成汤也顺利地成为人王，建立大商朝，他以先祖的十日和十二月制定十天干十二地支，创立历法，广施仁政，人间太平昌盛。

一切安宁，鸿钧自此也将三界划分为六界：仙界、神界、人界、魔界、妖界、鬼界。不受玉帝管制的称为仙界，玉帝管辖的称为神界，人间凡人称为人界，阿修罗界称为魔界，妖界残余称为妖界，十殿阎王管辖的阴间称为鬼界。鸿钧又将仙分为了“五仙”：天、地、人、神、鬼。天仙就是元始通天、准提接引等人，地仙就是镇元女娲等人，这二者只是居住不同，等级上没有太大区别；人通过修炼五雷正法而肉身成圣则为人仙；若死后封天界神为神仙；死后封非天界神为鬼仙。但按六界论，除天仙地仙属于真正的仙外，其余三种都属于神。

而妖魔鬼怪精的概念，也需解释一番：动植物修成为妖；太古十方祟化为的那些异兽为怪，都被白泽记录在《山海经》里；而精，则是修炼成的一种状态；后人把妖怪精这三类混淆在一起说，甚至将魔也划入其中，但魔和鬼乃是单独两界的物种，与妖截然不同。

大商历经六百余年，琉璃灯长盛不衰，传至末代君主纣，达到巅峰，八百诸侯国朝拜。本以为天地平定，大劫尽终，远在天涯海角的鹤发老者掐指一算，“你们几位还是沉不住气，出来早了，三大劫还剩最后一劫，这就来了”。

第陆卷

——封神大劫篇

第七十一回：李天王刀斩灵珠子，二天尊拟撰封神册

云卷暗布，江河翻覆，山川无有不归处。踏灵珠，拥妖狐，激昂愤起万民怒。

良将千员尽作古。忠，亦埋骨。义，亦埋骨。

大商气盛，威王圣明，扫清六合，席卷八荒，四海升平。朝中文有王叔比干，武有太师闻仲，又有丞相商容、武成王黄飞虎。内可定国，外可安邦。封有东伯侯、南伯侯、西伯侯、北伯侯四大诸侯，各领二百共八百诸侯国朝商。

纣王殷受常年征伐北狄部落，旧伤复发，大病未愈，需昆仑山仙鹤血引入药。恰陈塘关总兵李靖西征犬戎部落，命八百里加急传令其昆仑山采寻药引，李靖受命，搁置战事，催马前去昆仑山。

昆仑山自古便是仙境，此处仙鹤繁翔，都是拜入元始天尊门下的南极仙翁所养，南极仙翁就是彭祖此时的道号，元始天尊赴天时，他就会在此看守玉虚宫。可今日不巧，南极仙翁等玉虚宫十二上仙共同赴天商讨一件大事，此处就交给了那至宝灵气所化的灵珠子看管，化成人形的灵珠子，与仙鹤戏游，好不自在。但随着一声利响，这温馨的气氛被打破了。

“你是什么人？竟敢擅闯昆仑山！”灵珠子飘浮于空中喝道。

来者正是李靖，看到是个孩子自然不放在心中。“小娃娃，你家主人何在？”

“玉虚上仙皆奉天尊敕命，赴三十三天紫霄宫商讨要事，昆仑由我看守。”

李靖有些无奈，“既如此，那就不劳大驾通禀，我王重病，需鹤血入引”。

“什么？你是来猎鹤的？凡人的命，岂比仙鹤珍贵？速速离开！”灵珠子道。

“既如此，就只好得罪了！”李靖右手一挥，现出三十六把天罡刀，自四方飞射而出，灵珠子无法抵挡三十六路，几只仙鹤中刀坠地，灵珠子情急之下，被最后一刀斩灭，肉身消散。李靖取了鹤血，去朝歌城献给纣王，纣王病愈。

再说那三十三天紫霄宫中，元始天尊和通天教主对面而坐，各自入室弟子也分站两旁。二天尊中间的桌子上，摆着鸿钧老祖所赐天书——真灵圣榜。

这一切只因云华公主瑶姬思凡下界，许配凡人杨天佑，玉帝因瑶姬私逃，怕动摇西王母心，将瑶姬压在桃山下，瑶姬为杨天佑产下二子一女，长子杨蛟怒撞桃山而死，杨天佑也郁郁而终。偏有二郎杨戬拜入玉虚宫十二上仙之一、玉鼎真人门下，借来盘古幡劈开桃山，三女杨婵也请来九天玄女相助，救出瑶姬。玉帝震怒，以天条为名抓捕，却迎来玉鼎真人偏袒，以仙人之徒的名义救助杨戬一众，玉帝只得去紫霄宫求助鸿钧老祖。

“老祖爷，您既然任命我为玉帝，就应按天规行事，神仙不得与凡人婚配之规是您定的，如今我遵从律法，却遭玉鼎真人阻碍，这十二上仙在人间修行六百载，仍未修成仙道，还赖个肉身不灭，我请求命十二上仙俯首称臣。”

神仙不得与凡人婚配的确是鸿钧所定，这是因为避免重蹈帝俊的覆辙，帝俊曾仗着法力高强，下界肆意抓捕美女享乐，但此规现在却被玉帝私用了。

鸿钧也被玉帝问得哑口无言，当初的约定玉帝没有违反，就算知道玉帝有其他想法，却也无理说破，只得传来元始天尊，商议此事。

十二上仙俯首称臣，元始肯定是不同意的，上仙就是准仙境界，距离天仙只有一步之遥。元始的反对惹恼了玉帝，他义正词严地说道：“若仙人可以公然挑衅鸿钧老祖定的天规，那我这个玉帝也没法当了，另请高明吧！”

鸿钧老祖当然也不愿意玉帝离开，几人争吵起来，最后决定，让元始天尊交出真灵圣榜，改为封神榜，榜上写下阐截二教的弟子名称，在人间琉璃灯灭朝代更替之时，共度杀劫，死者魂归封神榜上，进入神界，不死者飞天升仙之时，榜上名号消失。但这个决定也让元始天尊心生不满，这真灵圣榜是师父赐给自己的脸面，用来保护弟子魂魄不入轮回的，现在要献出来给神界，自然有些不舍。玉帝言道：“鸿钧老祖赐我两件圣宝，我都献给了地府和人间，堂堂天尊连一件法宝都舍不得？”元始还要反驳，鸿钧开言：“当初不让你取宝，你私自取了花蕊，这真灵圣榜也理应贡献出来，还当日因果。”元始羞愧，只得答应。

就这样，才有了元始和通天在此拟撰封神榜之事，二人各自写下几代弟子名称，以元始天尊的阴阳之道注入仙力，死者魂归阴榜，日后为玉帝神界效命，不死者从阳榜上名号消失得证仙道，还有一部分空着不写，为女娲人道留名。但榜文还未写下，元始身后太乙真人掐指一算，“灵珠子死了”。众仙一惊，昆仑山倾巢而出，难道有人趁虚而入？幸亏榜文还未写下，否则无法更改就要魂归阴榜归属神界了。太乙真人继续说道：“是被燃灯师兄的首徒李靖所杀。”

却说这李靖也是燃灯的爱徒，燃灯道人也只有这么一个徒弟，二人争论起来，元始天尊拦道：“你们勿争，既然都是阐教仙人，理应偏护，李靖因何而杀灵珠？其中另有人因，将此过归于那人不就行了？”此言一出，通天教主身后有一位金灵圣母发话：“师伯此言差矣，您说的那人，乃我座下弟子闻仲之徒，也是他辅佐的人王，截教四代弟子，又有琉璃灯守护，因平定人间劳苦而病，李靖寻药引鹤血于昆仑山受灵珠子阻拦，故而杀之，你们如何归过于他？”

绕来绕去，原来都有门户，无法解决，阐教仙人需要偏护，截教弟子难道例外吗？最后还是通天教主大度地说道：“都别争了，榜文不是还没写吗？就让灵珠子转世投胎，咱们写下他新的名字，让他重新渡劫。”元始点了点头，“这也是最好的办法，既然他与李靖有前世杀身之仇，就让他投李靖膝下，以父子之纲稳定这段纠葛吧”。

元始初衷不错，但前世之仇岂是父子身份就能断却的？日后自会揭开分晓。太乙真人也怕李靖日后识破此子，趁年幼斩草除根，故求助喜欢灵宝的通天教主赐宝为灵珠子护身，通天身后多宝道人送给太乙两件法宝：乾坤圈、混天绫。

第七十二回：女娲庙商纣降香，轩辕坟三妖出世

天界封神榜一事敲定，人间纣王也是大病痊愈，纣王在朝歌大摆筵席，款待群臣，尤其李靖功高救主，今后除了在陈塘关代理总兵一职外，大型朝议时间可上殿参与。李靖谢恩，却又说道："臣认为大王痊愈，非臣一人之功，乃苍天庇佑大商。臣谏大王借此病愈之际，前去女娲庙降香祈愿，实为万民之福。"

纣王闻听不悦，大商六百载未有一王参拜过女娲，实因殷商部族乃是帝俊后裔，而帝俊又是上古天帝中的一个异类，因此后世之人谈起天帝都把帝俊与伏羲神农轩辕等天帝体系分开。可李靖却是有私心的，李靖的夫人殷氏乃是女娲的入室弟子，平日斩将杀敌离不开殷夫人相助，但因女娲在人间香火不旺，她本尊降临人间的次数也是越来越少，无法指点殷夫人法术提升，往日里李靖人微言轻，不能面见人王上谏此事，如今借此立功之际，顺势提议，人王亲临降香女娲庙，定会使女娲庙香火鼎盛，便于日后召见女娲本尊。

纣王虽然不悦，但也不好在这个时候驳了李靖颜面，只得佯装欢喜，宣诏次日女娲庙降香。李靖大喜，当夜返回陈塘关，向夫人殷氏汇报喜讯。

次日清晨，李靖携商容、比干与众文臣摆驾女娲庙，女娲庙在商朝之前还算鼎盛，但此时在人间的数量并不多，都是众诸侯用来牵制奴隶效命所建，纣王来到的是女娲庙主庙，进殿一看，纣王瞬间惊呆了：见女娲庙内雕梁画栋，殿柱墙壁尽是玉石所造，娘娘像泥塑金镶，左右摆着各种奇珍异宝。纣王心疼不已，心想这么多财宝若是充实军用或救济灾民该有多好。不得不说此时的纣王还是仁君一位，却毁在女娲庙这次降香了。

几炷香添罢，纣王看了看女娲金像，暗叹娘娘还生得一副好容颜，但如此貌美却不念民间疾苦，建造如此富丽堂皇的居所不知耗费多少人财，甚为无奈。纣王希望百官将心思放在征讨西戎上，而不是多行此举，故提笔作字四句：

王民至娇
扬难善美

散若心样
芳惜肠装

纣王是武者出身，文采并不出色，几句字按古时自右向左、自上而下的念法，乃是“娇美样装、至善心肠、民难若惜、王扬散芳”四句。前两句赞美女娲娘娘，后两句意为娘娘若怜惜民之苦难，我为王的定散播传扬您的芳名。但到纣王走后，女娲娘娘受香火之力，前来查看之时，却是读出了另一个意思。

女娲自然也是自右向左而读，可纣王是竖着题字，女娲却是横着读的，读成了“娇至民王、美善难扬、样心若散、装肠惜芳”四句。意思可以解释为：娇态要奉到民间大王那里，其身的美善也难以宣扬，样貌和心意若是消散，空装着肠肚怜惜这芳容。这解释其实甚为牵强，但女娲此时只能解读出这层意思，不由得心中恼怒，怨纣王亵渎。女娲本身对商朝为帝俊后代、不敬上古正神一事就有意见，尤其自己的后代巫族被曾经的帝俊妖族残杀，要不是那位鹤发老者不让自己沾染因果，女娲大神怎会不出手？如今各方大劫已过，女娲可以插手入世了，现看纣王题字辱骂，心中不满，便要教训纣王一番。

这天夜里，女娲进入了纣王梦境，想与纣王论个是非。若按往常，纣王在梦中与女娲解释个清楚，也就没事了。可纣王今日降香回来，对女娲庙修建一事极为不满，朝堂之上发了一通火后，与西宫杨妃喝个大醉，酒醺入梦，正好梦见美艳的女娲嗔怒前来，纣王以为有新妃入宫，上前便抱，惊得女娲火速离去，暗骂纣王大胆，心中却更加笃定了纣王亵渎自身之事。

但女娲身为上古正神，也不能亲自去跟纣王计较，况且以神通查看琉璃灯，似有欲灭之兆却也尚有时年。思前想后决定，既然是妖族后代，就让妖族前去解决，若纣王当真贤明，想必也不会轻易断送了江山，若是根性浅薄之辈，倒也顺应天数，想罢飞身离开，寻找通天教主去了。

若论现在的妖族，大多都在通天教主门下，祸乱之辈早在商前就被压入轩辕坟中，有九头狮子看守，若想召唤坟中之妖，需向通天教主借招妖幡，才能不被九头狮子攻击。三十一天禹馀天宫，通天教主热情招待了女娲。

通天教主与女娲向来交好，因女娲是性情中人，曾经匡扶九黎族之事甚对通天胃口，女娲也是因知纣王乃截教弟子，不能以通天世间门妖为之，才欲借轩辕坟妖行事。女娲见到通天教主，委婉地说明了来意："我欲借轩辕坟三妖，协助纣王治理朝政。"通天是个直来直去的人，又闻听女娲是匡扶纣王，对此更无疑惑，痛快地借给了女娲招妖幡。

女娲来到轩辕坟，晃动招妖幡解开了九字真言封印，宣万妖觐见。九头狮子一见教主之物，急忙膜拜，不容犹疑。女娲看着坟中出现的妖物，大喝一声："万妖退后，三妖近前！"随即上前三个妖精，中间的是一只九尾狐狸，曾经最早跟随在通天教主身边的宠物，那时只有六尾，现在已经修成九尾；左侧的是玉石琵琶精，通天教主根据损坏了的伏羲琴改造；右侧的是紫气石矶，灵气丧尽的女娲石修炼成精。女娲看着这三妖言道："你三位与我和教主颇有渊源，现派你们前去查明纣王治理之道，若贤明仁义，则可尽心辅佐，若荒唐无道，则教训于他，但切记，不可伤害无辜。"说罢，便离去了。

三妖领命，九头狮子却是着急，曾经奉命看守轩辕坟，若有妖物逃出，吼一声上通三圣，但今日女娲便是三圣之一，又有三圣中通天教主的令旗，可这三妖又非等闲之辈，若入世害人后果不堪设想，于是悄悄地跟去了。

第七十三回：奸费仲进献谗言，烈苏护抗旨交兵

九头狮子一走不要紧，轩辕坟大乱，一只九头雉鸡精带出了无数的妖怪。

再说纣王，自从做了那个梦之后，一直觉着离奇。这一日，他叫来了自己的宠臣上大夫费仲，倾诉娇娘入梦之事，费仲思索片刻后答："大王降香回归，夜得此梦，必有神灵暗示。想吾王圣明，后宫却只有正宫姜后、东宫黄妃与西宫杨妃，虽贤德兼备，却也略显珠黄，大王应再纳一名正妃携理天下，以示后宫倾丽佳容。"纣王点点头，这些年忙于战事，的确对后宫不甚关注。"那依你之见，何处寻这倾国佳人？"费仲言道："冀州侯苏护有一女苏妲己，正配吾王。"

费仲突然这么说是有原因的，大商的东、南、西、北四侯中，东、南二侯武震周边，西伯侯仁德圣贤，诸侯无不臣服。唯有北伯侯贪财爱色，命周边诸侯逐一纳贡，诸侯们敢怒不敢言，俱都顺从，却唯有冀州侯苏护不肯纳贡，北伯侯早想讨伐，一惧冀州兵强势大，二因苏护对纣王纳贡称臣，无有交兵之理，记恨于心。一次上殿之际，北伯侯发现了费仲深得纣王信任，便私下送财帛于他，让伺机挑拨苏护，费仲拿人手短，一直在寻机行事，今日恰好机会来了。

纣王偏爱这费仲，疑惑之时听他一言更是深信不疑，况且爱美之心人皆有之，再圣明的贤王也免不了“食色，性也”，此时听得苏护有美人膝下，自然起了荒念，吩咐费仲即日启程冀州，命苏护献女，入宫为妃。

次日清晨，费仲领了彩礼，点齐了人马，赶奔冀州。苏护不明来因，只得接待。费仲言道：“大王对令爱有情，今特命我为差使前来提亲。”苏护闻听，双眉紧锁，“大王从未见过小女，何谈有意？我看定是奸臣谗言！”费仲笑了，“不管怎样，大王对令爱志在必得，聘礼已下，岂有收回之理？难道你要抗命不从，刀兵相见吗？”苏护一拍桌案，“费仲小儿！休得在此无礼！刀兵相见何妨！”

费仲当日便返回朝歌，将此事一通搬弄是非，挑唆的纣王当即暴怒，命北伯侯崇侯虎立即发兵攻打冀州。北伯侯几乎喜极而泣，早就想发兵攻打冀州，苦于师出无名，今日奉王之命，再合适不过了。

冀州城已是大军压境，兵临城下，苏护心急，冀州本有督粮官郑伦精通术法，擅长作战，现今督粮官派出催粮，哪个能够出战。此时，苏护长子苏全忠出列，“禀父侯，儿臣愿带兵出城，把那北侯贼杀个片甲不留！”苏护闻听，摆了摆手，“你虽武艺高强，却是凡人之躯，如何抵得上妖魔异术？”苏全忠不屑一笑，“父侯，想我冀州兵强富足，上至父首下至群臣百姓，却有几人见过神仙妖魔？那不过是统驭奴隶的手段。这世间所谓的法术灵宝，也无非是欺世盗名的旁门左道，在真武面前，那真是不堪一击！”苏全忠此番观点，在千年后或许成为一个趋势，很多江湖武林大师断剑斩情，毁掉兵器法宝，创“无招胜有招”的奇论，但在封神时期，法宝可是能提升一人品级的上乘，就算后来西游一途，许多妖怪也可以用些二流法宝轻易战败名震三界的齐天大圣，而法术更是重要，在封神时期，学习法术是大商贵族圈的潮流，大多诸侯都会将儿孙子弟送去学习法术，那冀州督粮官郑伦便是一位，早年间随西昆仑王母门客度厄真人修习，一身术法神鬼莫测，此时他要在场，定能大破敌军，而苏全忠却不信其言，不愿学习，也是因为娇生惯养未见过世面才会如此不知天高地厚。但这时已经没有好的办法，也只能派苏全忠出战了。

再看苏全忠，手提一杆铁戟，催动战马来到城外，看到北伯侯崇侯虎排列众将，不由分说，提戟便刺。崇侯虎本以为要寒暄几句，被打了个措手不及，一个照面，三名大将便被苏全忠斩于马下，崇侯虎无奈退兵。

苏护大喜，摆宴庆功，哪知宴前却不见了爱儿，原来苏全忠粗中有细，知白日一战不得除根，夜间率领三千兵马偷袭北伯侯，将北伯侯全军歼灭，仅剩崇侯虎一人落荒而逃。

消息传到朝歌，纣王大怒，命黄飞虎发兵冀州，务必擒来苏护千金妲己。

黄飞虎乃忠义之士，既忠君王，又具义胆，他知纣王此行出师不利，但还是点齐了军兵，前往冀州，不过到了冀州之后，却是跟苏护私下交谈了一番。

“苏侯，你我同朝为臣，实在不忍沙场上刀兵相见，你也清楚，若我真发兵来攻，就算你那督粮官郑伦在也非我对手，念在多年交情，特冒险来劝，勿要逆了王上，还是献出令爱，免得生灵涂炭。”黄飞虎话音刚落，一旁怒恼了苏全忠，“哪里来的奸贼！敢在此胡言乱语！我前日大破北伯侯军马，你若有本事就来，难道怕你不成？”苏护心惊，“忠儿，住口！”他心里清楚，北伯侯只是一个贪财喜色的小人，手下兵马也俱是酒囊饭袋，但黄飞虎不同，此人乃大商武梁柱，镇国武成王，出身隐秘，实力不可估量，若动起真格，十个苏全忠也敌不过黄飞虎。只得让黄飞虎给自己一天时间考虑。

当天傍晚，苏护独自在屋内深思，想黄飞虎今日前来，也算是仁至义尽，若直接发兵，恐怕现在已经全族灭门，冀州必将血洗城池。思前想后，决定还是将妲己送往朝歌，免百姓之苦。

苏全忠劝阻无效，只得护送亲妹妲己，斋戒沐浴之后，踏上了进宫的行程。这一日行至恩州，天色已晚，留在了馆驿休息，馆驿主事一见是诸侯公子，急忙迎接，一听要住店，却是犯了犹豫，“前些日这座馆驿，来了两个妖怪，许多年轻女子都莫名失踪，劝您还是连夜赶路。”苏全忠闻听大怒，“混账！世间哪里有什么妖怪！只有你们妖言惑众！若不是这些妖法邪说，我妹妹怎会忍辱进宫？快点安排！迟了要你脑袋。”馆驿众人只得安排客房，并嘱咐夜间盯紧，勿要伤了权贵，这天夜晚，随着一阵妖风，该来的还是来了。

第七十四回：妖狐二次夺舍，大商忠臣遭殃

话说当日女娲在轩辕坟招出了三妖后，这三妖没有立刻按照旨意行动，而是做起了自己的事情。紫气石矶精压根没有理会，独自去了骷髅山白骨洞修行。而九尾狐和玉石琵琶却是四处残害百姓，近些日子在恩州待了段时间，专门吞食年轻貌美的女子来补养容颜，这也怪女娲当初办事不周到，错信了三妖的本性。今日妲己入住，再次引起了九尾狐的注意，张口吞食之际，却被妲己的容颜惊住了，心想如此绝色佳丽，我为何不直接得取，还要进补呢？况且白日闻听这妲己乃是进宫献王的，这才想起了女娲娘娘当日的旨意，此乃一石二鸟之计。想到这，一念生万恶，九尾狐妖风一动，一道粉光摄入，夺舍了妲己。曾经是六尾狐狸的时候夺舍了夏朝妹喜，此时修成九尾，又再次夺舍了妲己。

次日清晨，馆驿众人询问得知没有失踪人口，松了一口气，可苏全忠看到妲己对自己妩媚一笑，不由得心里一惊，突然感觉多年的胞妹，甚为陌生。

简单说，众人就来在了朝歌城，此时的纣王还在气头上，在费仲的挑唆下，还准备治苏护一罪。但当纣王见到妲己时，愣了足足有几个时辰，被妲己的几个媚眼迷得神魂颠倒，当下宣旨：免去苏护所有罪行，并加封国丈赏万金。

纣王自从纳了妲己为贵妃后，便进入了温柔乡，沉迷享乐，不再早朝。妲己的妖法也实在厉害，令纣王几乎不出寝宫，还派人建造摘星楼讨妲己欢心。普天之下就进入了荒乱时期，朝中有忠臣，纣王的叔父豫州侯梅伯，对此事极为不满，尤其梅伯还是纣王和姜王后的媒人，如今奸妃祸乱，他自然

挺身进谏，也就得罪了妲己。这一日在寝宫，妲己对纣王言道：“大王觉着姜王后相貌如何？”纣王想了想年老珠黄的王后，“那自然是不如美人”。妲己言道：“大王可记得那一日梅伯进谏？”纣王疑惑，“记得，那日孤王头疼，就让美人替孤闻言，之后未再提起此事，难道有什么异状？”妲己道：“非是臣妾有意隐瞒，实在是梅伯所言大逆不道，臣妾不敢说。”“哦？”纣王来了好奇心，“美人但说无妨！”“梅伯说，他观姜王后貌丑不堪，才介绍给大王，想让大王后宫没有貌美之人，专注朝政，免步夏桀后尘。”纣王闻听恼怒，又想起了当日费仲的话，就是纳妲己的原因，不由得怒火中天，“岂有此理！想我大商六百余载，早至先祖成汤，晚达先王帝乙，哪个后宫不是佳丽如云？难道因为一个夏桀，就让孤王清心寡欲，供朝臣耻笑吗！”妲己言道：“大王可知，夏桀乃是被狐妖魅惑，才步亡国之路。”妲己此言不错，因为当年迷惑夏桀的妹喜就是她九尾狐还是六尾形态时夺舍而为，今日说出这番话，就是稳定纣王的心，好去陷害梅伯。果然，纣王听信了妲己谗言，下令建造一种新的刑法，名叫炮烙，便是把人文在铜柱上活活烙死，为的是以此震慑群臣，以绝谤议。

当姜王后也得知此信赶到刑场的时候，梅伯已经被炮烙而死没了气息，看到纣王和妲己在监刑台上嬉笑作乐，王后当时怒火中烧，“大王！梅伯是你我二人的媒人，也是我们的叔父，他不愿看到奸妃祸国，直言进谏，竟被你用如此酷刑害死，今日我也直言，本宫看不惯你与妲己淫荡之事，难道你也要害死结发的妻子吗？！”此时的纣王已经不是往日的贤君了，他已被妲己迷了心智，今日姜后当众责骂，不由得老脸无光，“你这贱妇！梅伯将你介绍于我，分明是取笑孤王，今日你敢当众无理、以下犯上，真当孤王不敢拿你如何吗？你看不惯我与美人之事，那就永远别看了。来人！把这奸后的双目剜出！”台下的刽子手撸臂挽袖，挖出了王后双眼，姜王后当场气绝身亡。

“母后！”纣王与姜王后的两个儿子，殷郊和殷洪顿时崩溃，叔祖梅伯被炮烙，他们虽然也心疼，但毕竟是外戚，不敢以下犯上忤逆父旨，但此时母后被害，二位王子忍不了了，拔出剑来要杀妲己，纣王平日对两个儿子甚是喜爱，况且国不可无储君，这时不知该怎么办了，妲己急道：“大王救救臣妾，臣妾正是花样之年，定会为你生儿育女，为大商延续血脉！”纣王一听这话，下定了决心，宣刑场兵士格杀二位王子。就在殷郊、殷洪即将丧命之时，突然刮起两道白色的旋风，将二位王子卷走，不知去向。

这时，老丞相商容再也忍不住了，“大王，臣请回朝议事。”纣王也被这两道旋风弄得莫名其妙，只得先答应下来。回到朝中，商容直言不讳，“大王此举，天怒人怨，引起神明不满，若再不悔改，恐大商危在旦夕！”纣王怒道：“混账！天大地大，孤王最大！你不要倚老卖老，胆敢大逆不道，就算你是三朝老臣，也已犯了死罪！”商容笑道：“有此昏王，何愁大商不亡，先帝，老臣先行一步。”说罢，挥身一投，撞死在大殿柱上。

纣王丝毫没有怜悯，还派人把商容的尸体投到荒野山地喂了野狗。此时他担忧的是，姜王后已死，两个儿子欲为母报仇现在不知去向，那姜王后的父亲会不会也来报仇呢？要知道姜王后的父亲姜桓楚可不是一般人，乃是大商四侯之一的东伯侯，武震东夷，实力强横，若他来犯，朝歌定有损伤。费仲献计：“大王不如趁王后被杀的消息尚未传出，宣东伯侯来见，不问缘由，立即处死，永绝后患。”纣王满意地点头，“知孤者费仲也。”也为了震慑诸侯，纣王宣四大诸侯同来觐见。几日后，四侯进殿，纣王一拍龙书案，“姜王后密谋造反，株连九族，来人！将姜桓楚斩首示众！”东伯侯姜桓楚还没明白缘由，就被砍了脑袋，南伯侯鄂崇禹急忙言道：“大王，姜后作乱，罪据何在？不分缘由斩杀东侯，倘若东夷进犯，谁能抵挡？想必有奸佞毁我大商。”纣王一琢磨南伯侯势力也大，不如一同除去永绝后患，派人又杀了南伯侯，并把东伯侯施与醢刑做成了肉酱，把南伯侯施与脯刑做成了肉干，分给群臣食用。

第七十五回：灵珠子应运出世，闹东海大祸临头

纣王分食二侯，朝中重臣敢怒不敢言，含泪服下。纣王看了一眼北伯侯和西伯侯，北伯侯给费仲使眼色，费仲言道：“北伯侯忠心为国，乃可信之人。”纣王点了点头，又看向西伯侯姬昌，“闻听姬卿家卜卦之术屡试不爽，

今日当众测算一番如何？”西伯侯不言，取出卜具开始占卦，这西伯侯乃是天纵奇才，将伏羲的八卦演变成六十四卦，也是古人俗称的“文王卦”。一卦占出，西伯侯言道：“若不此时诛杀妖妃妲己，过了今日，大商气数必尽。”纣王大怒，要当场处死姬昌，黄飞虎劝道：“大王，西伯侯忠心报国，不可杀绝。”费仲也说道：“大王，东南二侯尽丧，不可再杀西伯侯，您是截教弟子，要讲截取一线生机，免天下诽谤之言不绝。”纣王同意，但仍担心西伯侯逆反，就将他囚禁在了羑里。

纣王有三位叔父，梅伯被杀，还有比干和箕子。比干本欲进谏，但看纣王迷了心窍，打算日后再劝。箕子却心灰意冷，渡海向东的一个半岛建立了政权。

纣王被妖妃迷惑，一番清整自然瞒不了那些仙人。这一日，昆仑山元始天尊突然睁眼，掐指一算，便知道了这一切，他唤来太乙真人，缓缓言道：“大商气数将尽，封神劫即将拉开，为保我阐教门徒避开封神榜，需将灵珠子派为伐纣先行官，保阐教众人，你将他送回人间到如今已有三载，是出世之时了。”

话说这灵珠子投到殷夫人腹内，确有三年，只因时运不至，一直未能降生。这一日李靖疑惑，殷夫人言道：“夫君不必忧虑，我前日做梦，梦见降龙御凤之人入我胎中，我这三子定是女娲娘娘赐给我的神将。”李靖叹气，“唉，我已经有了两个儿子，本以为这次能得一女。”“没关系，等三子生出后，我再给你生个女儿就是了。”殷夫人话音刚落，突然间腹中剧痛无比，李靖急忙派人去请产婆，半晌后，产婆出来急道：“李将军，夫人生下一个妖怪！”李靖急忙进屋，看到一个红彤彤的肉球蹦来蹦去，李靖气急，取出一把天罡刀一劈而下，将肉球劈成两半，见肉球里出来一个三岁大小的孩童，胳膊上带着一个镯子，身上穿着一只红兜兜，殷夫人把肚兜撩开，孩子胸前写着一个“哪”字，这其实是太乙真人留的一手，他从元始天尊处得知，此子命中还有一劫，而此劫需西方教来解，这“哪”字乃是西方教之字，关键时刻这个字能保灵珠子一命。殷夫人言道：“夫君，按往常五行排名，我们的两个儿子金吒、木吒后，这孩子应该叫水吒，但他生下来身上就刻着这字，想必真是上天所赐，就叫他哪吒吧。”李靖点头答应，不知为何，他跟这个儿子不觉着亲近，隐隐还感到一丝危机，也就无所谓孩子的名字了。

就这么过了几年，李靖对这孩子一直不理不睬，总觉着不是自己的孩子，哪吒也觉着李靖透着古怪，可想不起什么原因，爷俩就一直别扭着。这一天，正是三伏燥热之季，小哪吒闲来无事来到东海岸边，褪去衣衫跳到海里想洗个澡解暑，谁知手腕上的镯子乃是太乙真人所赐的乾坤圈，乃是一件灵宝，此宝搅动的东海不宁，使东海龙王的水晶宫都晃动了几下，东海龙王敖光心惊，“哪路邪祟敢闹东海？快去查看！”巡海夜叉李艮接令，持一杆九股钢叉前往，看到了海面之上戏水游玩的哪吒，夜叉不由分说，提叉便刺，哪吒正玩得开心，看一只怪物向自己扎来，躲避不开，眼睁睁看着叉子刺到前心，谁知这叉子停住了，哪吒随身佩戴的那只肚兜，也是太乙真人赐的混天绫，直接挡住了钢叉，犹如扎在钢板上一般，再看哪吒手上的乾坤圈动了，突然间变得硕大，脱离了手腕，直奔夜叉就去，这李艮当头中圈，咣当一声，死尸入海。

哪吒震惊，原来这两件出生时便携带的佩饰乃是护身的法宝，若不是有灵宝护体，刚才一准丧命。比哪吒更加震惊的是现在的龙宫内部，夜叉虽然不是什么上品神仙，却也是凌霄殿标明在册的，如今被不知名的势力打死，也不能善罢甘休，三太子敖丙要出兵讨个说法，老龙王急忙嘱咐：“儿啊！谨慎行事，自三教共议封神榜，通天教主便不让截教门徒入世，况且我只有你这一个儿子了，还指望你能渡过杀劫，在天庭得个天河元帅之职，龙族的希望可都在你身上了。”敖丙摆了摆手，“父王不必担忧，待儿臣先去查看一番，您将龙宫镇店之宝方天戟借我一用”。龙王知道这个儿子的脾气，只得取了方天戟，并派点最好的兵将随敖丙一同出征。

哪吒此时还在岸边发愣呢，见海面波涛汹涌，伴随咆哮的狂风席卷而来，涌出无数的虾兵蟹将，正中间立着一位，狰狞凶恶，手持一杆方天戟，一见哪吒是个孩子，放松了警惕，提戟就打，哪吒闪身躲过，乾坤圈出手便战，一人一龙斗在一处，哪吒身形灵活，三太子功法精练，本是不分上下，可哪吒的法宝实在厉害，挺起胸膛直迎方天戟，将戟磕出几丈远，落回海中，紧接着，乾坤圈朝着敖丙脑袋就是一击，“砰”的一声，三太子当场死亡，虾兵蟹将还未等出手，一看三太子死了，一哄而散，回到海中，禀报龙王去了。

哪吒看着敖丙的死尸化为一条龙，来了兴致，伸手把龙筋抽了出来，洗去了腥气，回陈塘关去了。再说海中，龙王看到方天戟先落下，心中就有了不祥的预感，此时虾兵蟹将回来禀报，差点把龙王气晕了。龙王偏爱这个儿子，这里却是有一个缘故，东海龙王敖光本有三个儿子：敖甲、敖乙和这位三太子敖丙，三位太子都拜在截教通天教主之徒龟灵圣母门下，因通天教主下令紧闭门户，才一直潜心修行，在商朝中期，凭空冒出来八个不知名的散仙，七男一女，带着八件法宝横渡东海，这三位太子未出海门，没见过世面，看到这八仙过海便起了歹心，大太子敖甲看中了八仙里那唯一一个女性，二太子敖乙看中了女仙那件法宝荷叶，二人联手将这女仙掳到了海底龙宫之中。

第七十六回：忆二子命丧八仙，老龙王怒讨哪吒

女仙被擒，七位男仙自然不能善罢甘休，他们一起闯入龙宫，救出了女仙，杀了敖甲和敖乙，此一举惹恼了老龙王，要把这八仙留在海底，其中一名神仙拿出一柄芭蕉扇，扇出三昧真火，火烧东海，眼看东海快要烧穿了，龙王爷无奈，只得将这八位神仙告上天庭。

天庭之中，玉帝也是疑惑这八位的来历，“你们是哪里人士？”

为首的一名老神仙说道：“吾乃铁拐李仙，曾在大罗巅玄都紫府八景宫学道，出山后带徒子徒孙共八人也修了个地仙逍遥。”

“八景宫？”玉帝问道，“那是什么地方？”

铁拐李回道：“八景宫乃是我师尊在人间的道场，内有九宫仙景，但九乃数之极也，师尊认为不敢为天下先，故取名八景宫，它不同于昆仑玉虚宫、崆峒碧游宫那般山门开放，八景宫只有有缘人才能进得。”

“哦，那你的师尊是何人？”玉帝问道。

铁拐李笑道：“我师尊乃化外高人，就算跟鸿钧老祖也可比肩，他老人家云游四海，只收了一个入室弟子，我只是他记名弟子，切不可妄自说出师尊

名号。”

玉帝看着面前这来历不明的八洞神仙，心中思索，虽然这铁拐李的师父未必真能超过鸿钧老祖，但也差不许多，看铁拐李身上的气息就深不可测，其余七位也是无法估量，况且这八仙已然修成地仙，不在自己管辖范围内，只得放了八仙，并怒斥东海龙王教子不严，窥伺他人法宝自作自受。

东海龙王虽然生气，但自知理亏，也只能忍下，从那以后更加疼爱这个唯一的儿子敖丙，但此时敖丙也被杀了，又听说是个不知名的孩童，当即下定决心要讨伐此子为敖丙报仇，打听到了孩童的去向，老龙王亲身去往陈塘关。

陈塘关内，东海龙王找到了李靖，李靖一见龙王到，急忙迎接，“王爷驾临，不知何事？”龙王怒道：“李靖，你这陈塘关内今日有顽童闹海，杀了我的儿子！”李靖正纳闷是哪个顽童，正巧哪吒从内室走出，手里拿着那条龙筋，“爹爹，您一直对我不理不睬，孩儿今日在东海杀了一条龙，取了龙筋给您做条腰带，您总该理我了吧？”李靖和龙王对视一眼，就是哪吒无二，龙王本想当时出手，但想起当年二子之事，又不知哪吒来历，还是决定先忍下，“明日我便上天奏明玉帝，你父子二人均难逃干系！”说罢一挥袍袖离开了。

龙王走后，李靖怒斥哪吒，哪吒摆了摆手，“爹爹不必害怕，今日在东海岸边，才知孩儿生来就有灵宝护体，明日我也上天，阻止那老龙王便是”。李靖不屑地说道：“以为父的法力，尚且不能上得天去，你一个毛孩还敢口出狂言，若不能平息此事，我就杀了你，以祭三太子在天之灵！”

哪吒看着李靖的表情，似有相识之感，却想不起在何处见过。第二日清晨，哪吒就先到了南天门外等候龙王，不多时龙王到了，一见哪吒在此，怒火中烧，哪吒走上前，迎面抽了龙王一个耳光，又取出乾坤圈把龙王砸倒在地，骑在龙王身上，“你还告不告状了？”龙王满脸鲜血，嘴里骂声不绝，“你个小畜生！敢打我这个海神？”哪吒笑道：“我为人身，你为兽类，你我谁是畜生？你若还去告状，我就把你身上的鳞片全部扒光！”说着话，随手抠下了一片鳞，龙王疼得哎哟声不断，拔下一片扔到下界，当扒了八片的时候，龙王忍不住了，大喊：“饶命！”哪吒言道：“那你得跟我回去！跟我爹爹道歉。”龙王点头，变成一条小龙，躲在了哪吒的衣袖里，跟着哪吒回了陈塘关。

回到陈塘关，哪吒大笑，“爹爹，那老泥鳅来跟您道歉了。”说着放出了龙王，龙王抖了抖身形，破口大骂：“你们这些乱民贼子！敢与神族作对！我这就唤来四海龙王，水淹陈塘关，你们等着！”说罢火速离去，李靖气急，把哪吒关了禁闭，不让出屋，自己召集众将，商议对策去了。

禁闭怎么能关得住顽童呢？没过多久，无聊的哪吒又逃出去了，关内各处他都玩遍了，此时趁着夜色，哪吒独自走到了陈塘关楼台之上，看这里摆着一张弓，名为乾坤弓，还搁着一支箭，名为震天箭，这张弓据说是后羿曾经用过的弓，后羿死后，就一直被搁置在此，而这支箭，乃是李靖的祖父西征之时在昆仑处寻得，但此箭没有灵性，且极重无比，一直未曾使用。哪吒看着弓箭，不由得来了奇心，双手搭弓射箭，嗖的一声，这只本无灵性的箭在哪吒手中似乎觉醒一般，瞬间飞出不知去向了。

那么这箭飞到了哪里？顺着哪吒射出的方向，到了骷髅山白骨洞，这白骨洞里有一只妖怪，紫气石矶精，此时的石矶娘娘正在洞中休息，门前有童子把守，童子正打盹的时候，冷不丁被一箭射中，死尸倒地。

石矶娘娘听到门外的惨叫声，急忙出门查看，也知道此箭的来历，飞身来到了陈塘关，李靖还在睡梦之中，被门外喊声叫醒，见石矶手中拿着这支箭声讨李靖，又把李靖问了个懵。这个时候，哪吒又开心地跑来，“爹爹，你常说城楼上那支箭没人弄得动，今天我给射出去了，不知去向”。当他看到石矶手中的箭，预感到好像又闯祸了，瞬间闭上了嘴。石矶怒道：“原来是你这个小顽童，无故射杀我的童子，今日本座便让你伏诛！”哪吒笑道：“口说无凭，你说我杀了你的童子，尸体现在何处？”石矶怒道：“死尸就在骷髅山白骨洞中，你敢随我同去吗？”哪吒道：“有何不敢？但我虽有上天入地之能，但见高不见远，也没有坐骑相助，此去甚远，你需带我前去。”石矶同意，带着哪吒回到白骨洞。

哪吒看见了死尸，也知道自己闯祸了，但此时若是认罪，也就死在这娘娘手下了，只能硬咬牙，举起乾坤圈，砸向石矶。

第七十七回：太乙灭石矶收九头狮子，哪吒削骨肉魂入西方教

石矶没想到这孩子出手就打，急忙抵挡，石矶可不是敖丙，她乃是截教二代弟子，又是女娲石妖化，神通广大，几回合就收了哪吒的乾坤圈、混天绫。哪吒没了法宝，只能束手就擒，就在千钧一发之际，突然间白骨洞外飘进来一位仙风道骨的老者，这老者袍袖一挥，就收回了乾坤圈和混天绫，石矶定眼观瞧，“原来是太乙真人驾临，你此行是前来为此子出头吗？”哪吒看着面前这个老头把法宝还给自己，也是疑惑，“你是何人？”太乙笑道：“此子乃是灵珠子转世，我唯一的徒弟，也是封神大劫前部先锋，不得杀之。”哪吒没想到自己还有一位师父，石矶却是怒道：“你的徒弟无故杀死我的童子，况且这两件法宝也是我截教所赠，收回也是理所应当，还要讨回一个公道。”太乙笑道：“我是阐教门徒，与你截教本不相干，无奈封神大劫，乃顺应天数，其中死伤非人力可控，你莫要再纠结，丧了自身性命。”石矶大怒，“阐教中人，难道不讲道理？既然如此，休怪我无情。”说罢朝太乙攻来，太乙真人微微一动，祭出一件法宝，罩住了石矶，此乃九龙神火罩，阐教的法宝大多是截教所赠，但这件不是，此为元始天尊炼化九龙真气化为坐骑的法宝，内藏真火，威力无穷，转瞬之间，石矶在罩中化为飞灰。

太乙真人正想跟哪吒道回因果，谁知此时突然冒出一只九头狮子，冲着太乙怒吼，这九头狮子本为通天教主门下看守轩辕坟的神兽，因女娲召出三妖，唯恐三妖作乱才离守，九尾狐和琵琶精顺朝歌方向而去，唯有这石矶一直在白骨洞，九头狮子怕她有预谋，一直在此看守，今日太乙真人杀死了石矶，念在同门之情，不得不现身叫战。太乙真人一笑，九龙神火罩再次祭出，九道火光烧得狮子九头乱晃，痛苦不堪，九个头各说出一个字：“真人饶命，我愿意伏诛！”太乙真人收了神火罩，“你我也算有此渊源，既败我手，可愿为我坐骑？”狮兽急忙点头，太乙真人就收了这只坐骑。

哪吒还想询问，太乙急忙言道：“我本想与你诉说往事，但陈塘关此事危急，你速速回去，免得生灵涂炭，记住，我是你师父，有事来乾元山金光洞

寻我。”说罢骑着九头狮子，将哪吒送回陈塘关。

陈塘关此时已经乱成一团，四海龙王带着虾兵蟹将把陈塘关围得水泄不通，东海龙王敖光非要水淹陈塘关，为爱子敖丙报仇。李靖苦求无果，怒视哪吒，哪吒摇了摇头，冲龙王说道：“我若以命相抵，可否放过陈塘关百姓？”敖光喝道：“杀人偿命，我不敌你手中法宝，你今自裁于此，可免陈塘关百姓祸端。”李靖取出天罡刀就要杀哪吒，哪吒失望地看着李靖，“父既无情，为儿无义，今日我削骨还父，削肉还母，了却你我亲缘”。说罢夺过钢刀，剐碎自身。

四海龙王一见，也不好再为难陈塘关，只得离去。再说哪吒，一缕魂魄不散，飘在了乾元山金光洞找他的师父太乙真人，太乙真人看到哪吒的魂魄，不由得心疼一番，哪吒把前因后果一交代，太乙叹了口气，“也是命中有此一劫，幸亏你箭射石矶童子，使我现身与你相认，否则你这魂魄不来我处，可就入那封神榜了。”哪吒哭道：“师父，你说我是封神大劫前部先锋，此时徒儿丧命，我该何去何从？”太乙言道：“普天之下，上品仙术无非两类，天道之力与香火之力，你肉身已毁，无非再行天道之力，只得借香火之力续命存身。你托梦于你母亲，为你建造庙宇，受人供奉，三年后可恢复肉身。”

按太乙真人的部署一切倒也正常，怎知被李靖毁于一旦。有一日，李靖狩猎路过翠屏山，看到了一座哪吒庙，不由得怒从心头起，闯进庙宇仔细观瞧，见金身塑像与哪吒一般模样，庙内坐着殷夫人，正用女娲娘娘的法术替人解签，哪吒庙内信众甚多香火不断。李靖瞪红了双眼，“此子害得我险些家破人亡，现人死还不得安宁，在此骗取香火，逆子看刀”。说罢一挥三十六把天罡刀，瞬间将庙宇斩为平地，殷夫人倒地痛哭。

哪吒的魂魄又没了寄身之所，也没有力气再去找太乙真人了，眼看着就要魂入封神榜，魂魄中的“哪”字突然亮起，这一缕魂魄顺势飘到了西方。

这个时候，西方教接引道人正在坐禅修行，忽然间接引宝幢上有人哭喊救命，接引道人细细观瞧，乃是一个孩童魂魄，接引道人慈悲，取了一枚金丹砂、几只莲藕、几片莲叶，做成人形，将哪吒的魂魄寄存在上面，随手一点，莲藕人睁开了眼睛，与哪吒一般模样。哪吒磕头谢恩，接引道人笑道：“你与我西方有缘，故点化于你，你如今是莲做的骨肉，百毒不侵，可回到东方了却因果，再来我西方。”哪吒点头，向东方行去。

没有坐骑的哪吒走得缓慢，走了数日才来到西昆仑地界，这一日哪吒正在休息，忽然间一支箭向哪吒射来，哪吒一看乃是自己曾经射出的震天箭，拔腿就跑，哪知这箭在身后紧追不舍，无论哪吒跑到哪这箭就追到哪，哪吒跑得筋疲力尽，扑通一声摔倒在地，心想好不容易重生成莲藕人，没想到又要命丧于此，谁知这支箭到哪吒身前就不动了，而是向哪吒行礼，哪吒正纳闷，身后钻出一人，“这支箭与你有缘，是你恢复了它的灵性，从此你就带着它吧。”哪吒转头，看到一位金红发的道人，急忙问道：“你是何人？你说的灵性又为何物？”这名金红发道人回答：“我乃陆压道人，本是浮屠山乌巢中的散仙，现为西昆仑王母门客。我说的灵，乃是非生命体形成的意识，它可以认主，所以一直跟着你。想知道你我二人与这支箭的渊源吗？”哪吒点了点头，陆压道人缓缓说道：“想到初，天上有十只金乌，都被后羿射杀，但后羿的箭里有一支曾偷窃过息壤，故而丧失了灵性，导致一只金乌尚存，休养千年得了道行，便是本座。”

第七十八回：莲藕身获宝袭李靖，老燃灯赠塔平恩仇

陆压说道：“我乃是十只金乌中的丙日，因那支箭失去灵性，故而没有将我彻底杀死，我坠落在此休养，身上的离火之精落在箭上，将此箭炼成火尖枪，只因没有灵性，数百年前被李家取走后一直未用。”哪吒问道：“这支震天箭就是失去灵性的那支吗？”陆压道人点了点头，哪吒又问：“那它为何又恢复灵性？”陆压回道：“你前世乃是灵珠子，乃天地至宝灵气孕育，在昆仑山替南极仙翁看守仙鹤，因陈塘关总兵李靖来此猎鹤为纣王作药引，将你斩杀，你才投胎到李靖家中，了却因果，李靖杀你前世之时我恰巧看到，故而知晓。你之前射出此箭，它便受了你灵珠子的加持，恢复灵气，故此认你为主。”说罢，这支箭瞬间变成一杆长枪，枪尖上泛着火气，落到了哪吒身边。哪吒得了至宝，拱手言道：“多谢真人解惑，我该去陈塘关寻李靖，报这前世

今生两世之仇了。”陆压言道：“此处离陈塘关甚远，你徒步前去，要走几年才能到达？距离此处不远有一百鸟国，你何不去那里寻一坐骑？”哪吒大喜，遂告别陆压前往百鸟国。

百鸟国本是少昊所立，自少昊升为白帝，便请凤凰一族的青鸾、火凤两只神鸟管理此国，百鸟朝凤，多少年来一直安然无恙，后来龙汉大劫，凤凰一族被灭，青鸾、火凤就成了凤族仅存的两只血脉。今日二神鸟正在巢宫休息，门外有禽将来报：“二位首领，百鸟国来了劣童作乱！”青鸾、火凤一听，急忙外出一看，见哪吒手持乾坤圈，将数百只禽鸟打翻在地，青鸾喝道：“你是何人？来我百鸟国作乱？”哪吒见此鸟口吐人言，深施一礼，“二位神鸟，小弟无心冒犯，只因身负血海深仇着急赶奔陈塘关，故来此寻一坐骑携我前去。”火凤大怒，身形一抖晃起熊熊烈火，青鸾双翅一扇，狂风大作，纵火烧向哪吒，哪吒不慌不忙，收起了乾坤圈，将火尖枪掷出，将大团烈火吸入枪尖中，紧接着飞身上前，如蛟龙入海，火枪翻腾，青鸾、火凤不敌哪吒，只能谈判，“小英雄请住手，我二位愿为你坐骑，只求你放过百鸟国生灵”。哪吒点了点头，“那你们俩谁来驮我前去陈塘关？”火凤言道：“我们是伴侣，情比金坚，从不分离，只能共同前往，轮流为你坐骑可否？”哪吒同意，骑在了火凤身上，瞬间把屁股烫了个红，“哎呀！你怎么这么热？我要她来驮我，你跟随同行便是！”火凤为难，“小英雄，我为雄性，青鸾为雌性，虽然她属风系，但恐她体力不支”。哪吒问：“那怎么办？”青鸾回道：“不如这样，我们化作风火二轮，相互融合风火，小英雄你脚踏着我们前去。”哪吒大喜，见青鸾、火凤瞬间化身为两只轮子，蕴含风火二势，哪吒脚踏风火轮，手持火尖枪，气势汹汹杀奔陈塘关。

李靖此时正在殿内喝茶，忽听城门外叮当作响，急忙披甲出门查看，见一名孩童脱胎换骨般，脚踏二轮手提神枪，将守城众将打得溃不成军，李靖定睛观瞧，正是自己的三子哪吒。气急败坏的李靖没想到自己这个逆子还活着，急忙祭出天罡刀，要向哪吒斩去，哪吒大骂：“贼子李靖！你可还记得我？”李靖道：“你这逆子，害我陈塘关百姓险些受你牵连，怎不认得？”哪吒笑了，“那是今世，你可记得当年昆仑山猎杀仙鹤之时，你杀死的那名孩童吗？”李靖一惊，“莫非你是？”“不错，我便是灵珠子转世，此生投在你家中，便是了却前世因果，你杀我两世，哪知我福大命大造化之大，今日就灭你贼命，报这两世之仇！”说罢火尖枪一挑，将迎面而来的三十六把天罡刀全部击落，“贼人！你以为我还是前世的灵珠子吗？前世被你这天罡刀所斩，今生让你也死在此刀之下”。随即挑起一把刀飞向李靖，李靖急忙躲闪，第二把刀瞬间又到，躲闪不及的李靖被刀砍得胳膊大腿肉翻血流，急忙到城墙根上，要借土遁之术逃命。这土遁之术是李靖在昆仑山跟随度厄真人学道时习得的法术，名为五行遁术，乃是三教入门之法，因李靖资质不佳，只学得了此术，被度厄真人劝退山门，后改拜燃灯道人为师，燃灯道人也没有教给李靖别的东西，今日眼看丧命，借土遁之法逃了一命，来到了灵鹫山元觉洞，找到自己的师父燃灯道人。

李靖将前因后果跟师父燃灯说了一遍，燃灯道人却早已知晓，只因这燃灯平日与西方教来往甚密，前几日接引道人救哪吒之后，知道哪吒要回去报仇，为救李靖一命，就将准备提炼制七宝妙树的下脚料做了一只七层的七宝玲珑塔，让燃灯交给李靖，燃灯把塔递到李靖手里，哪吒便出现了，这五行遁术哪吒自然也会，哪吒借火尖枪以火遁之术赶来，从燃灯道人看管元始天尊的琉璃灯中钻出，提枪刺向李靖，李靖急忙祭出玲珑塔，将哪吒收入塔中。

玲珑塔中的玲珑真火，专克哪吒莲藕之身，哪吒被烧得咬牙切齿，就是不求饶，燃灯唯恐烧死哪吒得罪太乙真人，只得先放出哪吒，再行商议，“哪吒，论辈分，你该叫我一声大师伯，我与你师父太乙真人乃是同门师兄弟，受你师父和西方教接引道人所托，劝解你父子恩怨”。哪吒怒道：“他杀我两世，怎么罢休？”燃灯笑道：“他杀你两世，你两世也都得贵人相助得以新生，今日你打也打了，他败也败了，但念父子人伦，不得杀之。这样吧，他手中托的这座宝塔，便是今日相谈信物，若他手托此塔，他便是你的父亲，若有一日他没有了此塔，你任意而为我们不再阻拦，可否？”哪吒也没有别的办法，就算不同意，这塔也是他的克星不能造犯，只得同意，可是李靖却是从此不敢将塔离手了。

父子因果了却，昆仑玉虚宫元始天尊也满意地点了点头。南极仙翁言道：“封神劫先行官一事了结，可执行官姜子牙下山数日却是不顺。”元始天尊言道：“入世修行，先磨砺心性，封神大劫便是伐纣灭商想必已定，姜子牙乃是炎帝神农氏的后代，需遇轩辕黄帝后裔，扶保人间正主，方可名正言顺，现如今人间正主囚禁于羑里，要想个办法将他引出，才能顺应天数，早渡此劫。”

第七十九回：伯邑考救父丧命，广寒仙收养玉兔

按元始天尊所讲，确实有一位轩辕黄帝的后裔为人间正主，正是西伯侯姬昌。此时姬昌囚禁在羑里已有七年，西岐方面对姬昌都很担忧，尤其姬昌的长子姬考，世称伯邑考，几次要去朝歌面圣救出父侯，都被次子姬发拦住了，“兄长，如今纣王无道，忠臣劝谏无果，父亲留在羑里，或许还能保命，你若前去，恐昏王一时兴起灭门”。伯邑考也觉有理，未曾行动。这一日，伯邑考叫来姬发，“我这几日做梦，梦见父王被害，总觉是不祥之兆，今日我以献宝为由前去朝歌，若大王欣喜，再劝放回父亲，若大王不屑，我顺势回来”。姬发劝兄长小心。

伯邑考见到纣王，说明献宝来意，纣王大喜，命伯邑考拿出一件宝物供群臣观赏，伯邑考命人推出七香车，纣王见到宝车十分开心，今后凭此车可以游玩御花园。妲己言道：“恭喜大王得此奇宝，臣妾有个请求，闻西岐伯邑考擅音律，可否让他教臣妾弹奏七弦琴，臣妾学得可更好地服侍大王。”纣王答应。

自古抚琴只有五弦，乃伏羲所造，传至商末，姬昌与次子姬发各添一根，将五弦改为七弦，创宫商角徵羽文武七种音律，一直流传至今。妲己也是想学习文武之道，才让伯邑考教她，但她与伯邑考同处一室的时候，才萌生了另外的想法。因妲己被九尾狐夺舍之前，曾与伯邑考订过亲缘，后纣王强娶妲己，才取消了这桩亲事，夺舍前的妲己对伯邑考情有独钟，此时再次见到伯邑考，竟然让消亡许久的妲己魂魄再次萌生，九尾狐暗道不好，没想到这伯邑考如此强大，竟能让被夺舍的妲己魂魄再次出现，若是妲己的魂魄再次占据肉身，九尾狐就会烟消云散。想到此，九尾狐只能暗下决心灭掉伯邑考以绝后患，就在教琴之时，将衣衫褪去半缕，露出香肩，投入伯邑考怀中，

伯邑考大惊，急忙推开妲己，拱手言道："娘娘珍重，臣不敢做此不忠之事。"妲己笑了，一脚踢翻了七弦琴，门外卫士闻听急忙闯入，看到妲己衣衫不整，只当是伯邑考欲行不轨，将伯邑考押入死牢，并禀报纣王。

纣王大怒，本应将伯邑考处死，但顾及脸面，无从定罪。妲己道："大王可命他再献其他法宝，从中再寻端倪杀他。"纣王点了点头，唤来伯邑考，"姬卿家，昨日是场误会，不必挂念在心，你此番前来，可还有其他宝物献上？"伯邑考叩首道："回大王，西岐有一护城灵兽，可献予大王。"纣王命他取出，见是一只黑鬃毛的熊罴，急忙问道："这只熊是什么宝物？"伯邑考道："大王，此熊罴乃是上古轩辕部落的图腾熊和罴所生，后帮助大禹治水，历经万年，此时修成正道，精通炼丹之术。"纣王大喜，"快！摘星楼摆炼丹炉，孤王要和美人共同观赏这熊罴炼丹！"

来到摘星楼上，这只熊罴熟练地操纵丹炉，炼出了两枚仙丹，递给纣王和妲己，口吐人言："大王、娘娘服下此丹，可洗髓伐骨，延年益寿。"纣王吞下，顿时感到身形轻快，疲惫全无，大夸伯邑考。妲己也吞下了此丹，但她这一洗髓伐骨不要紧，直接面貌狰狞，露出了一张狐狸脸，吓得妲己急忙运用内功把丹吐了出来，倒在地上大喘粗气。

所有人都看明白了妲己是个妖物，只有被迷惑的纣王蒙在鼓里，他扶起妲己，大喝一声："伯邑考有蛊惑之心，押入死牢！"伯邑考再次入了死牢。夜晚，纣王问妲己："伯邑考死，西岐若来进犯，如之奈何？"妲己思索了片刻，"若是借此放了姬昌呢？"纣王摇头，"姬昌乃当世圣人，若放了他，后患无穷。"妲己言道："大王所惧，无非是姬昌卦术高强，不如把伯邑考做成肉饼，宣称鹿肉请姬昌用膳，他是圣人，若算出这是他儿子的肉，定不能食用，若他食用，证明不过是泛泛之辈，可放他回西岐以安民心。"纣王大喜，赞叹妲己计策高超。

西伯侯姬昌的文王卦举世无双，他怎会算不出那是儿子伯邑考的肉？但此时他为了天下大业，选择忍辱负重，含泪吞下，泪在眼中不被旁人看到，吃完还夸赞一番肉质，令纣王和妲己松了警惕，放走姬昌。

姬昌一路出逃，奋力跑出了朝歌城外，倚在城墙边大喘粗气。突然间腹内翻滚，一股劲向上溢出，姬昌张口，吐出一只兔子来，姬昌再也忍不住了，眼泪大颗地涌下，抚摸着这只兔子，嘴里唤着："考儿，我的儿子！"这时候，身后一只纤纤玉手拍了他一下，"侯爷息怒，他不是你的儿子"。姬昌回头，见是一个绝美的容颜，不知是何人，但她身后还有一人他却认得，乃是李靖的妻室殷夫人，姬昌急忙拱手，"不知殷夫人和这位仙女所言何意？"殷夫人言道："侯爷，这是我的师姐，广寒仙子嫦娥，我二人奉女娲娘娘之命前来相告，速回西岐，免纣王灭口。"广寒仙子也说道："这只兔子，是令郎伯邑考的肉身，但她的魂魄，却是妲己的魂魄，现在的妲己已被九尾狐夺舍，不是原来的妲己，伯邑考出现在宫中时，因与妲己先前有亲，将被封印的妲己魂魄唤了出来，附在了伯邑考身上，后来伯邑考被害，按人道魂入封神榜，肉身就携带真妲己的魂魄变成了这只玉兔，女娲娘娘刚刚得知九尾狐夺舍妲己之事，不忍妲己无辜受害，故命我收养这只玉兔。"姬昌点头，"那我就将这只玉兔交给仙子，但不管怎样这也是考儿的肉身，望仙子善待"。广寒仙子点了点头，"女娲娘娘还让我告知于你，令郎遇害，皆因献出了熊罴兽，你乃是轩辕黄帝后裔，人间正主，熊罴乃是你部落图腾，因献出了图腾，才导致伯邑考丧命。日后若是有机会，最好夺回熊罴"。姬昌含泪点了点头，拱手道谢，离开朝歌赶奔西岐，可这一切，都被不远处的一名守将看到了。

这名守将乃是费仲的心腹，急忙向费仲汇报，费仲将此事禀报给纣王，纣王暴怒，"贼子姬昌，胆敢欺骗孤王，传旨擒拿！"

第八十回：雷震子西岐救父，姜子牙直钓贤王

消息传出，殷夫人急忙告知李靖，李靖言道："看来大商气数将尽乃是天意，想我李家三代忠良，也难免臣投外国。趁昏王此时全力捉拿西伯侯，还无暇顾及我们，咱们先行逃出陈塘关，遘奔西岐，沿途若遇侯爷，顺手救下。"殷夫人点头，急忙叫来金吒、木吒和哪吒，一家五口共同赶往西岐。

再说姬昌催马向西，一路奔行，终于快到西岐了，心中松了一口气，可在西岐城外数百里被纣王的追兵追到了，姬昌面如死灰，终将丧命于此，怎

知这时突然一声："侯爷莫怕，我得来助！"姬昌顺声观瞧，乃是李靖、殷夫人、金吒、木吒和哪吒五人来到，跟大队兵马打成一团，姬昌不能独自逃走，但也不会武功，只能在一旁着急，就在此时，一队人马杀出冲向姬昌，姬昌生死关头，空中喝出一声："父王莫怕，孩儿救驾来迟！"说着飞下一人，面如蓝靛、巨口獠牙，背生双翅，手举一条黄金棍，正是西伯侯姬昌的义子雷震子。

这位雷震子也是大有来头，在上古时期伏羲画卦，四象神兽生成之时，中央也有神兽诞生，随阴阳交合，诞生一公一母两只土系神兽，母为腾蛇，公为勾陈，只不过此二兽低调才未遭鲲鹏毒手。龙汉大劫之后，腾蛇嫁给了老龙帝敖平和，奔东洲生活了。勾陈就去了西方修行，打算专修雷术创天地奇迹，但那个时候，玉帝还没有将雷之力散下，世间无人可以修习，这勾陈就在西方走火入魔，肉身消亡，一缕残魂随着阴阳二气就在世间飘飘荡荡。到后来，玉帝开辟了轮回之道，勾陈残魂就进入了轮回，投到金灵圣母的腹中，只是这个事情，金灵圣母并不知晓。那一日，金灵圣母梦见口吞日月，勾陈借机从金灵圣母体内脱出，一个小肉胎就滚到了燕山，金灵圣母醒来之后依然不明此事，勾陈却在燕山地界开始孕育，直到有一天，西伯侯避雨之时，突然间霹雳交加雷声大作，这个肉胎借着雷之力化形了，西伯侯一看，此物不是人身，认为是天雷将星出世，便收为义子，取名雷震子，并就此交给他的好友——玉虚门下云中子为徒，跟随云中子学习法术，成了阐教三代弟子。他跟金灵圣母有一段母子之缘，只是借着梦中显化，不为人知而已。

雷震子一出现，这一队人马转瞬之间便化为乌有，姬昌看着雷震子，原本英俊的面庞此时怪异无比，"我的儿，你怎么变成这样了？"雷震子言道："父王，我因误食家师所种的两枚仙杏，才变得面庞怪异，背生风雷二翅，却也因此法力大增。"姬昌欣慰地点了点头，又看向一旁的李靖五人，已经结果了所有追兵，姬昌拱手致谢，并邀请李靖一家留在西岐。

姬昌回到西岐当晚，做了一个怪梦，梦见飞熊入境，斩杀乱臣贼党无数，扶保姬家为人间正主。梦醒后，心生怪异，难道这飞熊就是献纣的那只熊罴？第二日，姬昌闲暇无事出城游走，欲寻找贤士，不自觉走到了郊外，听樵夫们都在嘲笑河边一老叟直钩垂钓之士，不由得起了奇心。赶往河边，果然看到一名老者正在垂钓，直钩无饵，故上前询问，“道兄在此直钩垂钓，不知所钓何物？”这名老者回头看了一眼姬昌，微笑道：“贫道钓的乃是人间的正主贤王，轩辕黄帝后裔。”姬昌问道：“不知道长如何称呼？”“姓姜名尚字子牙，道号飞熊。”“哎呀！”姬昌急忙拱手：“不知飞熊道长驾临，甚是荣幸，在下西伯侯姬昌，乃是轩辕黄帝后代，因昏王无道，害我长子姬考，正欲灭商伐纣，若道长不嫌弃，可愿为我西岐之相？助我一臂之力。”姜子牙抛开鱼竿，缓缓站起，“入我钩者，那便看你有无诚意？”姬昌唤来拉辇众下人，对姜子牙拱手，“请道兄上辇。”姜子牙上辇后，姬昌亲自拉辇，途中询问姜子牙往事，子牙道：“贫道自幼拜在昆仑山元始天尊门下，自七十二岁下山以来，受结义兄弟做媒，娶妻糟糠马氏。婚后贩卖农具，非偷即送；贩卖牛肉，羊肉增价；贩卖羊肉，牛肉价增；将活牛羊一齐贩卖，却赶上朝歌当月禁杀全被收走；又贩卖面粉，恰遇点兵人马经过将面刮飞；我那兄弟仁义，舍我一间门铺开个饭馆，却无人问津；后来改门铺算卦，倒是有些起色，因有一妖精前来算卦，被我所杀，故受纣王赏识封了一个下大夫。”姬昌问道：“先生还懂降妖之术？那妖魔一定非比寻常，否则纣王不会理会。”姜子牙道：“此妖的确有些来历，乃是截教通天教主将断弦的伏羲琴改成的一只玉石琵琶精，因断了火弦，故五行遁术缺一，我将其用三昧真火烧死，被纣王封官。”姬昌又问：“既被封官，为何又来到西岐垂钓。”子牙道：“纣王无道，下令修建鹿台，命我监工，我不愿见黎民百姓受苦，又因中大夫杨任进谏被挖去双眼，故我不得进谏而辞官，来到西岐欲访贤王，也因此贱内弃我而去。”姬昌叹道：“先生为国为民，甘愿历尽疾苦，家破人散，今后入我西岐，可保您否极泰来。”说到这，就来到了西岐城前，子牙问：“侯爷拉辇走了多少步？”姬昌派人回去数脚印，回来禀报：“正好八百零八步。”子牙下辇说道：“侯爷居地为周原，可立国为周，你拉我八百零八步，我保你大周江山八百单八年。”姬昌拱手言谢，迎姜子牙入城，子牙摆手，“侯爷莫急，我今寻得贤主，应回昆仑山师尊处复命，而后再回”。姬昌与姜子牙分别。

元始天尊见姜子牙回来，责怪道：“你可知为凡人算卦，乃泄露天机之举，你与姬昌二人为凡人算卦，导致你们此生与仙道无缘，只得寿终正寝转世轮回。”姜子牙大惊，但也只能无奈地接受现实。元始天尊继续道：“此乃天数，非人力所能为，为师今日将封神榜、打神鞭交于你，命你执行斩将封神之事，你此次离开后，命人建造封神台，令魂入封神榜的众人魂魄有地存身。”姜子牙领师命，取了封神榜、打神鞭，再次下了昆仑山。姜子牙扶保大周不要紧，朝歌城也出了大事，比干、黄飞虎相继被害，商朝仅存的一位忠臣太师闻仲，出征回朝。

第八十一回：老太师闻仲回朝，黄飞虎反出五关

姜子牙骑着元始天尊所赐的新坐骑四不像下山了。再说商朝太师闻仲，一直在外征伐北狄，少在朝中。闻听纣王被妖妃迷惑，害死数位忠臣，便班师回朝欲挽救残局，可当回朝之时，才知朝中仅有的忠臣比干、黄飞虎也相继被害。

原来就在姬昌访贤之时，纣王的鹿台已经建造完工，与妲己在高大的鹿台上摆宴作乐，妲己请来狐族一众，变身化作各位神仙，迷惑纣王。可这一切瞒不过朝中的一位重臣——纣王的叔父比干，比干自幼在南极仙翁门下修道，修成一颗七窍玲珑心，百毒不侵百邪不染，他观出众神仙都是狐狸精所变，便与黄飞虎商议，共同火烧轩辕坟，杀死了妲己狐族一众，并将狐狸皮剥下做成大氅献给纣王。妲己看到自己的子孙被杀，在大殿上当场气晕，纣王急命太医诊治，可太医查不出所以，妲己言道：“大王不必费心，妾身得的乃是邪魅入侵之病，只有比干的七窍玲珑心方可医治。”纣王立刻派人取出了比干心脏。

东宫黄妃和西宫杨妃对纣王此事极为不满，为了一个妖妃能够挖出王叔的心，与妲己理论，妲己心喜，想通过此事再铲除黄飞虎，便迷惑纣王建造了灭绝人性的虿盆，就是在平地挖一深坑，坑内放入数百条毒蛇，将黄妃和杨妃扔入坑中，害死了二妃。

本以为此举会惹怒黄飞虎，可黄飞虎迟迟没有动静，妲己再生一计，引

黄飞虎的贤妻贾夫人上得鹿台，令纣王调戏，贾氏为殉节跳下鹿台，香消玉殒。

这一计终于惹恼了黄飞虎，妲己本想令飞虎与纣王理论，纣王定会按以下犯上之罪论处，怎知黄飞虎直接带人马反出朝歌，投奔西岐去了。

妲己正束手无策，太师闻仲便回来了，看到忠臣尽皆遇害，又看纣王正在新建的酒池肉林之中与妲己玩乐，不由得怒上心头，当场怒斥纣王。别看纣王对自己叔父也下得毒手，但唯独对这位师父不敢有半点不敬，闻仲命纣王回寝宫面壁不得与妲己相见，又废除炮烙等刑法，斩杀费仲，解决黄飞虎一事去了。

再说黄飞虎，骑着自己的坐骑五色神牛，率领大军，浩浩荡荡遘奔西岐投奔大周。首先路过一座关口临潼关，城楼之上，二千神射手密密匝匝，早就收到太师闻仲的消息要拦截黄飞虎，黄飞虎不得硬闯，只得暂且退兵。到了夜晚，临潼关有一名飞虎的旧部，悄悄打开城门，放走了黄飞虎。

黄飞虎第二站就到了潼关城，见潼关之上无有人马，连巡城士兵也不见踪影，黄飞虎不由得心惊，觉着有诈，就在此时，城楼上飞下一柄毒镖，直射飞虎前心，黄飞虎中镖落地，奄奄一息，众兵将为难之际，天上飞下一人。

只因二仙山麻姑洞有一位黄龙真人，乃是元始天尊门下十二上仙之一，黄飞虎自幼跟随黄龙真人学过法术，但因扶保大商出山较早，现如今黄飞虎的儿子黄天化正在黄龙真人处学武修行，今日黄龙真人算出黄飞虎反商落难，命黄天化乘五彩祥云前去搭救，天化领命，驾祥云来到潼关，恰巧看到黄飞虎中镖，天化飞身而下，从怀中取出黄龙真人所赐灵药，给父飞虎服下，黄飞虎瞬间伤势痊愈，有了天化相助，更是如虎添翼，父子率军杀破潼关，向西而去。

接下来到了穿云关，黄飞虎竟然在此受到了盛宴款待，自觉蹊跷，这穿云关守将和潼关守将本是同胞兄弟，难道消息未传到此？不由得警惕起来。到了夜晚，果然屋外燃起大火，黄飞虎明白是天化在潼关的神威震慑了众人，穿云关欲暗害自己，趁火势未凶之际，与天化大杀穿云，破城而去。

离开穿云连夜行走，几日后到了界牌关，黄飞虎在关下长叹一口气，原来界牌关的守将黄滚，乃是飞虎之父，黄飞虎怕不能劝得父亲反商降周，反弄个父子战场相见。正踌躇时，城门打开，“黄将军，老太爷有请！”黄飞虎一听有人来报，急忙下了牛，徒步进城，见到自己的父亲，老黄滚破口大骂：“逆子！我黄家七代忠良，毁于你手，你还不自裁谢罪，让我有何脸面去见列祖列宗？”黄飞虎劝道：“父亲，纣王无道，朝中忠良尽丧，普天下民不聊生，就连孩儿的胞妹东宫黄娘虿盆被害我都没有反叛，可妖妃妲己还不罢休，定要将我置于死地，害死我妻，我为何还要顶着忠良之名，为昏王奸妃卖命呢？”黄天化说：“祖父，我刚从黄龙真人处归来，他乃阐教元始天尊门下，听天尊所言，商朝气数已尽，元始阐教与女娲人道正欲兴周灭商，您何不顺应天数，共举义旗？”黄滚被父子二人说动，当日反出界牌关，与飞虎大军共奔西岐。

黄飞虎连过四关，到第五关汜水关的时候，遇到了阻碍。汜水关的守将不是人身，乃是一只千年蜘蛛精，号称七首将军。他早知黄飞虎即将到此，提前做了准备。等飞虎大军来到城下，突然迷雾冲天，将飞虎一众困在城下，黄飞虎等人俱成了待宰羔羊，就在此时忽然清风一道，毒雾俱散，天上闪现一人，脚踏风火二轮手持火尖长枪，言道：“黄将军，我乃太乙真人门下弟子哪吒，奉大周姜丞相之命，前来搭救将军。”说罢提枪刺向七首将军，这蜘蛛精一看哪吒不怕毒气，取出一柄化血神刀，横劈哪吒，正砍在哪吒胸前，哪吒笑道：“我乃莲藕化身，兵刃不惧。”再次提枪挑去，蜘蛛精退后一步，只觉天昏地暗，抬头看天上飞下雷震子，黄金棍正砸蜘蛛顶中，将他七个脑袋砸得血迸，七首将军生死关头，城中冒出一只大蜈蚣，驮着将军迅速逃出。若问这是哪位？这只蜈蚣是七首将军的家仆，自幼培养，胸生多目，七首将军说何时修成百眼，就可大成，这时多目蜈蚣见主子有难，急忙相救，逃在荒郊野地，七首将军气喘不均，多目蜈蚣问道：“主人，您怎么样？”七首道：“我怕是不行了，你去吧。”蜈蚣道：“我蒙主人栽培，未曾报答，怎能离去？我一故友三尾地蝎欲嫁六翅金蝉，那金蝉是人参果树滋养，吞食可恢复伤势并长生不老，也只能去找他了。”

第八十二回：伐北侯姬昌托孤，闻仲搬魔家四将

多目蜈蚣与七首将军去寻三尾地蝎和六翅金蝉暂且不提，后文书还会再现。黄飞虎连反五关，此时西岐人周正摆筵款待。席后，姜子牙向姬昌拱手，“如今商朝贤能之士，除遇害身亡外，尽归大周，天数已至，不可再固守，本相以为，应先攻讨最无能的北伯侯，震慑昏王威势”。姬昌点了点头，命子牙率军前去。

姜子牙兵伐北侯，惹恼了大商太师闻仲，想此时朝中忠良尽丧，绝不能让西岐再进犯国土。但自己势单力薄，无法与西岐众多良将斗争，只得搬请救兵，去碧游宫请求自己的师父金灵圣母。

来到碧游宫，见宫门紧闭，不知为何，回头要走，看到一位上仙站在眼前，闻仲认得此人，乃是通天教主门下弟子赵公明，此人武艺比不上通天四大亲传弟子，但时运极佳，曾经崆峒岛万仙来朝，三界万物皆来拜师学艺，压的崆峒岛即将下沉，幸亏赵公明凭着看家法宝二十四颗定海珠定住了东海，得到通天教主赏识，与三个妹妹三霄娘娘一同拜在通天教主门下。闻仲急忙行礼，“拜见师叔”。赵公明急忙扶起，“截教万仙一家，不及阐教刻板，不必论资排辈，你今日来此，是要见师姐金灵圣母吗？”闻仲点头，“正是，我保大商社稷，如今危在旦夕，能臣尽绝，如今来请恩师求救”。赵公明摇了摇头，“家师自上天拟撰封神榜后，便嘱托截教门徒，除食人间俸禄者，其余紧闭洞门不得出山，避免封神杀劫，我今日也是前来崆峒岛巡视，稍后便回，你若有需，我为你指条明路，佳梦关有魔家四将曾受我指点，术法灵宝皆是上乘，可带我一卷手谕前去搬请四将助你”。闻仲急忙谢恩。

闻仲离开碧游宫，骑着坐骑墨麒麟正欲离开，怎知身后有人唤道：“道友留步。”闻仲回头观看，此人他也认得，阐教和姜子牙一样的外门弟子申公豹，不由得产生警惕。申公豹察觉出闻仲的心思，急忙说道：“闻太师不必多心，家师元始天尊派姜子牙为封神执行官，本座不服，与姜子牙山下赌斗，被他赢了法宝，又被元始天尊逐出师门，此次来崆峒岛，是想拜入截教，与大商一同征讨西岐，谁知洞门紧闭，故只得离去，不想在此偶遇太师，实乃

荣幸。闻听太师坐下墨麒麟可识人心声，不妨问问它我的话是否属实。”闻仲看向墨麒麟，见它点了点头，这才放松警惕。申公豹说：“闻听太师要去佳梦关请魔家四将解北伯侯之围，我有个绝佳妙计，离此不远的九龙岛上，有截教外门术士四名，曾受无当圣母指点，现由我去约请四圣相助北伯侯，而姜子牙出征，西岐必定空虚，太师可请魔家四将直捣西岐，杀他个后院起火措手不及。”闻仲大喜，“就依你所言！我定奏请大王，封你为大商国师”。申公豹致谢，与闻仲分道而去。

闻仲带着赵公明手谕，到佳梦关请来了魔家四将，五人率军杀奔西岐，西岐此时果然空虚，姜子牙带兵伐北未留可用之将，姬昌心急，就在此时，有人来报：“有神将求见！”姬昌约请，见一名三眼神将来到身前，手持一柄三尖两刃刀，还带着一只神犬，不由问道：“请问神将来自何方？”神将拱手：“我乃玉泉山金霞洞玉鼎真人门下弟子杨戬，因劈山救母得罪玉帝，一直在家师洞中躲避杀劫，如今西岐危难，家师命弟子出山前来相助。”姬昌大喜，拜杨戬为帅，出城征战魔家四将。

杨戬来到阵前，只身会敌，与魔家四将斗在一处，见魔礼青手持青云剑，与杨戬交战，魔礼青武艺不及杨戬，又看魔礼海弹起碧玉琵琶，瞬间将众军士心智搅扰，杨戬也有迷幻之意，这时那只神犬咆哮几声，军兵瞬间清醒，这神犬也不是一般之物，乃是杨戬自幼救得的一只，劈山救母之时，就有这只犬跟在身边，因玉帝派下天兵捉拿杨戬，此犬冲天咆叫三声，令天兵不敢向前，故名哮天犬。此时再次吼叫惊醒众人，引起了四将注意，魔礼红祭出一把混元伞困住了哮天犬，魔礼海又洒下几只瞌睡虫，令西岐军士沉睡，再看魔礼寿，放出一只白金雪蟒，直冲杨戬，杨戬急忙撤出三尖两刃刀，跟雪蟒斗在一处，原来这三尖两刃刀本是一只三头虬蛟，被杨戬驯服化为兵器，杨戬此时徒手交战持宝剑的魔礼青和徒手的魔礼红、魔礼寿，又要提防魔礼海的琵琶音，不觉得心力交瘁，就在此时，只听得远方大喊：“神将莫怕，我等奉丞相之命回来相助。”杨戬回头，看到两个孩童，正是哪吒和黄天化，原来姜子牙伐北伯侯看到九龙岛四圣时，就知道申公豹也来了，他知申公豹性格阴损，定会趁机攻打西岐，才派哪吒与天化回朝。天化言道：“擒贼先擒王。”哪吒火尖枪一举，直指闻仲，熊熊烈火冲着闻仲烧去，魔礼寿大喝：“保护太师！”手中出现一只避火罩，将闻仲护住，四将回头冲向哪吒，黄天化等的就是这一刻，四根攒心钉脱手而出，直射魔家四将，四将当场身亡。

闻仲见四将身死，大军也被斩杀所剩无几，只得拨动坐骑回逃，逃至荒郊，才又遇到了申公豹，忙问：“国师，为何一人在此？莫非四圣？”申公豹叹了口气，“九龙岛四圣皆被金吒、木吒击灭，北伯侯大军也被雷震子全灭。”闻仲大惊，申公豹言道：“太师莫灰心，崆峒岛旁不远有一金鳌岛，岛上有十位天君，为首的金光圣母乃是自然光神，曾受过令师金灵圣母指点，可去搬请他们。”

闻仲前去金鳌岛，姜子牙也班师回朝，可回到西岐，却得惊天噩耗，西伯侯姬昌寿终正寝，临死前托孤姜子牙辅佐次子姬发完成伐纣夙愿，子牙含泪接旨。姬发继位，就是后人所称的周武王。他将大周国号公开，义旗高举，并追尊先父为文王，自此正式开启武王伐纣的时代。

再说闻仲，骑着墨麒麟来到了金鳌岛，见到金光圣母，把前后缘由一说，金光圣母见是同门，急忙答应，并一一引荐金鳌岛众位术士天君。

第八十三回：十天君大摆十绝阵，老太师求助赵公明

金鳌岛上，有以金光圣母为首的十位天君。除此之外，还有三名术士：一为金光圣母的夫君辛环，手持一对雷公凿，有驱雷之功；二为金光圣母的义妹菡芝仙，使一只风口袋，有放风之术；三为金光圣母的义妹彩云仙子，有两个儿子协助推云布雾。众人在闻仲的邀请下，答应助商伐纣。

简单说十天君来到西岐，在城外摆下了十绝大阵，闻仲城外叫战，姬发命子牙带兵出城，姜子牙在城楼之上观瞧，不由得心中一惊，这十位天君，可不是九龙岛四圣和魔家四将，这十绝阵暗藏杀机，不可小觑。只得先和众仙商议，杨戬提议，“如今商周之战，亦是阐截之争，我等还要留得青山扶保大王伐纣，不可以身犯险，既然残商可以搬兵助战，不如我等也去求请阐教上仙”。子牙点头，“杨戬此计高明，封神大劫，正是要渡杀劫，我等上仙也

在其列，众将居阐教门下者，各去搬请各自师尊，前来相助”。

大周众将各自去了洞府搬请师尊，不多时回到西岐。望着十绝大阵的天绝阵，金吒从五台山五龙洞请来了师父文殊广法尊者，文殊言道：“就让本座会会这天绝阵。”说着进入了阵中。见天绝阵内混沌之气倒推，能锁真人内力，文殊一笑，掷出法宝遁龙桩，瞬间顿住了施阵的阵眼。

木吒也从峨眉山九宫白鹤洞请来了师父普贤真人，要斗地烈阵，见阵中暗合五行妙术，普贤也祭出法宝长虹锁，将术法的演变锁了个结结实实。

第三阵为风吼阵，此阵甚是邪门，内有三昧神风，姜子牙只得让李靖去请他的第一位老师度厄真人，只因这度厄真人有一颗定风丹，可定住三昧神风，李靖去小须弥山九顶铁刹八宝云光洞请来了度厄真人，度厄真人凭定风丹破了神风，又挥起飞龙宝杖，在风吼阵大破敌兵。

哪吒也请来了师父太乙真人，携带九龙神火罩进入了寒冰阵。

第五阵烈焰阵却让众人犯难，前四阵都是以相克之法破得，在场众人无有破得烈焰之功者，普贤真人说道：“我有一师妹慈航道人，得师尊所赐三光神水，可灭天下不凡之火。”急命木吒去普陀山珞珈山岛紫竹林请慈航道人，慈航道人答应下来，命弟子南海龙女取来杨柳净瓶，内装三光神水，来到西岐进了烈焰阵，用神水灭了真火。普贤欣慰，为表谢意，就让弟子木吒此后跟随慈航道人。

第六阵金光阵乃是由金光圣母亲自操纵，也是十绝阵中的阵心，李靖言道：“师尊燃灯未能到此，却赐了我他的法宝照妖镜，此阵就让我前去吧。”说着携带法宝进了金光阵，见阵内金光四射，电闪耀目，李靖急忙祭出照妖镜，将光电弹回，金光圣母被照妖镜照中，现了原形，化为电之本源。

到了第七阵化血阵，也让众人不敢前进，此阵可将人体内血液化出，但可喜坏了小哪吒，“此阵正合我意，我乃莲藕化身，无有血肉，就让我去破阵。”

第八阵为落魄阵，可控人神智，杨戬言道：“吾有哮天犬相助，可破迷幻之功，此阵让我前去。”

最后两阵较为容易，红水阵与红沙阵据为物理攻击一类，不含术法，黄飞虎请来黄龙真人，进了红水阵，姬发本想命雷震子破红沙阵，子牙言道：

“禀大王，雷震子被本相派去另有行动，此时缺少一位破阵之人，让我去夹龙山飞云洞请我的师兄惧留孙来破。”惧留孙精通土系法术，破红沙阵最为合适。不过多时，十绝阵俱破，金鳌岛十天君皆被斩杀于阵中，众上仙齐聚西岐，摆宴庆功。

再说闻仲，见十绝阵被破之时就已逃走，前去寻找那三名术士，可那三位术士也早就被姜子牙派去的后手结果了。只因雷震子追杀三人，辛环祭出雷公凿与雷震子独斗，雷震子见面前这人与自己相貌相似，不由得来了兴趣，可菡芝仙与彩云仙子暗中偷袭，雷震子险些受重伤，幸亏被姜子牙二次派来的杨婵，祭出宝莲灯，杀死了菡芝仙和彩云仙子，雷震子也一棍打在辛环头上。

若问宝莲灯为什么会在杨婵手中？只因杨婵拜在殷夫人门下学习法术，女娲娘娘自紫霄宫获得宝莲灯后，就将其赐给她的弟子殷夫人使用，殷夫人也爱惜杨婵这个弟子，也将宝莲灯赐给了她。杨婵法术不精，幸亏有宝莲灯护身。

再说闻仲，落荒而逃，气愤难平，搬请的救兵尽皆被灭，心想不得恋战，只得寻求强大之人相助，速灭西岐永绝后患。再三犹豫后，闻仲来到了峨眉山罗浮洞，找到了前几日见到的自己的师叔、通天教主亲传弟子赵公明。

闻仲进了罗浮洞，叩首拜求，“师叔，弟子保商伐周，搬请魔家四将、九龙岛四圣、金鳌岛十天君助战，不想尽皆丧命，故特来求请师叔出山为截教正名”。赵公明一听怒火中烧，“想不到截教门徒尽数遭害，阐教欺人太甚！唉，若是我的三个妹妹肯共同出山，除非元始师伯亲自出马，否则阐教十二上仙无人能敌，可惜家妹谨遵师命，我也劝不得，也罢，就让本座亲自出马，为你出头”。

闻仲大喜，见赵公明骑上坐骑黑虎，手持钢鞭，出了罗浮洞。来到西岐，此时阐教上仙尚有几名未曾离开，赵公明城下叫战，“西岐叛贼听令！命你阐教搬请的上仙出城，吃我一鞭！”姜子牙大惊，急忙看向众位师兄，黄龙真人道：“闻听赵公明法力无边，一直未曾得见，就让我头阵会他一会。”说着取了兵刃，飞下城楼，赵公明二话不说，提鞭就打，三回合就打翻了黄龙真人，惧留孙急忙上前助战，五回合内也被赵公明击翻，姜子牙心惊这赵公明果然厉害，只得率大军用人海车轮战术御敌，见城门大开，姜子牙率军出城，赵公明看向姜子牙，不屑一笑，手中钢鞭飞出，直击姜子牙眉心，姜子牙躲闪不及，被钢鞭击中，死尸倒地。

姜子牙一死，军心大乱，姬发急令退兵回城，请求众上仙救助姜子牙。

第八十四回：陆压破五劳七伤法，三宵摆九曲黄河阵

文殊、普贤、慈航三位道人面面相觑，“想我等俱不是赵公明对手，如今只得让太乙师兄引开赵公明，我们三人带子牙师弟回昆仑面见师尊。”太乙言道：“引开，恐不是长久之计，烦劳杨戬、李靖二人回山搬请令师玉鼎真人和燃灯大师兄，这赵公明只有燃灯师兄能够抵挡。”李靖与杨戬领命，哪吒言道：“师父，我获莲藕身回归时，在西昆仑偶遇一位陆压道人，高深莫测，我的火尖枪、风火轮就是受他指点所获，弟子可请他来助。”太乙答应，五路人马分道而行。

先说姜子牙，被文殊、普贤、慈航三位带回了玉虚宫，元始道：“慈航你那三光神水，活死人肉白骨，可以此法行之。”慈航道人洒下神水，复活了姜子牙。

再看赵公明，一路追杀太乙真人，太乙知不是赵公明对手，一直不敢正面交战，行至玉泉山，杨戬请出了师尊玉鼎真人，赵公明一见，“总算有敢斗的了，那太乙只会逃窜，你来与我交锋”。玉鼎真人取出斩仙剑，跟赵公明战在一处，玉鼎真人的实力比阐教其他几位上仙稍强，但依然比不了赵公明，几十个回合后玉鼎战败，与太乙一同向灵鹫山逃去，赵公明继续追赶，终于来到灵鹫山，见到了燃灯道人。

老燃灯满面慈祥，看着赵公明，“公明道友，你我本是同辈，在二教中身份居高，为何自贬身价，助纣为虐？”公明大怒，“阐教欺人太甚，屠杀截教门徒无数，吾今为师尊正名，出山替天行道，你来得正好，有你出战，胜过那些只会逃命的鼠辈。”说罢一催黑虎，向燃灯冲去，燃灯手持一柄法尺，迎

上了赵公明，二人斗在一处，数百回合不分胜败，赵公明不愿恋战，祭出了二十四颗定海珠，按阵法向燃灯射去，燃灯失了主攻时机，只得抵挡，躲闪不及，肩头被打中几处，一旁燃灯的侍从白雄童子喊道："主人接宝！"推来一盏紫金钵盂，燃灯接住钵盂，腾空投起，二十颗定海珠瞬间失去阵型，一齐被收入钵盂之中。赵公明大怒，"还我法宝"。燃灯笑道："道友出师不利，此宝被我缴获，今后归我所有。"赵公明惨笑，"你以为本座名震天下，只是靠着一套法宝吗？"说着掐诀念咒，燃灯只感到一股压力随心而来，身形晃动也慢了许多，公明大笑，"燃灯，任你万般变化，看你如何破我五劳七伤阵。"此乃赵公明的看家本领，五劳，乃心肝脾肺肾五脏俱劳，七伤，乃喜怒忧思悲惊恐七情皆伤，五劳七伤一慑，燃灯纵有万般法力也施展不出，就在赵公明要夺回定海珠之时，哪吒带着陆压道人来到此处，陆压一见此景，祭出一张白板，哪吒问道："此为何物？难道是无字天书？"陆压笑而不语，趁赵公明施法之际，结了一个草人粘在板上，随即向草人射出五钉七箭，五劳七伤阵瞬间散去。赵公明惊讶之际，陆压言道："念上天有好生之德，放你离去，你的元神已结于草人之上，若我斩断草人，你也命丧当场。"赵公明不屑一笑，"哪里的歪门邪术，在此哄骗本座，今日我在此不动，看你如何斩我？"陆压摇了摇头，"地狱无门自来投，那就此得罪了。"说着取出一只红葫芦，葫芦内飞出一道白光，将草人砍成两段，赵公明瞬间口喷鲜血，死尸倒地。

燃灯这才缓了过来，"多谢道友相救，敢问这是何宝如此厉害？"陆压言道："这葫芦乃是天界扶桑树被推倒时，被我摘下来的斩仙葫芦，这钉头七箭书乃是西昆仑工母门客地藏真人所授，他乃巫族后裔，故有此降头之法。"燃灯又问："道友为何不惧这五劳七伤阵？"陆压笑道："五劳七伤，乃是因情所致，唯有存七情六欲者，才可被慑，我乃逍遥散仙，早已无欲无求，至今也未去太阳看望我那父亲东皇太一，早就斩去了七情，故不被此阵所伤。"燃灯点了点头，嘴里念叨着"斩去七情"几字，这也是日后燃灯顿悟，投奔西方教的一个原因。

几人拜别，各回山门，太乙真人为表哪吒搬兵有功，邀请哪吒去洞府住几日师徒叙旧。赵公明之死却是惹怒了三仙岛三宵娘娘，赵公明是三宵娘娘的大哥，三宵一直劝兄长紧闭山门，不料赵公明不听劝告出山丧命，云霄道：

“大哥身死，我等如何？”二妹琼霄道：“我们当共同出山，为兄长报仇。”三妹碧霄也是气愤，“阐教欺人太甚，以多胜少，真当我截教无有能人？”云霄道：“言之有理，我们三姐妹一同出山，布那黄河阵，给阐教一个教训，让他莫欺我等。”

三宵娘娘骑着各自的坐骑灵鸟出了三仙岛，在西岐城外摆下了九曲黄河阵，姬发和姜子牙面面相觑，截教出山的门人一个比一个厉害，这九曲黄河阵比那十绝阵不知强大多少倍，在城中就感到了巨大的威压，就在这时，城外来了九位，乃是燃灯道人带着阐教八名上仙赶到了，左侧列文殊、普贤、慈航、惧留孙四人，右侧列玉鼎真人、黄龙真人、广成子、赤精子四人，这里有六位先前出现过，唯有广成子和赤精子一直未曾出山，其实也出现过，只是没有明确交代，想当初大商太子殷郊和二王子殷洪即将遇害之时，两道旋风卷走了两位殿下，正是广成子和赤精子，二位王子如今正在洞府修行。琼霄看着燃灯，怒从心头起，“老贼害我兄长，且看法宝！”说罢掷出一把金蛟剪，燃灯道人坐骑着梅花鹿正欲对战，金蛟剪瞬息而至，将梅花鹿剪成两段，燃灯摔翻在地，惊慌之中脚一踩大地，飞身离去了。

碧霄言道：“阐教二代上仙，差不多到齐了，待我今日收了他们法力。”说罢挥手取出一只混元金斗，向上一抛，剩下的八名上仙晕头转向，被混元金斗卷进了黄河阵中，八名上仙只觉销魂散魄，丧气损神，瞬间法力全无，跌落在地，俱被削掉顶上三花、胸中五气，成了凡人。

琼霄正要动手格杀，云霄拦住了她，“他八人没了法力，定要搬请救兵，不如等他把阐教中人聚齐，我等一齐下手”。

第八十五回：闻仲丧身绝龙岭，地藏偶获谛听兽

碧霄冲下喝道：“念尔等法力尽丧，饶了性命，速速离去！”八名上仙失魂落魄，没了法力，徒步前往玉虚宫求助元始天尊。

元始天尊看着八位弟子变成了凡人，却是没有多说，“此乃天数，人力不

可为，汝等也算渡过杀劫，日后潜心修行，再修仙体”。八弟子失望至极，千年修行，距离天仙只有一步之遥，不想毁于一旦，只得离去。玉鼎真人、黄龙真人与广成子、赤精子一路离去，文殊、普贤、慈航和惧留孙一路离去，可这一路，却是迎来了一位救命恩人。

原来当日哪吒离开西方教后，一直未回，接引道人本想以哪吒作引为西方教收取门徒，怎知哪吒继续留在了阐教，接引道人得知封神劫起，若此时参与其中，或许有机缘振兴西方教，就来到了东方下界，恰巧遇见文殊、普贤、慈航和惧留孙四人出玉虚宫，便出手相救，以功德金莲助四位重回三花聚顶、五气朝元，重新获得上仙身躯法力。

元始天尊虽然未理会徒弟之事，但三宵进犯西岐城一事却不得不管，此时的商周之争已是封神大劫的天数，若不出手，大周难过此劫，于是亲自来到西岐，会斗三宵。琼宵娘娘一见，怒而喝道：“只会以上压下，以多欺少，阐教脸面何在？九位上仙被我姐妹三人所败，不知廉耻，竟让师伯亲自前来。难道师伯就是这样欺压后辈吗？”元始言道：“当日拟撰封神榜，通天师弟命尔等紧闭山门不得入世，尔等不遵师命，下山寻仇，可知你兄赵公明也是违逆天数，助纣为虐。”碧霄悄声说道：“姐姐们，我们本想让他们去引阐教其他上仙，却引来了师伯，该如何是好？”云霄喝道：“师伯教出的弟子不过如此，阐教都要引动师伯亲自出手了吗？”元始摇了摇头，“天数面前，无有世俗礼数阻挡，尔等执迷不悟，勿怪本尊无礼，得罪了”。说罢，元始左袖一挥，掷出三宝玉如意，直砸琼霄面门，琼霄当场脑浆迸裂身亡，碧霄大惊，元始右袖一挥，抛出一只宝盒，这是从通天教主处借来的混元盒，碧霄被吸入盒中，化为血水，“妹妹！”云霄大怒，飞身向元始袭来，元始胸前飞出一幅图卷，乃是从镇元大仙那里借来的乾坤图，云霄被卷入图中窒息而亡。三宵尽皆丧命，元始也飞身离去。

元始天尊之前一直想给南极仙翁寻个住处，三宵死后，南极仙翁就带着福、禄二星占据了蓬莱三仙岛。

再说闻仲，骑着墨麒麟不知何处而去，想赵公明丧命，三宵娘娘复仇下山也尽数被杀，此时该何去何从？也无脸回朝面见君王。彷徨之际，来到一片险要之地，上写三个大字：绝龙岭。闻仲一惊，想起了幼时家师金灵圣母所言："你身负三载龙命，若遇昏王，可取而代之，三年后寿终正寝。"想到这闻仲一惊，难道今日要命丧于此？想到这里，突然听到一声唤："太师留步。"闻仲回头观瞧，见是阐教元始天尊门下云中子，雷震子的师父。燃灯带人征讨三宵之时，元始天尊命南极仙翁去终南山玉柱洞唤云中子前来封堵闻仲后路，闻仲一见此人强大，持鞭就打，云中子使出斩妖剑，二人斗在一处，闻仲的法力与云中子尚有差距，顿觉不敌，但此时已经无力再逃，云中子一笑，"你敌不过我的，随我去西岐吧，相信周王会给你一个交代。"闻仲笑了，笑得很凄惨，"就算命丧于此，我也绝不会投降叛贼！看我的厉害！"说着身形一晃，满面金光，绝龙岭瞬间阴云密布，天上落下万道狂雷，直劈云中子。云中子无法躲闪，被雷劈中身躯，消散了神力，"你……你怎么会引下此等神雷？"闻仲笑道："这是我最后的绝招——九天狂雷。我自幼修习五雷正法，早得大成。"云中子艰难地说道："可你会因此透支阳寿的。"闻仲道："无妨，今日本没打算活着离开，能留一口气面见大王，死而无憾。"闻仲说完便走，怎知一回身，撞在了一根柱上，这柱子冒出熊熊烈火，直烧闻仲，闻仲本就透支了神力，虚弱之际被火烧中，挣扎不得，被活活烧死在了绝龙岭。

却原来这根柱子是云中子埋伏在此的通天神火柱，乃云中子自行炼制而成，当雷劈下的时候云中子就自知不妙，提前祭出了此柱，灭了闻仲。可现如今闻仲虽死，自己也法力尽失，只得失望离开。

闻仲的尸体就在这绝龙岭上横躺着，墨麒麟也躺在平地。不久后，有一名地藏真人路过，看这墨麒麟甚是蹊跷，麒麟一族不是在龙汉大劫中尽灭吗？就在此时，陆压道人从此经过，与地藏真人聊起来，"这墨麒麟内另有乾坤，可剥开皮肉观之"。地藏闻言，取出法宝地灵轮，将这墨麒麟的皮壳锯开，真的是内藏乾坤，皮内藏有一只神兽，类似麒麟，却是犬型。陆压道："原来如此，闻麒麟族老祖始麒麟雌雄同体，曾产下三只变种麒麟，因血脉不纯，被始麒麟赶出族门，故在龙汉大劫中躲过一劫，千年来世人皆寻不得，只知有一金毛犼拜入通天教主门下，其余两只不知去向，原来有一只在此，闻仲定是怕世人觊觎夺取，才涂封了一层皮壳。"地藏真人点了点头，"听说这墨麒麟能识人心声，从此你就跟随我，叫谛听吧。"谛听兽点了点头，陆压问道："你自九华山修行出山，与我一同成为西王母门客，但并不长久，阐截二教，是否寻个归处？”地藏摇了摇头，“我想去地狱居住，度化地狱中人”。却原来，这位地藏真人乃是巫族巫姑的儿子，巫姑被狐阿七迷惑，被打入地狱，地藏就一直想去地狱陪伴母亲。陆压言道：“你此举恐怕会被阐教定为异类，而截教如今看来难逃封神大劫，闻听西方教如今来到东方引渡有缘之人，不如你我日后一同加入西方教？”地藏真人想了想，暂且答应下来。

闻仲死讯被申公豹传到朝歌，纣王大惊，忙盘点还有哪路兵将可伐西岐。

第八十六回：土行孙喜纳邓婵玉，苏父子归降周武王

申公豹提议纣王，先派遣大商各关守将征讨西岐，自己再去寻找五湖四海能人异士前来助商。纣王亲封申公豹为国师，并下旨调三山关总兵邓九公出征。

邓九公打着为太师报仇的旗号，杀奔西岐城。姜子牙城上观瞧，得知闻仲已死，残商派不出能人异士，便商议谁来应战。黄飞虎接道：“邓九公武艺平平，就让我出城擒他。”说罢骑着五色神牛出了西岐城。

黄飞虎和邓九公斗了几十个回合，黄飞虎才自知托大了，几年不见这邓九公武艺渐长，隐隐压制不住。城上观战的众将担忧之际，姜子牙冲哪吒使了一个眼色，哪吒会意，猛然间投出乾坤圈，打伤了邓九公的胳膊。

邓九公臂膀受伤，不能再使兵刃，只得拨马回转，这时就听一声喊：“父亲莫怕！”邓九公大喜，知道是自己的女儿邓婵玉来了，邓婵玉武艺平平，但轻功和一手飞石的绝技甚是厉害，说着双脚离地而起，一颗石子打在哪吒手上，哪吒手背一震，掉落了乾坤圈，黄天化一见也要投出飞镖，与邓婵玉的石子钉在一处，邓婵玉又是一石飞出，打在黄天化的脑壳上，飞虎受了重伤。

城上的杨戬这个时候看不下去了，提着三尖两刃刀飞下城楼，与邓婵玉交战，三尖两刃刀时不时化成三头虬蛟本相，护着杨戬，邓婵玉飞石击打不中，不由心慌，见杨戬持刀刺来，只得再次飞出一石，这一击，正砸中杨戬

面门，杨戬倒地，邓婵玉这才松了一口气，紧接着哎呀一声，摔倒在地，却是哮天犬咬中了小腿。姜子牙一笑，得知这是杨戬之计，原来杨戬虽然凭三尖两刃刀能躲过飞石，但无法攻击邓婵玉，只能被她击中，趁她放松之际命哮天犬咬伤。

邓婵玉父女受伤，不得再战，只能退兵，刚刚回到大营，就看见一个三寸男人站在营帐前，邓九公警惕，“你是何人？”三寸男笑道：“将军莫怕，我叫土行孙，受高人之托来助将军征讨西岐。”土行孙说话是跟邓九公说的，但眼睛一直盯着邓婵玉，心想师叔果然没有骗我。原来，土行孙乃是阐教惧留孙之徒，下山历练之时遇到了申公豹，申公豹劝土行孙助邓九公伐周，土行孙对阐教助周之事犹豫不决，申公豹言道：“我知贤侄尚未娶妻，邓九公之女美若天仙，你若助他功成，此事由我做媒。”土行孙是个喜色之徒，痛快地答应了。

邓九公一见土行孙乃术士，当晚在帐中设宴款待，并许下诺言，只要灭了西岐，就将邓婵玉许配给土行孙。第二日，土行孙带着喜悦和期待，凭土遁之法悄悄潜入了西岐，若论五行遁术，三教中人入门即会，但土行孙专修土系术法，地行术强于他人，并可在城中地面屋舍碎石破砖，以偷袭之法伤了数人。

姜子牙震惊之余，也想出了一个法子，他招来李靖言道：“想这城中定是有土系术高深之人潜入，今借将军照妖镜一用，让雷震子飞天照遍全城，将此怪揪出。”李靖答应，取出照妖镜，雷震子飞空一照，便寻到了土行孙藏身之处，未受伤的众将一齐擒拿，土行孙欲借土遁之法逃出，谁知城门被金吒用文殊广法的遁龙桩封住，土行孙束手就擒。

姜子牙细观，原来是师兄惧留孙之徒，受了申公豹蛊惑才助纣为虐。姜子牙骑着四不像，众将押着土行孙，来到夹龙山飞云洞，找到了惧留孙。

惧留孙见土行孙助纣，闻其缘由，土行孙道：“师父，邓九公有意招我为婿，徒儿也实在喜爱邓婵玉，这才助他。”惧留孙笑了笑，取出一条捆仙绳，“这件法宝借你，你去将邓九公父女绑了，擒到西岐，以子牙之智，定能劝其归降，到时也可招你为婿。”

土行孙大喜，按师父的命令前去行动，果然，邓九公对纣王也有不满，况且征讨西岐无果，回朝也难免一死，不如归降，土行孙也如愿以偿娶了邓婵玉。

消息传到朝歌，纣王大怒，直言反贼越灭越多，又命冀州侯苏护征讨。

许久不谈苏护，只因妲己入宫之事引起苏护不满，早有伐纣之意，有意投奔西岐，可冀州的督粮官郑伦归来之后，一直不允，言苏护乃是大商国丈，若投奔叛贼乃大逆不道之举，苏全忠也怕纣王因此迁怒妹妹妲己，不同意归降，才一直拖到了此时受命出征。

来到西岐，苏护不愿出战，且与黄飞虎总有私信往来。郑伦出征，子牙道："这郑伦乃是度厄真人学生，习得鼻中生烟之法摄人魂魄，只有哪吒莲藕身不惧此功可以出战。"哪吒领命出战，与郑伦斗在一处，无论郑伦如何施法，哪吒都无动于衷，郑伦鼻子都哼酸了，也控不得哪吒，反被哪吒用火尖枪刺成重伤。

就在郑伦即将被擒之时，突然刮起一阵黑烟，救走了郑伦。原来是申公豹搬请来了通天教主的弟子吕岳，为郑伦治伤，郑伦感激，拜吕岳为师父，看吕岳如何大展身手巧取西岐。

苏护为难之际，苏全忠请缨出战，苏护怕儿子性情莽撞，与其一同出战，黄飞虎在此驾神牛迎敌，阵前，飞虎好言相劝："侯爷先前被昏王所逼，被迫嫁女，如今还为昏工卖命，实在不值。"苏全忠怒道："住口！就因你先前冀州说和，我父无奈嫁女，才只能一错再错，如今若是归降，我妹妲己在朝歌焉有美日？"黄飞虎摇了摇头，"贤侄有所不知，令妹妲己已被妖狐夺舍，与你没有半分亲缘"。苏全忠不信鬼神，"逆贼勿要谗言惑众，世间哪有妖魔之说？"黄飞虎道："贤侄不信，你且观之。"遂让李靖取出照妖镜，请雷震子背着苏全忠腾空万丈，向朝歌方向照去，万里之外朝歌城内的妲己只觉着面前金光一闪，不知何物。再看雷震子瞬间落地，将照妖镜递给苏护和苏全忠，见镜中现出一只九尾妖狐。苏护震惊，随即痛哭，苏全忠也黯然低头，知不信鬼神之念乃孤陋寡闻，父子二人自此归降西岐，为周王效命。

第八十七回：杨任破瘟癀大阵，岐山丧殷郊殷洪

就在西岐大摆宴席款待邓九公与苏护时，忽传铺天噩耗，西岐上下瘟疫蔓延，百姓死伤无数。

姬发不知所措，除了百毒不侵的哪吒，众人俱得了瘟疫，就在这时，城外有人来见，姬发命紧闭城门不开，那人一急之下飞入城门，姬发大惊，却一见是友非敌，急忙解释道："非是本王不明待客之道，只因西岐遍布瘟疫，恐传染仙家。"来人笑道："大王莫急，我今日来就是解除瘟疫，顺势除掉投毒之人。"姬发一愣，"莫非瘟疫是有人投毒？"那人点了点头，这个时候，姜子牙认出了来人，"你不是中大夫杨任吗？你还活着？"来人正是杨任，当日被纣王挖去双眼，姜子牙就在现场，难怪看除了眼睛不像哪里都像。杨任笑道："正是在下，我被昏王挖去双眼，抛至深山，将死之际，被八景宫门徒紫阳真人救下，赐我两粒金丹，恢复双目，我本应随师逍遥自在，可家师说我与纣王这段因果需要了却，派我来此为西岐解毒。"子牙疑惑，"八景宫是何地？令师又是何教？师承何人？"杨任道："八景宫只有有缘之人才可遇得，我也没有进过，家师的师承非阐教、截教、人道三教，他乃师祖外门弟子，师祖云游四海，只收得一个入室子弟，故不曾提起。"姜子牙点了点头，"我曾听师尊元始天尊提过，想当初八仙火烧东海，为首的铁拐李仙在玉帝面前也是此言，看来师出一人。贤弟今日前来，不知有何法解毒破敌？"杨任取出许多九节菖蒲，令每人服下。

瘟疫的确是人为散布，正是申公豹搬请的吕岳，吕岳医好了郑伦就派他前去查看敌情，不想回来报知，西岐已人人痊愈，不由得大怒，吕岳祭出瘟癀大阵，亲自来到西岐。

见西岐城上，阴云密布，毒瘴蔓延，姜子牙心惊，"来了！"杨任一笑，等的就是此刻，取出一件法宝仙衣，从衣内托着出了殿门。见城中百姓将再次受到瘟疫之苦，杨任一挥宝衣，五彩霞光瞬间散出，毒瘴尽散，吕岳发愣之时，杨任托着宝衣盖向吕岳，吕岳只觉得全身受尽千疮百孔之痛，七窍流血身亡。

姜子牙不明是如何破得此阵，杨任说道："此衣乃是家师至宝，内有五彩霞光，可破毒瘴入体，外有五毒仙刺，扎人于无形。这吕岳乃用毒之人，以此宝以毒攻毒刺之，方可灭敌。"子牙恍然，众人又押来郑伦，在苏护的劝说下归降。

众人欢庆之余，城外又传捷报，商太子殷郊、殷洪携截教仙前来攻城，黄飞虎心头一震，"当日刑场之上，纣王欲斩二子，被两道白光摄走，为何出现在此？"子牙道："将军有所不知，二位太子被我师兄广成子和赤精子所救，一直在洞府修行，今日下山来攻，或许跟师兄被黄河阵削掉三花五气成为凡人有关。"

姜子牙所言不假，大太子殷郊在九仙山桃源洞随广成子修行，因广成子成了凡人，无法教授，才命殷郊下山助周伐纣，名为为母亲姜王后报仇，并赐予法宝番天印，下山前殷郊发誓，若助纣为虐，定死于犁耕之下，广成子这才放心。谁知殷郊下山后，遇到了一位仙人。可记得哪吒当日以火遁之法从燃灯琉璃灯内钻出追杀李靖，此一举觉醒了灯内的灯芯火焰，后来在燃灯休息之时化身成形，名唤马善，受到申公豹邀请，愿意前来助殷郊伐西岐，马善巧言善语，"你师父已经成了凡人，唯一的贴身法宝也交给了你，还有何顾虑？若讨商协助叛贼，乃悖逆人伦，定遭万古唾骂！"

与此同时，同样的原因，二王子殷洪也在太华山云霄洞奉赤精子之命下山，并接了法宝阴阳镜，殷洪发誓若助纣为虐定身化飞灰，下山后也遇到了申公豹请来的一位，乃是石矶娘娘故居骷髅山白骨洞的另一位截教仙马元，人称一气仙，以同样的话语策反了殷洪。

巧合的是，殷郊和殷洪在前往西岐的路上相遇了，二兄弟数年未见，相互交谈更是坚定了信念，这才各带一名仙人来到西岐。姬发道："殷郊、殷洪不足为惧，可带来的仙人不知深浅，还是小心为上。闻仲已死，为何还有如此多的截教仙助战？"子牙道："定是我那师弟申公豹干的好事，先解决眼前之急再收拾他。"随即点将应战，与四人战在一场。一气仙马元吐出丝丝黑气，将西岐兵吹得双目失明，马善晃出火焰，烧尽马匹，姜子牙怕军士再有损伤，心生一计，携带大军向西岐城外逃去，殷洪疑惑为何不回城退兵，马元建议乘胜追击，殷郊拦道："西岐城内空虚，不如趁此攻城。"马善言道："一座空城不足为虑，先追逐众将，再擒王夺城。”四人沿途追去，追至岐山，见燃灯道人带着广成子、赤精子在此等候，广成子怒道：“孽徒！你曾发下毒誓，为何违背誓言？”殷郊大怒，“我乃人子，怎可做出弑父般禽兽之事。”说着祭出番天印，向广成子压去，广成子落荒而逃，赤精子也欲逃去，殷洪已祭出阴阳镜照相赤精子，赤精子知此宝厉害，慌忙躲闪，金吒上前一挡，被阴阳镜照到当场身亡。燃灯道人一见，取出二十四颗定海珠，将殷洪围住，殷洪只觉五感六识俱不受控，在强大的威压下化为飞灰，应了誓言。殷郊见二弟身死，急忙祭出番天印砸向燃灯，燃灯一躲，身后的山被开成两段，燃灯想起上古涿鹿战时灭刑天之法，急忙向山中逃去，殷郊持印追赶，却不见了燃灯，燃灯用紫金钵盂罩住山头，殷郊如犁耕般痛苦，丧了性命。此时众将正在对战马元、马善，马元的黑气可迷人双眼，唯独对杨任无效，杨任双目乃是紫阳真人用金丹所造，不惧迷烟，李靖也用照妖镜照出了马善原形，燃灯欲收服马善，众将要斩杀马元，突然间空中一声：“道友留情，此二人与我西方有缘。”抬头观去，见是西方教二教主准提道人，准提言道：“我西方教东渡弘法，广结有缘之人，可否将此二人交予我，我保他们不再作恶。”众人在这天仙级人物面前不敢违背，只得答应。

第八十八回：羽翼仙征讨西岐城，残孔宣兵阻金鸡岭

准提道人收走了马元与马善，李靖看着金吒的尸体痛哭，赤精子道：“阴阳镜阴面所杀之人，七日内可用阳面复活。”李靖大喜，赤精子复活了金吒，收回了阴阳镜，广成子也收走了番天印。

众人正欲回朝，远方捷报：“大王命丞相速速回归，截教羽翼仙已兵临城下。”子牙一惊，就要回返，燃灯说道：“我知这羽翼仙乃上古鲲鹏与真凰所生金翅大鹏雕，拜入截教通天教主门下，我那梅花鹿被毁，正缺坐骑，我与你们一同去。”

回到西岐，见西岐城已经无法直视，羽翼仙身形庞大，双翅一扇便撼动

军兵百万，西岐此时只剩凡人，没有人能够抵挡，姜子牙令旗一晃，哪吒、李靖、杨戬、雷震子、土行孙等一同上前围攻，羽翼仙虽敌不过众人围攻，但凭借法天相地的金翅大鹏原型也能抵挡一番，乏力之际，羽翼仙双翅一抖，祭出一件法宝阴阳二气瓶，这乃是鲲鹏死前所留，被金翅大鹏寻到，瓶盖一开，内藏的阴阳二气便翻江倒海般涌出，冰火相交似要夺人六魄。就在众人即将被吸入瓶中之时，燃灯道人猛然飞出三柄柳叶尖刀，刺向阴阳二气瓶，想不到这阴阳二气瓶遇到柳叶尖刀竟然被破，差一点就被扎漏，羽翼仙急忙收起二气瓶，一翅九万里向北飞去。跑了羽翼仙，李靖问道："师父，此宝是何物？"燃灯道："这是为师向慈航师妹借的法宝，常年在三光神水中滋养，无坚不摧，那二气瓶乃上古遗留，非这三片柳叶刀不可破。"李靖点了点头，燃灯安排木吒将柳叶去还给慈航道人，自己要去完成另一件事。

再说羽翼仙，飞到北海之地，查看了一下阴阳二气瓶没有损伤，放心下来，他欲调动北海水淹没西岐，却没有动静，不由得心生疑惑。这个时候，北海岸出现了两名上仙，乃是通天教主亲传弟子虬首仙和灵牙仙，一为青毛狮成精，一为白皮象成精，虬首仙道："兄台到此何故？"羽翼仙见是同门，客气地问道："为何北海水不受我控？我父鲲鹏曾在北冥得道，与此地有些亲缘。"灵牙仙道："师父说北海之地近来孕育一位神猴，怕神猴出世北海之地降灾，故命龙王冰封北海，并派我兄弟二人在此看守。"羽翼仙失望地点了点头，谢过二位离去。

羽翼仙再次飞去，一日一夜水米未进，只觉饥肠辘辘，行至北俱芦洲大雪山，欲在此歇息片刻，进雪山洞府后看有二十四只饭团，饥饿的羽翼仙一口吞下，顿觉饭饱，要回西岐继续交战。可刚刚走到洞门口，出现了燃灯道人，燃灯口念咒语，羽翼仙只觉腹痛难忍，燃灯言道："你吞下的是我二十四颗定海珠，现已在你体内形成心锁，若再过片刻，你的五脏六腑定化为乌有。"羽翼仙求饶，愿归降燃灯，燃灯道人收下羽翼仙为新的坐骑。

消息传至西岐，姬发大喜，姜子牙道："我那师弟申公豹阴损至极，一直未阻拦，是因封神一事需有人充数，他搬请截教众人将他们送上封神榜，可保阐教无忧，现如今截教上仙所剩无几，我们也不能一直被动还击，大王应趁势东征，直捣朝歌。"姬发答应，亲自带兵东征，这才到真正意义上的武王伐纣。

姬发带兵东去，连夺数城，眼看就来到了金鸡岭，观前方祥云缭绕，霞光耀眼，不由得觉得诡异。姬发高喊：“何方仙人在此阻挡？我大周顺应阐教天数，伐纣灭商，无意惊扰，望仙家行个方便。”话音刚落，岭内传出一道声音：“回去吧，此路不通。”说着，出来一个俊俏的男子，头生五色花翎，面貌清秀，不觉甚美。姬发问：“仙家是何方人士？何故阻我大军前进？”男子道：“你们路过此地，踩踏生灵，恐惊扰了我尚未出世的女儿，你们且回，待她破卵出世后再行经过。”姬发又问：“兵贵神速，敢问令爱何时出世？”男子答：“约四百年。”姬发只觉被挑衅，又思破卵二字，只当这男子又是截教禽畜之辈，命子牙攻打。谁知这男子背后射出五色神光，扫得众人睁不开眼，哪吒投出乾坤圈，被这男子神光一扫，收入身后，又收了数人法宝。李靖忙道：“待我观他是何物？”说着祭出照妖镜，却照不出此人本相，姜子牙大惊，这男子再次射出五色神光，将众人卷起，横飞而退，直接回程数百里，大军中许多凡人都被摔死。

数万大军，一合之力被破，姜子牙道：“照妖镜乃是燃灯师兄证道之宝，都照不出此人本相，定是大能，需天仙级尊者方可降他。”想罢正要去请元始天尊，这时出来一人，“周军莫怕，我来助你”。姜子牙一看，正是西方教准提道人，忙问准提这男子来历。准提答：“此人乃是两仪初开、善恶初现之时，世间至善化为的五色神鸟孔宣，与邪恶所化的鲲鹏对应，只因龙汉大劫被鲲鹏施计离间，与凤族反目，破了道心。若是他道心未破，本座也未必是他对手，前几日你们看我脸面饶过马元、马善二人，今日就让本座助你一臂之力，还了这份人情。”

准提道人踏着六根清净竹，随周军再次来到金鸡岭，孔宣见众人复回，又刷出五色神光，准提将六根清净竹一立，口中念着“六根清净”，众人在神光内也隐约能看到战况，孔宣见五色神光被破，展出双翅与准提争斗，准提投出了七宝妙树，向孔宣刷去，几合之间，孔宣的彩翅被准提刷得面目全非，只得罢战，准提擒了孔宣，“你与我西方有缘，随我去吧。”孔宣不语，以神念给卵中的女儿传音：“报仇啊！”这也导致后来孔雀出世，生吞了西方教一位大能。

姬发谢过，准提牵着孔宣离去，众将收回了宝物随周军继续前行，破关夺城，大军势如破竹，到了汜水关，却又迎来一位不速之客。

来者乃是截教大师兄多宝道人门下弟子火灵圣母，此人不是申公豹请来助战，而是为徒报仇，周军东征攻打汜水关时，杀死的守将里有这位火灵圣母弟子，火灵圣母气势汹汹杀奔而来，要阐教中人给个说法，否则就纵火烧城，将周军灭尽，周军为难之际，也迎来了救星。

第八十九回：广成子言犯碧游宫，多宝道代布诛仙阵

火灵圣母此计甚为高明，扬言不与将领争斗，专烧周军士兵，姬发虽有众多神将，一无法保全大军之命，二无法控防火势，就算联手击杀火灵，也恐她临死反扑纵火。为难之时，只见上空黑了，番天印自上而下砸来，正中火灵圣母，火灵圣母当场身亡。众人一看是广成子来到，广成子道："我已是凡人之躯，只得偷袭，众将军见笑。"姜子牙道："商周之战已至尾端，阐截之争也拉开帷幕，共度封神劫，截教弟子死伤无数，元始师尊已亲自出山助我破阵，可通天师叔那里一直未有动静，不知他是何态度。"说着拿起血肉模糊的火灵圣母头上的金霞冠，"人已被砸烂，此冠却未损伤半分，可见乃是至宝，广成师兄将此冠送还碧游宫面见通天师叔，观他态度，再行安排"。广成子答应。

碧游宫本是宫门紧闭，只有通天与四大弟子（多宝道人、金灵圣母、龟灵圣母、无当圣母）在此居住，截教内外任何弟子不得入内。但今日来了阐教客，通天只得开门迎接，广成子献上金霞冠，将前后缘由说明，通天怒道："我早已下令截教弟子紧闭山门不得入世，顽徒不遵法旨应劫，此为天数，贤侄不必上心。"广成子谢过，离开碧游宫。

谁知刚出宫门，身后便杀来一人，乃是龟灵圣母，广成子惊道："令师已让我离去，你竟敢暗下毒手？"龟灵圣母道："家师不理外界之事，本座可清楚得很，你们阐教屠杀截教弟子无数，今日还敢来碧游宫？"广成子道："截

教众仙，俱是禽畜之辈，无有头脑，助纣为虐，屠之也是替天行道。”龟灵大怒，向广成子攻来，广成子没有法力，只能用番天印抵挡，龟灵圣母不敌番天印，也祭出了法宝日月珠，一瞬间天昏地暗、日月翻腾，广成子见不妙，跳下崆峒岛，借水遁逃去，自被黄河阵削去三花五气成了凡人到此，只学会了五行遁术。

龟灵圣母回了碧游宫，却遭到通天教主的斥责，龟灵言道：“师尊，广成子出言不逊，骂截教尽是禽畜，弟子不忿，故而出战。”无当圣母也道：“禀师尊，截教门徒，几乎尽丧阐教之手，先前因师尊不许提及封神劫，不敢言之，如今弟子不得不说，公明师弟、三霄师妹都被杀死，还是元始师伯亲自所杀。”“什么？”通天大惊，“三霄和公明她们……”通天教主性情单纯耿直，也从不测算外界之事，本以为只会死伤一些外门与三代弟子，谁想不在身边的四名亲传弟子也丧命，龟灵继续说道：“不仅如此，羽翼仙和九头狮子也被阐教两名上仙所擒，驭为坐骑。”通天愤怒，金灵圣母这时说话了，“师尊，阐教辱我，我等不能尽皆受之，截教弟子论武艺可吊打阐教，怎能让他们每每以多欺少挑衅颜面？”通天点头，取出四柄仙剑、一幅阵图，递给多宝道人，“你去替为师布下这诛仙阵，给阐教一个教训，让他们知道我截教的厉害”。

多宝道人领师命，来到西岐如今所在的界牌关，摆下了诛仙剑阵，西岐大军寸步难行，且感受此阵威压，绝不是这些宵小之辈能够进得，姜子牙只能请元始天尊亲自前来，元始一观此阵，暗暗心惊，“没想到通天师弟的法力已到这等境界，此阵有四个阵眼，就是那诛仙、陷仙、绝仙、戮仙四剑，每把剑都蕴含了通天一人之威，非四个我等法力之人同时攻打不得破阵”。子牙道：“师尊，闻听西方教接引与准提二圣正在东方弘法，可去请他二人。”元始点头，“你去请那西方二圣，剩下一位，为师前去请来”。

元始来到娲皇宫，请女娲前去破阵，女娲闻听大惊，坚定地拒绝了。元始疑问，“灭商一事，本是因师妹你而起，我阐教名曰顺应天数，实为顺你之意，为何不允？”女娲道：“师兄不必劝我，无论如何我也不会答应。”元始无奈离开，女娲在宫中踱步不安，心中暗道：“我命三妖查看因果，却不想连累了这么多人，我救姬昌回到西岐，伐纣可行，怎知让通天师兄的截教门徒尽皆丧命，当初去借招妖幡，师兄未犹豫半分，此时为难，我要帮他。”思索着离开娲皇宫。

元始只能到五庄观去请镇元大仙，镇元子愿与元始交好，答应下来，元始道：“你可带上太上师兄的法宝，破阵时用。”镇元同意。与此同时，那名鹤发老者在首阳山炼制宝剑，一柄七星剑在他手中缓缓制成，老者身边有一紫发道童，老者取出一根金绳说道：“此宝乃昆仑山一缕金丝被我点化，你带着它，再拿着这柄七星剑护身，去诛仙阵中将我的法宝拿回。”道童领旨，“遵命师父”。

回到诛仙阵中，元始、镇元、接引、准提已摆好了阵势，要会斗剑阵，多宝道人操纵着四剑，带四阵压向四仙，镇元率先投出风火蒲团，哪知暗处飞来一条金绳，绑住了蒲团，多宝以为是敌，持剑斩向金绳，可金绳一晃，带着风火蒲团卷住多宝道人，往西方扔去，元始一见阵主已离去，拿着三宝玉如意冲向剑阵，准提接引也分别托着七宝妙树和金刚杵冲去，四仙中只有镇元法力稍弱，好在有太上师兄的法宝，急忙取出太极图和磐龙扁拐，不料宝物一出又被金绳捆走，镇元大急，只得张开袖口，原来鸿钧送给镇元子的乾坤图已被他缝在衣物之上，人称“乾坤一袖”，凭此袖收了陷仙剑，元始也阵中斗胜收了诛仙剑，准提以七宝妙树刷来了绝仙剑，接引也接了戮仙剑。

诛仙阵被破，惹恼了通天教主，四圣齐斗多宝道人，还有不明来历之人暗中出手，欺人太甚。急忙唤回在北海巡查的虬首仙和灵牙仙，带着金灵、龟灵、无当三大圣母和虬首仙、灵牙仙、金光仙、乌云仙、金箍仙、毗卢仙、长耳定光仙这随侍七仙亲自出山，在潼关摆下万仙阵，要生擒灭尽众人。

元始天尊与接引、准提、镇元商议，前方有更凶恶的大阵等待，接引说先前文殊、普贤、慈航与惧留孙已被恢复法力，可唤来破阵，元始点头，传来四位上仙和三位大仙要一起会斗万仙大阵。

第九十回：通天怒摆万仙阵，鸿钧言和二天尊

万仙阵中除了通天教主与众弟子，还有截教万仙，通天此战乃是孤注一掷，将截教来朝的所有仙家全都唤来。阵前，通天大骂元始：“我自签押封神榜后，一直闭山门不出，师兄欺人太甚，杀我截教门徒，身为天仙亲自出手欺压后辈，可还知羞耻二字？”元始道：“自封神榜立，应劫俱是天数，你截教门人违逆天命助纣为虐，应劫身亡，师弟何故执着，还布下此等恶阵？”通天笑道：“好一个天数应劫，既如此，今日别怪师弟不仁，杀了你，也算顺应天数，也将你送上封神榜上尝尝滋味。”说罢唤出虬首仙，布下太极阵。

元始问道：“哪个前去破阵？”文殊广法尊者接令，前往太极阵中，见一只青毛狮摇头晃脑，甚是凶狠，文殊与青狮阵中斗法，几回合后青狮震惊，“在我的阵中，你的法力为何不被此阵压制？”文殊笑道：“你这孽畜，岂止西方教之妙法？”青狮惊道：“你投奔了西方教？”文殊道：“非也，我被黄河阵削去三花五气，幸得西方教传授妙法，恢复神力。”说着祭出遁龙桩，制住了虬首仙，骑着这头青狮出了太极阵。

通天见爱徒又成了阐教坐骑，怒从心生，又命灵牙仙布两仪阵。普贤真人请命出战，依然不受阵法压制，白象撒出长鼻，普贤祭出长虹锁，打得白象鼻头血肿，跪地求饶，也成了普贤坐骑。

金光仙一见大怒，不等师父下令亲自摆下四象阵，慈航道人请命进了阵中，见是一只金毛犼，随即投出净瓶，金毛犼急忙躲闪，躲过了瓶击，本以为此瓶落地就碎，谁知净瓶弹回慈航手中。原来，慈航道人的法宝本是一只羊脂玉净瓶，那只瓶子是可以摔碎的，曾经有一日经过一条河边，见一名鹤发老者用手捧水而饮，慈航道人救苦救难，不由得同情心起，将此瓶送给鹤发老者盛水，老者饮罢现出真身，乃是一名天仙级高人，看慈航心善，送给她一只紫金铃，乃是鹤发老者亲自炼制而成，可以护身。慈航道人收下紫金铃，回山后又做了一只琉璃净瓶，就是现在这只不怕摔碎的。再看慈航道人，抛出紫金铃，三个铃铛分别晃出火、沙、烟，金毛犼被折磨得不堪忍受，只得伏法。

通天一见不得取胜，命长耳定光仙随自己先行离去，又令乌云仙、金箍仙、毗卢仙和三大圣母率万仙冲阵。元始天尊和镇元大仙一同杀死金灵圣母。准提道人用七宝妙树刷败乌云仙，现出了原形，是一只金须鳌鱼，准提以六根清净竹将其吊起，送至西方八德池。另一方接引道人也生擒了金箍仙。

这里单说惧留孙对战毗卢仙，二人打得如火如荼，毗卢仙是一片芦苇成精，有仙刺与白液作战，可惧留孙的地形术使其攻击不到，当捆仙绳捆向毗卢仙时，仙刺将绳子刺断，二人一直不分胜败。惧留孙道："贤弟，你我勿战。"毗卢仙道："莫非你要投降？"惧留孙摇了摇头，"想你我阐截二教，本是一家，因玉帝封神大业才起争斗，我们三教弟子俱是封神中的牺牲品，何苦执着？"毗卢仙思索了片刻，"那道兄有何妙计？"惧留孙道："你我再打下去，也分不出胜败，既然师门不义，我等也不必忠心，不如一起投奔西方教，落个清净逍遥。"

再说阵中，突然不见了龟灵圣母和无当圣母，众人疑惑，原来龟灵圣母见无当圣母消失，以为她临阵退缩，也急忙逃去，刚刚出了潼关，就见一蚊道人带着千百蚊虫堵住去路，龟灵气道："看你们也是截教门人，为何阻我离去？"蚊道人怒道："本以为截教有教无类，想不到让我们充当傀儡，我蚊族生灵死亡大半，剩下的也受重伤，需要进补，既然碰到了你，那就你来吧。"说着翅膀一挥，千百蚊虫一齐冲向龟灵圣母，可怜龟灵圣母被蚊虫撕咬，吸干了血肉，现出一只龟壳，三魂七魄仅剩一魂一魄，连封神榜都入不得。

但无当圣母并没有逃亡，而是被女娲救走，为截教留下一脉。女娲将前因后果告诉了无当，无当也甚为感慨，女娲道："我对不起通天师兄，愧对截教，有你存活也是我最后能做的事。"无当言道："此事不能完全怪娘娘，不管怎样，还是谢您救命之恩。"无当说得没错，的确不能全怪女娲，女娲自太古时期便存在，又在夏朝时期躲因果避世，她怎知这人文社会有诸多的烦琐规矩，上古时人之间的交谈言语都很简单，到了这商朝后，繁文缛节甚多，九尾狐定要以合理的法则去到纣王身边。女娲也只是个单纯、耿直的女孩子，做事考虑不周，并没有想到诸多后果。女娲道："从今后，我打算游历天下，再不问世事。"

再说通天，带着长耳定光仙回到碧游宫，取出了一杆六魂幡，写上了元始、镇元、接引、准提、姬发、姜子牙六人名号，交给长耳，“你将这六魂幡拿去潼关，在万仙阵前摇上一摇，这六人性命俱丧”。长耳接令回到万仙阵，看截教门人全军覆灭，不由得心灰意冷，带着六魂幡投奔西方教去了。

三十三天紫霄宫内，鸿钧老祖缓缓睁开了双眼，知晓了事情经过，得知通天教主祭出了六魂幡，急忙唤元始通天二人前来，怒斥二徒，通天据理力争，元始毫不退让，鸿钧向通天道：“你截教中人战力虽强，但根性浅薄，资质不足，不得顿悟。修仙一途，不是一味地争强斗狠，而是要修身养性，不可只修身不修心，善意平和方可成仙，杀伤力大，也难免应中杀劫，此番大浪淘沙，尘埃落定，也非哀事，不必挂心。”又对元始道：“你阐教虽为正派，却难免出手过重，出现以多欺少、以上压下之事，非正道所为，你那弟子申公豹心生妒意，挑起大劫，理应受罚。”元始拱手，“谨记师尊教诲，闻听通天师弟唤回北海巡视的二仙参与万仙阵，如今四大神猴的通臂猿猴自海中出世，引发北海泄露，洪水漫地，民不聊生，我已命五百黄巾力士前去，将申公豹擒住送往北海填那漏眼。”鸿钧点了点头，“总之你们师兄弟二人今后要和和睦睦，不得再行争斗”。

第九十一回：张奎夫妇渑池县阻军，哼哈二将游魂关对峙

仙家之事一切尘埃落定，紫发道童也将宝物取给了鹤发老者，鹤发老者得知了此事给了一句评价：“正义的小人和邪恶的君子。”

但商周之战还在进行，纣王闻国师被擒，不知所措，此时大商没有一位可用之才，连出主意的人都没有，只能问妲己，妲己道：“大王可张贴榜文，寻五湖四海能人异士前来助商，阻挡西岐大军者可封大将。”

姬发大军杀向朝歌，却在渑池县被阻，原来渑池有一对夫妻——张奎与高兰英，武艺高强，术法诡异。姜子牙自觉不妙，传令李靖：“前方不远就是游魂关，乃是朝歌屏障，你带金吒、木吒和哪吒前去破关，待我等攻下渑池，

与你处会合，直捣朝歌。”李靖领命。

游魂关城门紧闭，急调一名高人前来，李靖攻城数日不见回应，只得回营等待。殷夫人道：“不如让为妻前去破敌？”李靖摆手，“你身怀有孕，且以师父的光目观之是个女儿，还是安心养胎吧。”殷夫人笑道：“当初承诺为你再生一女，如今终于做到了，据说封神之后神仙不得婚配，这也算为妻为你最后做的事情。”李靖叹了口气，自语道：“封神大劫，真是难逃的天数吗？”

几日后，游魂关开城，一名獠牙异士出城迎敌，李靖祭出照妖镜一看，凡人身躯，可腹中有道黄气不知何物。见此将盆口一张，“哈”了一声，黄气喷出，众人除哪吒外都觉得头晕目眩、神魂颠倒，哪吒一见不妙，急命退兵，携带父兄归营，李靖道：“此术只觉熟悉，貌似与苏护麾下郑伦相似，你速去调来。”

哪吒脚踏风火轮，回到渑池调郑伦对敌，渑池县此时也是危急，攻取无果死伤无数，姜子牙犹豫许久，还是派出了郑伦，并让苏护、苏全忠同去。郑伦来到游魂关下，与那名异士交锋。郑伦喝道：“我乃西昆仑门客度厄真人门生郑伦，你是何人？”“吾乃陈奇，西昆仑门客毗蓝真人门生。”郑伦一听纳闷，居然还是同门，可这位毗蓝真人，却是未曾听说。郑伦与陈奇的法术的确相似，郑伦窍内存有一道绿气，鼻子一“哼”孔内射出绿烟，陈奇又是一“哈”，再次喷出黄气，二人一个交锋，同时跌落马下，俱是眼冒金星，趁此时机，苏护、苏全忠父子一同上前，斩杀了陈奇。

陈奇身亡，游魂关唾手可得，李靖派金吒、木吒镇守游魂关，免被他人攻取，同时照顾好身怀有孕的母亲殷夫人，自己带着哪吒与苏护一众回渑池助阵。

渑池县的确诡异，派去的兵将几乎都被暗杀，且不明死因，土行孙请缨，“待我前去。”邓婵玉拦道：“夫君，敌情不明，不可轻举妄动。”土行孙摆了摆手，“我有地行之术，既然敌在暗处，我也可以暗中偷袭。”

土行孙就这样遁地进了城，他的地形术不同于五行土遁之法之处就在于：土遁之法是以土为引瞬间到达另一个有土之地，只是一种逃命法，而土行孙的地形术是在土内任意行走，伺机行动，这是惧留孙的独家秘法，后来传播给众多土地山神修习。土行孙进入渑池县，觉得怪异无比，似乎在此地寻不着正常方向，也察觉不到敌将所在之处，就在焦急之时，突然间四周土堆凝聚，地壳晃动，土行孙疑是中计，急忙要逃，可动弹不得了，原来这土地之中被人布了阵，土行孙面前出现一名黑脸大汉，正是张奎，“我等你多时了。”土行孙惊道：“你也会地形术？”这是他说的最后一句话，接着脖颈血光一闪，没了气息。

周军还在等待土行孙的消息，土行孙的尸体突然在土中被扔了出来，邓婵玉抱着土行孙的尸体痛哭，继而请缨，“丞相，待我前去为我夫君报仇”。邓九公言道：“禅玉一人恐不敌，我与小女同去。”

邓九公和邓婵玉来到城下叫战：“只会暗箭伤人，有种出来较量！”城门打开，出来了张奎与高兰英，邓九公催马上前与张奎斗在一处，邓婵玉在后放出飞石打向高兰英，谁知飞石未近人身就自动落下，邓婵玉不知是何因，高兰英笑了，“说我们暗箭伤人，你不也是此等之辈？既如此，不留情。”说罢双手一晃，射出两根极细的金针，刺进邓婵玉的左右太阳穴，邓婵玉临死前终于明白自己的石子是被这看不见的金针击落，随即身亡。邓九公痛呼一声：“女儿！”张奎趁此大刀一挥，将邓九公斩成两段。

邓九公父女身亡震慑了姜子牙，“伐纣之战已至尾声，竟有如此强将，难道是天意阻挡？”黄飞虎言道：“丞相，切莫动摇军心，待我与天化前去攻城。”

飞虎父子攻打张奎夫妇，可谓棋逢对手，僵持不下，张奎向高兰英使眼色，让她祭出法宝，高兰英袍袖一展，飞出一根纯阳金针，射向黄飞虎，黄飞虎急忙躲闪，谁知此针像长眼一般，一个拐弯刺中飞虎眉心，紧接着又射向黄天化，父子二人尽皆丧命。

张奎和高兰英回到城中，倒吸一口气，高兰英道：“此战甚危，要不是师父的法宝护身，恐不敌那黄飞虎父子。”张奎道：“就算如此，我们也受了重伤，快让金蝉前来，为我们疗伤。”说着，从内府走出一个俊美男子，乃是六翅金蝉修成人身，金蝉从腹内吐出金汁，张奎夫妇服下，伤势痊愈。

周军大营却是乱了阵脚，黄飞虎父子身亡，也不敢再派其他将士出战，姬发问：“可还能有救兵搬请？”姜子牙道：“师尊与师叔已被师祖带走，并命门下弟子不得再出山助战，如此只能去西方教求援了。”

姜子牙派李靖与郑伦去请度厄真人，又派哪吒去西方教求助，顺便感谢先前救命之恩，哪吒来到西方天界，谢过接引道人，接引道人笑了笑，“小童不必多礼，我西方教东渡弘法，广结有缘之人，我派一人与你同去，破了那渑池县就是”。说着，派出了西方一名散仙韦护带着降魔杵随哪吒而去。

第九十二回：毗蓝婆术破蜈蚣精，接引佛法度金蝉子

韦护乃是西方散仙，此时还未加入西方教，来到渑池。度厄真人也被邀请而来，度厄真人见韦护英武不凡，与其交谈，得知西方教的教义，顿觉精妙，自西昆仑做门客数年，也欲寻个归宿，此时阐截二教俱已封山，二人商议此战后一同入那西方教。

这一战，立见分晓，张奎的阴招在韦护面前，尽数被破，张奎心急，又向高兰英使眼色，高兰英再次祭出纯阳针，哪知度厄真人投出一柄飞龙宝杖，宝杖腾空如筒一般，瞬间将金针收入其中，韦护手持降魔杵，一击将张奎打得肉身粉碎，高兰英失去了法宝，也被打落马下，吐血身亡。

众将攻入渑池县，又遇到了强将，当年受伤离去的七首将军蜘蛛精和多目蜈蚣此时都在城中，还有一只三尾地蝎和那只六翅金蝉，原来当初多目蜈蚣扶着七首将军寻找六翅金蝉，欲食之疗伤并获长生之身，寻到渑池县知金蝉做了张奎夫妇的供奉，还有这上古妖族的三尾地蝎一直爱慕金蝉，时刻守护其身边，无法得逞，况且金蝉吐出的汁液可以疗伤，也就暂缓了吞食的计划，几人就都留在了渑池县。此时众将攻进城去，哪吒和雷震子一眼便认出了七首将军，七首将军也认出眼前就是当年打伤自己的二人，急忙与多目蜈蚣对敌，蜈蚣精化成人形，展开衣衫，射出金光万道，晃得众人骨肉如撕裂般，哪吒无有骨肉不惧此功，现出莲藕身的法天相地——三头六臂之功，挡住金光，就在此时，空中传来一声：“度厄真人，还我宝物，让我来破他。”度厄真人抬头观瞧，原来是和自己曾经同为西昆仑门客，现居紫云山千花洞的毗蓝真人到了，忙问：“真人法宝为何物？”毗蓝真人道：“就是那柄纯阳针，乃是我儿昴日鸡眼中所炼，不在五行之中。”度厄真人取出纯阳针，毗蓝真人

一晃，多目蜈蚣金光即破，哪吒六臂齐攻七首将军，七首将军奄奄一息，蜈蚣精上前要救，七首蜘蛛向蜈蚣传音：“勿要救我，快带我那七个女儿逃离这里，好生照顾她们！”蜈蚣精听罢不再恋战，急忙离去，七首蜘蛛精顿时身亡。

众人又看向金蝉，三尾蝎急忙抵挡，毗蓝道：“这厮尾上的倒马毒甚是厉害，就算哪吒莲藕身也可腐化，你们退去，待我降她。”说罢身形一晃，现出一只母鸡本体，三尾蝎瞬间吓得七魄俱散，落荒而逃，后藏进一个叫毒敌山的地方。

姜子牙一众疑惑毗蓝真人身份，毗蓝道：“我乃西昆仑王母门客，吾儿是天界二十八宿之一的昴日鸡，上古时便为截教门下，而我云居四海，不在教内，陈奇与高兰英皆是我的徒弟，但他们助纣为虐，死不足惜，今日来取回宝物助尔等退敌，也算了却因果。”度厄真人道：“毗蓝婆数年自居，可愿寻个归宿？”毗蓝摇了摇头，“我曾想拜入阐教，可元始天尊不收禽畜之身，故心灰意冷”。韦护道：“如今西方教广开教门，渡天下有缘之人，不如同入西方？”毗蓝点了点头，可就在这时，那只六翅金蝉动身了，毗蓝一惊，“忘了还有这厮”。金蝉道：“我本平和之辈，不愿与世相争，尔等如我宅院，杀我挚友，如今反客为主在此大放厥词，不觉过分吗？”姜子牙道：“吾奉天命，伐纣灭商，顺应天数，汝等阻我大军，俱是该杀之人，念你心地良善，饶你离去，不得再作恶。”金蝉笑了，“宵小之辈，大言不惭”。说罢张开六翅，一声长鸣，悠长不绝，众将急忙双手捂耳，没有作战能力，李靖道：“哪吒快用六臂擒他。”哪吒无奈，“我那法相只能三头六臂一齐使出，这蝉鸣刺耳，不得有余”。就在这时，天降金光，一座莲台落下，上边坐着的是西方教接引道人，接引道人不惧这蝉鸣，口中诵经，蝉鸣声在经文中缓缓消失，紧接着，金蝉被经文裹住了全身，仿佛进入了一片空灵之中，渐渐地被净化，六个翅膀消失。接引道：“前日在五庄观我便与镇元说过，你与我西方有缘，今日可愿随我皈依西方教？”金蝉点了点头，现在他已不是那个上古的魔虫，而是被净化的金蝉子，随接引离去。

姬发、姜子牙收了渑池县，又去游魂关会合金吒、木吒，得知殷夫人已经产下一女，李靖欣喜，取名贞英，命金吒、木吒继续在此照顾母亲，杨婵也愿留在这里照顾师父，其余人等杀奔朝歌。

眼看伐纣灭商只有一步之遥，却再次遇到了困难，纣王张贴的榜文被人揭下，揭榜的不是别人，正是自北海降生、天地孕育四大神猴之一的通臂猿猴，姓袁名洪，取了北海的定海神针——擎天白玉柱为武器，在梅山得道学得七十二般变化，率领梅山一众妖怪前来助纣。纣王大喜，命袁洪前去阻挡周军。

袁洪的出现并没有引起周军的重视，知晓四大神猴奥秘的只有那几位天仙，周军只当是一只猿精，姜子牙道："一只山精野怪不足为虑，龙须虎出列。"说罢身后现出一只怪物，龙头虎须，体形硕大，且只有一条腿。是姜子牙二次下山时收服的一只妖物，只因阐教不收异类，故只被姜子牙当作宠物豢养。由于姜子牙轻敌，才派这最弱的龙须虎出战。袁洪不屑地瞟了一眼龙须虎，摇了摇头，实在不值得自己出手，一吹口哨，远处砸来一个无比庞大的巨人，袁洪道："邬文化，这等无名小卒交给你了。"这名叫邬文化的巨人点了点头，不等龙须虎出手，一把抓住他一抛，龙须虎顿觉绞肉般痛，不知摔在何处，迸血身亡。

子牙震惊，却也觉着猿精没有本领，靠部下才如此猖獗，生一计，"苏护你与全忠、郑伦三面围攻这只巨人，不求取胜。杨任趁机偷袭那猿精，猿精一死，这巨人必无主而逃。"几人领命，见邬文化面对三人合击，毫不费力，兵刃术法击打在邬文化身上好似铁板一般，子牙向杨任使个眼色，看三人将败命他偷袭，杨任看着在一旁玩棍子丝毫不观战的袁洪，不屑一笑，取出五彩霞衣冲上前去，可就在即将近身之时，袁洪突然不动了，杨任也定住身形，倒地身亡。

第九十三回：梅山战杨戬斗袁洪，蟠龙岭火烧众妖邪

杨任死得不明不白，众人皆不明缘故，唯有杨戬以天眼观得，说道："不好，丞相中了此妖之计，这袁洪不是等闲之辈，先前只是迷惑我等，方才他

故作顽劣，以元神出窍之法偷袭杨任，此法力绝不在我等之下。”子牙恍然，急命苏护等人回来，可来不及了，邬文化双手抓着苏护父子，千斤力向地砸去，袁洪也飞出擎天柱直击郑伦面门，三人尽皆丧命。

杨戬一提三尖两刃刀，上前与袁洪开战，袁洪一见杨戬气息不弱，况且已经暴露了实力，也不再伪装，提擎天柱全力与杨戬打斗，三尖刀担山赶月，擎天柱翻江倒海，二人打了数百回合，不分胜败，杨戬此时终于察觉到袁洪的法力来源，说道：“原来你受过通天教主指点，习得七十二般变化。”的确，通天教主万仙阵后回崆峒岛闭门，却遇到这只通臂猿猴，通天想起万仙来朝的截教全军覆没，不由得心凉，看到这猴子也甚是喜爱，就传了七十二般变化，并赐名袁洪。这通臂猿猴也是天赋异禀，将七十二般变化瞬间学会炼到炉火纯青之境，况且他不像之前那两只那般弱，赤尻马猴是因为无名师指点才被大禹和共工轻易降伏，六耳猕猴是因为被提前孕育出故而悟性不足，通臂猿猴生正逢时，又遇名师指点，法力自然高强。袁洪得意之时，杨戬撒出哮天犬，直冲袁洪，袁洪见此犬威力不弱，若和杨戬一同夹攻恐有损伤，化作一道白光离去。

邬文化也离开，姜子牙道：“此处距离朝歌不远，不如先擒昏王，再破那妖邪。”姬发继续率军前进，可这一路却是无比艰难，周军无论驻扎在哪，夜间都有妖怪偷袭，且周军密谋的所有计策都会被敌方探知，但众将查探周围并无细作偷探，子牙道：“想来还是那群妖邪有异术作乱，还是要先灭妖敌，再征朝歌。”

杨戬带着哮天犬，随作战的气息寻到了梅山处，确定袁洪就在此处，但没有邬文化的气息。杨戬进入梅山，突然杀出六个人，手持武器见杨戬就打，杨戬不知何人，一人敌六不落下风，那六人竟然显出败势，其中一人道：“一个袁洪我们已经数日不敌，今日又来了如此强势的帮凶，我们何以取胜？”杨戬一愣，“等等！诸位兄台，你们是袁洪的敌人？”那人道：“我等俱是此地猎户，狩猎为生，自那袁洪到此，庇护兽类，度兽化妖，我等作战数日不敌，勉强保全性命，见你也是人身，为何助那畜生？”杨戬喜道：“真是大水冲了龙王庙，在下二郎杨戬，助大周灭商伐纣，遇那山精袁洪相阻，能知我军军情，故寻至此欲灭袁洪。”那人道：“原来是二爷到此，久仰大名，我们梅山六兄弟不知是友，请恕罪。”杨戬道：“不知者不怪，我杨戬愿与诸位结为兄弟，共灭袁洪，请众兄弟告知我此处详情。”梅山六兄弟的老大言道：“距离此处不远，有一蟠龙岭，有那袁洪部下高明、高觉两位大仙，能观千里之外，能听万里之中，我想军情泄露定与他二人有关，至于袁洪，他手下有六怪随行，我六人能败他手下六怪，却无法胜过袁洪，今日二爷到此，乃是天意助我。”

事情清晰之后，杨戬便开始行动，他将消息传到周军大营，让子牙设法灭高明、高觉，自己与梅山六兄弟共讨袁洪七怪。梅山之上杀气腾腾，七对七不分胜败，六兄弟本能胜过六怪，可担心杨戬不胜袁洪，分心导致持平，杨戬的确无法打赢袁洪，此时来了救兵，李靖、哪吒与杨婵分批赶到，李靖看到杨婵问道：“你不在游魂关照顾我夫人，来此何干？”杨婵道：“师父得知此处敌情，派我送来女娲娘娘的山河社稷图，说唯有此宝能败袁洪。”说罢取出一卷画轴，空中一抛，磅礴的大地洪荒之力瞬间散出，向袁洪涌去，袁洪只觉神魂体能俱不受控，被山河社稷图收入，梅山六兄弟也军心大振，齐杀六怪。

就在众人齐去蟠龙岭要杀其他妖怪之时，梅山上爬出两只小猿猴，畏畏缩缩不知所措，此时，再次出现了那名鹤发老者，让这两只小通臂猿猴前去东胜神洲，待四叔灵明石猴出世时可辅佐。

蟠龙岭上，李靖祭出照妖镜，照出了高明、高觉乃是柳条和桃枝成精，修成了千里眼与顺风耳，邬文化也在岭中，是一树根成精，修炼过巫族铁布衫功法，刀枪不入，此时邬文化正在排兵布阵，偷袭周营的那些妖怪俱是树精藤怪，李靖言道：“这岭中尽是树妖，无有百姓，哪吒你用九龙神火罩烧岭，将这些树精全部烧死。”哪吒点头，九龙神火罩一抛，蟠龙岭嚎声一片。

此时再也没人能够阻挡周军前进，姬发大军杀进朝歌，冲上大殿，不见纣王，只有妲己在朝中，文武百官全部逃散，姜子牙手持大刀，亲斩妲己，妲己人头落地，却从腔内冒出一道白烟。原来九尾狐自知大势已去，让纣王先行离开，自己做好了逃离的准备，姜子牙刀落之时，她便聚好了魂魄，瞬间钻出，砍断的只是妲己没有魂魄的肉身。那九尾狐去了哪里呢？逃到一个叫压龙山的地方，沉淀了千年。可纣王并不知妲己是妖，此时他在鹿台上看着这一幕，不由得落下眼泪，爱妃身死，大商亡国，纣王点起一把火，在鹿台自焚。

伐纣灭商之事告终，姜子牙应执行封神仪式，但这个时候出现了一个小插曲，南极仙翁的童子赤脚大仙前来禀告姜子牙，“姜丞相，主人让我来传，通天师叔此时正在北海一带选将封神，在这封神大劫已过、封神仪式未启之缝隙挑选势力令其肉身成圣，元始师尊已下令十二上仙不得出山干扰世事，阐教只有你我二人不在此列，主人命我与你同行此事，不可让截教独行”。

姜子牙与赤脚仙兵分两路，往南北分行，赤脚先来到南部，一座流沙河挡住去路，赤脚仙觉此河诡异，突然间冒出两名大汉，一个外号河里沙，手持降魔杖，一个有名吴刚，手握一把铁斧，二人在南部降妖颇有名气，赤脚笑道：“二位莫要惊讶，我乃赤脚大仙，你二人可愿在天庭为职，做个左右卷帘大将？”

第九十四回：阐截教安插神位，惹玉帝怒封天路

通天教主此时身在北部，倒是收了一些小人物安插神位，首先有鼠、牛、虎、兔、龙、蛇、马、羊、猴、鸡、狗、猪十二只动物，得了常羲十二个女儿的精华孕育，有了一些法力，也没有像其他妖怪一般作乱，通天封他们为十二元辰，在天庭主管地支。除此外还有长江、黄河、济水、淮水四大主河流的四个小龙王，乃是四海龙王妹妹的四个儿子，四海龙王的妹妹敖柔嫁给了泾河龙王，泾河龙王并非真龙，而是一条业龙，业龙意为形似真龙，故生下四个变种龙族，通天感慨东海三位太子丧命，封四条小龙王为四渎龙神。但通天目前收的这些都是小角色，没有大的人物压阵，想来升天后也会被阐教欺负。就在这时，北部有一人物前来拜见，通天道：“你是何人？”“回通天教主，末将无名，因常年跟随我家将军左右，故号左天蓬。”通天道：“你家将军又是何人？现在何处？”左天蓬道：“我家将军号称天蓬，在前方洞府睡觉。”“睡觉？”通天纳闷，什么将军如此随性？随即让左天蓬带自己前去

查看，到了一座洞府，通天教主看到了一名体型庞大的壮汉，正慵懒地睡着，呼噜声响彻云霄，通天叫醒了他，“你就是天蓬？看你骨骼惊奇，为何不行修仙之路？”天蓬打了个哈欠，“哈——修仙清苦，食睡才为人之本性。”不知为何，通天对这个懒家伙却甚是喜爱，或许是欣赏他直来直去不虚伪的性格，于是说道：“你可愿拜我为师？我赐你一颗九转金丹，可助你肉身成圣。”天蓬大喜，“有这等妙事？”随即叩头拜师，通天扶起了他，“徒儿，还未跟我说起，你有何神通？”天蓬道：“北方有一妖兽猰貐，并生有一子猪婆龙，他们将天河弱水引到人间，神仙凡人皆不得沾身，唯有我不惧那弱水腐蚀，可横渡弱水。”“哦？”通天大喜，“世间有此天赋者无二，万法无不可破，想必你就是弱水天敌，正好天河水军缺个元帅，日后就由你担任了。”天蓬急忙谢恩，通天又道：“那你横渡了弱水，斩杀了猰貐？”天蓬道：“没有，我将那猰貐揪出，就由我一个好友去擒拿。”“那你呢？”“睡觉。”“……”通天无语，这天蓬就是这个性格，又看向左天蓬，“那想必是你斩杀猰貐了？”左天蓬摇头，“距离此处不远北冥之地，有一荡魔祖师，据说是玄武龟壳的灵气所化，他有一件法宝皂雕旗，是龟壳本体炼化，还有一部下黑煞神，二人长期在此清扫妖族余孽，当年轩辕坟大乱，逃出数万妖魔，幸亏有他二人在此，才免得北俱芦洲生灵涂炭”。通天点了点头，“那你二人不去帮助？”左天蓬道：“我法力不济，比黑煞神强些有限，不随将军我不敢轻举妄动。”“那你家将军呢？”“睡觉。”“……”通天觉着自己白问了，可这荡魔祖师让他再次来了兴趣，“你二人准备好升天，我去看看那荡魔祖师”。说着来到北冥之地，远远看到了这位荡魔祖师与那黑煞神，但还有另一个身影，正是姜子牙，姜子牙手持封神榜，正在和荡魔祖师谈着，荡魔祖师道：“这猰貐虽除，可猪婆龙还在遁逃，恐他作乱人间。”姜子牙道：“荡魔祖师可先升天封神，受封真武大帝，若有妖魔作乱，再行征讨，名正言顺。”黑煞神道：“我家将军在此还有两好友天蓬与左天蓬，不舍与其分别。”子牙笑道：“此事容易，我们同去找他们，让本座度其一同升天。”“慢着！”通天听不下去了，“天蓬已拜本教主为师，姜子牙莫要欺人太甚，就算封神，也该由本教主来封真武大帝与这位黑煞神”。姜子牙道：“师叔自万仙阵后被师祖带回，家师元始天尊已闭门不出，为何师叔还插手世间之事？”通天怒道：“难道世间之事，只有你们能插手吗？”说着击出一掌，姜子牙急忙用封神榜挡了一下，通天这掌打在了封神榜上，改变了一些东西，姜子牙急忙逃去。

总之，荡魔祖师、黑煞神、天蓬与左天蓬共同受封“北极四圣”。但此举惹恼了玉帝，玉帝认为阐截二教是报复自己布封神劫，实际也就是如此。太白金星道：“陛下，封神榜上之人，要么修成仙道从榜上名号消失，要么在杀劫中丧命归封神榜所控，可如今弄这几个肉身成圣，日后不好控制，不如封了天路，断后人此机遇。”玉帝直接封了天路，世间之人除非修成天仙地仙，没有了肉身成圣的人仙。若想成神，只有死后进入六道轮回的“天道”。可如此一来，就出现了一个位面时间差，就是天上一日、地下一年。这也是殷夫人最后为李靖生的小女儿李贞英，为何到了大唐西游时期只有七岁，就是因为天地时间差的缘故。

再说通天教主，回到碧游宫，下了坐骑夔牛，疼爱地在牛角上抚摸了一下，夔牛化成人身，通天道：“你跟随我数年，吃了不少苦吧。”夔牛道：“师尊爱我如子，传我七十二变变化，乃我之造化，何谈苦来？”通天道：“为师即将回禹馀天宫面壁，却不能连累了你，你为我坐骑，今为师赐你一具坐骑，出去游历吧。”说着内室石门一开，出来一只避水金睛兽，通天道：“麒麟族有三只变种后代，墨麒麟和金毛犼都被夺去，世人却不知这最后一只也在我处，因这避水金睛兽嗅觉丧失，不辨气味，故不曾用过，今赐予你。”夔牛谢恩。

牛精坐骑麒麟，实在引人注目，也能看出通天对弟子的疼爱。此处有段番外情节，夔牛骑着金睛兽出了碧游宫，路过黑风山，顿觉腹中饥饿，见黑风洞内香飘四溢，前去讨食，洞内的不是别人，正是当年伯邑考献宝的那只熊罴，趁战乱逃出，居住在黑风洞炼丹，夔牛与熊罴结交，食了很多丹丸，夔牛道：“不知仁兄可有趁手兵器？”熊罴道：“墙边有一镔铁棍，一杆点钢枪，你可挑选一把，剩下的我用。”夔牛选了镔铁棍，谢过离去，熊罴相送，可出了洞府却遇到接引道人，接引知阐截二教插手神位之事，也想再度化一些西方教众，正巧遇见了夔牛和熊罴，顺口言道：“你与我西方有缘。”夔牛不屑地瞟了一眼，乘坐骑离去，熊罴也未理会，回了洞中，接引道人记下了此事。

商王朝已灭，大周盛兴，姜子牙也手持封神榜、打神鞭，登上了封神台。

第九十五回：姜子牙登台封神，老君爷无为证道

姜子牙上封神台，手持封神榜，封点榜上有名的三百六十五路正神。加封天庭八部：水部、火部、雷部、斗部、岁部、财部、瘟部、痘部。这里只提点儿位有名人士：闻仲加封九天应元雷声普化天尊、雷部之主，以金鳌岛十天君为主共二十四位加封雷部二十四天君，其中辛环为雷公、金光圣母为电母、菡芝仙为风婆、彩云仙子为云婆、彩云仙子的两个儿子也成了推云童子和布雾郎君，此为雷部；金灵圣母加封斗姆元君、斗部之主，伯邑考魂入封神榜、加封北极中天紫薇大帝、居住北极星，人道众多义士也皆入斗部充实东西南北中五斗群星、左辅右弼，截教些许散仙加封三十六天罡、七十二地煞共一百零八星，除此外尚有群星列宿不一一列举；赵公明加封为护法玄坛元帅、财部之主，座下有聚宝、纳珍、招财、利市四位吏官，比干加封文昌帝君；岁部中，殷郊加封值年星君、为四值功曹之首，杨任加封甲子太岁、统率六丁六甲为六十太岁之首，还有日游神、夜游神俱在岁部之中；吕岳加封瘟癀大帝任瘟部之首，座下统四方行瘟使者；痘部有主痘天君和五方主痘正神，水部、火部不做一一列举。除此八部外，还有其他神将：如九龙岛四圣加封镇守凌霄宝殿四大元帅，魔家四将加封四大天王，郑伦陈奇加封门神哼哈二将，高明高觉加封千里眼顺风耳，张奎高兰英加封灶王爷灶王奶奶，三霄娘娘加封坑三厕神，另再有巨灵神等天将……

除封神榜上有名之人，其他人则渡过了杀劫。太乙真人和南极仙翁通过苦修斩去了三尸，在阳榜上消失名号，修成了天仙东极青华大帝和南极长生大帝，尤其太乙真人，暂代了东王公的职位，男仙之首，后人故称太乙玄门。殷夫人通过苦修也斩去三尸，修成地仙黎山老母。阐教二代弟子其他人继续在人间修行，有的若干年后也修成仙道，有的身死道消再入轮回。而李靖、哪吒、杨戬、雷震子几人也留在人间修行，本应也修成仙道在阳榜上消失名号，可当初通天教主冲封神榜打的那掌，把这四人的名号打进了阴阳缝里，既不能魂归封神榜，也不能斩去三尸修成仙道，只能再添几个肉身成圣，为神界效力，李靖受封托塔天王，哪吒受封三坛海会大神，雷震子受封四方

太极勾陈大帝，杨戬受封二郎显圣真君，但杨戬因劈山救母之事，不愿上天，只带着梅山六兄弟在灌江口居住，得个听调不听宣，而杨婵作为亲属也得个神仙之名，称为三圣母娘娘。

经过封神一劫，西方教开始兴起。金光仙、灵牙仙、虬首仙、羽翼仙被收为坐骑，乌云仙被钓到了西方八德池做了宠物，马元和马善被准提道人救下带走，孔宣被准提擒去，金箍仙和六翅金蝉也被接引道人所擒。那龟灵圣母虽然被蚊虫吸干，魂魄也是随西方轮回而去。而燃灯道人、多宝道人、惧留孙、毗卢仙、长耳定光仙和陆压道人、韦护、木吒、金吒、文殊广法尊者、普贤真人、慈航道人、度厄真人、毗蓝真人、地藏真人则是主动投奔了西方教。

人间某处，那名鹤发老者与夕阳并肩，正是太上老君。老君爷在盘古出世之时便存在，一直与盘古同存而不同灭，法力通天彻地几乎与鸿钧老祖不相上下。他的坐下是一头板角青牛，看似像牛，却不是牛种，乃是混沌精血所化，又名：兕。老君身后是那名紫发道童，这是老君爷唯一的入室亲传弟子玄都法师，两仪初开之时世间的一股阴阳气相交而生，性格偏激，至善至恶，老君多年来只教玄都中庸之道，略有小成，就连玉帝曾经一世也受过玄都法师指点。玄都的身后，有两名金银童子，这是玄都法师的两大弟子，本体是昆仑山葫芦藤上的一柄金银枝，被老君点化成人形，交于玄都教授，玄都本性极端，原是极爱一名极虐一名，以致两名弟子性格不一，后在老君指导下，金银童子才开始投情，兄弟谊长。这金银童子二人抬着的，正是消失了许久的八卦炉。

玄都问道："师尊，弟子有一事不明，您贵为太上道祖，位列三清之首，鸿钧师祖首徒，为何一直避世不出呢？"

老君言道："天仙众神，皆要苦修而成，先天成圣，便不该以自身之力搅扰格局，想涿鹿之战至今，自然神入世争战，焉有好的下场？"

玄都疑惑，"师尊之力，还畏沾染因果？若日后再回三清，怕要位列居三了"。

老君笑着摇了摇头，"道法自然，无为而治。所见之处，皆是虚幻。天地不仁，以万物为刍狗。任你法力再高，能逃得脱天地之力？只学上善若水，水善利万物而不争，此为长存。三清又有何德？功遂身退，方知天之道也”。

玄都点了点头，“这些都是师尊一直教导我的，但我觉着，另有深层原因。”

“你会思考了！孺子可教也。”老君满意地捋了捋白胡子，“我们为何教？”

玄都回答：“师尊所创，乃为道教，与阐教、截教大不相同。”

“没错，因为你师祖鸿钧的出现，违背了道之教义。道，虽至高无上，却是自然而成，万物生灵在道内都可通过修行超越自我，无有最强，唯有更强。而鸿钧老祖无敌之身，与道之义背道而驰，故我与他避而不见。”

玄都说道：“可是我们也参与了一些事，也在诛仙阵插手了封神之战。”

“所以，我们要转世修行。你那四位人身弟子已在此战之后送往天庭受封四大天师，弥补了封神武多文少的不足，他们皆是苦修成圣，不违背道义。而你我师徒与金银童子俱不是人身，唯有历经凡胎劫难，知人间苦楚，才得真正的无极大道。”

“转世投胎？”玄都喃喃道，“众仙都说姜子牙无有仙缘，看来没那么简单。”

“说得没错。”老君爷笑道，“姜子牙转世修行之后，或许会位列仙班，成为东华帝君，接替新的东王公之职。”

“历经人间疾苦，方证无极人道。”玄都法师反复念着这句话。

这对师徒就在残阳下，形成了一道亮丽的风景。

后　记

本书到此终于结束了，遗憾的是，关于封神榜篇章的人物塑造还是粗糙一些，原因是受整体篇幅的限制，好在还有一些旁支情节托着书的看点，倒也不会过于乏味，大家都熟知的环节不多赘笔，重点展现新的设定。另外大家能看出，鄙人极不擅长打斗场景的描写，写作风格“擅文不擅武”，大部分战争场景都是一笔带过，术业有专攻，风格有偏好，敬请诸位谅解。

整部书虽然有大量的虚构与原创情节，却没有原创角色，绝大部分上古神仙基本包含了，有些可能引入的有些牵强，也是为了体系的完整。没有君子不养艺人，请诸君多多包涵。